El club del pudin

El club del pudin

Milly Johnson

VERSATIL
ediciones

Título original: *The Yorkshire Pudding Club*, Simon & Schuster UK Ltd.
© 2007: Milly Johnson

Traducción: Patricia Sánchez Maneiro
Diseño de la cubierta e ilustraciones: Edició Limitada

1ª edición: junio 2009

Derechos exclusivos de edición en español reservados para
todo el mundo y propiedad de la traducción.
© 2009: Ediciones Versátil, S.L.
 Passeig de Gràcia, 118
 08008 Barcelona
 www.ed-versatil.com

ISBN: 978-84-937042-7-8

Depósito legal: B. 21.328-2009
Impreso en España
2009. — Novagrafik, S. L.
Polígon Industrial Foinvasa
Molí d'en Bisbe
Vivaldi, 5
08110 Montcada i Reixac (Barcelona)

Ninguna parte de esta publicación, incluído el diseño de la cubierta, puede ser reproducida, almacenada o transmitida en manera alguna ni por ningún medio, ya sea electrónico, químico, mecánico, óptico, de grabación o fotocopia, sin autorzación escrita del editor.

*Este libro está dedicado a tres
generaciones de mi familia:*

*A mis amados hijos, Terence y George.
Queridos, que todos vuestros amigos sean
tan maravillosos como los míos.*

*A mi difunta Abuela Hubbard, que hacía mis
pasteles de cumpleaños y le encantaba leer, y a
mi Abuelo Hubbard, poeta, que hacía los mejores
Yorkshire Puddings a este lado de Marte y era un
hombre que sabía apreciar a las mujeres fornidas.*

*Y a mi mamá y a mi papá,
Jenny y Terry Hubbard, que no tienen ni idea
de a qué extraña criatura han criado,
pero que me quieren de todas formas*

Prólogo
El pasado septiembre

Se tomaron el día libre y la acompañaron porque, en los tres millones de años que llevaban siendo amigas, era la primera vez que Helen les pedía un favor. Así fue cómo Elizabeth acabó acarreando una cesta de picnic por un lugar solitario y cubierto de hierba mientras observaba cómo una de sus mejores amigas se movía sinuosamente y se disponía a sentarse sobre el gigan Tesco apéndice de un hombre con un garrote esculpido en la ladera de un condado desconocido.

—Hels, ¿estás bien de la cabeza? —preguntó.

Janey no dijo nada, pero un desconcierto similar se reflejaba en su mandíbula desencajada, mientras Helen guardaba en el bolso los pantalones que se había quitado para después sentarse con determinación y de manera triunfal sobre la fálica protuberancia del señor Grande.

—Si os hubiera dicho lo que quería hacer, ¿habríais venido? —dijo—. ¡Creo que no! Habríais tratado de disuadirme, ¿verdad?

—Por supuesto que sí —dijo Elizabeth, mientras pensaba: «Ha perdido la cabeza».

—¿Esto es lo que tenías que hacer tan, tan importante? —preguntó Janey, con las cejas levantadas al máximo—. ¿Arrastrarnos por medio país para ver un dibujo de tiza?

—Venga, ahora ya estamos aquí. Simplemente tomad asiento y comed un sándwich —dijo Helen sentada con la espalda recta como si esperara que fuera a ocurrir algo extraordinario.

—Bueno, ¿y dónde estamos? —Janey echó un vistazo al paisaje que las rodeaba, dominado por la gruesa silueta blanca del hombre desnudo y con envidiables atributos—. Y más concretamente, ¿por qué?

—Oh, voy comerme un sándwich, ¡tengo un hambre atroz! —decidió Elizabeth. Estaba a punto de desfallecer por el cansancio, a pesar de haber pasado la mayor parte del larguísimo viaje roncando en la parte trasera del coche. Se desplomó sobre la hierba, desprovista de bragas, junto a su amiga y acercó la cesta de picnic resueltamente. Janey resopló como si quisiera decir «si no puedes vencerlas, únete a ellas», y las siguió de mala gana, murmurando algo relativo a su salud mental.

—Es un símbolo ancestral de fertilidad —explicó Helen.

—¡Nunca me lo habría imaginado! —dijo Elizabeth, hincándole el diente a un panecillo relleno de salchichas tan ansiosamente que el hombre de tiza casi hizo una mueca.

Helen continuó explicando:

—Bien, hace un par de semanas estaba viendo un programa sobre una serie de mujeres que no habían podido concebir. Habían venido a este lugar como último recurso y se habían sentado sobre su… bueno, aquí, durante un rato, y el setenta y ocho por ciento de ellas, *el setenta y ocho por ciento de ellas,* se quedaron embarazadas.

Se produjo un dramático silencio durante el cual Helen esperó que sus amigas se quedaran impresionadas.

—Bueno, tengo que decirlo y espero que me disculpes el juego de palabras —espetó Elizabeth, engullendo pastas a toda velocidad—, pero manda huevos que digas una tontería tan grande.

Janey se rió burlonamente al mismo tiempo.

—¡Oh, vamos, Hels!

—Sé cómo suena, por eso no os dije adónde íbamos —dijo Helen, tratando de que no le temblara la voz—, pero si no me quedo pronto embarazada, me moriré. Necesito *tanto* tener un bebé. Creedme, vosotras lo tenéis muy fácil; no queréis tener hijos. Pero a mí ya no me importa que se rían de mí. Tan. Solo.

Quiero. Un. Bebé. —Entonces alzó la cabeza, abriendo y cerrando los ojos con fuerza, un poco avergonzada por su arranque, aunque, sobre todo, se sintió herida porque sus amigas, de entre todo el mundo, se estaban burlando de ella.

Janey y Elizabeth intercambiaron una brevísima mirada, pero sabían qué estaba pensando. *Siempre se había tomado el tema a la ligera. ¿Cuántas veces habían bromeado sobre ello?* Ninguna de las dos tenía ni la más remota idea de que aquello le afectara tanto.

Elizabeth volvió a meter la mano dentro de la cesta de picnic en un valiente esfuerzo por romper el profundo silencio que se había extendido sobre ellas, como si de una nube densa y deprimente se tratase.

—Veamos qué tenemos aquí. ¿Qué nos has preparado, Hels? ¿Qué festín has confeccionado esta vez?

—Hay sándwiches de huevo y berros, de ternera y rábanos picantes, de queso de cabra y tomate... —empezó a enumerar Helen mientras se restregaba los ojos, haciendo ver que se le había metido algo en el ojo—... panecillos rellenos de salchicha, huevos picantes rebozados, rollitos de pollo, bizcocho de limón, tartaletas, pastel Victoria, patatas fritas, galletas saladas, una salsa de humus y cebolla para mojar, fresas bañadas en chocolate negro, Coca-cola Light y vino.

—¿Eso es todo? —dijo Elizabeth, y Helen estalló en una carcajada, recuperando de nuevo el buen humor.

Oh, qué bendición, pensó Elizabeth mientras observaba las pequeñas banderas clavadas en los bocadillos. Todo era casero. ¿Quién sino Hels se molestaría hoy en día en preparar pastelitos caseros? Si conseguía tener hijos, las bolsas del almuerzo serían la envidia de la escuela. Aquel pensamiento le hizo comprender la desesperación de su amiga y lo duro que debía de haberle resultado convencerlas para viajar tantos kilómetros para hacer algo tan ridículo como aquello. ¿Cómo podía habérsele pasado por alto hasta entonces?

—Pásame uno de huevo y berros, por favor —dijo Helen, sin rastro de lágrimas.

—¿Cuándo llegan los Discípulos y el pescado? —preguntó Elizabeth, revolviendo en las profundidades de la cesta hasta dar con él y entregarle el triángulo envuelto en papel transparente con una etiqueta que ponía «huevo y berros».

—Sé que eres una cerda… No quería que te quejaras de que te había arrastrado hasta aquí sin alimentarte —dijo Helen, arreglándoselas para esbozar una tímida sonrisa.

—Yo comeré uno de ternera, por favor, y pásame ese vino peleón. Yo no voy a conducir —dijo Janey con un profundo suspiro—. Dime que no te has olvidado del sacacorchos.

—Que te jodan —dijo Helen.

—¡Qué apropiado! —espetó Elizabeth. Janey le dirigió su habitual mirada de desaprobación.

Entonces esta última soltó un jadeo repentino y dijo:

—Ay, espero que no nos pase nada por sentarnos sobre los genitales de este tío. No puedo permitirme el lujo de quedarme embarazada. —Miró con preocupación la línea de tiza que desaparecía bajo su falda—. Mi Jefe de Departamento está a punto de diñarla y yo soy la candidata para quedarme con su puesto.

—¡Vaya, qué bien! —dijo Elizabeth, mostrando algo de desaprobación para variar.

—No deja de toser, me pone enferma —continuó Janey—. Toda la vida fumando cigarrillos —e hizo un gesto de aviso en dirección a Elizabeth—. Creo que se librarán de él dándole la jubilación anticipada. Lleva trabajando allí unos cuatrocientos años, así que le quedará una buena paga. Ahora bien, conociéndole, probablemente se lo gastará todo en cigarrillos Benson. Solo es cuestión de tiempo que se produzca la vacante. Siempre está enfermo, y soy yo la que está a cargo de ese sitio de modo que no quiero que ningún bebé inesperado se cargue mis expectativas laborales, muchas gracias.

Helen ladeó la cabeza.

—Bueno, solo puedo decir que no todas las mujeres del programa de televisión se desnudaron de cintura para abajo cuando se sentaron sobre él.

—¡Oh, genial! —dijo Janey, apartando el culo de la línea blanca. No es que creyera en esas cosas, pero no pasaba nada por asegurarse.

Elizabeth se sirvió una copa de vino y se recostó para que el maravilloso sol de septiembre brillara sobre su rostro. Estaba demasiado cómoda para moverse de su posición sobre la picha ancestral. Supercherías de vieja, pensó para sus adentros, ya que estaba allí, lo iba a disfrutar, pues ciertamente hacía un día espléndido para un picnic.

Capítulo 1
El siguiente febrero

Sus brazos y piernas se agitaron, dejó escapar un gran grito y Elizabeth se despertó *no* en un avión a punto de hundirse en el mar sino en el tren a Leeds de las siete y treinta y seis, en un vagón medio lleno de rostros que la observaban con expresiones que decían «menos mal que no soy yo». Sin embargo, ni siquiera sus gélidas miradas, la posibilidad de que hubiera estado roncando o los dos cafés extra fuertes que circulaban por su sistema digestivo pudieron impedir que sus ojos volvieran a cerrarse. Estaba exhausta. Fue la última en bajar del tren y, de hecho, si el tipo gordo y sudoroso que se sentaba junto a ella no le hubiera dado con el duro borde de su maletín mientras extraía su enorme anatomía del asiento, probablemente habría dormido durante todo el trayecto de vuelta a Barnsley. Sería mejor que se animara para lo que le esperaba. No iba a ser precisamente el alma de la fiesta del cumpleaños de Helen si acababa dormida sobre el plato de minestrone.

Como era habitual, la estación de tren estaba llena de gente vestida con traje que se dirigía en línea recta a sus destinos agarrando con fuerza el maletín del portátil en una mano y la bolsa con el desayuno en la otra. Como era habitual, unos cuantos compradores madrugadores se dirigían a las principales tiendas de la ciudad y se las apañaban para interponerse en el camino de los apresurados ejecutivos, quienes no se tomaban demasiado bien el encontrarse obstáculos en forma de bultos humanos en su camino hacia el trabajo. Y, como era habitual, había un gran contingente de barrigudos trabajadores de la construcción que miraban fijamente los pechos de las mujeres desde los andamios, mientras sus compañeros más productivos trabajaban en la nueva ampliación de la estación. El tren solía dejar a Elizabeth justo delante de los tornos, pero aquel día los dejó a todos tan lejos, en uno de los nuevos andenes, que casi hubo de coger otro tren para llegar a la salida. Aquella mañana le pareció un trayecto especialmente largo.

Al menos el paseo de diez minutos en la fría atmósfera del mes de febrero sirvió para que sus ondas cerebrales iniciaran cierta actividad y, cuando llegó a las magníficas oficinas de ladrillos tiznados con el gigan*Tesco* logo azul de *Handi-Save* sobre la entrada, volvía a sentirse mucho más como una humana y menos como un lirón. Era un edificio viejo y pesado en medio de un mar de estructuras más modernas y dinámicas, cuyo exterior era un fiel reflejo de la mayor parte de la gente que poblaba su interior: insípida, cansada y poco estimulante. Abrió la gigantesca y rígida puerta giratoria que había deformado los bíceps de toda persona que llevara un tiempo trabajando allí. Era fácil identificar a los que llevaban más tiempo trabajando en Handi-Save porque todos tenían un brazo más grande que el otro, como un cangrejo macho violinista. Sí, definitivamente el paseo le había sentado bien.

—Demonios, tienes mal aspecto —dijo Derek, el guardia de seguridad. Al ser ambidiestro, tenía los dos brazos muy desarrollados—. Menuda noche, ¿no?

—Me metí en la cama a las nueve —Elizabeth hizo su mejor gesto con el dedo para contenerle cuando se disponía a abrir la boca—, y antes de que digas nada, sí, estaba sola. No sé lo que me pasa, creo que me ha picado la mosca tsé-tsé.

—¿Tsé-tsé? ¿Ahora los tienes a pares? —dijo Derek con una sonrisa—. Quizás estés incubando algo. No te extrañe, en un sitio como este basta con que alguien diga «resfriado» para que todo el mundo lo coja por el aire acondicionado.

—Me encuentro bien, solo estoy cansada —dijo mientras rebuscaba en el bolso uno de sus caramelos mentolados. Le ofreció el paquete.

—¿Quieres uno?

—¿Estás de coña? —dijo, apartándose de ellos como si fuera un vampiro al que le acabaran de ofrecer un diente de ajo—. Si quiero caramelos mentolados, me tomo un *Polo*. Si quiero un cigarrillo, me fumo un *Embassy*. Gracias por preguntar.

—¡Cómo gustes! Ahora mismo debería hacer algo con mi cara si tengo tan mal aspecto.

—Tengo una bolsa de la compra en el mostrador de recepción. Podría hacerle dos agujeros.

—Muchas gracias, Ras.

Él le dio un codazo, juguetón.

—Ah, aún estás maciza.

Se apartó, fingiendo sentirse insultada.

—No, disculpa, el daño ya está hecho. Que te den por el saco. —Y aunque podía oírle reír a sus espaldas, la sonrisa fue resbalando del rostro de Elizabeth como si lo hubieran untado con un kilo y medio de mantequilla fundida. No es que se hubiera ofendido, ya que se necesitaba mucho para enfadar a Elizabeth, al menos hasta hace poco, cuando aquel cansancio infernal amenazaba incluso con transformar su serenidad habitual en algo tan frágil como el caramelo toffee que solían darle de pequeña y que se resquebrajaba en pequeños trozos como flechas capaces de seccionar una arteria.

Derek, o Rasputín, como todo el mundo le llamaba, se habría sentido mal si hubiera tenido la más mínima sospecha de que la había alterado, pues se conocían desde hacía mucho tiempo. Tan solo llevaba una semana en Handi-Save cuando ella se había presentado en Recepción con dieciséis años, los ojos grises bien abiertos, una blusa estupenda abotonada hasta el cuello y sus oscuros rizos de gitana domados y peinados en una cola de caballo. Se había sentido en parte temerosa y en parte emocionada por lo importante que sonaba su destino («la sala de mecanógrafas»), hasta la cual Ras se había ofrecido voluntario para escoltarla. Ella había imaginado un gran grupo de mecanógrafas trabajando alrededor de una piscina* de aguas azules y cálidas. Se llevó una gran decepción cuando descubrió que solo era una oficina cerrada llena de mujeres con permanentes y horribles vestidos que golpeaban sin parar procesadores de textos. Por aquel entonces, Ras estaba extremadamente delgado, con el pelo rapado al uno y un bigote como el de Ron, el del grupo de pop *Sparks*. Consiguió que los dos se perdieran, lo que se convirtió en una broma que todavía circulaba en la oficina.

Veintidós años después, los dos seguían allí, coincidiendo en Recepción cada día, aunque hacía mucho tiempo que Elizabeth había dejado aquella sala y ahora era la Secretaria de Dirección. Ras, por su parte, había centrado sus energías durante aquellos años en evolucionar físicamente hasta convertirse en un luchador de los pesos pesados al que nunca cogerían en una audición para entrar en el grupo *Wizzard* de Roy Wood por demasiado peludo. Había tenido cuatro hijos, tres esposas, dos accidentes de moto y una placa de acero en la cabeza. Las únicas cosas que parecían haber seguido inalterables en él eran sus facciones afables y la calidez de sus saludos matutinos. En aquellos momentos era el único que seguía dibujado una sonrisa en la cara de Elizabeth en el trabajo o, como ella prefería llamarlo, en «La Casa del Terror de Handi-Save».

Lo más preocupante de todo aquello era que si Ras pensaba que tenía mal aspecto, sin duda Julia también lo pensaría, y la única razón por la que Elizabeth se había obligado a levantarse de la cama aquella mañana era porque Julia y Laurence habían dejado bien claro que ausentarse un lunes era equivalente a reconocer que se tenía resaca. Así que, irónicamente, allí estaba ella, presentándose obedientemente en el trabajo pero con aspecto de haberse pasado el fin de semana en una fiesta de la cerveza. Le pasó por la cabeza la imagen de ellos dos, lo que le hizo gruñir interiormente. Tenía el ánimo por los suelos incluso antes de encontrarse con la Horripilante Pareja y era *muy* impropio de ella sentirse de aquel modo. Casi nada podía afectar a Elizabeth, y si así era, nunca lo demostraba.

Cogió un café de la máquina y arrastró los pies hasta el inte-

---

* Juego de palabras intraducible. La sala de mecanógrafas se denomina *pool* en inglés, que también significa «piscina» (N. de la T.).

rior de la minúscula y horrible habitación que Laurence, el militante antitabaco, había «permitido» a los fumadores para que, como le gustaba decir, «contaminaran a su antojo». El aire enrarecido de la sala normalmente la tranquilizaba incluso antes de haber encendido el primer cigarrillo, pero aquella mañana se le antojó cargado y desagradable, y se le aferró a la garganta como si fuera pegamento. Entonces se sentó en una de las mesas del bar, tragando el café tibio y fuerte mientras golpeaba las bolsas bajo sus ojos con la punta de los dedos. Antes de dirigirse al ascensor, no se atrevió a mirarse de nuevo en el espejo por si caso le devolvía un reflejo peor del que imaginaba, que era pasable. Apretó el botón (solo cuatro veces aquella mañana) antes de que empezara a sacudirse y a traquetear a medida que subía a una velocidad que un caracol con problemas de peso podría haber superado. ¡Ni siquiera la maquinaria quería ponerse a trabajar! No siempre se había sentido así. Hubo un tiempo en el que había subido las escaleras a toda velocidad, contenta de llegar a su escritorio. Obviamente aquello había sido antes de los días de aquel famoso dúo cómico formado por Laurence Stewart-Smith, un nombre imposible de pronunciar sin sisear, y su maravillosa pupila Julia Powell, siendo Powell la forma corta de «trol enloquecido por el poder».*

Laurence Stewart-Smith: también conocido como «El Hombre Ceja» a causa del largo y peludo gusano que recorría su frente para desaparecer a toda prisa en su pelo y ocultar así la marca del 666. Laurence Stewart-Smith: para la ciudad, *El Hombre*, genio de los negocios, chico prodigio, niño mimado de la industria, multimillonario del pueblo, semidiós de la plebe. Para cualquiera que realmente conociera al hombre que había tras el título, un gili total

Julia no levantó la vista cuando Elizabeth pasó frente a su escritorio, lo que hacía mucho tiempo que había dejado de sorprenderla. Julia no podía comunicarse con mujeres de rango inferior a menos que fuera por correo electrónico, incluso a pesar de sentarse a escasos dos metros de Elizabeth. Existían toneladas de pruebas que sustentaban la teoría según la cual Julia estaba

---

* Juego de palabras intraducible. La autora utiliza la ortografía del apellido Powell como forma corta de la expresión *«power crazed troll»* (N. de la T.).

amenazaba por otras mujeres, criaturas que había que ignorar o destruir. Los hombres, sin embargo, eran harina de otro costal. Entonces podía empezar a flirtear y a sacar pecho y a parpadear seductoramente en dirección al objeto con el que estaba flirteando, siendo la cantidad de parpadeos directamente proporcional a la calidad de su traje.

De vez en cuando, para buscar polémica, Elizabeth abría un correo y le gritaba la respuesta a Julia porque eso parecía molestarla de verdad, pero durante la última semana, más o menos, se había sentido demasiado cansada para jugar a ser diferente. ¿Era ese el inicio de la vejez?, se preguntaba. ¿Estaba a punto de empezar a babear y a echar una cabezadita después de comer una galleta *Rich Tea* por la mañana y cambiar sus capuchinos por una buena taza de cacao? Después de todo, solo le faltaban dieciocho meses para cumplir los cuarenta.

Las primeras visitas de Laurence llegaron pronto y deambularon por el vestíbulo con nerviosa expectación. Eran las señoras de las viviendas de protección oficial de Blackberry Moor y las hizo esperar durante un cuarto de hora más por el único motivo, al parecer, de que podía hacerlo. Un fotógrafo que mascaba chicle del *Yorkshire Post* se anunció en la Recepción. Elizabeth acudió al encuentro de todos ellos y les condujo al piso de arriba. Después siguieron los gestos de alegría forzados en la sala de reuniones de Laurence, con el mismísimo gran hombre, quien no era capaz de perder del todo aquella expresión que parecía decir: *Ooh, ¡he tocado a una persona que vive en viviendas de protección oficial! ¿Dónde tengo que desparasitarme?* Después el fotógrafo se marchó con sus fotografías de Relaciones Públicas y las tres mujeres se sentaron, incómodas, en el borde de los grandes y mullidos asientos, sonrojándose y tartamudeando como si fueran adolescentes de los setenta que acabaran de obtener una cita con Donny Osmond. Elizabeth nunca podría comprender el efecto que Laurence ejercía en esa clase de visitas. Se pasaba la mitad del tiempo esperando que le dijeran que fuera a buscar una fregona para limpiar los charcos que dejaban a sus pies aquellos cachorros excitados pero, en aquella ocasión, cuanto más lejos mejor.

Garabateó algunas notas mientras Julia y Laurenc
ban la cabeza en idénticos y comprensivos ángulos mi
cuchaban parlotear sobre lo agradecida que estaba la co
de Blackberry Moor por el apoyo de Handi-Save. Julia pasaba
las páginas de las carpetas que las señoras habían traído llenas
de fotos de «Antes y Después», que mostraban espantosas áreas
comunes donde meaban los perros transformadas de manera
impresionante en zonas de juego y plazas ajardinadas gracias a
las donaciones y los fondos. Laurence estaba sentado, con las
puntas de los dedos juntas y asintiendo en los momentos adecuados, procurando que su única ceja se alzara en el momento
apropiado, al tiempo que escudaba un par de ojos que mostraban una mezcla de aburrimiento y asco.

—Así que si usted pudiera... esto... dejar que siguiéramos teniendo ese pavo o lo que sea en Navidad para sortearlo en la rifa —dijo la señora con el gorro de ganchillo, intentando desesperadamente adoptar un tono ligeramente sofisticado.

—El dinero se destina principalmente a ayudar a los niños —se entrometió otra como si estuviera en una disputa.

—No queremos mucho, solo una pequeña cantidad un par de veces al año para sortearla.

—Ya ve, intentamos promover el espíritu comunitario.

El gran Laurence Stewart-Smith asintió con gesto regio, y como si su cabeza estuviera ligada a la de su ayudante por un hilo invisible de marioneta, la de Julia también se movió. Ninguno de los dos hubiera parecido fuera de lugar en la bandeja trasera del viejo *Vauxhall* de Elizabeth.

—Por supuesto —dijo—. Estoy seguro de que podríamos darles algo más. —Escribió algo con ademán importante en un trozo de papel y se lo entregó a Julia. Los ojos de las señoras observaron la entrega de la nota con gran expectación. No se habrían emocionado tanto si acabara de anotar el secreto de la vida eterna.

—Eso sería maravilloso —dijo la que tenía las cejas repasadas con lápiz de ojos, y su rostro se iluminó tanto que estos corrían el riesgo de derretirse.

—Bien, bien.

Laurence sonrió, alzó la muñeca donde tenía el reloj con

gesto dramático, le echó un rápido vistazo y después se puso de pie para dar a entender que la audiencia había concluido.

—Bueno, lamento que haya sido una reunión tan corta pero tengo otro compromiso, aunque no tan entretenido, al que me temo que ya llego un poco tarde. —Y volvió a mostrar su encantadora sonrisa al tiempo que añadía—: Mi ayudante Julia les acompañará a la salida.

Las señoras salieron por la puerta, nerviosas, y mientras Laurence y Julia se disponían a seguirlas, el trozo de papel de la carpeta de Julia cayó al suelo. Elizabeth lo recogió. Pudo echarle un rápido vistazo antes de que el Trol se lo arrancara rápidamente de las manos.

Limitémonos a darles algo de dinero a estas viejas perras y salgamos de aquí.

Elizabeth estaba asqueada pero no sorprendida. Observó cómo el sonriente trío de Blackberry Moor se abría paso por la oficina en dirección a los caprichosos ascensores, completamente ajenas a la verdadera naturaleza de su héroe Laurence Stewart-Smith. Mientras les entregaran regalos para su tómbola de vez en cuando, seguirían idolatrándolo como si fuera el santo del lugar, aunque Elizabeth sabía que uno no llegaba adonde él había llegado siendo un tipo agradable. En algún momento del camino que llevaba a la dirección, les arrancaban el corazón y lo sustituían por un hacha. Y también había descubierto que, en cuanto un hombre alcanza el poder, es muy probable que haga un mal uso de él.

Capítulo 2

Janey se movía agitadamente por la habitación mientras metía en el bolso pañuelos de papel y la barra de labios y se detenía de vez en cuando para frotarse el vientre.

—¿Qué te pasa? —dijo Elizabeth, observándola.

—Cenamos comida china de poca calidad.

—¡Y un cuerno comida china de poca calidad! —dijo George, el marido de Janey, apartándose un momento de la pantalla de la televisión donde emitían los momentos previos al gran partido—. Yo me comí la mitad y estoy como una ro...

—De hecho, si no fuera el cumpleaños de Helen, hubiera pasado de ir —interrumpió Janey.

—¡No podías hacerlo, no nos hemos visto desde Navidad! —dijo Elizabeth.

—Sí, bueno, esa es otra razón por la que hago el esfuerzo —dijo Janey—. De todas formas, no voy a beber, así que no hay razón para que cojamos un taxi. Maldición, ¿dónde está mi monedero? —Apartó a George para ver si estaba sentado sobre él. Aunque el muy vago no se habría dado cuenta ni aunque hubiera estado forrado de cuchillas de afeitar, pensó. De acuerdo, ¿qué más debía recordar?

—¡No seas tan boba! —dijo Elizabeth.

—Llama a un taxi y tómate unos cuantos gin tonics, eso te pondrá las pilas —dijo el tipo con pinta de perezoso antes de dar un sorbo a una lata de cerveza.

—¡Tendría que haber imaginado que te pondrías de su lado! —dijo Janey señalando a su impávida amiga.

Elizabeth le sonrió y, por un momento, su aspecto fue el que tenía en el colegio, con un par de patas de gallo de más.

—¡Oh, maldición! ¡Las flores! —Janey levantó los brazos con desesperación y le echó la culpa a George—. Te dije que me recordaras lo de las flores. ¡Habrías dejado que saliera por la puerta sin ellas!

George sonrió con indulgencia, sin dejarse amilanar, como siempre, y soltando un suspiro como si fuera un caballo hinchable que hubiera recibido un pinchazo fatal.

—¡Las flores, Janey, no te olvides! —dijo, chasqueando los dedos como si se le acabara de ocurrir. Janey le pegó con un cojín, aunque las flores no eran ese «algo» que le rondaba por la cabeza y que no había manera de retener.

—¿Y cómo va el trabajo? —le dijo George a Elizabeth.

—¡Oh, mejor no preguntes! —dijo—. Lo último es que… —e hizo una imitación bastante lograda de su archienemiga—… «¿Podrías, por favor, pedir permiso si vas a pasar más de cinco minutos en el lavabo?» ¿Te lo puedes creer?

—¡Venga ya! ¿Qué dijiste?

—Le sonreí dulcemente y le dije que no tenía por costumbre cronometrarme. Voy a cumplir cuarenta años el próximo año, por el amor de Dios. Hace más de veinte años que dejé de levantar la mano para pedir permiso para ir al baño. De verdad, qué mujer. ¡*Heil* Julia!

Hizo un saludo Nazi y empezó a marchar por la alfombra delante del televisor.

—¡Por Dios! —berreó Janey desde la cocina. Siempre había imaginado que a esa edad ya habrían madurado y hablarían de las noticias o del dinero que esos días estaría recaudando Bob Geldorf para obras de caridad. George soltó una risotada y Janey pensó: *Tiene una risa encantadora*. De alguna forma habían perdido el hábito de reírse juntos.

—¿Puede ser que haya leído que ibais a ser absorbidos por otra empresa? —dijo George.

—Se ha hablado de eso durante un tiempo —dijo Elizabeth con un gesto que pretendía descartarlo—. La cadena de bricolaje *Just the Job* estaba supuestamente interesada en comprarnos. Aunque Laurence detesta al dueño y se mantiene firme. No es que yo sepa mucho más; soy una simple plebeya.

—¿De verdad es tan horrible trabajar allí?

—Peor. Bueno, el lugar está bien... el problema es ella, la Mariscal de Campo. En cuanto a él, no puedo encontrar las palabras exactas. Espera un momento, acabo de hacerlo: es un borracho.

—Sí, es duro estar en la cima —bromeó George, y le sonrió con afecto. Quería a Elizabeth como a una hermana, a pesar de ser tan peculiar. Reconocía en ella una vulnerabilidad ante la cual un alma caritativa como la suya no podía evitar reaccionar, a pesar de su manera de actuar fría e independiente y de su lenguaje descarado. Tal vez habría tenido mucho que decir si Janey hubiera sido tan libre en sus expresiones, pero con Elizabeth era algo inevitable que había que aceptar. Y no es que la gente, al mirarla, creyera que tenía la boca tan sucia como una alcantarilla, con su aspecto menudo y delgado, con sus encantadores y oscuros rizos de gitana y unos impresionantes ojos grises por los que su Janey siempre había sentido una sana envidia. Ella no cambiaría su vida por la de su amiga ni en un millón de años, le había asegurado tiernamente, ni siquiera el hecho de que Elizabeth *pudiera* comerse un curry con doble de pollo y medio pastel de chocolate y no engordar ni medio gramo.

—¿Crees que pasa algo entre esos dos en el trabajo? —preguntó George.

—No tendría por qué —dijo Elizabeth—. Laurence es demasiado listo como para hacer eso. Tiene la vista puesta en «cosas mejores» y necesita estar escrupulosamente limpio. Aunque no será por falta de intentos por parte de ella. ¡Política de la oficina! ¡Te aseguro, Georgy Boy, que es mucho peor que la de los políticos!

—Puedo imaginármelo —dijo George, asintiendo, aunque en realidad nunca había entendido qué podía tener de complicado entrar en una oficina y pasar el día con el culo sentado ante el ordenador y el teléfono.

—Me revienta que todos piensen que es una especie de héroe cuando yo sé que en realidad es un tipo despreciable. Por ejemplo, hoy han venido unas mujeres de Blackberry Moor. En serio,

¡parecía que estaban en presencia del mismísimo Papa! Incluso una de ellas llevaba un libro de autógrafos. Se han arrastrado a sus pies por un par de cajas de bombones *Milk Tray* y un pavo de Navidad.

—¿Blackberry Moor? ¿Dónde está eso? Suena bien —dijo Janey.

George cogió aire.

—No, debes de haber oído hablar de él, Janey, cariño. Siempre sale en las noticias por las redadas de drogas. ¡La única mora* que habrán visto esas mujeres es la que aparece en las pastillas de ácido! Es un enorme bloque de viviendas de protección oficial, cariño, y también un vertedero.

—Pero tienes que darles un voto de confianza —interrumpió Elizabeth—. Algunas de las personas que viven allí se han unido para promover el espíritu comunitario. Laurence se involucró en eso por la publicidad gratuita pero puedes apostar a que le importa un bledo. Está demasiado ocupado mandándole estúpidos correos a Julia sobre lo gorda y fea que es la gente, lo que tiene gracia considerando que él está a un paso de convertirse en hombre lobo y ella tiene unas piernas entre las que podría pasar un autobús.

George la observó asombrado.

—Toma, híncale el diente a esto antes de que te dé un amago de infarto —dijo, alcanzándole el cuenco de cacahuetes—. Nunca te había visto tan alterada, Elizabeth.

—Sí, lo sé —dijo Elizabeth, rechazando los cacahuetes. Si otras personas estaban notando un cambio en ella, entonces no era su imaginación.

—Oye, se me acaba de ocurrir algo —dijo George maliciosamente—. ¡Si eso de la absorción se lleva finalmente a cabo podrían llamar a la empresa «Trabajo Manual»! ¿Lo pillas? Trabajo. Manual. —Soltó una gran risotada que se unió a la escandalosa e indecente risa de Elizabeth, lo que provocó que George se riera aún más y así sucesivamente. Entonces se les unió Janey, a pesar de fingir su desaprobación. Cuando George y Elizabeth se juntaban, hacían chistes como si se tratara de un dúo cómico. Como solían hacer ellos antes.

---

* *Blackberry*, en inglés, significa *mora* (N. de la T.).

—¡Lista! —anunció Janet.

—Espera un momento, necesito ir al lavabo —dijo Elizabeth.

—¿Otra vez? Ya has ido una vez.

—¡Oh, no! ¡Es Julia! ¡Te ha poseído! —dijo Elizabeth, fingiendo soltar una grito mientras desaparecía en el baño de la planta inferior, preguntándose por qué últimamente necesitaba ir al baño cada cinco minutos.

Janey se inclinó sobre el respaldo del sofá para recibir el habitual beso de George.

—¡Cuando lleguéis, habrá cumplido los cuarenta, no los treinta y nueve! —espetó.

—Oh, vete a paseo, George —dijo Janey, pero le estaba sonriendo.

—Adiós, Georgy —dijo Elizabeth poco después, revolviéndole el dorado cabello al pasar junto a él. Siguió a Janey hasta la salida y se metieron rápidamente en el coche para escapar del gélido aire nocturno.

Recorrieron la calle y se incorporaron a la vía principal que pasaba frente al parque, la Iglesia de San Judas y también de los dos grandes institutos que recientemente se habían unido para formar uno enorme. En cinco minutos, las casas de ladrillo rojo dieron paso a las grises viviendas de protección oficial, y cinco minutos después, desaparecieron todos los edificios al entrar en la periferia de la ciudad. Pasaron por el bosque *Scout Camp* y el centro de jardinería con su singular cafetería, que estaba junto a un conocido riachuelo lleno de patos en el centro de la semirural Malstone. El pueblo era el telonero oficial de la siguiente población: Higher Hoppleton, con su bonito parque y su villa situada en los aledaños como una exquisita joya cuadrada. Higher Hoppleton era el Beverly Hills de Barnsley. El hecho de tener el código postal de Higher Hoppleton era signo de prestigio y hacía que la gente alzara las cejas en señal de admiración. Por eso Simon, Don Ostentoso Ejecutivo Publicitario de Altos Vuelos, había decidido que él y su mujer Helen vivirían allí cuando la propiedad adecuada apareciera en el mercado.

Cuatro años atrás, los Cadberry habían comprado un impresionante y largo bungalow con puertas de hierro forjado negro, un pequeño edificio anexo y un montón de espacio para aparcar los dos *BMW* negros. Aunque decir que la «habían comprado» era llevar las cosas un poco lejos, ya que Elizabeth siempre había sospechado que la mayor parte del dinero procedía de las arcas de los Luxmore. Era una casa de catálogo que podría haber salido en las revistas de prestigio: cojines perfectamente alineados, cuadros colocados al milímetro y, curiosamente, en medio de todo aquello estaba la habitación de invitados, un caos lleno de trastos viejos de Simon de los que *todavía* no se había ocupado. En opinión de Elizabeth, aunque Janey no estaba de acuerdo, la vieja casa en el pueblo de Malstone, más tranquilo y amable, era mucho más bonita que aquella construcción pretenciosa. Janey dijo lo que siempre decía cuando el coche enfilaba el camino de gravilla que daba entrada a la casa de Helen:

—Ojalá fuera mía, ¿no es maravillosa?

Elizabeth no le contestó. Preferiría mil veces tener la cálida casa a medio construir de Janey que aquella cosa enorme y moderna.

Cuando Simon abrió la puerta trasera, Elizabeth habría jurado que él y Helen acababan de tener una discusión airada. Janey no se dio cuenta, estaba demasiado ocupada en babear como siempre hacía cuando se encontraba en presencia del marido de su amiga y de su sonrisa *Profidén*.

—Somos nosotras —anunció, y las dos entraron en la reluciente cocina de alta tecnología de Helen. Le dieron un gran beso de cumpleaños y un abrazo y después le entregaron los regalos y las tarjetas de felicitación. Elizabeth había hecho la suya y la había decorado con una pequeña acuarela de un gato Tabby. Simon odiaba los gatos.

—Buenas noches, señoras. —Simon sonrió a Janey. La sonrisa trazó un amplio arco en dirección a Elizabeth, donde murió a sus pies.

Janey le devolvió la sonrisa, consciente de que el ritmo habitual de los latidos de su corazón se había acelerado, como siempre le ocurría cuando se encontraba en presencia de aquel hombre guapísimo de rizado pelo dorado y excelente complexión. Tenía unos ojos azules que podían desnudar a una mujer a cincuenta metros y, en su imaginación, a menudo aquella mujer era ella. Apostaba a que era fantástico en la cama, un maestro de trucos especiales y de prolegómenos que durarían horas y que harían gritar a una chica, y sabría qué palabras utilizar exactamente para que su espalda se volviera de resbaladizo aceite, como si fuera un héroe de una comedia romántica de *Mills and Boom*. Maldita sea, por entonces, cuando ella y George se tomaban la molestia de hacerlo, eran más como una pareja de «aquí te pillo, aquí te mato». Ahora bien, llevaban catorce años juntos y el sexo emocionante solía ser la primera baja en las relaciones a largo plazo.

—Acabáis de pillarme diciéndole a Helen que se alejara de la ginebra. Últimamente se ha sentido un poco indispuesta —dijo Simon con su profunda y educada voz. Alargó la mano y acarició el pelo de Helen; a Janey le recorrió un escalofrío.

—¿Tú también? —empezó a decir sin pensar—. Cenamos comida china de poca calidad anoche y estoy... —Se detuvo justo a tiempo antes de lanzarse a dar una detallada descripción de sus problemas digestivos delante del Dios del Amor y ponerse totalmente en evidencia— ...esto ...ahora estoy mucho mejor, afortunadamente.

Su pequeña risa sarcástica no pasó desapercibida a Elizabeth, pero sí a Janey. Estaba demasiado absorta en observar a través de los cristales rosados de sus gafas cómo se movía ágilmente hasta los colgadores de la pared. Se puso una chaqueta de piel marrón que parecía suave como la mantequilla, no como la baratija que tenía George y que era tan rígida que necesitaba que le avisaran cinco minutos antes para poder doblar el brazo. Como música de fondo, del reproductor de CDs salía la melodía de «Smooth Operator» de Sade. Muy apropiado, pensó Elizabeth, viendo cómo Simon le decía a su esposa con voz suave:

—Bien, querida, os dejo a ti y a tus amigas a lo vuestro.

—¿Vas a salir a ver el fútbol? —preguntó Janey.

—¿Fútbol? —Lo dijo como si la palabra no estuviera en su vocabulario—. Para ser sincero, no me interesa mucho.

—¿Qué estás cocinando? Huele muy bien —le dijo Elizabeth a Helen mientras pensaba en lo pálida y frágil que parecía.

—Cóctel de gambas, cigalas en salsa y pastel *Black Forest*.

—¡Ooh, maravilloso! —gritó Janey.

—Está bromeando, solo es algo de pasta —respondió Helen, lanzándole una mirada airada. Janey asintió pero hubiera preferido el menú de Simon, especialmente el pastel *Black Forest*. Nunca podía resistirse a sus instintos golosos.

—Me voy. —Simon le dio a su esposa un beso fugaz y le susurró algo al oído que tuvo un efecto extraño en ella. Fue como si le hubieran arrojado un cubo de agua fría sobre la cabeza, pensó Elizabeth, preguntándose de que iba todo *aquello*.

—Pasadlo bien, señoras.

—¡Oh, no te preocupes, lo haremos! —dijo Janey con voz chillona, en una fiel imitación de la señora del sombrero de ganchillo en presencia de Laurence.

—Ojalá George fuera así —suspiró mientras la puerta se cerraba tras Simon y el aroma de su cara loción para después del afeitado llegaba hasta ella—. Es tan romántico, exactamente como el señor Darcy.

Elizabeth luchó contra el deseo de meterle los dedos hasta la garganta. Fuera lo que fuese lo que le había susurrado a Helen antes de salir, no le parecieron precisamente dulces ñoñerías.

Helen no hizo ningún comentario. Se limitó a coger tres vasos y dijo:

—¿Ginebra, chicas?

—Oh, adelante, uno triple —dijo Elizabeth con entusiasmo. Si iba a pasarse la noche corriendo al lavabo, mejor hacer que mereciese la pena. Janey negó con la cabeza, después se lo pensó mejor y accedió, pidiendo un vaso pequeño, siempre que tuviera tónica baja en calorías para acompañar a la ginebra.

—«Solo uno pequeño» —imitó Elizabeth—. «¡Sin nada de calorías, sin grasa ni carbohidratos, por favor!»

—No me importa, puedes burlarte todo lo que quieras. ¡No tengo intención de volver a engordar después de lo que me costó perder tanto peso! —dijo Janey mientras aceptaba el vaso.

Helen pensó que Janey había engordado un poco desde la última vez que la había visto en Navidad, aunque no lo dijo en voz alta. Janey tenía mejor aspecto cuando ganaba peso. Siempre había sido una chica grande y pelirroja, con un fantástico cuerpo lleno de curvas y un rostro redondo y afable, y ahora que se había hecho adicta a las dietas tenía un aspecto escuálido y pálido. Tenía una «estupenda» estructura ósea y solía transmitir una sencillez muy sexy que de algún modo había perdido con la grasa. Elizabeth pensaba lo mismo. Pero ninguna de las dos quería empezar la Tercera Guerra Mundial diciéndoselo.

—¿Y cómo va el trabajo? —preguntó Helen. Antes de que Elizabeth pudiera responder, Janey la interrumpió.

—Oh, no saques el tema. Te deprimirá totalmente.

—¡Gracias! —dijo Elizabeth con una risa indignada.

—En serio, no sé por qué no lo dejas si es tan malo.

—Porque, listilla, si van a comprar la empresa y quieren prescindir de mis excelentes servicios, podría perder la oportunidad de que me pagaran el despido. Eso por un lado. Además, nunca les daría la satisfacción de echarme como a todos los demás panolis.

—Podrías conseguir un trabajo peor remunerado pero más gratificante. Es decir, no es que necesites el dinero para la hipoteca —dijo Janey.

—Puede que no tenga hipoteca pero sigo teniendo que pagar facturas y el préstamo para la cocina y otras cosas importantes, ya sabéis, como comida y zapatos —replicó.

Sí, había otros trabajos, tal y como decía Janey, pero llevaba allí tanto tiempo que era lo malo conocido. Los cambios aterrorizaban a Elizabeth.

—El trabajo es una mierda, como siempre, Helen. Gracias por preguntar. Ahora que hemos aparcado el tema, hablemos de algo más alegre, como el hambre en el mundo —dijo Elizabeth.

—Vale, pues, ¿cómo va lo de la casa? —preguntó Helen a Janey.

—Oh, «lento pero seguro» —dijo Janey—. Ya conoces a George. Puede que se tome su tiempo pero, lo que hace, lo hace bien.

Elizabeth asintió, totalmente de acuerdo, deseando interiormente tener a alguien como George esperándola en casa. *De hecho, lo tuviste, ¿no es así?*, le dijo su mente súbitamente y ella luchó contra aquel pensamiento descontrolado para devolverlo a su jaula y cerrarla con dos vueltas.

Helen se llenó el vaso y Elizabeth reparó en que solo se había echado tónica y se sintió obligada a destacarlo.

—¿Qué ocurre? ¿No bebes en tu cumpleaños?

—¡Hay que ver! No se te escapa nada, ¿verdad? —dijo Helen con divertida exasperación—. De todas formas, mi cumpleaños no es hasta mañana.

—¿Y?

Helen mantuvo la vista fija en el suelo mientras se encogía de hombros.

—Simplemente no me apetece, eso es todo.

Helen era pésima mintiendo. Elizabeth la miró, la miró *de verdad*, y aunque sonara estúpido, había algo diferente en ella. Y Elizabeth supo instintivamente de qué se trataba.

—¡Tú, deja de observarme! —dijo Helen. Un risueño brillo iluminaba sus ojos.

—No puedo creerlo. Estás embarazada, ¿verdad?

—Qué… ¿Solo porque no se ha puesto ginebra? —se burló Janey, pero Helen no lo negaba y tenía el aspecto de una mujer que trataba de guardar un secreto que estaba a punto de explotar.

—No lo estás, ¿verdad? —dijo Janey con la mandíbula desencajada por la sorpresa y el asombro y la alegría—. ¿Lo estás? ¿No? ¿Lo estás?

De pronto todas estaban dando saltos por la habitación.

—No lo estás, ¿verdad? ¿*Preñada*? ¿Recuerdas ese «preñada»? —dijo Janey, quien lo recordaba todo. Las tres tuvieron un ataque de risa tonta al recordarlo: Janey le había dicho a un camarero que estaba demasiado «preñada» para salir a tomar algo con él por Lloret. Ella creyó que estaba diciendo «tímida» hasta que lo buscaron en el libro de frases *Harper* intentando comprender por qué había salido corriendo tan rápidamente que le salía humo de los talones. El hecho de que en realidad significara *embarazada* probablemente tuvo mucho que ver con eso.

—Dios, sigues teniendo memoria de elefante, aunque ya no tengas la figura de uno —dijo Elizabeth.

—Ja y otra vez ja —dijo Janey, con las manos apoyadas en sus delgadas caderas.

—¡Se supone que no debo decíroslo! —dijo Helen, a medio camino entre el temor nervioso y el estallido de alegría, como un metrónomo que se hubiera vuelto loco.

—No nos lo dijiste, yo lo adiviné —dijo Elizabeth, con una sonrisa de oreja a oreja.

—Simon se volverá loco si averigua que lo sabéis —susurró Helen, echando un rápido vistazo a la puerta con ojos de conejillo asustado como si estuviera escuchando tras ella.

—¿Por qué demonios debería ponerse así? —chilló Elizabeth—. Somos tus mejores amigas y como tales deberíamos haberlo sabido antes que él.

—Oh, me pidió que no os lo dijera hasta que estuviera de doce semanas porque mucha gente sufre abortos antes. —Helen les dio un fuerte achuchón—. Oh, Dios, me moría de ganas de iros a visitar. Tuve el presentimiento de que estaba embarazada cuando tuve el primer retraso porque, como sabéis, *nunca* tengo retrasos. Quería estar segura, de todos modos, y sabía que si os veía no podría guardar el secreto.

—¿Cuándo nacerá?

—Bueno, según mis cálculos, el veinticuatro de septiembre, pero me van a hacer una ecografía dentro de unas semanas para confirmarlo.

—¡Vaya, eso es fantástico! —rió Janey—. Imagino que Simon está loco de contento.

—Sí —dijo Helen sin añadir nada más, lo que extrañó un poco a Elizabeth porque Helen podía alegrarse por el mero hecho de que el lechero le hubiera dejado una botella más de leche.

—Así que sentarse en la picha del Hombre de Tiza funcionó —dijo Janey—. Mientras no funcione conmigo, es todo lo que tengo que decir.

Elizabeth pensaba lo mismo, aunque no lo dijo en voz alta. No es que hubiera alguna razón por la que debiera preocuparse por algo así, ya que siempre obligaba a Dean a ponerse un condón a pesar de lo mucho que pudiera protestar. Además, no había tenido sexo con penetración desde antes de Navidad. Y sus reglas habían hecho acto de presencia con una absoluta puntualidad.

—No me lo podía creer cuando me hice la prueba. —Los gorjeos de Helen la devolvieron al mundo real. Ahora que ya se había descubierto el secreto, no podían hacerla callar. De todas formas, no querían hacerlo.

—¿Qué pensaste? —dijo Janey.

—¡No puedo expresarlo con palabras, de verdad, no puedo!

Elizabeth sonrió. Sabía lo que ella habría dicho, pero Helen decía menos tacos que Anna de las Tejas Verdes.

—Pensé que era mejor que cenáramos en la cocina en lugar de en el comedor, si os parece bien, chicas —dijo Helen.

—A mí me parece bien —dijo Elizabeth, a quien aún le gustaba menos el largo, estrecho y frío salón de su amiga que su cocina minimalista, masculina y fría.

Aunque la mesa de la cocina tenía un aspecto magnífico, con un mantel verde y tapetes a juego y servilletas de lino enrolladas en anillas doradas. Había queso parmesano recién rallado en un plato, un enorme salero de madera pulida y un gigan*Tesco* pimentero que Elizabeth no pudo evitar coger y darle vueltas mientras decía con un meloso acento de camarero italiano:

—A la hermosa señora le gusta grande, bonito, grande, grande y lleno, ¿verdad?

Las otras ya lo esperaban y empezaron a gemir. La cocina de Helen era muy diferente a su pequeña y acogedora guarida en la calle Rhymer. La de Helen era una habitación salida directamente de la revista *Casa y Jardín*, pero no era la idea que Elizabeth tenía de la cocina de sus sueños, y sabía a ciencia cierta que tampoco era la de Helen. Ambas compartían gustos menos refinados: estantes con teteras propias de casa de campo, grandes y mullidos sofás y cuadros de gatos, no paredes de un blanco inmaculado de las que colgaban horribles cuadros abstractos llenos de figuras geométricas. Aquella estancia no reflejaba nada de la personalidad de Helen y todo de la de Simon: cuadriculado, aséptico y, hasta aquel día, Elizabeth habría añadido a la lista «estéril».

—¿Cuándo crees que te quedaste embarazada? —dijo Janey cuando ya estaban sentadas y comiendo.

—En Nochevieja —dijo Helen sin dudarlo. Lo sabía con certeza.

—Ooooh, George y yo también tuvimos una velada movidita —dijo Janey, recordando cómo aquella noche George se las había arreglado para acelerar gozosamente la marcha de su motor. Incluso la había poseído desde atrás, lo que hacía años que no había hecho—. Tú fuiste a una fiesta, ¿verdad, Elizabeth?

—Sí.

—Oh, sí, recuerdo que me lo dijiste. ¿Qué tal fue?

—Poca cosa, en realidad. Me fui pronto a casa. Esto está delicioso —dijo Elizabeth, introduciéndose comida en la boca para evitar seguir hablando.

—¿Y qué pasa ahora? ¿De cuánto estás? —preguntó Janey.

—Bueno, se cuenta desde la fecha de la última regla, lo que significa que estoy embarazada de casi siete semanas. Empezaré las clases de preparación al parto cuando tenga la segunda falta.

—¡No puede ser! —dijo Elizabeth—. Significaría que ya estabas embarazada de dos semanas antes del polvo definitivo.

—Confía en mí, es correcto —dijo Helen.

Janey contuvo el aliento.

—¡Vaya, siete semanas! ¡Eso es como estar embarazada de casi dos meses!

—Sí. Muy bien, Carol Vorderman.*

Janey le sacó la lengua a Elizabeth y después volvió a centrarse en Helen.

—¿Tienes náuseas?

—Sí, me temo que sí, pero la sensibilidad de los pechos es peor que las náuseas. Si alguna vez os han frotado los pezones con papel de lija, sabréis a qué me refiero...

—Bien, a mí no, aunque probablemente a *ella* sí —y Janey señaló a Elizabeth con el dedo.

—... y estoy cansada —continuó Helen—. Siempre me siento terriblemente cansada.

Las orejas de Elizabeth se abrieron de par en par, aunque era un poco tonto. Había tenido la regla desde Año Nuevo, una regla muy floja, pero una regla al fin y al cabo, gracias a Dios.

—Entonces, ¿el cansancio es un síntoma?

—Aparentemente sí, al principio. Y al final, obviamente.

—Creía que se tenían náuseas y que se engordaba y ya está —dijo Elizabeth, quien nunca había tenido razón alguna para interesarse por el proceso del embarazo.

—¡No, no, no! —dijo Helen—. No dejan de sangrarme las encías y siento la necesidad de ir al baño cada cinco minutos.

—Entonces creo que tú también debes de estar embarazada —rió Janey, inclinando la cabeza en dirección a Elizabeth—. Hasta ahora todo suena muy divertido, Hels.

—Con el tiempo mejora. Cuando llegue a las doce semanas, algunas de las cosas desagradables, como las náuseas y el

---

* Periodista, ejecutiva y presentadora de televisión británica famosa por su trabajo en el concurso *Countdown*, donde se ocupaba especialmente del juego de los números (N. de la T.).

cansancio, deberían desaparecer. En realidad, esta noche, para variar, no me siento demasiado mal —dijo Helen, animada—, pero por las mañanas tengo que arrastrarme hasta la cama. En realidad, es lo que he hecho hoy.

—¡Estas trabajadoras de media jornada! —dijo Janey, alargando la mano para coger más parmesano, para después retirarla al recordar su valor calórico—. Algunas mañanas me gustaría volver a rastras a la cama, especialmente a estas alturas del año.

—Bueno, ya sabes lo que tienes que hacer: tienes que quedarte embarazada.

—¡Ni muerta!

—Siempre creí que tendrías hijos, o al menos uno —dijo Helen.

—Es un poco tarde para eso —dijo Janey, retorciéndose como un gusano sobre una cuerda, ansiosa por cambiar de tema antes de que empezaran a decir lo maravilloso que sería George como padre. Siempre apartaba el sentimiento de culpa que sentía por negarle la oportunidad de convertirse en padre, a pesar de saber que era lo que más deseaba en el mundo.

—De verdad que me gustaba trabajar a jornada completa —suspiró Helen, ausente—, pero Simon se mostró tajante. Odia llegar a casa y que no haya nadie. Lo más absurdo es que trabaja tantas horas que yo podría tener un trabajo de jornada completa y llegar a casa antes que él.

Cerdo egoísta, pensó Elizabeth. ¿Cómo alguien tan encantador como Hels había acabado con un imbécil como él? Bueno, en realidad, ya conocía la respuesta. Había aparecido cuando ella se sentía más vulnerable y se había adueñado de ella, igual que hace el espíritu maligno con Linda Blair en *El Exorcista*. Durante mucho tiempo se había preguntado si Simon solo estaba esperando a que la señora Luxmore la diñara y Helen heredara toda la fortuna familiar, pero esos pensamientos no eran tema de conversación para Helen. Sospechosamente, no soltaba prenda sobre su relación, ni siquiera con ellas, sus mejores amigas.

—¿Y qué pasará si das a luz a una gigantesca silueta de tiza con un miembro enorme y un garrote? —dijo Elizabeth, cortando un trozo de pollo y asintiendo con aprobación.

Helen se animó.

—Estoy dispuesta a creer que podría tratarse de una coincidencia, pero creer que a mí me funcionó me hace sentir menos como una pirada, y también menos culpable por arrastraros a las dos hasta allí.

—Nunca sabremos si fue culpa de la magia del Hombre de Tiza —dijo Janey, aunque, en realidad, no estaba dispuesta a creer en todas aquellas tonterías.

Helen había preparado de postre un enorme pastel de chocolate.

—¿Estás *segura* de que no eres la reencarnación de Doris Day? —dijo Janey.

—No sería apta para el puesto, no está muerta —dijo Elizabeth.

—¿Quieres un poco?

Janey dudó. Su estómago no «había sido reeducado» y cada vez que se encontraba cerca de comida como aquella, no dejaba de sacar su avariciosa lengua para gritar *Dame, dame, dame*. Trabajar para una compañía internacional de pasteles y repostería, con ofertas para investigar el mercado probando comida en mostradores que iban en todas direcciones, no ayudaba mucho. Siempre las rechazaba mientras intentaba por todos los medios no llorar.

—Voy a reventar —mintió—. Solo un trozo pequeñísimo, y con eso *quiero decir* un trozo pequeñísimo.

—Creo que debo de tener dos estómagos —declaró Elizabeth—. Voy a reventar de tanto comer pasta pero me muero de ganas de probar el pastel.

—¡A eso se le llama ser una cerda! —dijo Janey, y Elizabeth le soltó un bufido y trató de comerle la mano.

El pastel tenía un aspecto delicioso, aunque todo lo que hacía Helen resultaba impresionante, pensó Elizabeth, menos casarse con el Odioso Simon.

—Así pues… *¡fortuna dies natalis*, Helena! —dijo Elizabeth, alzando su copa en dirección a Helen.

—Caray, la señorita Ramsay estaría orgullosa de ti —dijo Helen mientras aplaudía, impresionada.

—Y tanto que debería estarlo, después de lo que me hizo

pasar hace veintitrés años. —Elizabeth calculó los años—. ¡Dios mío, si son más! ¡Son casi veintiséis!

—El tiempo vuela cuando te lo pasas bien —dijo Janey secamente—. De todas formas, nosotras hemos sufrido mucho más que tú desde ese día. Me gustaba bastante sentarme con Brenda Higginthorpe.

—¿No era Glenda Higginthorpe? —dijo Helen.

—Sí, era una compañera tan estupenda que ni siquiera puedes recordar su nombre —se burló Elizabeth, pero Janey estaba demasiado distraída con el poderoso pastel como para querer seguir indagando sobre aquel día escolar en particular.

—¿No le vas a poner velas a eso? —preguntó.

—No tengo —dijo Hels.

Elizabeth rebuscó en su bolso, sacó el mechero y lo encendió.

—Entonces esto tendrá que servir, Norma Jean. Tienes que soplar y pedir un deseo de cumpleaños. Trae mala suerte si no lo haces.

Después cantaron «Cumpleaños feliz, chúpate la nariz, y si no te la chupas, te saldrá una lombriz», a pesar de sumar casi 120 años entre las tres. A continuación, hicieron entrechocar las copas y pidieron un deseo. Elizabeth aprovechó el suyo para pedir que Helen fuera feliz. Más adelante lamentaría no haber usado el deseo para sí misma.

Helen tuvo la sensación de que la alegría salía por la puerta junto con sus amigas. Si lo recogía todo con rapidez, podría estar en la cama para cuando Simon llegara a casa, porque él *recordaría* que se lo había dicho. Le había prohibido tajantemente decirles nada sobre el bebé.

—¿Por qué no? ¿Por qué no puedo decírselo? —le había preguntado.

—¿Te das cuenta de la cantidad de bebés que no superan las doce semanas? —había contestado él- ¿Quieres parecer una idiota, anunciando que estás embarazada para después perderlo?

Había tratado de convencerse a sí misma que lo decía con la mejor de las intenciones. También trató de alejar la embarazosa sospecha de que él *desearía* que lo perdiera para que pudieran continuar sus vidas como hasta entonces, sin nadie alrededor que fuera más importante.

Acababa de poner las flores de Janey en un bonito jarrón pintado con girasoles que Elizabeth le había comprado cuando llegó Simon.

—¿Por qué estás tan nerviosa? —dijo este, haciendo añicos de forma inmediata la coraza de serenidad que había creído que la rodeaba.

—No estoy nerviosa —dijo trémulamente.

Reparó en lo que tenía en la mano.

—¿Qué es eso? —dijo él, como si estuviera sosteniendo un pescado podrido.

—Mi regalo de cumpleaños.

Es barato y vulgar —se mofó—. Supongo que lo compró Elizabeth.

—A decir verdad, sí, así es. —Nunca perdía la ocasión de meterse con Elizabeth, aunque al principio parecían llevarse bien. Él decía que era porque por aquel entonces aún no se había dado cuenta del tipo de fulana que era.

Cuando lo llevó al comedor, Simon la siguió pegado a sus talones.

—No estarás pensando en serio en poner eso aquí, ¿verdad?

—Sí, por supuesto que sí —y lo puso sobre la mesa—. ¿Por qué no?

—Porque, como dije, es barato y vulgar, *por eso*. Si no tienes jarrones, saldré y te compraré uno mañana.

—¡Es un jarrón muy bonito!

—Es asqueroso —dijo Simon, arrugando la nariz como si el jarrón ofendiera su sentido del olfato tanto como el de la vista.

—Solo es un jarrón. ¡Por favor, no hace falta que te exaltes tanto!

—No me estoy exaltando, Helen —dijo Simon, cada vez más molesto—. Simplemente no entiendo por qué nos gastamos una fortuna en una habitación para después convertir algo como eso en el objeto principal. ¡Solo las cortinas de esta habitación me costaron mil ochocientas libras, por el amor de Dios!

—Estás comportándote de forma ridícula.

Él se apoyó en el quicio de la puerta y la miró fijamente.

—¿Qué ocurre? —preguntó ella. Simon se limitó a seguir observándola, en un silencio que parecía helar la habitación.

—¿Simon? ¿Qué estás mirando? Déjalo, haz el favor.
—Sé por qué estás nerviosa. Se lo has dicho, ¿verdad, Helen?
—¿Decirle qué a quién?
—Oh, no te hagas la tonta, sabes a lo que me refiero.
—¡No, no lo hice! —Su voz sonaba convincentemente fuerte, pero sus mejillas la delataron al ruborizarse. Jugueteó con las flores. Simon rodeó la mesa, apoyó las manos encima para poder inclinarse hacia delante y la miró fijamente a los ojos.
—¿Por qué se lo contaste si yo te había dicho expresamente que no lo hicieras?
—No lo hice, Simon —dijo con una voz que para entonces ya era temblorosa y lacrimógena—. ¿Qué es esto? ¿Qué he hecho mal ahora?
Él movió la cabeza lentamente de un lado a otro, exasperado.
—Ya lo sabes. Les dijiste que estabas embarazada —dijo en voz baja.
—No, yo…
Simon dio un manotazo sobre la mesa.
—¡Deja de mentir! —y su grito obtuvo el silencio que buscaba. La miraba fijamente, de una forma que abrasaría sus ojos si osaba devolverle la mirada. Su lenguaje corporal expresaba la debilidad de la presa condenada: hombros caídos, cabeza gacha e incapaz de establecer contacto visual.
Él se incorporó y se pasó los dedos por el pelo rubio ondulado. En voz muy baja, pero cortante, continuó:
—De verdad, a veces no te entiendo. Te pedí que no se lo dijeras a nadie. Accediste, *juraste* que no lo harías, y después te limitas a seguir adelante y a ignorarme. —Tenía los ojos tan abiertos que parecían más blancos que azules. Helen odiaba cuando hacía aquello. Parecía ser el reflejo de un hermano gemelo loco.
—No puedes mantener la boca cerrada, ¿verdad? Complacerlas es mucho más importante que complacerme a mí, ¿verdad? No te preocupes por mí, ¡no soy tan importante!
—Por favor, yo…
—Oh, Helen, tan solo… tan solo vete a la mierda. ¡No sé por qué me molesto en ocuparme de ti si luego te limitas a echármelo en cara! —Se apartó de ella. Helen alargó el brazo y le tocó el hombro pero él se la quitó de encima.

¿Dónde se había originado todo aquello?, pensó Helen, quien hacía diez minutos había estado riéndose con sus amigas, celebrando un cumpleaños y compartiendo las mejores noticias que nunca tendría que comunicar. Solo quería que, fuera lo que fuese, se terminara. Así que confesó.

—Simon, está bien, seré sincera. No se lo dije, lo adivinaron.

Se produjo un silencio terrible y absoluto y después Simon soltó una risa cansada.

—¡Oh, Helen! Solo estás embarazada de siete semanas, ¿cómo diantre podrían haberlo adivinado? Si a veces te escucharas. Mentiras, mentiras, mentiras. Un día te ahogarás en ellas. Sabes, a veces me pones enfermo, físicamente enfermo.

Volvió a mirarla, agitando la cabeza de un lado a otro como si no fuera más que una niña que le había decepcionado.

—Esta noche dormiré en la habitación de invitados.

—Oh, vamos, no me vengas con esa cara. No soporto cuando pones caras largas.

—¡Y yo odio que mientas, Helen!

El cuarto de invitados estaba al final del largo pasillo. Era un espacio pequeño y frío. Observó cómo caminaba hacia allí lentamente y abría la puerta de la habitación. Entonces se volvió hacia ella y su cara dejó caer de repente aquella máscara de lunático para adoptar otra, más suave, una llena de silenciosa preocupación.

—Vete a la cama, querida. No deberías alterarte de esta manera, es malo para ti. Vamos, es tarde y estás cansada. Te veré por la mañana.

Esbozó una cálida sonrisa y, sin embargo, se mantuvo impasible ante su dolor y los enormes ojos que derramaban lágrimas tan grandes que habrían hecho que otros hombres se sintieran avergonzados y se disculparan. Su precioso y fibroso cuerpo desapareció en el dormitorio y cerró la puerta tras de sí, lo que de alguna forma constituía un rechazo mayor que si se la hubiera cerrado en las narices.

Capítulo 3
Escuela para Chicas Barnsley—1977

El latín no era, categóricamente, una lengua muerta, pero en los últimos instantes Gloria Ramsay estaba barajando seriamente la idea del suicidio. El problema no era tanto enfrentarse al hecho de que todo el mundo declinara el sustantivo urbs con la deliberada omisión del genitivo plural «i», que transformaba la correcta pronunciación de oor-be-um en un muy complacido HER-BUM*, sino que todo ello se llevara a cabo con un acento de Liverpool que habría hecho que César se revolviera en su tumba.

Su aarrrgh mental fue casi audible, pero para ser justa con las chicas, el señor Walton había sido su única fuente de pronunciación antes de que lo retuvieran en la aduana cuando volvía de un viaje a Turquía. Sí, eso confirmaba la teoría que el Latin no era el tipo de asignatura que debieran impartir hombres jóvenes con acento regional, pantalones de campana y bandoleras hippies que consultaban el I Ching en la sala de profesores. En su opinión, pertenecía a aquellos cuyo respeto por la lengua se reflejaba en la sobriedad y equilibrio de su vida personal. Esos profesores masculinos constituían una distracción demasiado grande para las chi-

---

* Juego de palabras intraducible. En inglés, el resultado de tal pronunciación es «su culo» (N. de la T.).

cas y nunca se les debería haber permitido el acceso a su escuela. Anticuada y «anclada en el pasado», oh, sí, era muy consciente de que esa nueva ola de modernos profesores la llamaban «Señorita Remeses»*, pero el hecho de que la clase pronunciara men-sas como MENZ-ARSE** era la prueba que demostraba que sus teorías estaban basadas en la inteligencia y no en los prejuicios.

Mezcló a las chicas como una baraja de cartas, quebrantando sus relaciones sociales, juntando los corazones y los diamantes con los tréboles y las espadas y enviando a las sotas a los cuatro rincones de la clase..

—Aquí es donde os sentaréis de ahora en adelante —anuncio la señorita Ramsay al mar de rostros enfurruñados y quejumbrosos murmullos de «Nooo, señorita».

—Otra vez: men-sa, men-sa, men-sam —las alentó con su tono perfecto y modulado.

Hubo más de un descarado intento de pronunciarlo afectadamente por parte de Elizabeth Collier, pero incluso aquello constituía una mejora. Las pequeñas payasas como ella no eran rival para Gloria Ramsay, con sus cuarenta años de experiencia docente a sus espaldas. Elizabeth era una chica muy inteligente, aunque un poco rebelde. Había demasiado de su hermana Beverly en ella, ese era el problema. Le beneficiaría encontrarse junto a la gentil influencia de la hija del señor Luxmore, Helen, discretamente inteligente, aunque quizá un poco dispersa, y junto a Janey Lee, por ser un constante y deliberado lastre que sacaría un sobresaliente en esfuerzo, si bien no en logros. Juntas formaban un triunvirato muy apropiado, aunque no precisamente popular, si sus tres rostros (a quien la máscara de disgusto causado por la nueva reagrupación hacía que fueran curiosamente similares) constituyeran algo en lo que basarse...

---

* En inglés, Ramsés, faraón egipcio (N. de la T.).

** Juego de palabras intraducible. En inglés, tal pronunciación significa «culos de hombres» (N. de la T.).

Capítulo 4

Cleef se lanzó a los pies de Elizabeth tan pronto como esta entró en casa después de que Janey la acompañara en su coche, una silueta negra y sedosa que maullaba en busca de atención y que enroscaba la cola aterciopelada con forma de signo de interrogación que preguntaba: *¿Dónde has estado? ¿Y mis mimos?*

—¡Algún día vas a romperme el cuello! —le regañó, aunque con una sonrisa de afecto. Entonces oyó los ronquidos en el piso de arriba y se le cayó el alma a los pies. ¿Por qué le permitió que tuviera una llave? Aunque para ser honesta consigo misma, en realidad no lo hizo, se limitó a dejársela un día y él no se la devolvió. Entonces empezaron a aparecer *cosas*, como por ósmosis, que iban de casa de él a la suya: CDs, malolientes zapatillas deportivas, ropa sucia.

Cogió a Cleef en brazos y llevó a cabo el ritual obligado de frotarle la cabeza para después dejarlo en el pequeño y peludo círculo que era su cama. A continuación se dirigió al piso de arriba. A pesar del cuidado que tuvo en no despertar a la silueta roncadora cuando rodeó la cama, no funcionó y *aquello* se despertó, se inclinó sobre ella y empezó a manosearla.

—Apártate, Dean.

—Oh, vamos, hace siglos que no lo hacemos —dijo.

En ese momento ella no quería. No quería sentir nada en su interior, así que atajó todos sus lamentos y ruegos y alivió sus frustraciones de una forma diferente. Entonces él se volvió a dormir en seguida y Elizabeth se quedó despierta mirando la oscuridad.

—¡MIERDA! —dijo Janey, cuando finalmente ubicó aquel pensamiento esquivo que no debía olvidar y que había estado dando vueltas en su cabeza. Tenía que decirle a Elizabeth a quién le parecía haber visto en la cooperativa, no, a quién había visto en la cooperativa, porque era imposible no reconocer a John Silkstone, incluso después de siete años. Le habría saludado de no ser porque estaba atrapada en la única caja en la que había una larga cola de gente y cuya cajera tenía que pedir ayuda cada cinco segundos. Reparó en que había más canas de lo que recordaba en su aún revuelto y oscuro pelo y parecía más grande de lo que ella recordaba, a no ser que ella hubiera encogido a partir de los treinta. Le sacaba más de una cabeza a la mayoría de la gente, como un gigante amable sujetando una barra de pan. No, seguro que se trataba de John Silkstone, no podía ser nadie más. Janey apuntó mentalmente que debía llamar a su amiga por la mañana y decírselo, aunque era posible que volviera a olvidarlo. Últimamente tenía una memoria terrible.

¿Un sueño? ¿Qué era? Porque no logro recordarlo, pensó Elizabeth algo frustrada. Debían de ser las tres de la mañana cuando por fin se levantó para, poco después, desear no haberlo hecho. Tenía uno de esos sueños confusos que parecían abrir todo tipo de cajones en su cabeza y que lo sacaban todo fuera: la tía Elsie aparecía en él y Sam le ladraba; Julia, Laurence y su serpiente peluda, que hacía las veces de ceja, la perseguían por la calle Rhymer mientras ella trataba de alejarse de él con unas zapatillas de cuadros escoceses. Bev tenía en brazos a un bebé muy feo. Helen lloraba porque Janey tenía una aventura con Simon. Lisa se reía de ella con *él*. Se alegró de despertar, o al menos hasta diez minutos después, cuando volvió a sentirse fatigada.

¡Me estoy volviendo una condenada lechuza!, pensó. Le tentaba cogerse un día libre por enfermedad, pero pensar en pasarlo con Dean en la cama hizo que metiera los pies en las zapatillas y que bajara a poner la tetera en marcha inmediatamente. Lo dejó roncando en la cama. Se despertaría de un momento a otro y sin duda lo revolvería todo para prepararse el desayuno. Al menos no estaría en casa cuando ella volviera del trabajo, ya que a las cinco el pub Victoria le atraería cual canto de sirena. Aquella era una dama a quien nunca decepcionaría presentándose de manera inesperada.

Los rumores acerca de la compra de la empresa por parte de *Just the Job* tenían a todo el edificio en vilo, y la tensión se palpaba en el ambiente como el olor a huevo podrido. Julia «Yo no digo buenos días» estaba sentada en su mesa cuando Elizabeth entró. Contemplar aquella cara de roedor malhumorado bastaba para que a Elizabeth se le crizara el vello de la nuca de tal forma que le resultaba casi imposible quitarse el abrigo. Su mesa desaparecía bajo una pila de papeles para archivar y tenía un correo electrónico de Julia. Todo era tan distinto de los días del difunto director, el señor Robinson, quien siempre daba los buenos días y cuyo encanto y calidez iban tras él como si se tratara de una ondeante capa invisible. Su presencia iluminaba todo el edificio. La gente sonreía más y se lamentaba menos. Pero se deshicieron de él para que el Hombre Ceja pudiera ocupar su lugar. Murió poco después, lo que constituía una nueva razón para odiar a Laurence, si alguna vez se quedara sin ninguna. Robbo se las había arreglado bastante bien sin una ayudante ávida de poder y dependiente de los correos electrónicos que en teoría hablaba varios idiomas. Las universidades deben de aceptar a cualquiera hoy en día, había pensado Elizabeth cuando lo oyó por primera vez ya que, por lo que ella sabía, Julia no tenía la cabeza muy bien amueblada. Sin embargo, tenía un enorme baúl en la parte inferior que podría haber tenido algo que ver con el ascenso que la había catapultada hasta el lugar junto al trono de Laurence.

No era difícil imaginar lo que el «brillante potencial» de Julia significaba para un hombre que aún no había averiguado que los sujetadores no tenían pupilas, ya que la mujer era un castillo hinchable ambulante. Una solo podía tratar de adivinar qué tamaño tenían los pechos, porque eran demasiado grandes para el alfabeto tradicional y habían entrado en el terreno de un alfabeto diferente, posiblemente 42 pi. Resultaban ridículos en su anatomía de pájaro recién nacido. Sus pequeñas y huesudas piernas se combaban bajo su peso, pero sin duda alguna el Hombre de Hielo de los negocios y la enana escuálida con ojos de cordero degollado y prominentes pechos disfrutaban de una complicidad que los simples mortales matarían por conseguirla. Era todo un logro conectar con Laurence, teniendo en cuenta que su propio departamento de Relaciones Públicas le llamaba «El Príncipe de las Tinieblas», pero, fuera lo que fuese lo que se necesitaba, Julia lo tenía en abundancia. De la noche a la mañana, como consejera del Rey, alcanzó estatus y poder, y lo saboreaba con gusto, como una Lucrecia Borgia con Síndrome Premenstrual.

Sin embargo, en algún lugar de aquella confianza excesiva había un gran agujero, ya que cada becaria que entraba en el departamento y mostraba algún signo de popularidad o sensatez regresaba repentinamente a la agencia de trabajo temporal de la que provenía. Pam había resultado ser muy sociable, Jenny muy trabajadora, Catherine muy inteligente, Leonaora simplemente adorable, Jess tenía iniciativa, Lizzie era ambiciosa, Cindy entusiasta, Rally eficiente... y, a pesar de todo, todas fueron rechazadas a las tres semanas de empezar por no estar preparadas para el puesto. Ahora no tenían becaria, otra vez, lo que hacía que Elizabeth supliera las funciones de mala gana. Aunque la limpieza étnica llevada a cabo por Julia solo había alcanzado por el momento a los jóvenes, vivaces y dinámicos, Elizabeth imaginaba que sus días también estaban contados.

Aquel día hizo una pausa tardía para comer, pensando que así la tarde se le haría mucho más corta, y decidió que debería comer algo aunque solo fuera para combatir la implacable fatiga. Había un tentador cóctel de gambas sobre pan integral en la panadería que había al otro lado de la calle. Lo compró, decidida a tomarse toda la hora que le correspondía. Primero pasaría un momento a recoger su libro y volvería a la cafetería, que por entonces estaría vacía y tranquila, para engullir su comida. Sería lo más cerca que iba a estar del cielo aquel día. Sí, sonaba bien.

Se enganchó las medias por la parte del talón al cruzar la calle de vuelta a Colditz y estuvo a punto de quedar como una tonta delante del ejecutivo de traje gris, con quien compartió el ascensor cuando casi se le queda atrapada la otra pierna cuando se cerró la puerta. El ascensor subió, empezó a vibrar, hizo unos ruidos raros y se detuvo. Las luces parpadearon de manera indecisa para quedarse finalmente apagadas y ser sustituidas por lo que parecían ser unas luces de emergencia de dos vatios. Elizabeth comentó espontáneamente la suerte que tenía al haber tomado zanahorias la noche anterior, lo que obviamente obtuvo una repuesta de cero en el aplausómetro del ejecutivo, aunque, en realidad, no parecía estar escuchando ya que se encontraba demasiado ocupado acurrucándose en un rincón y abriendo los ojos de par en par. Le sonrió comprensiva.

—Todo se arreglará, sabes, siempre pasa —dijo con tono frustrado, pero el ejecutivo ya estaba sudando y su respiración se hacía más entrecortada y desesperada con cada movimiento de su pecho.

—Oh, Dios, ¡ayuda! —dijo de repente, deslizándose por la pared, agarrándose el cuello de la camisa y sacando la lengua.

Vaya, genial, pensó Elizabeth. Justo lo que necesito: quedarme atrapada en un ascensor con Michael, el de *La Hija de Ryan*.

Hasta aquel momento, su experiencia de primeros auxilios se había limitado a poner tiritas y administrar cápsulas contra la solitaria a Cleef, pero al ser una gran fan de la serie *Casualty*, había presenciado las suficientes hiperventilaciones como para hacer un diagnóstico. Le vino la inspiración (esperando que no estuviera teniendo un ataque al corazón, en cuyo caso probablemente podría llegar a morir) y forcejeó con los brazos del ejecutivo, que se movían como aspas de molino, tratando de desabrocharle la corbata y el cuello de la camisa. Entonces sacó su valioso sándwich de la bolsa de papel, le levantó el cuello y le obligó a respirar dentro de la bolsa, inhalando su propio aire, mientras no dejaba de hablar como la superenfermera Charlie Fairhead y le pedía que se centrara en sus ojos, aunque más tarde se preguntó si no se habría confundido con *Cocodrilo Dundee*. En todo caso, pareció funcionar y, después de lo que le parecieron tres meses, el hombre empezó a respirar como una persona normal. Intentó distraerle para que no pensara en el hecho de estar atrapado en un ataúd de metal hablando sin parar de todo y de nada: de *Coronation Street*, de Cleef, de su gusto por los sándwiches de gambas... simplemente para llenar el oscuro y claustrofóbico silencio y aliviar su miedo lo suficiente como para que no volviera a adentrarse en los dominios de las pesadillas relacionadas con los ascensores. Incluso se sorprendió a sí misma por la capacidad de mantener la verborrea con tanta fluidez. Acababa de levantarle del suelo cuando el ascensor dio una sacudida, se encendieron las luces y subió hasta el octavo piso, donde aparentemente el Ejecutivo también quería bajarse. No quería darle más importancia y dijo que estaba perfectamente bien aunque a Elizabeth le seguía pareciendo que estaba muy ausente. Tras un frío agradecimiento y poco más que un apresurado adiós, se alejó dando tumbos en dirección a la oficina de Laurence.

Muchas gracias por salvarme la vida. Oh, fue un placer. Deberíamos repetirlo alguna vez. Oh, sí, desde luego. Déjame apuntar tu dirección y te mandaré una tarjeta de agradecimiento. No faltaba más. Es el diez de la calle Rhymer, en Barnsley, pero en serio, no es necesario. Oh, por favor. Oh, no podría. Oh, debes hacerlo. Oh, está bien, pues, murmuró para sus adentros mientras se dirigía al lavabo. No había papel. ¡Menudo día estaba teniendo! Se sentía ansiosa por descubrir qué más le deparaba el futuro inmediato. Encontró la respuesta tres segundos después, cuando rebuscó en su bolso para dar con un par de pañuelos de papel y notó algo húmedo y pegajoso. Se había olvidado del sándwich de gambas, el cual, sin su bolsa de papel, se había deshecho y lo había cubierto todo con una capa de lechuga, pescado, mantequilla y salsa rosa. Rescató la masa de su bolso y lo tiró por el retrete, se lavó las manos y volvió a su mesa. *¡Gennnnial!*

Empezaba a sentirse un poco débil y, pensándolo bien, no era de extrañar porque tampoco había desayunado. Afortunadamente, aún tenía tiempo para leer un rato y tomar un café y algo horrible y poco comestible de la cafetería que al menos le proporcionaría un chute necesario de energía.

—¡Ahí estás! —dijo Julia, haciendo que los dientes le chirriaran solo por el hecho de respirar el mismo aire—. Laurence necesita una bandeja con té para dos personas. AHORA.

—Es mi hora de comer, tan solo voy a buscar uno para mí —espetó Elizabeth, porque si no metía algo a) con cafeína y b) con chocolate en su sistema inmediatamente, entonces a) se desmayaría o b) mataría a alguien como, por ejemplo, a) a Julia o b) a Julia.

Julia echó hacia atrás su oscura melena lisa con un arrogante movimiento de cabeza.

—Tiene una visita muy importante.

—Julia, es mi hora de comer. Tráeselo tú, eres su ayudante.

—Cielos, ¿de dónde había salido eso?, pensó Elizabeth.

Julia parpadeó unas cuantas veces pero recuperó rápidamente la poca compostura que hubiera perdido.

—De acuerdo, pero tú haces el té.

En la mente de Elizabeth se formó una respuesta elaborada y elocuente. Desgraciadamente, el filtro de sus cuerdas vocales fue un tanto brusco y lo que salió fue:

—Anda y que te den.

¿De dónde había salido ESO?

—¿Disculpa? —la voz de Julia era tan inaudible a causa de la furia que Elizabeth no estuvo segura de si la había oído o simplemente le había leído los labios. De cualquier modo, una exhausta parte de la conciencia de Elizabeth, llevada al límite por una combinación explosiva de hechos y emociones, sabía que aquello era un punto sin retorno. Su boca se desentendió del resto de su cuerpo y corrió ante este como si se tratara del caballo de carreras *Red Rum* perseguido a 1.500 metros por un rechoncho mozo de cuadras que gritaba: «¡Para, para! ¡Por lo que más quieras, para!

—Lo que quiero decir es ¿por qué no diriges tus huesudas piernecitas a la cocina, enchufas la tetera y cuando hierva el agua, te la metes allí donde nunca te da el sol?

Por la forma en la que la oficina se sumió en un estupefacto silencio, Elizabeth imaginó que no había dicho aquello en voz baja. Incluso el aire acondicionado pareció bajar de intensidad.

—¿Qu.. qué?

¡Zas! Una oleada de adrenalina recorrió su cuerpo a tanta velocidad que le hizo empezar a temblar visiblemente y que se le soltara la lengua.

—Entonces, cuando lo hayas hecho, ¿por qué no coges mi trabajo y también te lo metes por donde te quepa para que le haga compañía?

Tras Julia, la puerta de Laurence se abrió bruscamente, pero ni él ni su larga y prominente ceja podrían haber detenido a Elizabeth.

—¿Sabes? Eres una zorra malvada y desagradable, un pedazo de mierda sin talento, intimidante y servil y no puedo soportar trabajar aquí contigo ni un nanosegundo más. Así que, si tu minúsculo cerebro aún no lo ha entendido, te lo diré con monosílabos: Me. Voy. —Silencio.

Se quedaron una frente a la otra como dos pistoleros, deseando coger sus Colt 45. El único movimiento era el del ojo de Julia contrayéndose espasmódicamente. Entonces, tan pronto como detectó la presencia de Laurence a sus espaldas, empezaron a temblarle los labios y Elizabeth observó con asombro cómo exprimía cada músculo facial que tenía para provocar que le saltaran las lágrimas. Dios, era tan buena que podrían nominarla a los Oscar.

Elizabeth dio unas lentas palmadas y dijo:

—Bravo. Ahora, por favor, devuélvele esas lágrimas al cocodrilo antes de que las eche de menos.

Laurence la recorrió con la mirada, la masticó y la volvió a escupir.

—Sal de aquí, estás despedida —dijo, conteniendo el grito.

—Lo siento, ya he dimitido —dijo ella, y después señaló a Laurence con el dedo—. En cuanto a ti, la cantidad de personal del que te has librado en los últimos seis meses supera a los rollos de papel higiénico que gasta una familia media en un año. Debería darte vergüenza. Todas esas buenas criaturas rechazadas sin razón aparente.

—Si tenías problemas deberías haber acudido a mí para discutirlos *en privado* —dijo Laurence, cuya voz era ahora un apagado gruñido, consciente de la atención no deseada que estaban atrayendo. Con su ceja formando una marcada V en el centro de su rostro, justo donde cualquier humano habría tenido una separación, adoptó el aspecto de un gran lobo malvado. Pero Elizabeth era una Caperucita Roja con carácter.

—¿Ah, sí? —Se rió con una mezcla de amargura y diversión—. ¿De veras me habría escuchado? ¡Creo que no! Es tan malo como ella. Puede meterse su precioso trabajo por donde le quepa, señor Stewart-Smith. Vi lo que ponía en aquella nota que escribió, que aquellas dos mujeres eran unas *viejas perras*, ¡así que no me diga que usted habría escuchado lo que *yo* tenía que decir! He trabajado aquí durante veintidós años y siempre se me ha valorado positivamente. Y, de repente, ¡no solo necesito una «supervisora», sino que vuelvo a ganarme la vida archivando y haciendo café y teniendo que pedir permiso para ir al lavabo!

—Bueno, ¿eso tendría que decirte algo? —dijo Laurence, cuya boca formaba una mueca entre satisfecha y furiosa.

—Sí, así es. ¡Me dice que debería haber intercambiado mi cerebro por un buen par de tetas!

—¡Fuera de aquí! —dijo Laurence.

—¡Será todo un placer! —Cogió su abrigo y su bolso y se marchó a grandes pasos con la cabeza bien alta, en señal de desafío. Julia y Laurence se separaron de ella como lo hizo el Mar Rojo ante Moisés, y por todas partes se veían ojos brillantes de ávida expectación aunque nadie en la oficina habló o se movió. Cada segundo era tan nítido como si la escena se estuviera viendo a cámara lenta, y el único sonido era el de los pasos de Elizabeth sobre la supermullida alfombra de ejecutivo. Mientras avanzaba, se sintió como Neil Armstrong caminando por la superficie de la Luna.

Mantuvo la vista fija al frente, bajó corriendo las escaleras traseras (por donde siempre había fantaseado con tirar a Julia de una patada), pasó junto a Rasputín y salió por la puerta giratoria al bullicio de la calle de Leeds. Allí, en el frío e inmisericorde aire, Elizabeth hizo algo que no había hecho en muchos años: lloró con todas sus fuerzas.

Capítulo 5

El viaje de vuelta a casa fue confuso. Elizabeth solo tuvo un momento de consciencia entre el momento que subió al tren en Leeds y el momento en que recogió el coche en Barnsley: cuando el revisor le pidió el billete. Quería llamar a Janey pero supuso que aún estaría en el trabajo. Helen ya habría salido pero no creyó que fuera justo preocuparla en su estado, y el mismo día de su cumpleaños, así que se sentó en la cocina con una taza de té y dejó que los acontecimientos del día dieran vueltas en su mente. Algunas partes ya empezaban a diluirse, y aunque estaba segura de no haber insultado a Laurence, sus distorsionados recuerdos hacían que se hubiera despachado a gusto delante de él usando un lenguaje muy grosero.

Después se torturó un buen rato a sí misma imaginando que había tropezado al darse la vuelta para irse y que todo el mundo había empezado a reírse. Su cabeza le lanzó varias preguntas no deseadas: ¿Qué diría la gente sobre ella cuando llegaran a casa? ¿Qué exigiría Laurence que escribieran en su ficha personal? ¿Sería capaz de volver a encontrar trabajo después de aquello? Si no hablaba con alguien pronto, ¿se volvería completamente loca?

Volvió a marcar el número de Janey tan pronto como el reloj dio la hora aproximada en la que Janey llegaba a casa. Afortunadamente, ya había llegado.

—¿Que has hecho qué? —fue la reacción de Janey, pero no

esperó la respuesta—. Estaré allí en unos cinco minutos —dijo, y colgó el teléfono.

Fiel a su palabra, en un breve espacio de tiempo su coche aparcaba ante el pequeño y pulcro adosado de Elizabeth, con la brillante puerta roja y la aldaba de hierro con forma de gato, pero para sorpresa de Elizabeth, era el lustroso coche negro de Helen y no el viejo *Volvo* de Janey. Las dos mujeres salieron del coche.

Janey había tenido intención de entrar allí con furia y preguntar «¿Qué demonios pasa contigo?» hasta que vio lo rojos que estaban los ojos de Elizabeth. Nunca lloraba, por lo que era algo serio. Así que mantuvo la boca cerrada y dejó que Helen allanara el camino consolándola con detalles superfluos, calentando muchas teteras y exudando su habitual aire de calma. Aunque al final fue demasiado para ella y acabó por estallar.

—¿Qué te llevó a hacer eso, tontaina?

Elizabeth movió la cabeza lentamente de un lado a otro.

—No lo sé —dijo—. Era como si otra persona estuviera al volante de mi boca.

—Sí, Stevie Wonder. No puedes hablarle así a la gente como Laurence Cómo-Se-Llame y salirte con la tuya.

—Bueno, no fue así, ¿verdad? Perdí mi trabajo.

—¡Sí, así es, so burra! —dijo Janey, aunque su tono era más de preocupación que de enfado.

—¿Té o café? —dijo Helen.

—Es fácil de saber —dijo Elizabeth.

—Sí, lo sabemos —dijo Janey, desabrochándose el botón de su falda de trabajo. O bien había encogido en la secadora o tendría que reducir aún más los hidratos de carbono.

—Has cambiado el café de sitio, mala mujer —dijo Helen, buscando en vano en el armario donde estaba habitualmente.

—Oh, lo siento, se me acabó —dijo Elizabeth, quien últimamente había perdido el gusto por el café y no había comprado repuestos—. Pero hay muchas bolsas de té. Mira, Hels, esto no está bien, que estés aquí en tu cumpleaños y en tu estado. Creía que ibas a salir a comer.

—Estoy embarazada, no enferma, así que no te preocupes por mí —dijo Helen. No iba a admitir que no se sentía muy dichosa. Tan solo había hecho una visita a Janey de camino a casa desde el trabajo con el pretexto de decirle «Hola y gracias por las flores». En realidad, había tenido muchas náuseas y quería usar el lavabo. Sin embargo, había insistido en conducir hasta allí sin pensarlo dos veces.

—De todas formas, la reserva no es hasta las nueve y dudo que Simon esté en casa antes de las ocho y media —continuó Helen con una ligera sonrisa. Ni siquiera en su cumpleaños esperaba pasar por delante del trabajo de Simon.

—Está bien, lo hecho, hecho está —admitió Janey—. ¿Qué vas a hacer ahora?

—Quién sabe. Conseguir otro trabajo, supongo, y esperar que no necesiten referencias.

—Mmmmm, eso podría ser un problema.

Helen estaba agitando la tetera tras ellas, acelerando el proceso de preparación.

—¿Seguro que te dejarán marchar así después de todos estos años?

—Oh, sí que lo harán —dijo Elizabeth, con una risa forzada—. No significo nada para gente como Laurence Stewart-Smith. Molesté a su «nena» y eso es sinónimo de traición. Me cortaría la cabeza si estuviéramos en el siglo XVI. Lentamente, con una espada sin afilar.

—Sí, bien, afortunadamente no lo estamos. ¿Puedes cobrar el paro de momento? —sugirió Helen, añadiendo irónicamente—: Supongo que no tienes ahorros por valor de miles de libras a los que puedas recurrir.

Elizabeth negó rápidamente con la cabeza.

—No podría cobrar el paro. Y para ser sincera, no me apetece ir allí y anunciar a todos y a cada uno de los que trabajan en el Departamento de Salud y Seguridad Social, o como sea que se llame hoy en día, que me he quedado sin trabajo. —Elizabeth hizo un extraño ruido animal de frustración—. ¡No me lo creo! Es decir, ¿cómo pude dejar que una zorra como Julia Powell me hiciera saltar de esa manera, eh?

—¡Dínoslo tú! —dijo Janey, quien estaba tan sorprendida como ella.

Era de dominio público que no existía nada que alterara a

Elizabeth, y mucho menos el hecho de preparar una maldita tetera. Elizabeth era la persona más impasible que conocía. De hecho, a veces hacía que la Reina de Hielo pareciera Mamá «Queridos Brotes» Larkin. Obviamente, aquella faceta salvaje aún estaba latente, y allí estaban ellas, creyendo que Elizabeth había sentado la cabeza en los últimos años a pesar de ser incapaz de encontrar un tipo decente que le salvara la vida. Y cuando uno la escogía, lo mandaba a paseo. Por mucho que ella y Helen quisieran a Elizabeth, a veces se habrían turnado para retorcerle el pescuezo. No necesitaba enemigos, no cuando el mayor de todos era ella misma.

—¿No puedes limitarte a decir que renunciaste? —sugirió Helen, mientras servía el té.

—Entonces no habría manera de cobrar el paro —dijo Janey—. Aunque, claro está, siempre podrá trabajar como empleada eventual.

Elizabeth exhaló un suspiro.

—No *quiero* cobrar el maldito paro. Pero para ser sincera, estoy asustada. He estado en Handi-Save desde que dejé el instituto. No he trabajado en ningún otro sitio.

—Ahí está —dijo Helen animadamente—. ¿Acaso eso no demuestra tu lealtad y tenacidad?

—No es muy leal decirle al jefe que se meta tu trabajo por el culo, ¿verdad? —añadió Janey con un gruñido de desaprobación. Se produjo un breve silencio y entonces, a pesar de lo seria que era la situación, todas estallaron en unas muy necesarias carcajadas. A continuación Janey hizo chasquear los dedos, como si se le hubiera ocurrido una idea.

—¿Sabes lo que haría si yo fuera tú? Me tomaría un par de semanas de descanso y me daría un respiro. No lo sé, haz alguna actividad artística de las tuyas o decora las habitaciones o algo así. ¡Dios sabe que hace falta! —dijo en la típica forma directa de Janey—. Eso le dará a tu mente la oportunidad de distraerse y relajarse. Nunca te había visto tan alterada. De hecho, ahora que lo pienso, nunca te he visto alterada, punto. Estás en baja forma. ¿Quizás deberías ir al médico?

—No, se limitará a decirme que son mis hormonas. ¿Acaso no se vuelven todas un poco locas a esta edad? ¿Acaso no empezamos a dejarnos crecer el bigote y a comprarnos compresas *Tena-Lady* para la incontinencia?

—¿Puedes permitirte un par de semanas libres? —dijo Janey, poniéndose seria de nuevo.

Elizabeth asintió.

—Me deben algo de dinero de las vacaciones. La maldita bruja no me dejó coger todos los días que me correspondían el año pasado. No pueden negarme eso, ¿verdad?

Janey sorbió el té, a pesar de haber dejado de tomarlo recientemente. Había empezado a tener un sabor «de lata».

—Mirad, no os agobiéis, estaré bien. ¡De verdad! —Elizabeth soltó una pequeña y animada carcajada—. Ahora que he tenido la ocasión de hablar con vosotras me siento mucho mejor. Al menos no tengo que pagar una hipoteca, así que no me echarán de mi casa, y solo tengo que preocuparme de mí y de Cleef.

Cleef, grande y negro, que ocupaba somnoliento el cuarto asiento alrededor de la mesa, dio muestras de haber reconocido su nombre abriendo un ojo perezosamente. Helen le acarició cariñosamente. Siempre lo consideraría algo suyo.

—Espera con ilusión el momento del karma —dijo Helen.

—No lo habrá —dijo Elizabeth—. Los de su clase siempre caen sobre mierda de caballo y se levantan oliendo a rosas.

—No siempre —reflexionó Helen—. A veces tienen lo que se merecen. —Alzó la vista buscando el apoyo de Janey, pero esta no dijo nada.

—Muy bien, ¡un brindis por el karma! —dijo Elizabeth, levantando su taza en dirección donde imaginaba que estaría el karma, aunque sin creer en su existencia ni por un segundo.

Helen llegó a casa, al parecer, minutos después de que lo hiciera Simon, ya que él aún tenía puesto el abrigo. Había tenido un día muy provechoso y parecía muy satisfecho consigo mismo. Lo de la noche anterior estaba olvidado y volvían a ser amigos.

—Llegas pronto —dijo ella, esbozando una sonrisa amplia y complacida.

—¿Dónde has estado? —dijo él, besándola en la frente.

—En casa de Elizabeth. Está un poco deprimida. —No le dijo la razón. Siempre se sentía desleal cuando le contaba a Simon algo sobre sus amigas. Parecía disfrutar de cada contratiempo que les ocurriera. Especialmente si era Elizabeth.

—Como si me importara —dijo él, descartando el tema con un movimiento de su mano—. De todos modos, olvídate de ella. Te he comprado otro regalo. Perdona que no esté envuelto, no tuve tiempo.

Le entregó una gran caja. Helen la cogió, la puso en la mesa, la abrió y sacó el largo y hermoso jarrón que había en su interior.

—¿No es precioso? Debería serlo, me ha costado una fortuna y tengo esto para poner dentro. —Le mostró un enorme ramo de flores. Cogió el nuevo jarrón de entre sus manos, marchó en dirección al comedor y lo puso en el hueco que había dejado el jarrón de girasoles de Elizabeth.

—Feliz cumpleaños, querida. —Sonrió orgulloso y le dio un afectuoso abrazo. Ella no se atrevió a estropear el inusual momento preguntándole dónde estaban las hermosas flores y el jarrón que le habían regalado sus amigas.

Sola en la cama, Elizabeth descubrió que recordar mentalmente dónde les había dicho a Laurence y a Julia que podían irse no resultaba especialmente agradable. Todo el día se había agriado como la leche en su cabeza y le hizo sentir náuseas. Se aseguró de no recibir visitas inesperadas mandándole un mensaje a Dean para decirle que no viniera porque se sentía mal, y después se acurrucó bajo la colcha con un libro y unos cuantos *Horlicks*, pues sospechaba que tenía ante ella otra noche genial de insomnio.

Helen halló sus regalos desaparecidos a la mañana siguiente, cuando sacaba una gran bolsa negra de basura al contenedor. El jarrón de Elizabeth estaba enterrado bajo las flores de Janey. Milagrosamente, no estaba roto. Lo sacó y lo envolvió en un trozo de papel de periódico que encontró en un contenedor de reciclaje cercano y lo puso en el lugar secreto del garaje, junto con el resto de sus cosas favoritas y que a Simon no le gustaba ver expuestas en la casa, pero que ella no se veía con fuerzas de tirar.

Capítulo 6

Elizabeth se despertó en su primer día como desempleada con la sensación de no haber dormido más de cinco segundos en toda la noche. Se vistió, fue al piso de abajo, se obligó a comer un trozo de tostada y volvió a la cama, donde durmió profundamente durante más de tres horas. Se sintió mucho mejor por poder entregarse a las exigencias de su cuerpo, pero no estaba acostumbrada a estar sentada sin hacer nada y, una vez levantada, no tardó en empezar a mover nerviosamente los pulgares intentando pensar en algo que hacer más positivo que ver reposiciones de *Quince* en la tele. La sugerencia de Janey de que decorara su habitación se hacía más y más atractiva por momentos. En aquel momento era de un aburrido color magnolia, con una anticuada alfombra de color beige. Necesitaba algo más de calidez y color, quizá una bonita alfombra de color fresa y paredes de un rosa cremoso, pensó. Recientemente había visto una habitación decorada de esa forma en una revista y tenía un aspecto encantador.

Recogiendo su indomable cabello con una goma de pelo, se puso una camiseta vieja y unos holgados pantalones negros, que estaban descosidos por la parte interior del muslo pero que eran perfectamente adecuados para pintar. Entonces se lanzó a la búsqueda de papel de lija en el pequeño almacén que tenía en el jardín y que antaño había sido un retrete. En mitad de su tarea de lijar las esquinas tuvo que ir a cambiarse el sujetador y ponerse uno viejo y cómodo porque el que tenía puesto parecía irritarle en ciertas zonas estratégicas. Lo achacó al nuevo detergente y continuó preparando la habitación. Cuando hubo terminado, se acercó al pueblo a comprar pintura.

Encontró inesperadamente relajante deambular por los pasillos del enorme almacén de decoración *Just the Job*, y se olvidó de todo excepto de la tarea que tenía entre manos: comprar brochas, trementina, pintura preparatoria, pintura de esmalte antigoteo y cinta de pintor. Fue mientras se decidía entre los matices de pintura emulsionada *Algodón de azúcar* o *Chupachups* cuando *le* vio cruzar por la parte superior de su pasillo. El sentido común le dijo que no podía ser él de ninguna de las maneras porque estaba en Alemania, pero sus ojos contemplaban la innegable prueba por sí mismos y no había duda de quién era, a pesar de todo el tiempo que había pasado. Su visión la descompuso. Todo su cuerpo se bloqueó. No sabía qué hacer. Sí, sí lo sabía. Tenía que salir y respirar algo de oxígeno. Se dio la vuelta con tanto ímpetu que dio un giro de 360 grados y acabó por quedarse donde estaba. Parecía que la pequeña empresa química que había volado por los aires dentro de su cuerpo había inhabilitado temporalmente su capacidad de coordinación.

De vez en cuando se había preguntado qué haría si volviera a verle, y había asumido que después de todos aquellos años le sería totalmente indiferente, quizá incluso le ignoraría o no le prestaría la más mínima atención. ¡Sí, claro! Su cabeza daba vueltas, los recuerdos no dejaban de bombardearla, tan nítidos como el día en que se produjeron, y todo aquello tenía un efecto tan abrumador que le estaba revolviendo el estómago y sentía ganas de vomitar.

Todo lo que ella le había dicho. Todo…

Echó un segundo vistazo furtivo a su alrededor pero ya no estaba. ¿Adónde había ido? Dejó el carro y se movió sigilosamente por la parte superior de los pasillos, comprobando cada uno de ellos como un mal actor en una película de espionaje de bajo presupuesto. ¿Dónde demonios estaba? Sintió que alguien se acercaba por detrás y dio un salto hacia atrás, arrimándose a las *Black & Deckers*, pero no era él, sino alguien que la miró como si sospechara que podría haberse escapado de un centro de salud mental de máxima seguridad. Volvió a echar otro vistazo, buscando su chaqueta negra de cuero, con la esperanza de que no hubiera nadie que estuviera viendo todo aquello por las cámaras de seguridad. Le retumbaban los oídos de tal forma que acallaban por completo las melodías enlatadas que salían de los altavoces. *¿Adónde diablos había ido?* Hizo otro reconocimiento exhaustivo y supuso que debía de haber salido de la tienda. Le latía el corazón como si fuera una enloquecida pelota de ping-pong y necesitaba ir otra vez al baño, y rápido.

Entonces recordó que tenía casi cuarenta años, no doce, y que a su edad debería tener la madurez suficiente para superar una situación tan ridícula. En el hipotético caso de que él no la ignorara, ¿qué diantre había de malo en decir con naturalidad?: «Hola, ¿cómo estás? ¿Cómo es que has vuelto de Alemania? ¿Cómo está Lisa? *¿Continúa pegándose a ti como una lapa con daños cerebrales?*» Ahí radicaba el problema de su naturalidad. No solo su glándula de la indiferencia necesitaba un gran reajuste, sino que en vista del efecto real que causaba en su cuerpo el mero hecho de verle, sabía que de ninguna de las maneras podría actuar con «naturalidad» con John Silkstone si se lo encontraba cara a cara. Ni en un millón de años.

Seguía sin haber rastro de él mientras recogía su carro a hurtadillas y lo empujaba lentamente hacia la caja. No sabía muy bien cómo interpretar sus sentimientos e ignoraba si la adrenalina que recorría las autopistas internas de su cuerpo se debía a la emoción, al alivio o al miedo. Lo que sí sabía era que quería salir de allí y refugiarse en su coche lo antes posible. Convencida de que él había abandonado el edificio, se puso a la cola y se relajó un poco. Estaba pagando su compra cuando volvió a aparecer, dos cajas más abajo, jugueteando con su billetera. El corazón se le volvió a desbocar, pero no parecía que la hubiera visto. *Cuanto más lejos mejor.* Sacó su tarjeta de crédito y firmó el ticket con rapidez antes de empujar su carro de manera triunfal hacia la salida. *Conseguido.* Entonces el detector de la puerta se disparó, cómo no, porque el señor Eficiente, cajero de *Just the Job*, no había desimantado algún artículo como es debido. Entonces el cliente que había dos cajas más allá levantó la cabeza a causa de aquel incidente y vio que ella estaba en todo el meollo.

Elizabeth no sabía lo que le causaba más rubor: el hecho de

que hubiera atraído las miradas de todas las personas de la tienda cuando el flacucho lleno de granos que era una mezcla entre Sebastian Coe y un policía de Los Ángeles salió disparado hacia ella o el hecho de que *él* la viera de aquella guisa, sin maquillar, con un sujetador *Barnes Wallace* y ropa de trabajo. Estuvo merodeando hasta que Harry Callaghan le quitó las bombas y las drogas y revisó varias veces su pintura de esmalte antigoteo y entonces se preparó para lo inevitable.

Mientras observaba por el rabillo del ojo cómo se acercaba a ella, fingió de manera muy forzada haberle visto por primera vez.

—¡Madre mía, eres tú! ¿Cómo estás? —dijo con un patético tono que intentaba ser casual, mientras tiraba de su camiseta para cubrirse el trasero. Se produjo un extraño e incómodo intercambio de sonrisas plásticas y gestos con la cabeza como los que solo podían verse en el zoo de Chester entre animales enfrentados.

—Elizabeth —dijo—. ¿Cómo estás? Tienes… buen aspecto.

Aquella pausa antes del cumplido era reveladora, pensó ella.

—¡Oh, sí! —dijo—. Una reina de la pasarela con ropa de trabajo. —Le complació poder decir aquello antes de que él pensara que ese era su atuendo habitual y que se había abandonado por completo.

—¿Cómo te va todo? —dijo.

—Bien, ¿y tú?

—Genial —dijo ella—. ¿Y tú?

—Bien, ¿y tú?

Maldita sea, aquello podía continuar durante años si no lo remediaba.

—¿Estás de vacaciones? —preguntó.

—No, he vuelto para quedarme.

—Vaya. ¿Los dos? —Intentó no parecer entrometida. Aunque lo era.

—¿Los dos? ¿Te refieres a Lisa? No, ya no estamos juntos.

—Oh, siento oír eso —se obligó a decir—. Pues… esto… ¿cómo te las arreglarás sin la cerveza alemana? —*¡Ja! ¡Ganarías un premio a la mejor conversación, Elizabeth Collier!*

—Creo que me las arreglaré —dijo.

Intentó pensar en algo ingenioso e incisivo, pero ya estaba rascando el fondo del barril mental con «cosas que decir a un tío que no has visto en siete años» y él tampoco ayudaba mucho, allí plantado como una cadena montañosa y limitándose a mirarla. Si no se largaba pronto, se desmayaría, ya que se sentía desagradablemente a-c-a-l-o-r-a-d-a.

—Bueno, será mejor que siga con lo mío —dijo, moviendo los pies con nerviosismo mientras se disponía a mover el carro.

—¿Qué estás pintando? —dijo él, mirando su compra.

—Mi habitación —dijo.

—¿Aún vives en Rhymer Street?

—Sí.

—¿Estás de vacaciones?

No, en realidad le dije a mi jefe que se metiera su trabajo por el culo.

—Esto… sí. ¿A qué te dedicas ahora?

—El banco y yo hemos comprado unos terrenos. Voy a construir algunas casas con la esperanza de venderlas.

—Oh, genial —dijo ella, mientras la luz de alerta roja de su vejiga empezaba a parpadear.

—Bien.

—Bien.

—Bien.

—Bueno, esto es… —dijo ella, dejando la frase inacabada porque no tenía ni idea de cómo seguir.

—Sí, me ha alegrado volver a verte —dijo él con aspecto de salir de un trance en ese mismo instante. A continuación se produjo un interesante silencio en el que podría haber añadido: «Podríamos ponernos al día yendo a tomar algo», ante lo que ella no estaba seguro de cómo habría reaccionado. Y no es que tuviera la oportunidad de averiguarlo, porque lo que en realidad dijo fue:

—Bueno, adiós, cuídate —y se marchó sin echar la vista atrás.

Le temblaban las piernas mientras cruzaba el aparcamiento. Eran tan inestables como las ruedas del carro. *John Silkstone*. Para ella era como el cinco de Noviembre, con su nombre iluminado por los fuegos artificiales, lo que era bastante irónico considerando que la última vez que le había visto le había dicho que se fuera a paseo y que la dejara en paz para siempre porque le odiaba.

Como era habitual, no había trabajos interesantes en el tablón de anuncios. Janey fue vagamente consciente de que un hombre la miraba por encima del hombro, pero asumió que se trataba de alguien como ella, que esperaba su oportunidad para brillar. Sin embargo, no era así, era Barry Parrish, el Jefe de Personal, que había estado esperando a que ella terminara de leer antes de interrumpirla.

—Me has ahorrado un viaje, Jane —dijo con una voz melosa propia de James Bond—. Iba a ir a verte esta tarde.

—¿Ah? —dijo ella, sorprendida.

—¿Tienes tiempo para tomar un café?

—S… sí, claro —tartamudeó, preguntándose de pronto si el nerviosismo que se formaba en su interior no era el correcto y en realidad la iban a echar del trabajo.

La invitó a un capuchino de la máquina y fueron a sentarse tras una enorme planta.

—Iré directo al grano —dijo—. Hay un puesto vacante que aparecerá en el tablón en un par de días y creo que deberías solicitarlo.

—Esto… ¿eh? —dijo, con la esperanza de que el puesto no fuera el de Jefa de la Sagacidad Devastadora, en vista de su reacción hasta ese momento. Aunque no se trataba de eso, era algo mucho, mucho mejor.

—Directora de Atención al Cliente —aclaró.

Afortunadamente no tenía café en la boca en ese instante, porque se lo habría escupido todo encima. Allí estaba ella, esperando subir un escalafón por cortesía del Viejo Pulmones Expectorantes y, mientras tanto, Personal iba a mandarla en un ascensor de primera clase hasta la cima del Empire State Building.

—Yo… yo… no sé qué decir —dijo. Bueno, sí que lo sabía, pero no creyó que todos aquellos tacos fueran apropiados.

—Podrías hacerlo, Jane. Tienes lo que el Departamento necesita: estabilidad, madurez, eficiencia y organización. Yo, es decir, *nosotros* creemos que eres la apropiada para el puesto.

Sacó un folio de la carpeta y la puso sobre la mesa.

—Esta es la descripción del puesto que aparecerá en el tablón. Por ley, tengo que anunciarlo, pero sé con seguridad que te llamarán para hacer una entrevista. El sueldo corresponde al puesto y se proporciona un coche, un seguro privado y una participación en los beneficios.

Jane leyó el folio. Sonaba fantástico, y sí, sabía que podía hacerlo. Aquella era la oportunidad que había estado esperando toda su vida para demostrar todo lo que sabía hacer. «Lenta pero Segura» era lo que ponía en todos sus informes, a diferencia de los de Elizabeth o Hels, en los que ponía «Perspicaces por Naturaleza». Aunque tampoco les había servido de mucho: puede que Elizabeth hubiera ido ascendiendo en los diferentes rangos del secretariado en Handi-Save, pero tenía la inteligencia suficiente para dirigir aquel lugar si quisiera. En cuanto a Helen, ¿una secretaria a tiempo parcial después de obtener una licenciatura en Derecho en la universidad? ¡Qué desperdicio! Janey siempre había hecho lo que su mamá y su papá le habían dicho: ponía toda su dedicación en todo lo que hacía, no cometía errores, observaba, aprendía y trabajaba duro. Ahora obtendría su recompensa.

—Sí, quiero que se me tenga en cuenta, Barry —dijo con calma, a pesar de que su corazón estaba tan ocupado como la batería en un disco de Cozy Powell.

—Bien —dijo, y el mismísimo Jefe de Personal alzó su taza de café y dijo:

—¡Salud!

Capítulo 7

A lo largo de los años, cada una de ellas había encontrado su propia vía de escape. A Helen siempre le había gustado la fotografía y era la que guardaba el archivo oficial de los diferentes peinados y los viajes de todas ellas. Tenía abultados álbumes por los que se habrían pagado millones en concepto de chantaje si alguna de ellas se hiciera alguna vez famosa, especialmente la «fase de la permanente» de Janey y la de «Mod» de Elizabeth, en la que siempre aparecía ataviada con una parca y un par de largas y peligrosas botas puntiagudas. A Janey le gustaba coser y era un hacha con la aguja o con la máquina, a pesar de que casi podía considerarse una tarea del hogar. No es que fuera sucia o que hubiera tenido una casa invadida por los gérmenes si George no hubiera estado tan a mano con la bayeta y la aspiradora, pero no obtenía el mismo grado de satisfacción que obtenía Elizabeth cuando limpiaba un suelo o una habitación hasta hacerla brillar.

Janey siempre había sido una chica de constitución grande, alta y corpulenta, y en los años de su juventud, la industria de la moda parecía tener la impresión de que las mujeres que tenían una cierta talla preferían cubrir sus considerables atributos con vergüenza en lugar de adornarlos. Era muy difícil encontrar ropa moderna para figuras como la suya, así que no le quedaba más remedio que hacérsela ella misma, especialmente durante la época de los Nuevos Románticos. Ella era la diseñadora de ropa indicada cuando salían vestidas con camisas blancas de volantes y elegantes fajas de satén para bailar al ritmo de la música de *Adam and the Ants*, y cuando se pusieron de moda las faldas de vuelo, les había confeccionado unas de color gris para ir a la escuela. Se habían paseado por ella con pinta de chicas a las que le habían negado la participación en la película *Grease*. Helen tenía la foto que lo demostraba.

Para Elizabeth, el principal modo de relejarse había sido estar en un lugar tranquilo con su caja de pinturas, especialmente cuando necesitaba escapar del mundo. En la escuela, la asignatura de Arte había ocupado un segundo plano en el currículum, ya que se la consideraba más una afición que nunca se le otorgaba el mismo respeto que a las asignaturas «más serias», como Historia o Latín. Sin embargo, cuando Elizabeth tenía doce años, llegó una nueva profesora llamada señorita Fairclough y vio que Elizabeth tenía talento para la asignatura y la cuidó como se cuida a una planta valiosa. El Jefe del Departamento de Arte residente, el señor Pierrepoint, estaba aburrido y desencantado y contaba los días que faltaban para su jubilación, pero la señorita Fairclough era una profesora apasionada. Creó un club extraescolar para aquellos que estuvieran interesados, y Elizabeth fue la primera de la cola. La señorita Fairclough les enseñó todas las técnicas de la perspectiva y el sombreado, además de deleitar a sus estudiantes con historias de grandes artistas y de sus turbulentas vidas, asegurándoles que algunas fases de las suyas se reflejarían en sus dibujos. El ejemplo que siempre había perdurado en la memoria de Elizabeth había sido el de una de las últimas obras de Picasso, *Grande Maternité*. Nunca olvidaría la fluidez de las líneas, la serenidad del dibujo que mostraba a una madre dándole el pecho a su bebé y que reflejaba la felicidad interior del pintor. Puede que la señorita Fairclough solo hubiera estado un año en la escuela, pero había sido una época en la que Elizabeth había necesitado un lugar tranquilo y seguro para sus confusas emociones. Más tarde descubriría que lo que había aprendido con la señorita Fairclough le iba a servir el resto de su vida y siempre le estaría agradecida a su antigua profesora por ello.

Antes de subir a preparar la habitación, Elizabeth se relajó tomando un vaso de zumo y un sándwich en su pequeña e iluminada cocina. Había hecho que la remodelaran un año antes, después que uno de los antiguos muebles se desplomara llevándose la mitad de la pared. Ahora era diáfana y amarilla, aún más por las tardes cuando el sol entraba a raudales por el ventanal, que enmarcaba el pequeño y pulcro jardín trasero como si de un bonito cuadro se tratase. Cleef roncaba con suavidad junto a ella, con una pata estirada como si fuera Superman en pleno vuelo. Sintió la necesidad imperiosa de dibujarlo y alargó el brazo para coger la libreta de bocetos y la caja de lápices que había en un cajón. Pronto necesitaría uno nuevo. La mayoría de las páginas del viejo habían sido arrancadas. Usó un lápiz 3H para trazar la silueta con delicadeza y lo movió con rapidez por el papel para captar a Cleef antes de que adoptara una postura más convencional, aunque no se daría el caso a menos que una bomba con olor a ratón explotara ante sus narices. Agitó ligeramente una pata y sus garras parecieron alargarse durante un instante, como si estuviera soñando con un adversario. Después volvió a quedarse quieto y le dejó terminar. Elizabeth no había escrito nunca un diario, pero los dibujos olvidados que se acumulaban en su piso constituían un documento gráfico de su joven vida. A diferencia del dibujo de Cleef, no había delicadeza en ellos, tan solo grandes arrebatos de emoción en gruesos trazos negros y furiosos, como en las páginas recientemente arrancadas de su libreta de bocetos.

Cuando Elizabeth entró en su habitación, la vio por primera vez a través de los ojos de Janey y, tal y como le había dicho, comprendió que necesitaba desesperadamente un arreglo, a pesar de estar inmaculadamente limpia. En comparación con la brillante pintura rosa de la lata, las paredes de tono beige parecían incluso más insípidas, aburridas y cansadas, aunque no por mucho tiempo. Subió a la escalera, empapó la brocha y se puso manos a la obra. El problema era que pintar paredes le daba a Elizabeth demasiado tiempo para pensar. Era una tarea que dejaba «que la mente vagase», como decía Janey, pero el problema es que vagó directamente en dirección a John Silkstone y se quedó allí, preguntándose: *¿Se había divorciado de verdad o solo se había separado de Lisa temporalmente? ¿Tenían hijos? ¿Salía con alguien más? ¿Alguna vez pensaba en ella?* Dios sabía que había tratado de no pensar en él durante aquellos años. No tenía mucho sentido, ya que no podía imaginar que volvieran a ser amigos. Cuando le haces daño a una persona como ella se lo había hecho a él, ni siquiera merecías ese privilegio y Lisa, a pesar de su apariencia de muñeca, estaba loca por él. Él merecía que le dieran algo de amor. Elizabeth había perdido su oportunidad y fin de la historia. Sin embargo, aquella certeza no había impedido que la imagen de todo lo que él había significado una vez para ella empezara a resurgir de las cenizas lentamente como si se tratara de un gran Ave Fénix de pelo negro con botas de albañil. Su mente se entretuvo con él un poco más y entonces sonó el teléfono.

—Soy yo. No puedo hablar mucho. Aún estoy en el trabajo —dijo Janey—. ¿Estás bien?

—Sí, estoy pintando, como me dijiste —dijo Elizabeth—. Después voy a bajar al pueblo a elegir una bonita alfombra roja.

—¡Será como dormir en un maldito útero!

Elizabeth se rió.

—Oh, por cierto —dijo Janey de repente—. Quería decírtelo, ¿a que no sabes a quién vi en la cooperativa?

—¿A Elvis? —dijo Elizabeth.

—Ya vale.

—¿Shergar? ¿Lord Lucan?

—Sí, a todos ellos.

—¿A las chicas de *Picnic en Hanging Rock*?

—¡Lo digo en serio! —dijo Janey, diciéndolo en serio.

—¿A John Silkstone?

—¿Cómo demonios lo has adivinado?

—Lo vi en *Just the Job* cuando compraba la pintura.

Janey contuvo la respiración.

—¿Hablaste con él?

—Un poco.

—¿Y?

—¿Y qué? Nos dijimos hola y cómo estás, fin de la historia.

—¡Debes de haberle sonsacado más que eso!

—¡Maldita sea! ¿Cuánto tiempo llevas en la Inquisición Española?

—¡Oh, vamos, suéltalo ya, tía!

Elizabeth suspiró.

—Vuelve a vivir aquí y parece que su matrimonio se ha acabado.

—Vaya, ¿en serio? —dijo Janey lascivamente.

—No digas «Vaya, ¿en serio?» de esa forma —dijo Elizabeth, sabiendo exactamente lo que estaba pensando.

Elizabeth tenía razón en sus sospechas. La mente de Janey había dado un salto hacia delante y veía una segunda oportunidad para que Elizabeth y John fueran felices ahora que se había separado de aquel paquete de algodón con el que se había casado. Nunca le había gustado Lisa, siempre había considerado que era boba e insípida como el agua de regadío, y creía que John Silkstone solo se había juntado con ella por despecho. Cualquier idiota se lo podría haber dicho a otro idiota.

—¿Crees que volverás a verle? —preguntó Janey.

—No lo sé. Probablemente, si me muevo por tiendas de bricolaje y zonas en construcción —dijo.

—¿No te pidió que tomaras algo con él?

—¡No, claro que no!

—Oh, bueno —dijo Janey, decepcionada ante noticias tan poco estimulantes—, esa es la razón por la que te llamé, en realidad. Por cierto, Helen está echando hasta la primera papilla.

—Oh, vaya, pobrecita. La llamaré más tarde. Entonces, ¿estás bien? —dijo Elizabeth.

—Bien, mejor que bien, en realidad. Tomé un café con el Jefazo de Personal y, adivina qué, quiere que solicite el puesto de Directora de Atención al Cliente.

—¡Espero que lo hagas!

—Puedes apostar a que sí. Bueno, tengo que dejarte porque necesito ir al baño. Creo que debo de tener un poco de infección, porque me paso el día en el lavabo. Estoy casi tan mal como tú.

—Probablemente sea una mezcla del mal tiempo que hace y que seamos unas viejas chochas.

—Gracias por decir eso. Te veo más tarde —dijo Janey, colgando el teléfono y pensando *Qué curioso*. Pensó que Elizabeth tendría que haber estado mucho más afectada por haberse encontrado con el hombre del que había estado profundamente enamorada, o al menos según aquella carta. Pero con Elizabeth nunca se sabía lo que le pasaba por la cabeza.

Mientras Helen se inclinaba sobre la taza del inodoro por millonésima vez aquella tarde, se preguntaba por qué les llamaban «náuseas matutinas» cuando ella no las sentía por lo menos hasta la hora del almuerzo. Por las mañanas estaba tan cansada que tenía la sensación de no haber dormido por la noche, y el resto del día se sentía tan mal que apenas se atrevía a salir de casa.

Sus compañeros de trabajo eran muy comprensivos, afortunadamente. La oficina estaba llena de gallinas cluecas que acababan de ser abuelas y que sospechaban que estaba embarazada y se volcaban con ella, dándole útiles consejos, aunque la galleta de jengibre antivómito le hizo devolver tanto que llegó a pensar que acabaría dando la vuelta como un calcetín. Lo único que podía retener era el zumo de limón y pequeñas patatas asadas cubiertas de atún y vinagre. Descubrió que tampoco le apetecía ni el té ni el café, ya que le dejaban un sabor muy raro en la boca, como si los estuviera bebiendo directamente de una lata. Incluso su comida favorita de siempre, el lenguado a la plancha, hacía que tuviera que taparse la boca con la mano para dirigirse como un misil *Exocet* al retrete más cercano.

Deseaba con todas sus fuerzas que pasara aquella fase, toca madera. Faltaban unas cinco semanas, o antes si tenía suerte. Por el momento, solo podía pensar en el palpitante dolor de sus sienes, y se sentía terriblemente culpable por no haberse podido concentrar del todo en lo que Janey le había contado por teléfono sobre una entrevista y que John Silkstone había vuelto y que Elizabeth se lo había encontrado en algún sitio. No es que le conociera tan bien como ellas, pero se había mostrado muy dulce cuando vino a recoger el gatito negro para Elizabeth. Se había puesto en evidencia al llorar como una madalena y él le había dado su pañuelo, que tenía más o menos el tamaño de una colcha. Sin embargo, creía que lo que había pasado entre él y Elizabeth había sido una tontería, y lo creyó aún más cuando leyeron la carta. Helen quería mucho a su amiga pero a veces desearía que se abriera más para poder llegar a la gente. Pero bueno, ¿quién era ella para decir algo así?

Elizabeth había dejado de pintar para echarse una siesta y se despertó con un terrible dolor de cabeza, lo que se tenía merecido por irse a dormir en una habitación llena de pintura fresca. Al menos le dio la excusa perfecta para mandarle un mensaje de móvil a Dean y pedirle que no viniera, ya que no había donde dormir. Él contestó enviando uno que decía: ¡NO TNMS XQ DORMIR!!! Ella le mandó inmediatamente otro diciendo: ESTOY MUY CANSADA. Entonces llegó otro en su inteligente ortografía: STAS SIEMPRE JDMENTE CANSADA.

Aquello no era una relación. Tan solo un hábito que había que dejar. Dean era un trabajador ocasional que se había quedado demasiado tiempo después de hacer un trabajo en la casa de al lado y que había llamado a su puerta para molestarla pidiéndole una taza de té. No sabría decir cuándo acabó el trabajo y empezó lo suyo, pero no se había marchado ni con agua caliente. Ahora bien, Elizabeth no era precisamente conocida por su buen juicio. Lo que era curioso, ya que toda la gente que le gustaba no le había caído bien al principio: había pensado que Janey era estúpida, Helen una pija estirada, George un paquete, y había creído que la tía Elsie era la Malvada Bruja del Oeste con su maldito jamón cocido y zumo de naranja demasiado aguado. En cuanto a John Silkstone, vestido de cuero negro de pies a cabeza y con aquel estúpido sombrero vaquero, creyéndose moderno e interesante. De veras que no había pretendido que le cayera bien, pero se coló en su corazón durante años y Elizabeth acabó haciendo lo que consideraba más sensato: se libró de él. Lo mandó con otra mujer, a otra vida, a pesar de que Dean, sus ronquidos, su desorden, su pereza y sus asquerosas costumbres seguían allí, ocupando un hueco en su existencia. ¿Dónde estaba el sentido de todo aquello?

El anuncio para el puesto vacante apareció en el tablón del jueves y entrevistaron a Janey el martes siguiente. Había tres personas: Barry, Judith Booth, la Jefa de Recursos Humanos, y el segundo de a bordo de Barry, Tony Warbuton. Janey se había cruzado con ellos en el pasado y le habían parecido gente muy capaz, justa y decente. El último Director de Atención al Cliente se había ido de manera apresurada y sospechosa, a pesar de ser joven y supuestamente dinámico, y Janey sabía que necesitaban ocupar ese puesto tan pronto como fuera posible. La llamaron después del desayuno y le preguntaron si estaba disponible para una reunión repentina y, afortunadamente, había tenido la precaución de ir a trabajar especialmente elegante y preparada, en caso de que surgiera algo como aquello.

Había estado un poco nerviosa, pero no tanto como para contestar de manera estúpida a sus preguntas. En general, creía que lo había hecho bastante bien y ellos asintieron mucho a todo lo que ella tenía que decir y parecieron bastante impresionados con su manera de actuar. Aunque todo el estrés le pasó factura más tarde, cuando salió de la entrevista con la cabeza bien alta y se dirigió directamente al lavabo de señoras, donde vomitó el contenido de su estómago y el de otras tres personas más.

Mientras Janey recuperaba la compostura en el lavabo, Elizabeth daba un paso atrás para admirar su pericia en su nueva y casi terminada habitación. Su aspecto era tan diferente del anterior que podría haber sido una nueva ampliación de la casa en lugar de una simple habitación reformada. Incluso la ventana parecía ser dos veces más grande con el nuevo par de cortinas color rosa pálido en lugar de los viejos y pesados cortinajes de tapicería. Había tirado las pesadas mesitas de noche para girar y mover los muebles por toda la estancia, experimentando una nueva distribución, y le sorprendió lo grande y luminosa que parecía la habitación. Mientras cortaba la vieja alfombra en tiras para que el ayuntamiento se la llevara, comprendió que no quería que Dean se quedara en aquel espacio fresco y limpio y que debía terminar finalmente con aquella no-relación. Después condujo su coche hasta una de las zonas comerciales que había en las afueras de la ciudad y eligió una alfombra suave y mullida del color de las fresas. Había muchas en stock, así que podía colocarla el lunes siguiente.

Si hubiera escogido una alfombra azul, las cosas podrían haber tomado un rumbo diferente al que tomaron. *Es curioso cómo un giro del destino puede depender de algo tan simple como eso.* Aunque no llegaría a darse cuenta de eso hasta más adelante.

Capítulo 8

Para Helen, un día maravilloso llegaba a su fin. Ya estaba embarazada de ocho semanas y un día, y Simon le había dado permiso de mala gana para anunciarlo formalmente en el trabajo, ya que negarlo se hacía cada vez más embarazoso. La habían mimado en exceso y Teddy Sanderson, su jefe, había salido y le había comprado una enorme caja de bombones. Era la primera noche desde hacía mucho tiempo que las náuseas no le habían dejado fuera de combate y estaba tumbada en su largo sofá de piel junto a su Adonis. Él leía las páginas financieras del periódico y daba regulares sorbos a su vaso de whisky, mientras ella se contentaba con una limonada. Tenía la mano extendida sobre su vientre y se preguntaba si su bebé notaba su calor. Se sentía calmada y serena y totalmente feliz. Entonces todo volvió a estropearse.

Alargó la mano para alcanzar la caja de bombones pero, al abrir la tapa, Simon se la quitó de las manos.

—No, no, no. No querrás empezar a engordar ya, ¿verdad?

—Simon, ¡solo es un bombón! —dijo ella, riendo y tratando de bajarle el brazo porque creía que estaba bromeando.

—Ahora es cuando tienes que controlarte —dijo él—. A pesar de lo que diga el viejo refrán, no deberías comer por dos.

—Probablemente hay más calorías en esta limonada que en cinco de esos bombones —dijo Helen.

—Entonces deberías beber agua —dijo él, y osó quitarle el vaso de las manos, verter su contenido y volver con agua mineral de la nevera. Ella se rió porque era muy ridículo y porque no sabía qué más hacer. No podía decirlo en serio.

—¿Qué te pasa? —dijo mientras ella le miraba fijamente.

—¿Qué estás haciendo? —preguntó ella.

—Trato de ayudarte, ¿no es evidente? —Cuando se tragó lo que quedaba de whisky, dejó de estar de buen humor.

—¡Era un bombón y un vaso de limonada! —dijo, aún con la boca abierta por el desconcierto.

—¿Cómo dicen? ¿«Un segundo en tu boca, toda una vida en tus caderas»?

—Creo que sí —dijo Helen, tratando de que su voz no revelara lo indignada que estaba porque la última cosa que quería era que todo acabase en una de aquellas estúpidas discusiones que aparecían de ninguna parte como una tormenta de arena que arruinaba el resto de la velada.

Él bostezó, dobló su periódico y dijo:

—Me voy a la cama, buenas noches —y Helen se levantó de un brusco salto porque necesitaba que él le hiciera el amor y le demostrara que era feliz con ella y que estaba encantado con el bebé, y porque sospechaba que no era así. Había estado aplazando la decisión de formar una familia desde que se habían casado, y, siendo cuatro años menor que Helen, podía permitirse un poco de retraso. Cuando ella protestaba diciendo que ya iba camino de los cuarenta, él le respondía que en la actualidad las mujeres tenían hijos con cuarenta y tantos sin ninguna complicación, así que aún tenían mucho tiempo. Helen sabía que no era así. Su madre había pasado por una menopausia terriblemente temprana y, aparentemente, eso era hereditario. Por supuesto, su padre lo habría sabido si hubiera estado allí para preguntarle.

Según la experiencia de Helen, el que dijo que todos los altos ejecutivos eran unos animales en la cama estaba muy equivocado. Con demasiada frecuencia, Simon estaba demasiado cansado para hacer el amor después de un largo día en la oficina. Cada vez que su tabla de fechas y temperaturas llegaba al momento óptimo para quedarse embarazada, Simon estaba fuera en una conferencia o cansado y nada receptivo, y la ventana de su oportunidad se cerraba hasta el mes siguiente. Había fingido tomar la píldora durante tres años, esperando que ocurriera un «desliz», pero en las raras ocasiones en las que hacían el amor, le venía la regla con la puntualidad de siempre y aplacaba las llamas de esperanza que se atrevía a encender en su corazón. Así que cuando su calendario le dijo que el día de Año Nuevo era *el día*, tiró de manual para seducirle y funcionó. Cócteles de champán con un toque de brandy, ostras, langosta, velas perfumadas, música suave en el CD, un masaje erótico con ropa interior roja de *Agent Provocateur*... Después, mientras él dormía, Helen se sentó con las piernas levantadas como una estrella del porno, deseando que los pequeños espermatozoides encontraran su óvulo, procurando no desperdiciar ni una sola valiosa gota.

Supo que estaba embarazada. Hacerse la prueba fue solo una formalidad. La sostuvo en sus manos y observó cómo la línea azul aparecía como por arte de magia, y entonces gritó de alegría, se puso de rodillas y le dio gracias a Dios, lloró y rió. Ansiaba que Simon llegara a casa esa noche y, como era habitual, llegó tarde. Pero cuando le anunció, emocionada, que iba a ser padre, su abrazo de felicitación fue poco intenso y mecánico. Al principio había atribuido su estupor a la magnitud de las noticias. Después se dio cuenta de que no era así, cuando empezaron todas aquellas preguntas: *¿Cómo pudo pasar? ¿Se olvidó de tomar la píldora? ¿No le había dicho que tenían que esperar?* Helen culpó a un virus intestinal que había tenido recientemente y que había alterado la eficacia de la píldora. Todo el mundo sabía que aquello podía pasar, y se libró del problema con aquella mentira.

Se ducharon, por separado, y entonces ella se metió en la cama y se acurrucó contra él, acariciando su pecho. Él le cogió la mano, la besó y la apartó hacia su lado de la cama.

—¿Podemos hacer el amor? —preguntó.

—Esta noche no, querida, estoy muy cansado.

—¡Pero no hemos hecho el amor desde Año Nuevo! —dijo, tratando de que toda la desesperación que sentía no se reflejara en su voz.

—De todas formas, es malo para el bebé hasta que no hayan pasado doce semanas.

Helen se quedó un rato en la oscuridad abrazándole con fuerza, aunque le notó distante, como si estuviera a millones de kilómetros de distancia. Prestó especial atención al hecho de que hubiera mencionado al bebé. Creía que era la primera vez que lo hacía.

—Simon —preguntó finalmente—, ¿convertirte en papá te hace feliz?

—Oh, Helen, no seas tonta y duérmete —dijo, apartándose de ella como si le molestara sentir su cuerpo contra el suyo.

Janey y George siguieron con su rutina posterior al curry (el de ella, media porción con una base de tomate, obviamente). Se fueron a la cama. Él se aseguró de que ella estaba satisfecha antes de ponerse un condón y colocarse en la postura del misionero. Después se abrazaron y Janey habló sobre aquella entrevista, otra vez, y parloteó durante un rato mientras él la escuchaba pacientemente y le acariciaba la espalda hasta que se quedó dormido y ella se quedó observando el techo mientras escuchaba sus suaves y complacidos ronquidos.

Puede que aquello no fuera propio de *La Virgen y el Gitano**, pero era cálido y afectuoso, fácil y familiar, y él sabía exactamente dónde tenía que tocarla para que sonaran las campanas en las raras ocasiones en las que decidían averiguar «cómo está tu campanilla». Nunca habían sido especialmente hiperactivos y ahora, a pesar de que su vida sexual estaba un poco estancada, resultaba cómoda. Ninguno de los dos necesitaba darle un toque picante con juguetes sexuales o disfraces de Vikingo o con geles que se aplicaban en las partes íntimas para que se estremecieran de deseo. George parecía estar contento con lo que tenía y el sexo salvaje y peligroso no era para tanto, tal y como Janey había descubierto.

Había supuesto que cuando perdiera todo aquel peso se sentiría más sexy, más confiada y totalmente liberada, pero no fue así. Tan solo se sintió más delgada y hambrienta. George nunca dijo nada, pero sabía que echaba de menos sus curvas, especialmente sus tetas, a las que las dietas hicieron desaparecer primero. Siempre le había gustado tener algo a lo que agarrarse, algo suave y cálido contra lo que acurrucarse. En ese aspecto, George se parecía un poco a su abuelo.

---

* Relato escrito por D. H. Lawrence en 1926 que narra, entre otras cosas, las peripecias sexuales de una de las protagonistas con un gitano (N. de la T.).

—Oye, estás rolliza, cariño —decía su abuelo, y con eso sabía que había ganado peso. No es que fuera uno de esos tipos que le dan de comer pies de cerdo a la mujer hasta que no puede moverse, pero le gustaba ver a una mujer grande y bien formada. Su abuela tenía unas tetas y unas caderas inmensas que podrían haber botado el crucero Reina Isabel II, e incluso con ochenta años seguían dándole al tema.

George quería a Janey, con tetas grandes o pequeñas, y sabía que ella tan solo tenía que pedir algo y sería suyo, fuese lo que fuese. Ella deseaba poder ofrecerle lo mismo, pero nunca se atrevió a preguntar, porque sabía que todo lo que quería de ella era un bebé. Nunca la presionaba porque sabía lo importante que era para ella su carrera, pero la idea de que no era justa con él nunca se le iba de la mente. Al principio ella había sugerido que esperaran para tener un bebé hasta que terminaran de decorar la casa, después quiso esperar hasta haber conseguido aquel gran ascenso o hasta tener más dinero. Ella siempre se había asegurado de que hubiera algo por lo que esperar. Entonces, simplemente, se hizo demasiado tarde.

Se acurrucó contra él y le besó mientras dormía. No se lo merecía. De verdad que no. No después de haber estado a punto de hacerle mucho daño.

Dean hacía tanto ruido en la puerta principal que Elizabeth no tuvo más remedio que dejarle entrar antes de que despertara a los vecinos. Obviamente, mintió cuando dijo que no había recibido ningún mensaje para avisarle que no viniera porque él mismo había contestado con un OK. Iba hasta arriba de cervezas de los viernes por la noche y, cuando eructaba, olía a curry. Intentó bailar con ella, dirigiéndola hasta las escaleras para tratar de convencerla de que acabaran en la cama. De mala gana, ella le dijo que podía quedarse, pero en la cama individual que había en la parte delantera de la casa, ya que su habitación aún no estaba terminada. Él le hizo todo tipo de promesas sobre lo que le iba a hacer mientras subía las escaleras pero, por suerte, para cuando ella salió del baño, él roncaba sobre el edredón como un cerdo con un problema crónico de vegetaciones. Ella sacó bruscamente una almohada de debajo de su cabeza y se dirigió al sofá, recriminándose por haber abierto la puerta. Era una chica que no sabía decir que no. A no ser que la persona a la que le estuviera diciendo «no» resultara ser alguien decente que se merecía un «sí».

Elizabeth pensaba que nunca había disfrutado del sexo. Incluso si tenía suerte y la dejaban satisfecha, más por suerte que por pericia, lo único que quería era desembarazarse de ellos inmediatamente después y que la dejaran en paz. Nunca se había acurrucado contra alguien mientras se encontraba en ese bienestar después del coito, ni siquiera con Dean mientras duró ese brevísimo periodo de luna de miel, y en cuanto el «acto» terminaba, se alejaba de él tanto como le era posible en la cama. No era algo normal, lo sabía, pero era normal para ella. Su experiencia no le había dicho lo contrario. Nunca imaginaba de forma consciente cómo habría sido acostarse con John Silkstone, pero de vez en cuando algo traspasaba la barrera del pensamiento y se encontraba a sí misma conjeturando lo delicadamente que la habría besado, lo cálido que sería su gran cuerpo en contacto con el suyo, cómo la habría atraído hacia sí después de haberlo hecho y el modo en que la acunaría hasta quedarse dormida. Solía apartar aquella fantasía llena de pánico. La aterrorizaba.

Tenía que ponerse dura de verdad con Dean. Había empezado a ponerle la piel de gallina mucho antes de Navidad, pero no habría sido justo dejarle entonces, así que había decidido hacerlo después de Año Nuevo. Entonces había llegado Año Nuevo y era ella la que se aferraba a él, para variar. Era culpa suya que todavía estuviera por allí. Le debía el haber estado con ella cada vez que necesitaba que alguien conocido pasara la noche con ella, alguien que evitara que estuviera sola y asustada en la oscuridad.

El sexo, para Elizabeth, era una moneda de cambio y poder. El sexo lo era todo menos amor.

Capítulo 9

De repente, el calendario mental de Janey le recordó que ya debería haberle venido la regla y, cuando consultó el calendario real, se dio cuenta de que no solo había tenido una falta, sino que estaba a punto de tener otra. No se preocupó demasiado porque George siempre había usado protección y aún no habían tenido ningún accidente, además de que el estrés del trabajo seguramente había alterado un poco su ciclo. De todas maneras, se sentiría mejor cuando le bajara. Puede que la mujer odiara tener la regla, pero aún odiaba más no tenerla.

El señor y la señora Hobson tuvieron una velada romántica tranquila pero dulce en San Valentín. Cocinó George, porque le gustaba y porque se le daba muchísimo mejor que a Janey. Le compró flores, se sentaron delante del fuego con algunos DVDs, uno de Alan Rickman para Janey y otro de Jackie Chan para George, y compartieron una botella de buen vino espumoso, que bebieron en largas copas de champán. Después se fueron a la cama, se besaron y se hicieron arrumacos durante un rato, y él le acarició los pechos suavemente, lo que era genial, hasta que dijo:

—Estoy seguro de que están más grandes, amor.

Y ella se quedó helada.

En un momento de valentía, Elizabeth cogió su móvil, marcó el número de Dean para después volver a colgar. No puedo romper con él la noche de San Valentín, pensó. Aunque cinco minutos después reconsideraba rápidamente su opinión mientras el visitante nocturno golpeaba la puerta. Podría haber usado la excusa de que no le había comprado una tarjeta para alejarlo de su vida. No es que quisiera que le comprara una, ya que aquella relación agotada no tenía nada de romántica. Dejó que el borracho Dean entrara tambaleándose para escapar del frío, furiosa consigo misma por no haber acabado aún con aquello y con él por pensar que podía comprar un polvo con dos enormes cajas de guisantes con bacalao. También sabía que en parte se sentía un tanto enfadada, lo que era muy infantil, porque *él* no le había comprado una estúpida tarjeta, a pesar de que su sentido común le dijera que aquella manera de pensar era absurda. «Madura, Elizabeth», se dijo a sí misma, y soportó la escena que tenía ante ella: Dean tratando de colocar la comida en dos platos, una tarea que le estaba resultando patéticamente difícil en su estado. El olor de pescado crudo le revolvió el estómago. Solo podía pensar en que el pescado estaba crudo y pringoso dentro del rebozado. Se sirvió un vaso de agua para combatir las náuseas y entonces su cerebro le envió imágenes de peces nadando en aquella misma agua y haciendo sus necesidades en ella. Vomitó en el suelo de la cocina, justo sobre las zapatillas deportivas de Dean. Tuvieron una discusión muy oportuna sobre aquello, en la que Dean acabó tirando el calzado a la basura y saliendo de la casa para buscar un taxi. Llevaba puestos unos calcetines horribles.

Elizabeth habría alzado la cabeza y dado gracias a Dios si no hubiera tenido la clara impresión de que aquello formaba parte de una broma mucho mayor que le estaba gastando Dios.

Helen pasó la noche de San Valentín sola con su enorme ramo de rosas, una botella de dos litros de limonada sin azúcar y un DVD de Jane Austen porque Simon estaba de cena en un acto filantrópico.

—¿En San Valentín? ¿Y en sábado? —había gritado cuando él le dijo adonde iba.

—Sí, bueno, lo organizaron principalmente para parejas —le había explicado Simon—. El problema es que habrá mucho alcohol y casi todo el rato se estará de pie. Creo que será demasiado para ti.

—Pero estoy bien —dijo Helen, tratando de no parecer macilenta—. ¿Por qué no me lo contaste antes?

—Te lo dije hace semanas, debes de haberlo olvidado.

—¿No te sentirás un poco raro si todo el mundo va con su pareja?

—Claro que no, por lo que sé, es más una reunión de negocios que un acto social.

—¿No preferirías estar aquí conmigo? —dijo, de manera más lacrimógena de lo que pretendía.

—Es importante que me vean allí, Helen, por el amor de Dios. Por favor, entiéndelo. ¡Es solo un día como otro cualquiera, a no ser que seas un adolescente enamorado o que tengas una tienda de tarjetas de felicitación! —dijo con voz cansada, como si ella estuviera siendo totalmente irracional. Le dio un beso en la frente, aunque ella le había ofrecido sus labios, salió vestido con esmoquin y le dijo que no le esperara despierta.

Helen le vio alejarse a través de la ventana. Le saludó pero él ya estaba hablando por el móvil y no miró atrás. Pues claro que tenía razón. ¿Por qué necesitaban tarjetas y cenas románticas en San Valentín cuando su vientre contenía la prueba de su amor? Llegó a la conclusión de que realmente tenía que intentar ser una esposa mejor, más atenta y menos patética.

Capítulo 10

A primera hora de la mañana del lunes vinieron los operarios a traer y colocar la alfombra de Elizabeth. Eran tipos agradables que la ayudaron a volver a colocar los muebles y ella les dio una propina por las molestias y porque no le gustaba deber nada a nadie. Después, cuando se hubieron marchado, se dejó caer en la cama y durmió durante dos horas. Soñó que Sam y la tía Elsie echaban un vistazo alrededor y admiraban lo que había hecho. Se despertó con la maravillosa sensación de ser acariciada en el rostro por Sam y descubrir que se trataba de Cleef, que se había acercado para decirle que se había retrasado treinta segundos en darle su comida.

Mientras vaciaba una lata de *Whiskas*, sus ojos se posaron sobre la gran «R» en el calendario colgado sobre el armario de comida para gatos. Parecía ser que se le había retrasado la regla una semana, aunque normalmente se le adelantaba un día o dos. Al menos la había tenido el mes anterior, gracias a Dios, cuando realmente había necesitado que aquella limpieza menstrual constituyera una prueba, aunque se había dado cuenta de que era un tanto escasa.

Tenía ganas de vomitar, pero puso una rebanada de pan en la tostadora porque su estómago, a causa de la falta de comida, hacía ruidos semejantes a los que hace un viejo barco. Para cuando la tostadora hizo saltar el pan, lo habría vomitado todo si tan solo le hubiera tocado los labios.

—¿Qué demonios me pasa? —pensó, sin abrir su mente a otra causas que no fueran las de un virus ocasional.

Cuando Barry Parish llamó a Janey para comunicarle que le daban el trabajo, habría bailado sobre su mesa si su cabeza no estuviera saturada por otras cosas de las que había que ocuparse primero. Ya habría tiempo para celebraciones más tarde. Había ido a un *Tesco* el día anterior solo para comprar una prueba de embarazo pero al final se había acobardado porque el hecho de comprarlo hacía que lo que podía ser una pesadilla se convirtiera en una posibilidad más real. Deambuló por la tienda junto a los demás domingueros y se gastó cincuenta libras en comida que no necesitaba.

Janey llamó a George al móvil para darle las buenas noticias sobre el trabajo y él se alegró por los dos y prometió que prepararía algo especial para cenar con las abundantes provisiones que atestaban la nevera. Janey no tenía ganas de cenar, tenía ganas de quedarse junto a la taza del váter más cercana con algo caliente sobre la frente. Fue a *Boots* en su hora de la comida y compró una prueba de embarazo. La dejó en el fondo del bolso como si «lejos de la vista» significara necesariamente «lejos del corazón». Aquel día se marchó temprano, alegando que tenía migraña y se acercó a ver a Elizabeth, quien tenía peor aspecto que ella.

—¿A qué debo el placer de tu inesperada compañía? —dijo Elizabeth, esforzándose por parecer contenta a pesar de sentirse como una muerta a la que han calentado lo justo para no estar completamente fría.

—No preguntes —dijo Janey, pasando a su lado, entrando en la soleada cocina y dejando el bolso en la pequeña mesa redonda que había en el centro.

—¿Té?

—¿Tienes zumo o algo así? No me apetece té ni café.

—Sí, claro —dijo Elizabeth, y sacó de la nevera un gran tetrabrick de zumo de arándano—. ¿Te va bien este?

—Sí, está bien. ¿Te encuentras bien? Estás muy pálida.

—Me duele un poco la cabeza —dijo Elizabeth, masajeándose la frente—. Probablemente causado por la pintura.

Cuando se dio la vuelta, Janey estaba mirando algo que había sacado de una bolsa de papel.

—¿Qué es eso?

—¿Qué parece?

Elizabeth se lo quitó de las manos.

—¿Una prueba de embarazo?

—Sí.

—¿Para quién?

—¿Tú que crees? ¿Para la perra que tiene mi madre? —dijo Janey, impaciente, y se bebió el zumo de un trago, deseando que fuera brandy.

Elizabeth no sabía qué cara poner ya que el instinto, en aquella ocasión, la disuadió de decir «¡Caray!» y de bailotear mientras cantaba «¡Felicidades!», tal y como habían hecho con Helen.

—No lo estás, ¿verdad? —dijo finalmente.

—¡Espero que no!

—Bueno, ¿qué te hizo comprarlo?

—Mis tetas se están haciendo más grandes y últimamente me he sentido mal. Solo es por precaución. Me la haré y así podré olvidarme del tema. Sé que no estoy embarazada, no puedo estarlo —dijo Janey con decisión.

Abrieron el paquete. Contenía dos pruebas.

—¿Cómo funciona esto? —dijo Elizabeth, curioseando por encima de su hombro.

—No tengo ni idea, te lo diré en un momento —contestó Janey, mientras desplegaba el prospecto que había en el interior. Leyó las instrucciones dos veces en voz alta para asegurarse que las entendía, entonces desapareció por la angosta escalera que llevaba al baño mientras Elizabeth servía más zumo. Poco después, Janey bajó sujetando aquella cosa alargada como si fuera algo contaminado con la peste.

—Bien. Ahora, al parecer, tengo que esperar tres minutos —dijo Janey. Se sentaron a la mesa, apoyaron la prueba contra el bote de la sal y se quedaron mirándolo. Janey juntaba las manos como en una oración, deseando acabar con aquella tontería para poder volver a su vida normal. Esperaron durante horas, o eso les pareció.

—¿Una línea azul es que estás embarazada o que no? —dijo Elizabeth, mientras se materializaba en el pequeño indicador. Janey no contestó. Estaba ocupada poniéndose blanca como una muerta y soltando tacos, cosa que solo ocurría en los casos más extremos.

—No puedo entenderlo —decía una y otra vez. Estaba tan aturdida como si le hubieran golpeado con un mazo de hierro, lo que metafóricamente era así. Elizabeth se abanicaba con el prospecto. Mientras Janey tiritaba, ella estaba acalorada.

—¿Cómo? ¡No lo entiendo! —dijo Janey, agitando con fuerza el indicador como si quisiera que admitiera que había cometido un error y que borrara la línea azul—. Nunca nos arriesgamos. Nunca. —Entonces continuó maldiciendo mientras dejaba caer la cabeza entre sus manos.

—Hazte la otra prueba, esta podría estar defectuosa —la animó Elizabeth.

—¿Para qué? —dijo Janey—. Dice que solo falla una de cada tres millones. Está bien, lo presiento. ¡Oh, maldita sea!

—¿Qué vas a hacer? —dijo Elizabeth finalmente, tomando la mano de su amiga y apretándosela con fuerza.

—¿Qué quieres que haga? Pues tenerlo —dijo Janey, soltando una desagradable carcajada. Estoy totalmente atrapada, pensó, y deseó que su rechazo del aborto no fuera tan absoluto. No lo quería, pero no podía *no* tenerlo. No podía matarlo de ninguna de las maneras, ya que eso sería lo que sentiría si abortara. George nunca le perdonaría si lo hiciera, y aquello era algo que no le podría ocultar. El único secreto que le había ocultado ya era lo suficientemente malo. ¿Cómo, *cómo* había pasado algo así? ¡No tenía sentido!

—George se sentirá feliz —tanteó Elizabeth, porque no sabía si Janey estaba a punto de volverse totalmente loca como el *Increíble Hulk* o si iba a ponerse a llorar.

No hizo ninguna de las dos cosas. Se puso de pie lentamente, cogió el bolso y las llaves y dijo:

—Pues será mejor que vaya a decírselo, ¿no?

—¿Quieres que te lleve? —dijo Elizabeth, pensando que Janey no estaba en condiciones de conducir.

—Estoy bien, solo necesito estar un rato a solas —dijo Janey, pensando que, aunque lo hubiera querido, Elizabeth tampoco parecía estar en condiciones de conducir.

—¿Me llamarás cuando llegues a casa?

—Dejaré que el teléfono suene dos veces; no lo cojas y no te asustes si no llamo en cinco minutos. Necesito dar una vuelta a la manzana y pensar un poco.

Cuando el teléfono sonó casi media hora más tarde, Elizabeth no contestó. Estaba demasiado ocupada bebiendo más zumo y mirando fijamente la segunda prueba de embarazo que había sobre la mesa en la bolsa de papel.

La casa de Janey tan solo estaba a un par de minutos de la de Elizabeth, pero le costó veinte minutos adicionales aparcar ante la sólida casa de piedra de estilo victoriano que daba al parque. Subió por el camino, se recompuso y abrió la puerta. Sintió el fragante aroma del cordero que estaba cocinándose.

—¡Hola, Dama Poderosa! —dijo George, saliendo de la cocina con un delantal que mostraba unos pectorales muy desarrollados y una tableta de chocolate que Elizabeth le había regalado las pasadas Navidades. Su sonrisa de bienvenida se diluyó al ver su rostro, triste y pálido—. Oye, ¿qué pasa, amor? Creía que entrarías parloteando sobre tu nuevo trabajo.

Janey quería sentirse emocionada por el trabajo, pero aquel trabajo estaba al otro lado de la montaña en su cabeza y en ese momento no podía alcanzar a verlo.

—Estoy embarazada —dijo con voz queda.

George no dijo nada porque no podía asimilarlo. Estaba escuchando las palabras que más había deseado escuchar en el mundo pero tardó un rato en aceptar que sus oídos no le estaban gastando una broma. Entonces, cuando su cerebro asimiló la información, su rostro no se iluminó como trescientas hogueras en la noche del cinco de Noviembre, ni dio saltos de alegría ni emitió ningún extraño sonido animal. La atrajo suavemente hacia sí y la acunó con delicadeza, como si le diera las gracias. Entonces empezó a llorar. Entonces Janey empezó a llorar.

Un bebé, pensó George. Mi bebé. Nuestro bebé. Quería dar gritos por toda la casa. Quería coger a Janey en brazos y darle vueltas como hacían las parejas de la televisión. Pero el rostro de ella lo decía todo. A George se le cayó el alma a los pies y se dijo: *¿Qué he hecho?*

Elizabeth no sabía cuánto tiempo había estado mirando la bolsa de papel. Solo sabía que entraba luz por la ventana cuando Janey se había ido y ya estaba oscuro cuando la cogió y la llevó al baño. Estuvo mucho rato sentada en un taburete en el rincón antes de armarse de valor. Necesitaba saber si aquello era lo que le causaba las náuseas, el cansancio y la irritabilidad, y por qué todos los sujetadores hacían que sintiera el pecho como si estuviera irritado. Saberlo no cambiaría las cosas y, si salía negativo, podría enterrar aquella noche para siempre, y, si salía positivo, necesitaría encargarse de ello, aunque tenía la esperanza de que no tuviera que llegar a eso.

Recordando las instrucciones que Janey había leído en voz alta, empapó el palito en orina y lo colocó boca abajo, como había hecho Janey, y se sentó en la silla de la cocina, mirándolo con tanta intensidad que al principio creyó que la línea azul era un espejismo, pero no era así. Definitivamente, estaba allí, como lo había sabido en su fuero interno.

¡Soy una zorra estúpida, ESTÚPIDA!, se gritó a sí misma. *¿Por qué no me tomé la píldora del día después?*

Su cerebro se burló de ella. *Porque todo acabó en cuestión de segundos. Porque no se corrió dentro de ti y no puedes quedarte embarazada si no es así.*

¿Cuántas veces se había mofado de las mujeres que aparecían en las páginas de consulta creyendo que no podían quedarse embarazadas durante la regla o si lo hacían de pie o si el hombre solo les había metido la puntita?

Y después voy y las hago quedar en segundo lugar en el Concurso de Miss Mayor Estúpida del Mundo por no haber solucionado esto a la mañana siguiente cuando tuve la oportunidad, pensó. ¿Por qué no me aseguré? ¿Por qué? ¿Por qué ella, Elizabeth Collier, la sensata, la práctica y lo suficientemente mayor para saber de todo había apartado aquel problema como si fuera un gato en una caja, sin esperar que arañara y usara sus garras para poder salir?

No podía permitir que ocurriera: no podía tener un hijo. No era como las demás. Janey acabaría haciéndose a la idea del embarazo porque su encantadora familia y la familia de George se unirían y su vida daría algunos tumbos, se restablecería y se adaptaría. George la pondría en un pedestal y le llevaría tazas de té cada cinco minutos y la amaría... *les* amaría. ¿Pero ella? La gente como ella no debería tener hijos. Gente que nunca aprendería lo que era el amor de verdad, cuyas madres se habían largado y las habían abandonado, cuyos padres hacían que la familia tuviera un significado diferente al que debería tener. Solo las mujeres que tenían el apoyo de hombres buenos deberían mirar cómo aparecía la línea azul en la prueba, para después achucharse y reírse y barajar nombres y echar un vistazo al catálogo *Argos* en busca de ideas de lo que podrían necesitar. No debería ser así. Ella no tenía nada que ofrecerle a un hijo.

Cogió las Páginas Amarillas y buscó la sección de abortos, temblando de tal forma que casi apuntó el número del matadero, que para el caso era casi lo mismo. *Consulte Clínicas*, decía la entrada, así que consultó *Clínicas*, esperando que pusiera *Consulte Abortos* y así entrar en una espiral de pesadilla en la que no puedes obtener una respuesta directa hasta que es demasiado tarde. Sin embargo, no fue así: encontró un número. Lo apuntó. Les llamaría por la mañana y en un par de días todo habría acabado. Se aferró a esa idea y la fijó como objetivo, como un corredor fija la vista en la línea de llegada y se olvida de todo lo demás. De todo.

George y Janey se pidieron el día libre y se quedaron en la cama, hablando. Él estaba más radiante de lo que se suponía que debería estar y, en algún momento en medio de toda aquella verborrea, hicieron el amor. Para Janey fue más por distracción que por deseo. Para George fue por desesperación y culpa. No tenía mucho sentido ponerse un condón y sus orgasmos fueron una particular e intensa vía de escape para ambos. Cuando terminaron, George le acarició el pelo y le dijo:

—Sabes que todo acabará arreglándose, ¿verdad? —Que era el tipo de comentario que George solía hacer, y con bastante frecuencia. Sin embargo, Janey dudaba que esta vez fuera así. ¿Cómo podrían vivir del mísero sueldo que cobraba él por sacar trozos de piezas de plástico hechas en moldes de una máquina un día sí y otro también, mientras ella tenía que dejar escapar la oportunidad laboral de su vida? ¿Cómo podía acabar arreglándose aquel embrollo?

¡Oh, Dios!

De algún modo, Elizabeth acabó quedándose dormida. No obstante, se despertó a una hora intempestiva y mató el tiempo con horribles programas de televisión hasta las nueve de la mañana. Llamó a la clínica, concertó una cita y después se puso en contacto con algunas agencias de empleo, quedando en hacerles una visita a principios de la semana siguiente, cuando todo aquello hubiera acabado, y aquella vez para bien. Estaba totalmente calmada, tranquila y relajada. Había sido sorprendentemente fácil. Mientras no pensara en ello, seguiría siéndolo.

Capítulo 11

Después de colgar el teléfono, Elizabeth necesitaba desesperadamente salir de casa y, a pesar de que la mañana era muy fría, cogió la bufanda, los guantes y un gran abrigo forrado de piel y se dirigió al parque. La primera entrada estaba justo delante de casa de Janey, pero estaba cerrada, así que tuvo que rodearlo hasta donde un grupo de casas infinitamente más caras que la de Janey disfrutaban de la vista del parque. La hierba estaba helada y crujiente bajo sus pies, las telas de araña se agitaban en los setos como collares elaborados y delicados y el aire era justo lo que necesitaba: frío, intenso y purificador.

Condujo sus pasos por el sendero y bajó los veintiséis escalones «del alfabeto» hasta donde solía reposar el viejo león de piedra antes de que los vándalos lo estropearan y fuera reemplazado por última vez. Aquella era su zona favorita del parque. En verano, grandes parterres de flores flanqueaban un sinuoso sendero que llevaba a una fuente grande y ornamentada. Solía tener agua cuando ella era niña, pero ahora estaba llena de tierra y de pequeños brotes de flores tempranas. Pasó frente al lugar donde habían estado las casitas para pájaros. Según recordaba, estaban muy destartaladas y los pobrecillos debían de haber tenido una existencia muy aburrida.

La cafetería del parque estaba cerrada, lo que era de esperar a esa hora de la mañana y en aquella época del año. Aunque encontrarla abierta en el momento justo era siempre tan difícil como dar con el breve periodo de tiempo de la ovulación en el calendario menstrual, a no ser que te encontraras entre las afortunadas, entre las que, obviamente, se encontraba ella. Le vinieron a la mente bonitos recuerdos en los que comía helados *Funny Face* que su tía Elsie le traía mientras llevaban a Sam a dar un paseo. Elizabeth se dejó caer en un viejo y húmedo banco del parque, el mismo donde solían sentarse mientras le tiraban una pelota o un palo. Siempre se aburrían del juego antes que él, porque habría dejado que jugaran a aquello hasta que se les desgastaran los brazos.

Había una madre que balanceaba a una niña pequeña en los columpios mientras un viejo terrier olfateaba entre los troncos de los árboles y los marcaba con su orina. Elizabeth trató de ponerse en el lugar de la madre pero no pudo. Podía imaginarse a sí misma en un yate en las Bahamas, sentada tras una gran mesa de ejecutiva, vestida con traje o celebrando una exposición de arte en una importante galería de Londres, pero no podía imaginarse balanceando a *su* bebé en *aquel* columpio y en *ese* parque. El perro le hizo sonreír un poco porque se trataba de un ejemplar fuerte que tenía una expresión seria, aunque no miró a la mujer con aquella expresión empalagosa en la cara de «Oh, ¿no es adorable?». Para ella, la escena no tenía nada de emotiva. Tan solo veía a una mujer con una niña pequeña. La niña alargaba los brazos en dirección a su madre para que la cogiera y la sacara de la cesta. Era una cosa regordeta vestida con un peludo atuendo rosa pero el corazón de Elizabeth no le dio ningún vuelco, ni siquiera cuando la pequeña empezó a besar a su madre en la cara. Ni uno solo.

El frío pronto se hizo molesto, a pesar de que estaba abrigada como el Hombre Michelín en una expedición polar. Era como si su nariz se hubiera congelado y debía de haber un pequeño agujero en la suela de sus botas porque sentía el pie húmedo. Rodeó la pista para bochas y se encaminó a la salida del parque. El aire fresco no hacía que se sintiera mejor, pero tampoco se sentía peor por haber estado sentada observando una escena de madre e hija, sabiendo que nunca le pasaría a ella. La indiferencia era el estado más adecuado. Planeó mantenerse alejada del mundo conocido hasta finales de semana, hasta su cita, hasta que estuviera hecho. En los dos días siguientes, evitó a Helen y a Janey con la mentira de que había contraído un virus y que, en su estado, deberían mantenerse alejadas de ella. Le dijo lo mismo a Dean. Tenía algo de fobia a vomitar, así que puso especial hincapié en lo grave que era ese aspecto en particular, y surtió efecto.

Con la intención de mantenerse ocupada durante el periodo de aislamiento autoimpuesto, sacó su caja de pinturas y le hizo unos cuantos dibujos a Cleef, aunque resultaron tan oscuros y con una perspectiva tan mala que no le hacía parecer el afable animal que era. Lo dibujó más alargado e intensamente lustroso, con ojos de depredador. Quedó tan descontenta con el aspecto del gato que había dibujado que arrancó el papel y volvió a guardar la caja de pinturas en el cajón. A veces le asustaba la oscuridad que podía plasmar con sus lápices. En su lugar, vio televisión basura, leyó un libro y empezó a aplicar patrones de unas rosas en una enredadera en las paredes de su nueva habitación rosa, mientras se esforzaba por ignorar los mensajes de Janey y Helen en el contestador que le decían que pensaban en ella y que si necesitaba algo de las tiendas del pueblo, solo tenía que llamarlas…

Dos días después, mientras retiraba el último patrón de la pared, miró el reloj que había en la mesita de noche para comprobar la hora. En veinticuatro horas volvería a estar en casa. Se habría ocupado y olvidado del problema y, a principios de la semana siguiente, podría seguir con su vida donde la había dejado, gracias a Dios. Llamaría a Janey y a Helen y les diría que se sentía mejor y tendrían una charla normal en la que hablarían de cosas normales. Ansiaba la «normalidad» con todas sus fuerzas. Llenó la bañera antes de irse a la cama y se encendió un cigarrillo, el primero en mucho tiempo porque le habían dejado de apetecer debido a todos los cambios que había sufrido su cuerpo. Se metió en el agua perfumada y colocó un libro en la estructura de hierro que atravesaba la bañera y que contenía la manopla y el jabón y aquella cosa granulada que mantenía su celulitis a raya. Mientras le daba una fuerte calada al cigarrillo, le invadió un sentimiento de culpa al imaginar con total claridad cómo *aquella cosa* inhalaba el humo con sus minúsculos pulmones. Intentó apartar aquella imagen de su cabeza pero esta regresó con vengativa intensidad.

—Mierda —dijo, derrotada, y metió el extremo encendido de su cigarrillo en la bañera, donde se consumió. Era muy difícil que pudiera disfrutarlo con aquel tipo de imágenes en su cabeza, a pesar de no ser aún una cosa formada, sino una masa de células, algo con una forma parecida a la de un renacuajo que al día siguiente a esa misma hora ya no estaría allí. Millones de ellos se perdían o eran extraídos cada día. No era para tanto, viendo las cosas en conjunto. Además, le estaba haciendo un favor.

El agua estaba tan caliente que la piel empezó a enrojecerse. Ginebra y baños calientes, eso es lo que solían hacer en los viejos tiempos, ¿verdad? Si *lo* perdía, sería perfecto, problema solucionado, fin de la historia. Podría olvidarse de todo sin rastro de la culpa por haberse encargado de aquello en una clínica.

Entonces vio una mancha roja que fluctuaba y goteaba de forma escurridiza en el agua. Se puso rígida. Sorprendentemente, le invadió el miedo y no el alivio cuando vio que había más manchas rojas danzando bajo la espuma que había formado el jabón. *Sabía* que no quería aquello, que estaba muriendo, alejándose de ella antes de que lo sacaran a la fuerza. *No deseado*. Tragó saliva, se inclinó un poco hacia delante, removiendo ligeramente la espuma y ahuecando las manos bajo las manchas rojas, dejando que el agua se deslizara con delicadeza por entre sus dedos entreabiertos. *Debería salir del agua. Llamar a una ambulancia.* Pero se quedó quieta como una estatua, observando la mancha roja en su mano. Al mirarla de cerca, no le pareció sangre, pero ¿qué otra cosa podía ser? Parecía tener algún tipo de fibras. Le dio unos cuantos golpecitos con el dedo.

¿Qué dem... ? No eran coágulos, sino hilos de su nueva alfombra. Solo hilos. Debían de haberse quedado enganchados en sus pies cuando se desnudó en la habitación.

—¡Maldita estúpida! —se rió de sí misma con fuerza mientras le inundaba el alivio. Su niño no se estaba muriendo. *Su niño*. No quería pensar en eso. *Mitad mío y mitad suyo. Déjalo, DÉJALO. Más de la mitad, porque crecía en su interior, alimentándose de ella, viviendo en ella.* La risa que le provocó confundir unos hilos con un aborto espontáneo se hizo más fuerte e histérica, y acabó inesperadamente en sollozos. Un llanto largo, que hacía que sus hombros se agitaran, que se le llenara la nariz de mocos, que se le pusiera la cara roja y se le cerraran los ojos, porque súbitamente, de forma ridícula, por una alfombra roja, su vida se había detenido y tomado un rumbo diferente y no había nada que pudiera hacer al respecto.

Capítulo 12

Dean le hizo una visita la noche siguiente. Trajo una botella de vino barato que todavía llevaba la etiqueta del precio, en la que ponía que costaba casi dos libras. Elizabeth no le esperaba y no quería verle pero ahora que se encontraba allí estaba decidida a no postergar más el Gran Adiós. Estaba endiabladamente cachondo y trató de besarla en la boca con su aliento a cerveza y a empanadillas. Elizabeth no le besó. Le apartó tres veces, pero él siguió intentándolo.

—Quita —dijo ella, empujándole fuerte, pero él volvía a acercarse a ella como si su reparo le excitara aún más.

—¿Por qué debería hacerlo? ¿Por qué ya no quieres echar un polvo? —dijo él, tratando de besarle el cuello y masajearle los pechos.

—Porque no quiero y punto.

—Eso no es una respuesta.

—Vale, prueba con esta entonces: *¡Porque estoy embarazada, por eso!*

No había tenido intención de soltárselo así, solo quería que parase. Y ciertamente, así fue. De hecho, le dejó lo suficientemente sobrio como para conducir un tanque Sherman por una cuerda floja.

—Oh, Dios mío —dijo, con la cara pálida por la conmoción.

Se dejó caer en el sofá y empezó a rascarse la cabeza a través de su pelo cortado al tres.

—¿Qué vas a hacer al respecto? —dijo finalmente.

—Voy a tenerlo —dijo ella, y su mano acarició su vientre mientras se oía a sí misma expresando sus intenciones en voz alta por primera vez.

—Oh, Dios mío —volvió a decir él.

Las palabras le venían a la mente a una velocidad alarmante: paternidad, manutención, ayudas sociales… Lo único que quería Elizabeth es que se limitara a marcharse. No quería volver a verle nunca más.

—Yo no lo quiero —dijo él, casi disculpándose.

Elizabeth abrió los ojos de par en par. Había sido una estúpida por no pensar que él habría creído que era suyo. Estuvo a punto de echarse a reír. La idea de tener un hijo era casi peor al pensar que era de él.

—¿»No lo quiero»? —citó sus palabras, incrédula—. No eres tú el que lo tiene que querer.

—¿Eh? —dijo él.

—He dicho que no es tuyo.

—¿No es mío? —Se puso de pie—. ¿Qué quieres decir con que no es mío?

—Que estás a salvo. Como en el programa *¿Quién es el padre?* ¡No es tuyo!

Dean no quería ser el padre, pero sus niveles de testosterona reaccionaron ante aquella información más con resentimiento que con alivio.

—¿No es mío? ¿Y entonces de quién diablos es?

—Dean, márchate —dijo ella, caminando hacia la puerta para abrirla, pero él la agarró del brazo y la atrajo bruscamente hacia sí.

—¿Durante todo este tiempo me has obligado a ponerme un condón y has estado tirándote a otro sin protección? Eres… —levantó la otra mano y la dejó suspendida en el aire, temblorosa.

—No te atrevas NUNCA a pegarme —dijo Elizabeth con tanta fuerza que la hizo estremecer. Dean la empujó contra la pared en lugar de pegarle y abrió una de las bolsas de plástico que tenía almacenadas tras la puerta de la cocina.

—Maldita escoria —dijo él.

El corazón de ella latía con fuerza y sus manos se movieron

para posarse sobre su vientre, como si quisiera aislar al bebé de todas las descalificaciones que caían sobre ella mientras él llenaba varias bolsas con sus desperdicios: zapatillas deportivas, calcetines, discos compactos que estaban desperdigados por todo el piso inferior, al tiempo que catalogaba en voz alta todos los sinónimos que había para «puta» en el diccionario.

—Toma, te puedes quedar con el de *Supertramp* —dijo, tirándoselo.

El borde de plástico del CD le dio en el hueso que hay sobre el ojo y ella soltó una exclamación de dolor. Para cuando su mano se había posado en aquel sitio para comprobar si tenía sangre, ya se había formado un pequeño chichón. Entonces algo estalló en su interior y, pese a todo lo menuda que era, se abalanzó sobre él. *Nadie me pega en esta casa*. En casa de su tía Elsie estaba segura, siempre lo había estado y siempre lo estaría.

Él era bastante más corpulento que ella, pero estaba medio borracho y ella contaba con el factor sorpresa. Lo empujó hasta la calle con tanta fuerza que lo envió hasta las casas que había al otro lado de la calle, donde tropezó en el bordillo y cayó sobre la acera, lo que le dio a ella tiempo suficiente para sacar sus bolsas a la calle y cerrar con llave la maciza puerta antes de que él pudiera levantarse. Le oyó balbucear durante un rato, para regocijo de los vecinos, pero no podía tocarla tras la puerta que la había protegido durante más de veinte años de la maldad del mundo exterior. No le dejaría entrar nunca más.

Se quedó allí, con el ojo palpitando, jadeando como si hubiera corrido una maratón. Entonces él empezó a golpear la puerta, provocando en ella los mismos sentimientos confusos que había tenido mucho tiempo atrás, cuando se había escapado de casa para ir junto a la tía Elsie, quien la recibía en su casa cada martes a la hora del té y le daba jamón cocido y zumo de naranja demasiado aguado, y que era estricta y tozuda y siempre le reñía por sus malas costumbres y que le mandaba que se sentara recta y que se subiera los calcetines. La tía Elsie, a quien solo visitaba porque tenía un enorme pastor alemán que era suave como una oveja negra. La tía Elsie, a quien odiaba. La tía Elsie, a quien le gritó que cerrara la puerta con llave mientras se acurrucaba junto a Sam en la cesta para perros. Para que su padre no volviera a acercarse a ella.

Las tres mujeres estaban sentadas en la espaciosa cocina rural de Janey con un té de frutas de los domingos y un plato de galletas que aún no habían tocado. Las tres embarazadas. Janey tenía la boca un poco más abierta que Helen tras oír las noticias que Elizabeth les acababa de comunicar, pero solo un poco.

Después de todos aquellos años y todos aquellos hombres, ahora la estúpida se queda preñada, pensaba Janey, moviendo inconscientemente la cabeza de un lado a otro. A su edad, sin trabajo y sin un hombre.

Helen no decía nada. Se limitaba a estar sentada en silencio, aturdida.

—Antes de que lo preguntéis, os diré que voy a tenerlo —dijo Elizabeth.

—Elizabeth, ¿te lo has pensado bien? —dijo Helen.

—Un poco —dijo Elizabeth con una carcajada—. Pensé en… solucionarlo, incluso pedí hora, pero al final no pude hacerlo.

Janey hizo la pregunta inevitable:

—¿Y qué pasa con Dean? ¿Qué ha dicho?

—No es de Dean.

—¿Cómo?

—¿Perdón?

—No le conocéis —dijo Elizabeth, atajando las preguntas antes de que empezara la gran avalancha—. Se suponía que tenía que encontrarme con Dean en aquella fiesta de Año Nuevo —continuó, sin mirar directamente a ninguna de las dos—. No apareció y yo me enfadé y bebí demasiado y las cosas fueron demasiado lejos con alguien. No estoy orgullosa de ello, pero pasó y no quiero hablar más de eso porque ya está hecho. Ni siquiera me acuerdo del aspecto que tenía. Era de algún lugar del sur y tampoco hay manera de localizarlo incluso si tuviera intención de hacerlo, que no la tengo. ¿De acuerdo?

Soltó el aire y pareció que aquello ponía punto final a su discurso. Janey asintió. Había algo en la historia que no encajaba, pero no dijo nada más porque le pareció que Elizabeth tenía un aspecto demasiado frágil y pálido, y además reparó en que el ojo de su amiga estaba hinchado y morado cuando se apartó el largo flequillo de la frente.

—¿Qué te ha pasado en el ojo?

—Esto… Dean me tiró el CD de *Supertramp* —dijo con una tímida sonrisa—. Fue un accidente.

—¿Qué? ¿Cómo pudo ser un accidente si te lo tiró? —dijo Janey, resoplando airada.

—Creo que me lo tiró con la intención de no darme —dijo Elizabeth.

—¡Cabrón! —dijo Janey.

—Nunca me gustó —dijo Helen.

—A mí tampoco —dijo Elizabeth.

—¿Entonces por qué demonios no lo mandaste a paseo antes?

—No lo sé. Ya sabéis lo idiota que soy cuando se trata de tíos.

Las otras dos no tenían que darle la razón. Para ser una mujer inteligente, Elizabeth habría suspendido el Examen General en Hombres.

—Ya se ha ido —añadió Elizabeth.

—Te has librado de una buena. A mí tampoco me gustaba —dijo Janey.

—Nunca te ha gustado ningún hombre con el que he salido.

—Me gustaba uno —dijo Janey. Elizabeth no necesitaba preguntar de quién se trataba—. ¿Estás segura de que no es de Dean?

—Al cien por cien.

—¡Bien! No sé qué decir, lo que no es muy habitual —dijo Janey, agitando la cabeza de un lado a otro.

—Mira, Janey, fue un accidente horrible y estúpido. No pensé ni por un instante que pudiera haberme quedado embarazada, de lo contrario habría tomado la píldora del día después. No puedo entenderlo, me vino la regla el mes pasado —dijo Elizabeth.

—¿Qué? ¿Tuviste una regla normal?

—Bueno, pensándolo bien, fue mucho menos abundante de lo habitual.

—Probablemente solo era tu cuerpo dejando escapar algo de sangre acumulada —dijo Helen.

Janey era mucho menos intelectual y gruñó.

—¡Qué estúpida! Bueno, al menos eso explica por qué estabas tan agitada y le dijiste al viejo Laurence que se metiera tu trabajo por donde le cupiese. Tus hormonas debían de estar a tope. —Aunque parecía molesta y exasperada, se levantó de un salto y le dio un abrazo a Elizabeth. Su amiga la apartó de aquella forma suya que decía inequívocamente: «aléjate de mí».

—¿Cómo te las arreglarás? —continuó Janey.

—No lo sé, lo haré y punto —dijo Elizabeth—. Si las chicas de dieciséis años en paro que tienen que pagar un alquiler se las arreglan, entonces puedes apostar a que yo también lo haré.

—Sí, si otras pueden, tú también podrás —dijo Helen, con una gran sonrisa alentadora.

—Sí, bueno, eso no lo dudo —dijo Janey, quien siempre había sentido lástima de Elizabeth por haberse quedado sola a los dieciocho años mientras ella seguía arropada por una familia adorable.

—Hasta ahora me las he arreglado sola —dijo Elizabeth.

—Y nosotras estaremos aquí cuando nos necesites, ¿verdad? —le dijo Janey a Helen, quien asintió y sonrió, sintiendo algo de envidia por su alta y pelirroja amiga.

Janey ya estaba engordando un poco, le sobresalía el pecho de la blusa y tenía las mejillas arreboladas y lustrosas como las de una chica de campo. Por contraste, Helen estaba pálida y ojerosa. Había perdido peso y sus pechos parecían más pequeños, si es que aquello era posible. Tenía el pelo lacio, a pesar de habérselo lavado la noche anterior, y tenía la cara llena de granos. Justo castigo, suponía, por tener aquella piel sin imperfecciones durante toda la adolescencia. Pero no le importaba, ya que cuando Simon estaba irascible y callado o la interrogaba sobre lo que había comido o lo que pesaba, podía acurrucarse con su libro de Miriam Stoppard y leer acerca de cómo su bebé iba creciendo, sin importar que aquellos días estuvieran dominados por las encías sangrantes, las náuseas, los granos o la grasa. Cada día le acercaba más al momento en el que su bebé nacería, y solo aquel pensamiento hacía que pudiera sobrellevarlo todo. Salvo echar de menos a su padre más que nunca.

—Entonces, ¿qué hago primero? —preguntó Elizabeth, con otra taza de té—. ¿Tengo que llamar al médico?

—Sí —dijeron Janey y Helen al unísono.

—Empezarás a asistir a clases de preparación al parto en seguida, creo, y la comadrona te informará sobre los beneficios que… —continuó Helen antes de ser interrumpida de manera poco educada.

—¡Beneficios, y una mierda! Estaré en marcha y trabajando tan pronto como pueda —dijo Elizabeth, indignada—. No me quedaré sentada chupando del estado y viendo *Trisha* en la tele. El lunes iré a visitar unas cuantas agencias en Leeds.

A pesar del desastre que dominaba el resto de su vida, por lo menos no se toparía con dificultades a la hora de que una mujer trabajadora encontrara un empleo. O al menos eso es lo que pensó ingenuamente.

Capítulo 13

Durante la gran comida de celebración que dieron en su honor, Janey sonrió para gusto de todos y trató de sentirse feliz por estar embarazada, de veras que sí. Se obligó a no olvidar lo mucho que George había deseado aquel momento y cómo el destino había acabado por intervenir para hacerlo posible. Todo el mundo estaba entusiasmado; sus padres estaban en el séptimo cielo, así como sus suegros, Joyce y Cyril, quienes nunca salían de casa sin fruta, patrones para hacer punto o cazuelas llenas de sopas caseras y guisos para mantenerla fuerte. A aquel paso, podría participar en el Campeonato de los Pesos Pesados al final del primer trimestre. Aunque sabía que debería sentirse encantada de recibir tantas atenciones y disfrutar por el hecho de que su marido la tratara como a una reina aún más de lo que lo hacía habitualmente, solo tenía ganas de sentarse y echarse a llorar. No tenia nada que ver con las hormonas, sino con el mero y simple hecho de que se sentía resentida porque al hacer realidad el sueño de todos, ella estaba dejando escapar el suyo. La culpabilidad que sentía al pensar aquello le hacía creer que realmente debía de ser una zorra egoísta y egocéntrica, lo que aumentaba aún más el volumen de sus lágrimas.

Elizabeth salió temprano el lunes por la mañana, aparcó su reluciente *Old Faithful* amarillo en la estación y se dirigió a la familiar Leeds en compañía de una revista de moda y una bolsa de caramelos *Midget Gems*. Era agradable estar de vuelta en la bulliciosa estación de tren de la ciudad, a pesar de tener que caminar más de cuatro kilómetros hasta la salida. Le encantaba el bullicio de Leeds, con su preciosa arquitectura antigua y su impresionante arquitectura nueva, las grandes librerías, los vetustos soportales, las amplias casas de diseño y las diminutas joyerías judías que coexistían sin problemas en el frenético centro de la ciudad. Por una vez, disfrutó del hecho de poderse tomar las cosas con más calma y evitar la aglomeración de ejecutivos apresurados que se dirigían a sus oficinas. Tenía tiempo de sobra antes de su primera cita y se metió en una pequeña cafetería italiana para tomarse un aromático café con crema, que más bien parecía un pudin, y una rebanada de pan muy tostado con mucha mantequilla. Por la ventana observó cómo el mundo de los trajes y los maletines que contenían ordenadores portátiles seguía su curso sin ella.

La puerta de la Agencia de Empleo Puerta Dorada estaba vieja, desconchada y pintada de un enfermizo color marrón, y embutida entre una enorme tienda de tarjetas de felicitación y un almacén de ropa masculina de poca calidad. La oficina estaba al final de tres tramos de escaleras, que Elizabeth subió para descubrir una sorprendentemente grande pero vacía recepción equipada con penosos muebles de madera, alfombras raídas y asientos de PVC que en el pasado habían estado de moda y de los cuales sobresalía espuma amarilla de entre las descosidas costuras. Aunque la intención era crear un ambiente *cutre-chic*, la sensación general era más de lo primero que de lo segundo.

Elizabeth dejó que una mujer con unas hombreras que estaban a medio camino entre las de Joan Crawford y las de los *Chicago Bears* la recibiera y le indicara que tomara asiento. Le entregó un formulario que había de rellenar con todos sus datos personales mientras esperaba a que «Frances», que llegaba tarde, pudiera recibirla. Tan solo serían unos minutos, dijo Joan Bear, volviendo a su mesa para escribir en el teclado de manera eficiente, dejando que Elizabeth empezara a escribir en una mesa que no se había limpiado a fondo llena de marcas secas dejadas por tazas de café.

Al cabo de una media hora, y después de haber leído emocionantes artículos como *Sumábamos tres dientes entre los dos, pero nos enamoramos* y justo cuando Elizabeth estaba a punto de perder las ganas de vivir, Frances salió de la oficina que llevaba su nombre, sonriendo y disculpándose sin parar. Aparentaba unos doce años y parecía que hubiera estado revolviendo el estuche de maquillaje de su madre. Bajo las capas de sombra de ojos al estilo Judith Chalmers, su mirada arrogante y astuta era del estilo de la de Julia, y enseguida se estableció entre ambas una corriente de mutua antipatía. Frances hizo pasar a Elizabeth al interior de una oficina bien equipada con las últimas tecnologías, tomó asiento frente al ordenador que había sobre la mesa y se bebió los restos del café antes de estudiar detenidamente durante tres minutos el curriculum de Elizabeth, el cual tampoco decía mucho.

—Vaya, solo ha trabajado en un sitio. Es fantástico. ¿Y cómo es eso?

—Me gustaba —dijo Elizabeth. *Al menos hasta que aparecieron el Hombre Ceja y el Trol de las Piernas Arqueadas.*

—Entonces ¿qué le hizo dejarlo?

—Sentí que había llegado la hora de un cambio.

—¿Después de veintidós años? ¡Interesante! —dijo Frances con un tono de voz que parecía decir: *Sí, claro.* Observó a su cliente durante unos segundos, volvió a mirar la hoja y dijo—: ¿Cuánto cobraba cuando se marchó?

—Diecinueve mil doscientas libras.

—¡Vaya! —lo que en la manera de hablar de Frances era sinónimo de «Tendrás suerte si igualas eso»—. ¿Busca trabajo temporal o fijo?

—Cualquiera de los dos, pero he de decirle que estoy embarazada.

—¡Oh! —Frances suspiró como si dijese *Vaya por Dios*—. Bueno, de todos modos echemos un vistazo. Nunca se sabe. —Apretó unas cuantas teclas en su ordenador y miró fijamente la pantalla mientras murmuraba absorta entre dientes.

—Introducción de datos, trabajo a turnos, once mil quinientos, recién licenciado... oh, este no... ja, ja, ja, administrador para oficina con mucha carga de trabajo, bla, bla, bla... de siete y media de la mañana a seis, pero se termina a las tres y media el viernes. Oh, perdón, es en Nueva York. ¿Dónde dijo que vivía? Bradford, ¿verdad? Perdón, Barnsley... fantástico. Aquí hay algo. Halifax, confección de nóminas. ¿Dijo que hacía nóminas? Quince mil con seguro médico, pro rateado… oh, no, buscan a alguien con título. Veamos los Temporales… Aquí está… *clic, clic*… oh, quizá no. No… no…

El teléfono empezó a sonar y Frances descolgó.

—¿Diga? Sí… sí… oh, tendrá que esperar… Bueno, yo no tengo la culpa de que la despidieran, ¿verdad? Deshazte de ella hasta mañana. Dile que la llamaremos… Sí, estoy con alguien…Vale. *Ciao*. —Hizo un gesto de desaprobación—. ¡Es que hay gente que…! —dijo, chasqueando la lengua con impaciencia—. Bueno, ¿dónde está mi bolígrafo? Oh Dios, ¿dónde lo he dejado? Mira que soy...

¿Una fulana estúpida?, terminó Elizabeth para sí misma. Se habría reído, pero habría sonado a hueco. Aquello no servía para nada. Lo sentía en la boca del estómago como una gran pelota pesada. Aquello no iba a resultar tan fácil como había creído. El mercado parecía tener más en cuenta la juventud y la inexperiencia que los años y la experiencia laboral.

—Estoy segura de que acabará por salir algo —dijo Frances en un tono no demasiado alentador—. ¿A qué velocidad puede escribir? —preguntó, pero Elizabeth habría jurado que no le estaba escuchando.

—Setecientas palabras por minuto.

Le hizo la prueba, pero ya no le importaba.

—Mmmmmm, fantástico. —Frances miraba fijamente la pantalla. Elizabeth tuvo la sensación de que hubiera dicho lo mismo de haber estado jugando a *Grand Theft Auto*.

—¿Y qué calificaciones dijo que tenía?

—Quince títulos básicos, siete avanzados y una licenciatura en Japonés.

—Oooh, ahora el japonés está muy en auge en el mundo de los negocios. Creo que si lo deja en nuestras manos le encontraremos algo rápidamente.

¡Dios, *sácame de aquí*!

Como si Frances le hubiera leído la mente, se puso en pie, recorrió con los ojos la zona central del pecho de su cliente y alargó la mano para darle un flojo apretón de manos que le puso a Elizabeth los pelos de punta.

—Bueno, ha sido genial conocerte, Lizzie…

A Elizabeth se le erizó el vello. Odiaba que la llamaran de aquel modo, aunque el diminutivo de Frances, Fanny, le iba como anillo al dedo.

—Aquí tienes mi tarjeta y no te preocupes, nos pondremos en contacto tan pronto como sea posible. ¿De acuerdo?

—Fantástico —dijo Elizabeth, haciendo que su boca adoptara un rictus de insinceridad. Para cuando llegó a la puerta de color marrón disentería, la tarjeta de Frances ya se había convertido en un rompecabezas de ochenta y una piezas.

En el exterior, las nubes proyectaban una lúgubre luz gris y el cielo parecía tan deprimido como Elizabeth. En aquella ciudad que conocía tan bien, se sintió súbitamente perdida, vulnerable, casi agorafóbica, ya que el lugar parecía haberse vuelto agobiante y opresivo. Le invadieron las náuseas al mismo tiempo que sintió un hambre atroz, y no sabía si se trataba del bebé o de la ansiedad. Lo que sí sabía era que no podía afrontar el camino hasta la Oficina Branways de Trabajadores Eventuales y Ángeles del Norte para repetir el mismo galimatías. Al menos no ese día. Formaba parte del montón de desperdicios de los que tenían treinta y ocho años y solo ansiaba disponer de la magia que pudiera teletransportarla hasta su casa, frente a la chimenea, con un paquete de *Gipsy Creams*, un poco de té de arándano y Cleef acurrucado sobre sus rodillas. Si se daba prisa, podría coger el siguiente tren, recoger el coche del aparcamiento y estar en casa en una hora. Un gran copo de nieve que le cayó sobre la nariz le confirmó que aquello era lo más sensato que podía hacer, así que se fue directa a la estación.

Se subió al abarrotado tren y buscó un asiento vacío, a pesar de que los tres vagones estaban llenos, y se detuvo junto a un joven cuya mochila ocupaba el asiento junto a la ventanilla. En cualquier otro momento no habría dudado en pedirle que la quitara, y pocos años atrás se la habría metido por el culo por atreverse a ser tan maleducado cuando la gente estaba de pie. Sin embargo, se sentía cansada y débil, y no estaba preparada para una discusión. Solo deseó que alguien se diera cuenta de que estaba embarazada y de que necesitaba un asiento. Sin embargo, a menos que llevaran gafas con visión de rayos X, aquello no iba a ser posible. Creyó que la suerte le sonreía cuando el hombre que estaba detrás de ella le pidió amablemente al Hombre Mochila que la moviera, pero solo para poder deslizar sus posaderas hasta el asiento. La caballerosidad había muerto, era oficial, y se vio obligada a quedarse de pie, en un tenso y estoico silencio británico durante veinte minutos antes de dejarse caer en un asiento libre durante los diez minutos restantes.

Cuando se bajó del tren en Barnsley, fue como entrar en una de aquellas esferas que dejan caer nieve cuando las agitas. Caían gruesos copos y ella trató de conservar el poco calor que le proporcionaba la chaqueta del traje, muy poco apropiada para aquel tiempo. Se dirigió a toda prisa al aparcamiento hasta donde le esperaba su coche amarillo chillón, adornado con la silueta de una gran flor rosa pintada en la parte de atrás. Se subió, agradecida, y metió la llave en el contacto. El motor arrancó, rugió un poco y después se detuvo. En el segundo intento se produjo un pequeño estruendo, un sonido metálico y después nada. Elizabeth empezó a sentir un sudor frío producto del pánico que hace que uno quede reducido al nivel de «¿Qué hago ahora? ¡No sé nada de coches!», y entonces se dio cuenta de que el piloto de las luces estaba encendido. Nunca se había dejado las luces encendidas.

—¡Por favor, precisamente hoy no! —gritó desesperada.

Registró su bolso en busca de la tarjeta del Club del Automóvil, pero recordó que la había dejado en el bolso «de batalla», totalmente distinto del de «entrevista elegante» que llevaba en aquel momento. Según pudo comprobar, también se había dejado en él el teléfono móvil. Se reclinó hacia atrás, con las manos entumecidas sobre el volante, sintiéndose inútil, inútil, cansada, patética y rabiosa por su propia estupidez. *¡Estúpidas hormonas que me hacen estar somnolienta! ¡Estúpidas, estúpidas!* Nunca había sido desorganizada, jamás olvidaba nada. *¿En eso te convertían las hormonas del embarazo? ¿En una gelatina estúpida y patética?*

No había llorado en años y allí estaba ahora, lloriqueando de nuevo, y el número de lágrimas aumentaba a medida que el parabrisas se cubría de nieve, haciendo que se sintiera como si la estuvieran enterrando viva. Entonces recordó algo, una cosa que la pateó mientras aún continuaba en el suelo. No había nadie en casa que le dijera: «¿Dónde está Elizabeth? Ya debería estar en casa. Me estoy empezando a preocupar, así que saldré a buscarla.» Nadie. ¿Cuánto tiempo podría estar allí sentada antes de que alguien viniera a por ella?, se preguntó. Ni siquiera Cleef la echaría de menos, solo su cena. Era un gato y simplemente se buscaría otra casa en la que estar igual de calentito y alimentado y se olvidaría de ella, del mismo modo que había hecho con Helen cuando se lo había regalado.

Elizabeth no tenía trabajo, no tenía buenas perspectivas para encontrar otro y dentro de ella estaba creciendo una criatura de la que no podía ni quería librarse. Giró la llave en el contacto una y otra vez en un ataque de ira.

—¡Arranca, bastardo! —gritó, y cuando aquello no funcionó, probó con—: Por favor, coche bonito, arranca por mí, por favor…

Entonces alguien dio unos golpecitos en la ventanilla y abrió la puerta del coche.

—¿Estás bien?

Era *él*. John Silkstone. Había aparecido como Clint Eastwood cuando un pueblo está en apuros. Echando la vista atrás, comprendió que siempre había sido el equivalente humano de una navaja suiza.

—¿No arranca? —preguntó.

Se le había cerrado tanto la garganta que no pudo contestar. Se limitó a mover la cabeza y a mirarle con unos enormes ojos grises y llorosos. Sentía profundamente lo indigna que era aquella situación. Le había visto dos veces en siete años, la primera vestida como una mendiga y ahora tratando de ahogar el volante en un mar de lágrimas. Era el único que la había visto llorar.

—¡Déjame probarlo! —apremió él.

—No, está bien. Puedo arreglármelas. —¿Por qué demonios había dicho eso?, pensó cuando era más que evidente que no era así. Y no es que fuera a admitirlo ante él.

—Nunca cambiarás, ¿verdad, Doña Independiente? ¡Venga, muévete!

La sacó del coche tirándole de la manga y la condujo como una cría, sin que ella opusiera resistencia, hasta un *Land Rover* aparcado cerca con el motor en marcha, tal y como debería haber estado el de su coche. Pero claro, él no era un somnoliento mendigo embarazado que se dejaba las luces puestas. Cuando se quitó el abrigo y se lo puso sobre sus hombros, ella casi se desploma bajo aquel peso.

—Menos mal que aún conduces el mismo coche, ¿verdad? —dijo—. Sabía que esa estúpida flor rosa sería de utilidad algún día, ¿lo recuerdas?

Lo recordaba. La había acompañado cuando lo compró en el taller. Había ido con él para que lo inspeccionara porque había confiado en él para todo. Se había enamorado de los colores del Battenburg y él se había reído y había dicho: «¡Para fiarse de una mujer! ¡Al menos será fácil localizarte entre la multitud!» Entonces había desparecido en su interior para apretar botones y mover palancas y probar el motor y después se había metido debajo para inspeccionar el chasis.

—Dame tus llaves y métete dentro.

Abrió la boca para decir algo valiente pero el cansancio pudo más, de modo que subió al asiento del acompañante y comprobó que la calefacción estaba encendida a todo trapo. Se estaba muy a gusto. La radio estaba encendida pero los limpiaparabrisas no y el aguanieve que caía sobre la ventana solo permitía tener una imagen borrosa de lo que pasaba al otro lado del aparcamiento. Las lágrimas que asomaban a sus ojos no ayudaban. Parecía como si tuviera una lavadora en los lacrimales.

Unos minutos más tarde, la puerta del asiento del conductor se abrió y penetró un helado recuerdo del frío que hacía en el mundo. El corpulento John Silkstone subió, con una gruesa chaqueta de leñador y tratando de insuflar algo de calor a sus manos.

—No, tu coche no arranca —dijo, con el pelo reluciente por los copos de nieve que se iban derritiendo—. ¿Qué has hecho? ¿Dejarte las luces puestas o algo así?

—Sí —dijo ella, esperando que dieran comienzo los «comentarios sobre las conductoras». Aunque no era su estilo.

—Escogiste un buen día para hacer algo así. Hace un tiempo muy desagradable, de verdad. —Se abrochó el cinturón, quitó el freno de mano y empezó a conducir.

Reinaba el silencio, a no ser que se tuviera en cuenta la canción «Una Paloma Blanca»que emitía Radio Sheffield.

—¿Estabas de compras? —preguntó John en el semáforo.

—Vengo de Leeds —dijo ella, de manera poco comunicativa.

—Te vi bajar del tren cuando llegué a la tienda a comprar el periódico. Ya sabes, la de la estación.

—Sí, ya sé dónde está el quiosco —dijo ella. Allí era donde muchos años atrás había temblado de frío mientras esperaba que un tipo que debía llevar una flor la llevara a tomar una copa, aunque no se lo recordó.

—No has comprado muchas cosa en Leeds, ¿no? —dijo, reparando en la inexistencia de bolsas.

—No —se limitó a decir.

—¿Te has dado un golpe en el ojo?

—Sí —dijo, tapándoselo cuidadosamente con el flequillo. Se lo había cubierto con tres kilos de maquillaje, pero debía de haber empezado a desparecer. ¡Dios, menuda pinta debía de tener!

—Espero que no te lo hiciera alguien —dijo con voz tensa.

—No seas estúpido. Me peleé con la puerta de un armario.

Los limpiaparabrisas tenían que funcionar a toda potencia para poder apartar la nieve. Se acurrucó en el abrigo y percibió un cóctel de viejos olores que le eran sorprendentemente familiares: cuero, restos de loción para después del afeitado, zonas en construcción y aromas que no tenían nombre pero que eran simplemente parte de *él*.

—No lo sé. Solo te he visto dos veces desde que he vuelto y en las dos te estabas escabullendo del trabajo —dijo.

—Decidí cambiar de trabajo —dijo ella, tensa y con todos los mecanismos de defensa activados al máximo—. Fui a Leeds esperando encontrar otro.

—¿Hubo suerte?

—No —dijo, y entonces, muy a su pesar, volvieron a aparecer las lágrimas.

Vio que él la miraba por el rabillo del ojo pero siguió con la vista fija en la carretera y en la tormenta de nieve. Él no dijo nada más hasta que aparcó ante la puerta de su casa, lo que agradeció porque cualquier muestra de comprensión por su parte habría derrumbado la barrera que retenía el gran contingente de lágrimas.

—Bueno, gracias por traerme. ¿Podrías devolverme las llaves, por favor? —dijo, quitándose el abrigo y devolviéndoselo.

—Me las quedaré y arrancaré el coche por ti. Le dije al tipo del aparcamiento que volvería más tarde para que no volvieras a quedarte atascada.

—No tienes porqué molestarte, de verdad. Tengo un seguro de automóvil —dijo ella de forma arrogante, odiándose a sí misma por ser a veces tan inapropiadamente independiente.

—Venga, Elizabeth, métete en casa y entra en calor —dijo él, y se inclinó sobre ella. Su corazón empezó a latir con fuerza porque por un momento creyó que iba a besarla, pero solo pretendía abrir la puerta.

—Perdona, esta manilla tiene truco —explicó—. Puede que me lleve un par de días solucionar lo de tu coche. Intentaré que lo tengas el jueves.

—Gracias —dijo ella con una reticencia que parecía sugerir que le estaba haciendo una faena en vez de un favor. Después se bajó del coche. Él hizo sonar el claxon a modo de despedida y ella le dedicó un brevísimo saludo antes de entrar en casa sin echar la vista atrás, deliberadamente.

¿Qué *tenía* aquel hombre que siempre hacía que se sintiese irritada y confusa, cuando lo único malo que había hecho era amarla?

Capítulo 14

Elizabeth saltaba apoyándose una vez en cada pie, en parte debido al frío y en parte a los nervios. Nunca había tenido una cita a ciegas y, a los veinticuatro años, no hubiera tenido aquella si no hubiese sido por las súplicas y ruegos de Janey para acudir a una cita doble con George Hobson, que la había invitado a salir en el pub la semana anterior. Estaba demasiado nerviosa para ir sola, de modo que, en su opinión, solo había una solución posible: una cita doble.

—Por favor, te deberé favores durante el resto de mi vida —le había dicho ella mientras se arrastraba tras Elizabeth sobre la alfombra del salón de sus padres.

—¡Ni hablar! —dijo Elizabeth, apartándola—. Ni lo sueñes. Ni siquiera una manada de caballos salvajes podría arrastrarme hasta allí.

Así que allí estaban, esperando ante el quiosco de la estación de autobús mientras Jancy se mordía las uñas y se sentía agradablemente inquieta, y Elizabeth tan solo quería que todo aquello acabara. Trató de entrar en calor golpeando con los pies en el suelo. George y su amigo llegaban tarde. Con algo de suerte las habrían dejado plantadas.

—¿Qué aspecto dijiste que tenían? —preguntó Elizabeth, exhalando un enorme suspiro de alivio cuando dos chicos larguiruchos con granos se acercaron a ellas, las miraron de arriba abajo y siguieron su camino.

—George es bastante alto y tiene el cabello color castaño No sé nada de John.

—Oh, bien, eso hará que sean más fáciles de reconocer —resolló Elizabeth. Cada segundo que pasaba aquella idea le disgustaba más y más.

—Oh, y dijeron que llevarían flores para que pudiéramos reconocerlos.

Genial, pensó Elizabeth. Detalles como aquel hacían muy difícil no salir corriendo.

Fue entonces cuando el autobús de Millhouse aparcó y, entre la gente que se bajaba de él, había dos hombres muy altos con unos girasoles de plástico de más de un metro adheridos a la parte frontal de su ropa. Uno era tirando a regordete, sonriente y de mejillas sonrosadas, como un Papá Noel joven y recién afeitado. El otro tenía el pelo negro, no sonreía, vestía totalmente de cuero negro, desde el sombrero de vaquero hasta las botas, y tenía un estúpido bigote fino que subrayaba su nariz como si fuera importante. La música de El Bueno, el Feo y el Malo inundó la cabeza de Elizabeth mientras caminaba lentamente hacia ellas, afortunadamente sin espuelas. Parpadeó y se frotó los ojos pero, caramba, aún seguía allí.

—Maldita sea —le dijo a una radiante Janey—. ¡Por favor, dime que el mío no es Lee Van Cleef!

Capítulo 15

George sabía exactamente dónde encontrar al Padre McBride un jueves a la hora del almuerzo. Se escabulló del trabajo y atravesó la carretera hasta el pub *George & the Dragon*. Allí estaba el sacerdote, en el cálido asiento del rincón junto a la falsa chimenea, fumando un cigarrillo, viendo las carreras de caballos y tomando pequeños sorbos de su media pinta. Había estado al cargo de los servicios religiosos cuando George era pequeño. Era un hombre rudo de Glasgow que había viajado por el mundo, un buen tipo que había tomado los hábitos para lucirlos con orgullo, no para escudarse tras ellos.

—Padre, ¿podemos hablar un momento? —dijo George, tanteando.

El Padre McBride le observó a través de sus pequeñas gafas rectangulares.

—Te conozco, ¿verdad? —dijo, mirándole de arriba abajo.

—Dudo que pudiera reconocerme —dijo George—. Han pasado unos veinticinco años desde mi última confesión.

—¿Qué te lo ha impedido? —dijo el Padre McBride bruscamente, pero sus ojos centelleaban cuando dobló su periódico y le indicó a George que se sentara—. ¿Es esta una charla informal o deberíamos estar en el confesionario? —dijo.

—Probablemente —dijo George—, pero es mi hora de comer y si no hablo con usted me volveré loco y probablemente haré algo estúpido que acabará con mi matrimonio.

William McBride sorbió lentamente su cerveza y se inclinó hacia delante.

—Continúa —dijo.

—Mi mujer está embarazada de nuestro primer hijo y es culpa mía.

—Espero que así sea —respondió—. ¿Y el problema es...?

—Ella no quería tenerlos, pero yo sí. Así que... —George se detuvo.

—Así que... —presionó finalmente el viejo sacerdote.

—Agujereé los condones. —George se encogió. Sonaba aún peor al decirlo en voz alta.

El Padre McBride no se inmutó cuando oyó la palabra «condones». Era un hombre de mundo y sabía que las personas no eran unas santas. Además, un católico no practicante es mejor que un ateo, pensó en silencio. Si él fuera el Papa, sería más permisivo en el uso de anticonceptivos, pues había visto muchos nacimientos no deseados, niños enfermos o abandonados porque sus madres no podían ocuparse de ellos.

—Esto en realidad deberíamos hablarlo en el confesionario —dijo, haciendo ademán de levantarse—. Mira, ven conmigo y...

—Por favor, Padre McBride, por favor —dijo George, y algo en su voz hizo que el viejo sacerdote alzara las manos y volviera a sentarse.

—Que sea una charla informal, pues.

—¿Debería decirle lo que he hecho, Padre? —dijo George.

—Conoces a tu mujer mejor que yo. ¿*Tú* crees que deberías decírselo?

—Creo que si se lo dijera, mi matrimonio llegaría a su fin y mi hijo nacería en circunstancias muy complicadas, eso es lo que creo.

—¿Es el vuestro un buen matrimonio?

—El mejor —dijo George, casi llorando—. Estoy tan arrepentido, no reflexioné sobre el tema y ella no deja de llorar. Siento que le he arruinado la vida. Cada vez que la veo quiero decirle que lo siento.

—Bueno, cuando alguien que no es Dios trata de jugar a serlo, suele producirse un gran daño —dijo el Padre McBride.

George deseó que el sacerdote le arreara una buena patada.

Le dolería menos que sus palabras. Aunque tenía razón: le había quitado a Janey su capacidad para decidir y había intentado controlarla. *Había* jugado a ser Dios.

—Sé que la he fastidiado —dijo—. Tan solo desearía que este desastre se solucionara.

—No me estarás diciendo que te librarías del bebé, ¿verdad? —dijo el viejo sacerdote.

—No, no, nunca haríamos eso —dijo George, horrorizado—. Me refería a que desearía poder volver atrás.

—Bueno, el tiempo corre, no es una opción, hijo.

—Lo siento tanto, tanto, tanto.

El Padre McBride tomó un par de sorbos más de su bebida mientras reflexionaba.

—¿Estás totalmente arrepentido?

—Lo estoy, Padre.

—¿Apoyarás a esa familia que tanto querías? ¿Soportarás todo por ellos? ¿Los cuidarás y les amarás?

—No tiene ni idea de cuánto. Oh, Padre, ¿qué cree que debería hacer?

—No creo que deba ser yo el que decida por ti. ¿Qué crees *tú* que sería lo correcto tanto para ti como para tu mujer?

Por una vez, George no tuvo que pensárselo, puesto que en aquel momento la respuesta le resultó muy evidente. Sabía que el peso de aquella verdad debía caer sobre sus hombros, que debía ser él el que cargara con ella, nadie más.

—No creo que confesárselo ayude a nada más que a mi conciencia.

—Creo que confesárselo todo a Dios podría ayudarte. Adecuadamente, en la iglesia.

—Lo haré, Padre. —Lo haría. Necesitaba que Dios estuviera a su lado para que le ayudara a mantenerse firme y para no abrir su gran bocaza para contarle a Janey aquello tan horrible que le había hecho.

—Y espero tener el placer de ver algún día a la criatura en misa. Con su *familia* —añadió el Padre McBride, recalcando ligeramente las palabras.

—Gracias, Padre McBride. Lo haré. Y siempre estaré junto a ellos.

—George… George Hobson, ¿verdad? Fuiste uno de mis monaguillos. Cantabas muy bien, si mal no recuerdo.

—¿Se acuerda? —dijo George, sintiéndose halagado por haber permanecido en el recuerdo de aquel buen hombre—. Soy yo, Padre. No puedo agradecerle lo suficiente que me haya escuchado y ayudado.

—Rezaré por ti, George Hobson, y por tu familia.

—Gracias, Padre. ¿Puedo invitarle a una pinta?

—No, hoy en día solo tomo media, muy despacio —contestó el Padre McBride—. No quiero dar la nota como el Padre Jack, ¿sabes? Que Dios te bendiga, hijo mío. Aunque no me iría mal una bolsa de patatas con queso y cebolla.

George le compró las patatas y también media pinta para la semana siguiente. Regresó al trabajo con la nieve cayendo sobre él, aunque estaba demasiado inmerso en sus pensamientos para sentir la humedad. Siguió dándole vueltas a las cosas durante el resto de la tarde, lento pero seguro, a la manera de George, y para cuando dejó su máquina para que la ocuparan los del turno de noche, pensó que quizá había encontrado el modo de arreglar las cosas con Janey.

Elizabeth tenía su primera revisión en la clínica, aunque no se entrevistó con su viejo y malhumorado médico irlandés, sino con una comadrona llamada Sue Chimes. Cuando la pesaron, descubrió que ya había engordado más de tres kilos, aunque no sabía exactamente cómo teniendo en cuenta todas las veces que vomitaba al día y el bebé aumentando de tamaño en su interior. La mayor parte del incremento de peso podía ser culpa del pecho, supuso, puesto que parecía haber desarrollado el síndrome de las «seis tetas». Su bonito sujetador normal, que habitualmente lo cubría todo bien, ahora tenía dos tetas extra que sobresalían por la parte de arriba y otras dos que sobresalían por los costados, bajo sus brazos. Cuando se desnudó, parecía una moza de taberna.

Le dieron formularios para recetas y tratamiento dental gratuitos, y unos vales en una carpeta azul con la etiqueta «Primigravida». Gracias a sus viejas clases de latín, recordaba que aquello significaba «primer embarazo». La comadrona le ayudó a rellenar un librito con todos sus datos. Aparentemente, estaba embarazada de diez semanas y media, lo que parecía ser mucho. ¿Había estado tomando ácido fólico?, preguntó Sue, y le explicó que reducía mucho el riesgo de dar a luz a un bebé con espina bífida. Elizabeth llevaba su complejo vitamínico en el bolso, que había tomado regularmente durante años, y comprobó que contenía los niveles adecuados del ingrediente mágico, aunque no lo sabía.

Cuando llegaron a la pregunta del padre, Elizabeth esperaba que la comadrona la mirara con desaprobación cuando dijo «No está aquí», pero no lo hizo.

Sue Chimes se limitó a escribir *no implicado* en sus notas, le dedicó una gran sonrisa de apoyo y le dijo:

—Hacer esto tú sola es muy duro. Espero que tengas un círculo de personas que te apoye.

—Sí —mintió, aunque en realidad no era del todo falso porque Hels y Janey estaban en el mismo barco, así que supuso que no estaba del todo sola.

Sue envió a Elizabeth a llenar un pequeño bote con orina, después lo analizó, tomó notas y le puso una fría cinta alrededor del brazo para tomarle la tensión, hinchándola hasta que pensó que el brazo le iba a reventar.

—Muy bien —dijo Sue, apuntando el resultado—. Regular y estable. ¡Espero que te mantengas así!

—Lo intentaré —bromeó Elizabeth, y ambas rieron suavemente.

Entonces Sue le contó todas las cosas que probablemente ya habían empezado o iban a empezar a pasarle y cómo podía combatirlas: dolores de cabeza, calambres, lloros causados por las hormonas, ataques de ira, estreñimiento, cansancio, náuseas, aumento de la mucosidad, visitas al baño más frecuentes, encías sangrantes… la lista seguía y seguía. Después le dio a Elizabeth un bote para las muestras de la siguiente visita y un puñado de panfletos que debía leer.

—Hay mucho que recordar, pero no te asustes —dijo Sue Chimes, apretándole la mano mientras sonreía amablemente, pero Elizabeth salió de la consulta en trance. De repente todo parecía muy real y el peso de la enormidad de todo aquello le cayó encima como un martillo. De momento se estaba enfrentando a lo que le pasaba solo a ella, ni siquiera había empezado a pensar más allá. Si lo hiciera, podría salir corriendo, aunque lo que le haría correr seguiría allí con ella porque estaba en su interior. No lo odiaba, sobre todo le tenía miedo. Nunca había tenido nada que ver con bebés, ni siquiera había tenido nunca uno entre los brazos, y ahora tendría que ser responsable de uno durante el resto de su vida.

De repente se preguntó si Bev habría tenido ya el suyo.

Helen se despertó llorando tras tener una pesadilla en la que su bebé era realmente feo y discapacitado y que nunca crecería. Simon extrajo con impaciencia de la caja que había sobre la mesita de noche un pañuelo de papel del tamaño de un hombre y le dijo que mantuviera la compostura. Le hizo sentir como si acabara de adquirir un juguete inapropiado que estuviera interfiriendo con su vida, lo que de algún modo era así. El hecho de que le diera la espalda en la cama era un frío castigo por no haber acudido a la cena con su jefe al sentirse enferma y agotada. Había ido solo y la había ignorado al llegar a casa y encontrarla levantada, esperándole en el amplio comedor blanco. Estaba leyendo un libro de Miriam Stoppard sentada a la mesa, con una taza de té de hierbabuena y un par de galletas digestivas en un plato. La miró y se rió como diciendo, «No me lo puedo creer».

—Si estás bien como para esperarme levantada, entonces seguramente estabas bien para acompañarme a la cena con Jeremy y Fen —dijo, agitando un dedo en dirección a una galleta mordisqueada—. ¿Y creí que habías dicho que no podías comer nada?

—¡Esto es lo único que he comido en todo el día! —protestó ella, pero era obvio que él creía que estaba mintiendo.

En aquellos días, Helen ni siquiera podía decir *sushi*, y mucho menos salir a comerlo, y el médico le había dicho que se tomara las cosas con calma, ya que su presión sanguínea estaba un poco alta. Aparentemente, nada de todo aquello era más importante que distraer a la mujer de alguien para que sus maridos pudieran hablar de negocios. Entonces Simon la acusó de aprovecharse de su estado para atraer la atención, mientras se quitaba la corbata y la tiraba sobre la silla. Ella le observó, recordando la noche en la que se había quedado embarazada, cuando él se había quitado la corbata y, cuando esta tocó el suelo, ella ya estaba en sus brazos, lista para seducirle. No habían vuelto a hacer el amor desde entonces y, a pesar de las náuseas, ella quería, *necesitaba* tanto que la tocara, que recorriera su incipiente barriga con las manos y sintiera que su hijo estaba creciendo.

—El bebé, el bebé —se burló él—. Es lo único de lo que hablas últimamente. Fíjate, ¡si incluso estás leyendo sobre eso otra vez! ¡De verdad que te estás poniendo pesadísima con el tema!

Entonces le dijo que se iba a la cama y apagó la luz, dejándola sola, llorando en la oscuridad del frío comedor, antes de dirigirse por el pasillo hasta el dormitorio, aún más frío y oscuro.

La mesa ya estaba puesta cuando Janey llegó a casa; con velas y el mejor mantel y un pequeño árbol de Navidad (un adorno añadido en el último minuto). Había pollo al vino blanco, uvas y patatas asadas lentamente en la cocina, un caldo de verduras casero para dar un toque extra de sabor y una botella fría de vino sin alcohol descorchada sobre la mesa. George estaba esperando para ofrecerle una copa a Janey, como un paciente mayordomo, a que esta bajara después de quitarse el traje y cambiarse de ropa. La casa parecía estar más limpia de lo normal.

—Parece que naciste con un delantal, George —bromeaba a menudo. No es que fuera un calzonazos. Una vez, cuando eran novios, le dio una buena tunda a un tipo que se había excedido con Elizabeth en un pub, con un gancho de derecha del que Tyson se habría sentido orgulloso. John estaba en el lavabo en ese momento, lo que evitó que el tipo acabara sin cuello. No le había dicho que Dean Crawshaw le había puesto un ojo morado a Elizabeth porque sabía que se habría puesto el abrigo y se habría ido directo al *Victoria* sin dudarlo para darle un poco de su propia medicina, y a Elizabeth no le habría gustado aquello. Solo porque tuviera un corazón blando no significaba que el resto de su cuerpo lo fuese.

—Hola, amor, ¿has tenido un buen día? —dijo, reparando súbitamente en lo cansada que parecía—. No te sientes mal, ¿verdad, cariño?

Ella se esforzó por fijar una sonrisa en su rostro, pese a que no estaba sonriendo en su interior. Se había pasado la última hora de su jornada laboral haciendo un borrador para la carta con la que rechazaría el trabajo de sus sueños, sabiendo que probablemente nunca más volverían a darle una oportunidad como aquella. A partir de entonces la considerarían una máquina de hacer niños con «prioridades femeninas». Oh, claro que sentía náuseas.

—Estoy bien —dijo—. Aunque tendré que comprarme algo más elástico este fin de semana. Estas cinturillas tan estrechas me están matando. No hay forma de abrocharse el primer botón.

Se había mantenido en una talla treinta y ocho durante tres años y había tirado toda su ropa de «gorda». También necesitaba unos sujetadores más grandes porque sus tetas se estaban inflando como globos meteorológicos. Sin embargo, a diferencia de las otras, las náuseas y la fatiga eran síntomas que le habían durado muy poco.

Los dos permanecieron en silencio mientras comían el segundo plato y, a pesar de estar delicioso, quedaba mucha comida en los platos de ambos cuando terminaron de comer.

—¿Qué celebramos? —preguntó Janey cuando George puso ante ella una *crème brûlée* para postre.

—Janey… —empezó a decir él. Ella esperó cinco minutos antes de animarle a que continuara.

—No sé cómo decirte esto, así que deja que lo haga a mi manera —continuó.

—Vale —accedió ella, dejando la cuchara sobre la mesa. De mala gana, porque los postres de George eran excepcionales.

—No te ofendas, ¿vale? No voy a decir esto porque yo sea un vago o…

—Oh, por el amor de Dios, amor, suéltalo ya, ¿vale?

—Está bien. —Inspiró profundamente—. Ya sabes que mi trabajo no es gran cosa…

Eso es decirlo suavemente, pensó Janey.

—Sí, sé que lo odias —dijo—. Bueno… Bueno, esto…

—¡George! ¡Me estás volviendo loca! ¿Quieres soltarlo ya?

—Vale —*Vamos allá*—. ¿Qué te parecería si lo dejara y me convirtiera en amo de casa y cuidara del bebé y tú volvieras a trabajar? —Bueno ya lo he dicho, pensó, y aguardó su reacción.

Ella se lo quedó mirando con la boca abierta por debajo del Ecuador.

—¡Zoquete norteño! —dijo finalmente.

Él bajó la cabeza.

—Solo era una idea, lo siento —dijo. No puedo arreglar esto, pensó. Era mi única oportunidad.

—No, no me entiendes —dijo Janey, sin aliento—. Eres un gran, maravilloso, fantástico, precioso zoquete norteño. ¿Harías eso por mí?

Él alzó la cabeza.

—Bueno, claro que lo haría. Quiero hacerlo. Oh, Janey, me siento fatal por no ser más que un maldito estúpido que no sabe hacer nada mejor que trabajar en una fábrica elaborando ruedas dentadas de plástico. No soy precisamente el que aporta más dinero, ¿verdad?

—George, *yo* me siento fatal por no tener la cena en la mesa cada noche cuando llegas a casa. Tú haces todas las tareas de la casa, cosas que siento que debería hacer yo…

Se arrodilló en el suelo junto a ella y le tomó la mano.

—A mí me encanta hacerte el té. Me encanta cocinar. Me gusta estar en casa y trabajar en casa.

—Y a mí me encanta ir a trabajar —dijo Janey, y después le besuqueó la cara—. ¿Por qué no hemos tenido antes esta conversación, George? ¿Qué nos lo ha impedido durante tanto tiempo?

Él le acarició la mano.

—La estamos teniendo ahora, eso es lo que cuenta.

Él deseó haber sido inteligente y haber conseguido un trabajo como el de Simon e instalarla en la casa maravillosa que ella se merecía. La dislexia no se tenía en serio cuando él iba a la escuela. Tan solo le colgaron el sambenito de estúpido y lento y le ignoraron para que no retrasara al resto de la clase. Sin embargo, era muy mañoso. Tenía un don natural que nadie lo había explotado o alentado porque la ortografía y las sumas era todo lo que importaba cuando era pequeño. Debería haber estudiado para carpintero al terminar la escuela, pero se vio atrapado en una fábrica al no conocer nada mejor y descubrió que era imposible salir de la rutina.

—Tú trabajas muy duro, no te infravalores. Nos das lo que

necesitamos para vivir. Soy yo y mis extrañas ideas las que son un problema —dijo Janey.

George tenía lágrimas en los ojos. Su marido, con aquellas zapatillas de estar por casa, con el que se sentía tan a gusto, que tenía el corazón más grande del mundo, uno que hacía que el suyo propio, egoísta y nada dado a sacrificios, se sintiera avergonzado. No merecía la suerte de tenerle a su lado.

—Entonces, cuando llegue el bebé, ¿dejaré el trabajo? —repitió en busca de confirmación—. Lo dejaré en el último minuto y haré tantas horas extras como pueda. De ahora en adelante trabajaré todos los sábados y doblaré el turno.

—Oh, sí, deja el maldito trabajo —dijo, y sus brazos le engulleron, tanto como le era posible. Él le devolvió el abrazo con fuerza, secándose los ojos.

Tonto sensiblero, pensó Janey. Mi gran, precioso, maravilloso tonto sensiblero.

Podían ahorrarse todas las flores de ensueño y los coches envueltos con cintas de regalo y los viajes sorpresa en helicóptero que los millonarios y las estrellas de cine regalaban a sus amantes. Para ellos, nada podía compararse con aquel momento. Aquello era *amor*.

Capítulo 16

Durante todo el camino de regreso a casa desde la clínica, Elizabeth esperaba que John le hubiera traído el coche y hubiera dejado las llaves en el buzón para no tener que verle. Sin embargo, cuando llegó y vio que el coche todavía no estaba allí, se sintió aliviada porque aún tenía la oportunidad de verle. ¿No era una locura?, pensó, aunque hacía mucho tiempo que había aceptado que no era la mujer más equilibrada emocionalmente. Era tan retorcida que sus sentimientos podrían compararse con una escalera de caracol, o al menos eso le dijo una vez un ex novio disgustado.

Le empezaron a caer gotas encima y se apresuró a meterse en la casa, confortable, cálida y acogedora. Solo llevaba allí diez minutos cuando llamaron a la puerta, y supo inmediatamente quién era. La abrió y lo encontró allí, de pie bajo la copiosa lluvia, haciendo tintinear sus llaves. Se vio obligada a invitarle a entrar para tomar una taza de té y él no la rechazó.

—¿No será ese el mismo gato? —dijo, señalando la negra silueta somnolienta sobre la silla de la cocina.

—Sí, sí lo es —dijo—. El mismo.

Siete años atrás, uno de los compañeros de trabajo de Helen le había regalado un gatito, pero el Odioso Simon le dijo que acababa de comprar un sofá de piel y que si ella no se deshacía de la criatura, lo haría él. Elizabeth intervino y accedió a quedarse con el gatito; John se ofreció voluntario para recogerlo en su lugar. Pobre Hels. John le dijo que, al entregarle el animalito, se le había roto el corazón. Helen adoraba los gatos. Debería habérselo quedado y haber echado de casa al otro animal. Eso es lo que había pensado Elizabeth entonces y seguía siendo de la misma opinión.

John acarició al gato en la cabeza y este se despertó, le olió, se puso en pie y empezó a ronronear, como si algún viejo recuerdo hubiera cobrado vida.

—¿Qué nombre le pusiste al final? —dijo—. Guinness, ¿verdad?

Oh, mierda.

—Se lo cambié.

—¿Y cómo se llama?

Oh, mierda, mierda.

—Esto... Cleef —dijo.

Una sonrisa apareció lentamente en sus labios.

—Cleef, ¿eh? ¿Como Lee Van Cleef? Solías llamarme así, ¿no?

—¿Ah, sí? —dijo ella, intentando aparentar que no sabía de lo que le estaba hablando.

Trasteó entre tazas y bolsas de té, recuperando de forma inconsciente la antigua rutina familiar de poner leche y dos cucharaditas de azúcar si no lo removía y una si lo hacía. A John no le pasó por alto que recordara aquello. Ella pasó por su lado para ir hacia la nevera. John ocupaba media cocina con su gran abrigo polar, aunque, cuando se lo quitó, tampoco notó mucho la diferencia. Se sentó frente a él en la mesa de la cocina y John le dio una patada sin querer con una de sus grandes y robustas piernas de jirafa.

—Lo siento —dijo—. Tan torpe como siempre, ¿verdad?

Aunque no era aquello lo que provocaba la expresión compungida en el rostro de Elizabeth. Había reparado en que los folletos que le había dado la comadrona estaban junto a él y si tratara de moverlos en aquel momento, solo atraería su atención.

—Así pues, ¿has tenido suerte en el tema laboral?

No para una mujer embarazada camino de los cuarenta.

—Aún no —dijo—. Aunque he comprado el *Yorkshire Post*. Los jueves está lleno de ofertas. Echaré un vistazo más tarde.

—¿Qué estás buscando?

—Algo parecido a lo de siempre —dijo—. Estoy demasiado anclada en un solo trabajo como para probar otra cosa. Además, me gusta el trabajo de oficina. ¿Y qué te hizo volver a Yorkshire después de vivir en Alemania durante tanto tiempo? ¿No te gustaba aquello?

—Me encantaba —dijo—, especialmente el sur, aunque la mayor parte del trabajo estaba en el norte. Pero… bueno, mi padre tiene Alzheimer y mi madre necesitará ayuda.

—Lamento oír eso —dijo ella, y lo decía de verdad.

—Yo también lo lamento. Quiero verle un poco más, y también a mi madre. No puedo hablar con él por teléfono como solíamos hacer antes, es una pena. Para serte sincero, hacía tiempo que estaba preparado para volver. Tan solo tenía que dejar atados algunos negocios.

—También lamento lo tuyo con Lisa —dijo ella. *¡Ja!*

—Oh, eso ya es historia. De hecho, creo que a estas alturas ella ya se habrá vuelto a casar.

—¿Eh?

—Se fugó con un alemán llamado Herman —dijo con rostro inexpresivo pero con los ojos risueños.

—¡No! —Elizabeth trató de no sonreír.

—Así es. Era un tipo majo. Espero que tenga más suerte esta vez.

—¿Tenéis hijos?

—No —dijo él—. Apenas la veía, para ser sincero. Usaba la excusa del trabajo para no tener que ir a casa, y esa no es la receta para un matrimonio feliz, ¿verdad?

Ella se quedó sin aliento cuando él apartó suavemente uno de los folletos para que no se manchara de té.

—¿Habéis… habéis podido quedar como amigos?

—Estaba enfadada y frustrada conmigo, así que, no, no creo que esté en su lista de personas a las que mandar una tarjeta por Navidad, pero le deseo lo mejor, lo digo de verdad. No le di el amor que necesitaba. No tendríamos que habernos casado tan rápido. Ambos lo hicimos por razones equivocadas.

Elizabeth no hizo ningún comentario. No quería destapar aquella caja de emociones otra vez, todo el tema de John/

Elizabeth/ Lisa. Él vació la taza de un solo trago. Ella no le ofreció otra. Quería que se fuera antes de que viera lo que tenía delante.

—Bueno, me voy —dijo, para alivio de Elizabeth—. Si vuelves a dejarte las luces puestas, volveré a darte unos azotes en el culo. De todas maneras, la batería estaba agotada. Por cierto, le he puesto una nueva. Y antes de que empieces, no me debes nada, Elizabeth Collier. Tenía una de sobra. Es un buen coche, teniendo en cuenta que ya tiene ocho años. No haces muchos kilómetros, ¿verdad…?

Continuó hablando mientras tiraba al suelo con el abrigo uno de los folletos en los que decía *Comer Sano durante el Embarazo*. Lo recogió para dejarlo junto al resto. Entonces sus ojos recorrieron todos los títulos de los folletos. La miró, después volvió a mirar los folletos, y Elizabeth supo que había dado con la relación que existía entre ambos.

—Sí, estoy embarazada — dijo, preparándose para atacar en defensa propia—. ¿Es eso lo que querías oír?

Él la miraba, desconcertado. Vio cómo le subía y bajaba la nuez de Adán al tragar saliva, y no pudo evitar reaccionar ante aquella mirada.

—Si te interesa, perdí el trabajo porque mis hormonas se volvieron tan locas que le dije a mi jefe que se metiera el trabajo por el culo. No estoy con el padre, no sé muy bien quién es porque me lo tiré en la fiesta de Nochevieja y no soy lo suficientemente valiente como para abortar, así que tengo que cargar con ello. Ya ves, John, alejarte de mí fue probablemente lo mejor que has hecho en tu vida, así que *nunca* trates de convencerte a ti mismo de que cometiste un error. No he cambiado nada.

A continuación le acompañó hasta la puerta sin que él opusiera resistencia, le sacó de casa, cerró la puerta con firmeza detrás de él y se dejó caer sobre el suelo, acurrucándose de la misma forma que lo hacía el pequeño ser que llevaba en sus entrañas.

Capítulo 17

A la mañana siguiente, llegó una carta para Elizabeth del Departamento de Personal de *Just the Job*. Le pedía que asistiera a una entrevista el lunes en las oficinas centrales de Leeds con un tipo llamado Tony Lennox. Caramba, pensó. La Puerta Dorada realmente me ha encontrado un trabajo. ¿Y tan rápido? ¡Increíble! Se la guardó en un bolsillo para enseñársela a las demás al día siguiente, ya que habían quedado para un reconocimiento en la Maternidad y para tomar algo el sábado por la tarde.

—¿Cómo te fue por Leeds? —le preguntó Janey cuando estaban todas sentadas en unos bonitos Salones de Té al estilo eduardiano, sujetando unos menús que eran casi tan altos como las pequeñas camareras con sus uniformes negros y delantales blancos. Elizabeth les relató todo lo ocurrido, saltándose el encuentro con John Silkstone. Las conocía. Janey, en especial, la interrogaría como la Gestapo y Helen se emocionaría como los personajes de las novelas románticas de *Mills & Boon*. Después les contó que la Puerta Dorada le había concertado una entrevista y les mostró la carta de *Just the Job*. Sus amigas lo encontraron un poco raro.

—¿Y seguro que no han contactado contigo directamente? —dijo Janey—. ¿Es que la carta tiene que haber venido de… cómo se llamaba …La Puerta Dorada?

—Además todo ha sido muy rápido, ¿no crees? —dijo Helen, escéptica.

—Escuchad, ¡la última vez que solicité un trabajo tenía dieciséis años, maldita sea! No sé cómo funciona.
—¡Terry Lennox ha firmado esto! —dijo Janey con un jadeo.
—Sí, ¿y...?
Helen y Janey intercambiaron una mirada y adoptaron una expresión de asombro.
—¿Qué? —apremió Elizabeth.
—¿No has oído hablar de él? Es el Director General —dijo Helen.
—Bueno, si ha sido cosa de la Puerta Dorada, te han buscado trabajo a lo grande —dijo Janey, cruzando los brazos sobre su busto, que crecía rápidamente. Había crecido tres centímetros desde que habían abierto los menús.
—Bueno, tienen que ser ellos, no puede ser nadie más, ¿no?
—Estoy muy sorprendida, eso es todo —dijo Janey.
—No puedes estar más sorprendida que yo —dijo Elizabeth—. Pensaba que eran una panda de capullos. —Esperaba que Frances no les hubiera dicho que sabía japonés.
Una camarera jorobada al estilo de la señora Overall llegó y tomó nota: té de fresa y un gran pastel de pasta choux llamado Pie de Elefante para Elizabeth y Helen. Miraron a Janey, esperando que pidiera el habitual pastel integral que sabía a serrín con una porción de la margarina más ligera, pero les sorprendió:
—Que sean tres —dijo, y obtuvo el aplauso de sus amigas.
—¿Cómo te fue la primera revisión de ayer? —le preguntó Helen a Janey.
—Bien —dijo Janey, sonriendo enigmáticamente. Había acudido a la cita con una predisposición completamente distinta después de tener la charla con George. El entusiasmo que él sentía por el bebé era muy contagioso y se había descubierto a sí misma pensando que, con el reciente giro que habían tomado los acontecimientos, las cosas podrían arreglarse después de todo. No le había visto sonreír de aquella forma durante mucho tiempo, y no importaba cómo y dónde había pasado, finalmente iba a darle un hijo. Estaba tan entusiasmado al respecto que su alegría había hecho desaparecer las lágrimas que aún le quedaban a ella. De hecho, había salido de la consulta sintiéndose bastante orgullosa de sí misma, y era tan agradable haberse librado de aquella

sensación que la reconcomía por ser injusta con él. Se habían ido a la cama temprano y habían hecho el amor —qué horror— con las luces encendidas. Su orgasmo había sido devastador y, para su sorpresa y placer, se había mostrado dispuesta a repetirlo poco después. George se había sentido feliz de complacerla, especialmente cuando ella adoptó una postura diferente de la habitual. Aquella mañana ella le había despertado con arrumacos, preparada para más.

—¿Qué te ocurre? —dijo él, tratando de apartarse de ella pero sin dejar de reír.

—No lo sé. ¡Pero compláceme, marido mío! —dijo ella, y le hizo llegar tarde al trabajo por primera vez en toda su vida. Estaba pensando en eso cuando Elizabeth le dio unos golpecitos con una cucharilla y la sacó de su ensoñación.

—Ay, Mona Lisa. ¿Por qué sonríes así? ¿Y qué pasa con la revisión? ¿Eso es todo lo que nos vas a decir? ¿«Bien»? —e hizo una imitación de Janey mostrándose esquiva.

—Perdonad. Estaba a kilómetros de distancia —dijo Janey, y sacó la carpeta azul que le había dado la comadrona—. He traído esto para enseñároslo. ¿También os dieron uno de estos? Un montón de cupones e información y una faja reductora gratis.

—A mí me dieron la carpeta, pero la faja no —dijo Elizabeth secamente—, lo que me parece bien porque no sé si mi corazón habría soportado tantas emociones.

—Creo que no volveré a probarlo nunca —dijo Janey, cogiendo un cupón para un pote de café gratis—. Ahora mismo me revuelve el estómago.

—Volverás a cogerle el gusto —dijo Helen—. Y lo mismo con el té. En cuanto haya nacido el bebé.

—Espero que sí. Antes me gustaba mucho el té de Yorkshire —dijo Elizabeth.

—Estás segura de que haces lo correcto al tenerlo, ¿verdad? ¿Te lo has pensado bien? —le preguntó suavemente Janey a Elizabeth. Sabía que Helen había estado pensando en lo mismo pero no se atrevería a decirlo en voz alta. Ella sí.

—Estoy segura —dijo Elizabeth—. Encontraremos alguna solución durante el proceso.

—Siempre existe la posibilidad de la adop… —empezó a decir

Janey, pero negó con la cabeza antes de terminar. Dudaba que incluso Elizabeth, que tenía un corazón duro, llevara un bebé en sus entrañas durante nueve meses para acabar entregándolo. No había otra opción más que quedárselo. Le entristecía el hecho de que la criatura de Elizabeth no tuviera una familia como la que tendría la suya. La historia volvía a repetirse.

—Mirad, sé que aún es pronto —empezó a decir Helen, poniendo su manos sobre la de Elizabeth—, pero si no estoy también en el hospital, si quieres puedo ser tu compañera durante el parto.

—O yo —dijo Janey—. Sabes que lo haría por ti.

Elizabeth asintió y se le enturbiaron los ojos, así que empezó a estudiar la carta de helados y a revolverse en su asiento. No dijeron nada más al respecto. Nunca se había derrumbado delante de ellas, ni siquiera cuando murió su perro ni, dos semanas después, durante el funeral de su tía Elsie. Al menos había tenido la delicadeza de tener un aspecto compungido, porque cuando su padre había fallecido, no se había ni inmutado. Aquello siempre había disgustado en secreto a Janey, aunque nunca se lo había dicho directamente.

—¿Por qué te hacen un análisis de orina? —preguntó Janey.

—Para saber el cociente intelectual —dijo Elizabeth—. En tu caso no es necesario, los dos sois unos lerdos.

—Para las proteínas —dijo Helen, aportando algo de sensatez.

—¿Con quién te haces las revisiones? —preguntó Janey.

—Con Willoughby-Brown —dijo Helen.

—Supongo que es un médico privado —dijo Janey con desdén y Helen asintió, sumisa. Había sido idea de su madre que la atendiera uno de los viejos colegas de su padre, aunque este nunca había creído en la medicina privada. Ni en los colegios médicos.

—Yo tengo a Creer —dijo Elizabeth.

—Yo también —dijo Janey.

—La comadrona me dijo, extraoficialmente, que era mejor que Falmer —dijo Elizabeth.

—¡Barry el carnicero es mejor que ese doctor estirado de pacotilla! —dijo Janey, pero tan pronto como las palabras salieron de su boca, deseó volver a meterlas allí y tragárselas.

—¡Dios, lo siento! —le dijo a Helen. Su disculpa empeoraba aún más las cosas y Elizabeth la miró con dureza.

—No seas tonta —dijo Helen, con una sonrisa que no consiguió hacer desaparecer del todo su dolida expresión.

Entonces la camarera volvió con una gran bandeja de pasteles e impidió que la atmósfera de tensión las dejara a todas sin aliento.

Era el primer pastel de crema que Janey se comía en tres años y la espera mereció la pena. El placer resultante estuvo a la altura de la reciente noche de lujuria marital.

Helen se mostró muy inquieta mientras se lo comía y acabó dejándolo casi intacto.

—¿Qué te pasa? —dijo Elizabeth con una risa jocosa— ¿Te da miedo que te vean poniéndote morada?

Helen también rió, pero fue una risa muy extraña.

Cuando Elizabeth llegó a casa, le habían dejado una nota en el buzón: *Elizabeth, por favor, llámame cuando llegues. John.* Había dejado su número.

Hizo una pelotita con la nota, la tiró a la papelera y se dispuso a alimentar a Cleef. ¿Qué demonios podían decirse el uno al otro en aquellos momentos?

Capítulo 18

Elizabeth se puso su nueva falda premamá para la entrevista del lunes. No es que pareciera muy embarazada a las once semanas, pero era más amplia y daba de sí cuando tenía que respirar, a diferencia de sus faldas normales, las cuales empezaban a apretarle como si se tratara de boas hambrientas. Condujo hasta la estación, comprobó que no se había dejado las luces puestas como si sufriera de un trastorno obsesivo compulsivo, y subió al tren. Siempre había sido más fácil viajar a Leeds de aquella manera, ya que los pocos aparcamientos disponibles que había ante el edificio de Handi-Save solían estar ocupados por chicos y chicas entusiastas que llegaban a horas intempestivas, y el aparcamiento público estaba a kilómetros de distancia, en una zona oscura y peligrosa que era el paraíso de un asesino en serie. Además, prefería relajarse en el tren a pelearse en los atascos.

Llegó con tiempo de sobra, así que se gastó cien millones de libras en un café de *Starbucks* y se preparó para el mayor acontecimiento del día. Las oficinas centrales de *Just the Job* se encontraban a cinco minutos de la estación bajando por el puerto. Era uno de los edificios nuevos, con un montón de vidrio y un enorme aparcamiento de tres pisos adyacente, que parecía suplir las necesidades del personal, a juzgar por los espacios vacíos que vio al pasar junto a él.

Llegó puntual a una Recepción muy moderna e impresionante que hacía que la de Handi-Save pareciera un velatorio. La entrada era tan amplia y espaciosa que parecía más un aeropuerto que un bloque de oficinas, y las elegantes empleadas de Recepción parecían azafatas con sus trajes azules. Después de una espera muy corta, una risueña joven llamada Nerys la acompañó al piso de arriba por una escalera mecánica, parloteando sobre lo terrible que era el tiempo. Terry Lennox llegaba tarde, explicó, conduciéndola hasta una habitación llena de mullidos sofás de piel.

Aunque Elizabeth sonrió y se decidió por un simple «Está bien», interiormente recordó a Laurence y sus estratagemas de «Voy a llegar tarde solo para molestarte, chincha rechincha», y su cerebro adoptó el modo de «Ya estamos igual». Sin embargo, Nerys parecía muy agradable y le ofreció un café en una taza y un platito de verdad, no en un vaso de plástico que amenazara con borrarle las huellas dactilares.

Elizabeth se sentó cómodamente en el encantador rincón afelpado con la enorme ventana con vistas al río, saboreando felizmente la atmósfera del lugar, la cual parecía mucho más liviana y dinámica que la de Handi-Save, incluso en su mejor momento. A menos que Terry Lennox resultara ser una réplica de Laurence, Elizabeth decidió que podría trabajar allí.

Acababa de terminar su café cuando Nerys volvió a hacer acto de presencia.

—El señor Lennox lo siente mucho —se disculpó sinceramente—. Odia llegar tarde a cualquier cosa y le preocupaba que estuviera empezando a enfadarse, así que me pidió expresamente que le trajera uno de estos.

Colocó un cuchillo, un tenedor y una servilleta en la mesa frente Elizabeth y a continuación un plato con un bollo tostado de aspecto delicioso relleno a rebosar de gambas, ensalada y salsa rosa.

—Oh, gracias —dijo, al tiempo que pensaba: *Caramba, ¿es así como se hacen las entrevistas hoy en día?* Había esperado una galleta digestiva como mucho, pero ¿comer mientras esperaba? No le puso pegas al ofrecimiento, porque estaba hambrienta, y entonces cogió una de las gruesas gambas que colgaban de uno de los lados. Después arrancó un trozo de pan y, a continuación, pensó, Qué diablos, y cortó el bocadillo en cuatro trozos. Antes de darse cuenta, lo había engullido todo. Se estaba lamiendo los dedos cuando un hombre de facciones marcadas y con las mangas de la camisa subidas entró resueltamente.

—Lo siento mucho, señora. Mil perdones, ¿cómo está usted? —Se acercó a ella con la mano extendida y se la estrechó tan firme y vigorosamente que casi le disloca el brazo.

Bueno, si ese era Terry Lennox, pensó Elizabeth, no era uno de aquellos odiosos y zalameros ejecutivos tipo Laurence. Su cara le sonaba de algo, pero no sabía de qué. Probablemente de las páginas financieras de algún periódico, si aparecía tanto en ellos como decían Janey y Helen. Según Helen, Terry Lennox, Director General de *Just the Job*, había nacido en una vivienda protegida que haría que Blackberry Moor pareciera Chelsea. Le habían sacado del colegio y no fue capaz de leer ni una sola palabra antes de cumplir los diez años. Dejó la escuela a los catorce para empezar a trabajar en una fábrica de cepillos que acabó comprando quince años después. Gracias a una mezcla de sagacidad natural, trabajo duro, implacabilidad y, presuntamente, algo de suerte y magia negra, ahora era el dueño de la mayor cadena de bricolaje de Gran Bretaña, la cual se estaba expandiendo rápidamente por Europa y comiéndose a la competencia para desayunar. Hacía que Laurence pareciera un chico del coro.

—Fue difícil de localizar, ¿sabe? —dijo, con un marcado acento del sur de Yorkshire.

—¿Cómo dice? —dijo ella, preguntándose si estaría confundiéndola con otra persona porque aquello no tenía sentido.

—Su antiguo Departamento de Personal se mostró un tanto reticente a la hora de divulgar cualquier información sobre usted. ¿Cuál cree que es la razón? —continuó.

Para entonces Elizabeth estaba totalmente perdida. A uno de los dos le faltaba un tornillo y estaba segura de que no se trataba de ella. *¿Y dónde le he visto yo antes?*, se preguntó. Sus mecanismos de procesamiento trabajaban a toda velocidad tratando de averiguarlo pero hasta ahora no había tenido suerte.

—¿Tiene usted algo que ver con la agencia de colocación Puerta Dorada? —probó, pero su expresión de desconcierto le dio la respuesta que necesitaba.

—Pensé que el sándwich de gambas le habría dado alguna

pista cuando supe que iba a llegar tarde. Me temo que me equivoqué. Le dije a Nerys que te trajera uno.

¿*Quéeeeeeeee?* Era como estar atrapada en un juego del Cluedo. El señor Lennox en la oficina con un bocadillo de gambas. Entonces lo entendió todo.

—¡Usted es el hombre del ascensor! —exclamó mientras le señalaba.

Él aplaudió como diciendo: «Caray, ¡por fin lo ha pillado!»

—Sí, por desgracia aquel *era* yo, y le debo una enorme disculpa. Aún no sé por qué no bajé por las malditas escaleras aquel día. Bueno, sí, tenía demasiada prisa, aunque le parezca gracioso. Sufro de una claustrofobia terrible, por eso siempre he tenido una oficina a la que no se deba acceder por medio de muchas escaleras y lo bastante amplia para desmayarse adecuadamente en ella —dijo con una sonrisa—. En fin, la he estado buscando desde entonces, para darle las gracias.

—Ah, vale —dijo Elizabeth, que aún estaba totalmente descolocada—. Es decir, gracias por el detalle. —¿*Aquello era todo? ¿Un sándwich y un agradecimiento?*

—Finalmente descubrí lo que le había ocurrido —continuó él—. Pensé que yo podría ser responsable en parte de su desgracia.

—No… esto… para nada. —Sintió que se estaba acalorando. ¿*Conocía toda la historia? Obviamente no, o no estaría allí.* Él levantó la mano como si César estuviera en la habitación y le acabara de saludar.

—Estoy seguro de que si pudiéramos regresar a aquel día y yo no fuera de un lado a otro dando tumbos, tal vez usted no habría explotado.

¡Oh, demonios, conocía toda la historia!

—Fue la gota que colmó el vaso, ¿verdad? Así que la principal razón para invitarla aquí era obviamente pedirle perdón. La segunda es preguntarle si desea un trabajo para reemplazar el que ha perdido.

Las cejas de Elizabeth se alzaron tanto que casi tuvo que llamar a Mantenimiento para bajarlas del techo.

—Tuve acceso a su ficha personal —continuó él—. Bastante impresionante. Me gusta ese tipo de lealtad a la empresa. Debe de haber sido algo monstruoso dejar su trabajo después de tantos años. ¿O dejar a alguien, quizás?

—Lo fue —dijo Elizabeth sin más explicaciones. Era lo suficientemente profesional como para no aprovechar la ocasión para hablarle del mal del Hombre Lobo y la señorita Piernas Arqueadas, por muy tentador que fuese.

—En estos momentos no dispongo de secretaria. A la que tenía antes le entraron ganas viajar y está rescatando koalas en algún lugar de Australia, así que he sobrevivido a base de eventuales, y cada una ha resultado peor que la anterior. Déjeme que le explique la situación, señorita Collier: soy un jefe chapado a la antigua. Me gusta que me traigan una taza de café cada dos horas sin que una mujer me recrimine a gritos que soy un machista, aunque me han dicho que lo soy. Puede que de vez en cuando le pida que se acerque al pueblo para traerme cosas, aunque eso no entre en sus funciones laborales, y probablemente la llevaré conmigo a comer en alguna ocasión, aunque no estaré tratando de seducirla. Estoy felizmente casado con Irene, y así ha sido durante siglos, y sin duda tendrá que pasarme muchas llamadas suyas porque me llama constantemente para comentarme algún detalle de las cortinas o algo parecido.

Elizabeth contuvo una risita. Le gustaba. Su brusquedad era encantadora.

—No soy una persona con la que sea fácil trabajar, pero si hace su trabajo y no se esconde en el baño a llorar como hacía la Señorita Semana Anterior, creo que nos llevaremos de maravilla. Aunque, después de haberla visto en acción, no creo que sea necesario aleccionarla al respecto.

¡Vaya!, pensó Elizabeth.

—Este es el trato. No puedo ofrecerle un coche de empresa de buenas a primeras, pero si alguna vez se queda atascada, tenemos un acuerdo para venir en coche al trabajo en grupos. Le ofrezco veinticuatro mil libras, una pensión condenadamente buena, participar en los beneficios, seguro de vida, un plan de salud en una mutua, descuentos para personal, paga extra de Navidad libre de impuestos, felicitación de cumpleaños y treinta días de vacaciones al año, incluyendo las del convenio. ¿Está de acuerdo?

La boca de Elizabeth se movía sin articular palabra. Alguien ahí arriba se estaba riendo de ella, pensó. Debería aferrarse al trabajo con las dos manos sin mencionar lo que era más que evidente. Legalmente, él no podía preguntarle si quería tener hijos; era discriminatorio y podría demandarle. «No menciones al bebé», le gritaban sus instintos. «Es lo que haría cualquiera». Pero Elizabeth no era cualquiera.

—Me siento en la obligación de decirle que estoy embarazada —dijo. Ah, bueno, aquello era el fin. Tal como llega se va. Se le daba tan bien la autodestrucción.

—¡Vaya! —dijo Terry Lennox, entrelazándola las manos y acercándolas a los labios como si se dispusiera a rezar—. Bueno, ¿quiere hablar con su esposo y ver si le parece bien que trabaje?

Ella le cortó.

—No tengo marido. Ni pareja.

Si él era un hombre chapado a la antigua, como sospechaba, aquello probablemente le cerraría cualquier puerta. Problemática, soltera y embarazada. ¿Debería marcharse ya o esperar a que Seguridad la sacara de allí?

—Bueno, joven, admiro tu honestidad —dijo—. Necesitarás un trabajo más que nunca, ¿no? Así pues, señorita Collier, ¿cuándo puede empezar?

Cuando llegó a casa, el corazón le dio un vuelco cuando vio que el *Land Rover* de John estaba aparcado frente a esta. Decidió fingir que no lo había visto, salió del coche y metió la llave en la cerradura. Sin embargo, cuando la puerta se abrió, él ya estaba detrás de ella y ninguno de los dos dijo nada cuando él la siguió al interior.

Capítulo 19

—¡He oído que tu amiga se ha quedado sin trabajo! —dijo Simon con la suficiente satisfacción como para rebozar un edificio entero lleno de menús *Ploughman*.

—¿Cómo te has enterado? —dijo Helen, interrumpiendo la inspección de su redondeada barriguita en el espejo de cuerpo entero que había en el cuarto de baño anexo al dormitorio.

—En la oficina, por supuesto —dijo—. Ya sabes que Handi-Save es uno de nuestros clientes.

—Sí, lo sé —dijo ella—, pero no sabía que te gustara cotillear con alguien de allí.

—Normalmente no —dijo él suavemente—, pero se fue de manera dramática, ¿no es así? No es precisamente lo mejor que puedes hacer si quieres conseguir otro trabajo. Aunque no puedo decir que me sorprendiera.

—Bueno, de todas maneras tendría que haber dejado de trabaj... —Helen se interrumpió. Ya había hablado demasiado y se maldijo por ello. Varios segundos más tarde, Simon apareció en la puerta del cuarto de baño.

—Continúa —dijo.

—¿Que continúe con qué? —Trató de librarse de aquello, pero Simon podía oler cuando le ocultaba algo y continuó acosándola como un vampiro en busca de una yugular inmaculada.

—No, sigue. Decías que de todas maneras tendría que haber dejado de trabajar. ¿Por qué?

—Por nada. Deja que me cambie. —Trató de pasar junto a él para llegar hasta su ropa, que estaba en el dormitorio, pero él se interpuso en su camino.

—Dímelo —dijo—. ¿Por qué tendría que haber dejado de trabajar?

—Simon, llegaré tarde. Mi madre me está esperando. La obra no tardará en empezar.

—¿Por qué tendría que haber dejado de trabajar?

—Déjalo, Simon.

—¿Por qué tendría que haber dejado de trabajar? ¿Por qué tendría que haber dejado de trabajar? *¿Por qué tendría que haber dejado de trabajar?*

Hizo la pregunta repetidamente hasta que las palabras le hicieron un doloroso surco en la cabeza.

—¡Porque está embarazada! —gritó Helen. Volvió a empujarle y aquella vez le permitió entrar en el dormitorio. Simon no dejaba de reír con encantada incredulidad mientras ella abría la puerta del armario y sacaba un top del colgador. Su madre se estaría preguntando dónde estaba.

—¡Madre mía! ¿Quién es el padre? —preguntó él.

—No lo sé —dijo ella.

—Claro que lo sabes, Helen —le espetó él, impaciente.

—De verdad que no lo sé. Elizabeth... tuvo un lío de una noche, eso es todo lo que sé.

—¿Cuándo?

—No lo sé. En Nochevieja, creo. Una fiesta, no nos contó mucho.

Se abrochó la blusa y se puso la falda rápidamente. Tras ella estaba Simon, dándole vueltas al asunto.

—Pero ella se veía con alguien, ¿verdad? ¿El peón?

—Sí... no. Sí, pero no fue él —dijo Helen. Proyectó la rabia que sentía por su propia debilidad cerrando la puerta del armario de golpe, agarrando el bolso y poniéndose los zapatos bruscamente. Se sentía avergonzada por traicionar a su amiga.

—Esto cada vez se pone mejor —dijo Simon—. ¿Así que él no es el padre?

—No, sí... no lo sé —tartamudeó. Cuando Simon se ponía de aquel modo, se sentía confusa y no podía discernir entre la verdad y lo que ella quería que fuera la verdad. Simon le dominaba psicológicamente y le hacía sentir como una mentirosa profesional.

—¡Tienes que saber quién es!

—¡Te digo que no! —dijo Helen, tratando de salir del dormitorio, pero él volvió a cortarle el paso. Helen alargó la mano hacia el picaporte pero él se la apartó de un manotazo.

—¡Ay! Me has hecho daño, Simon.

—Es muy simple. Dímelo y te dejaré marchar.

—No lo sé. Estaba borracha... no lo sabe ni ella. ¿Por qué es tan importante para ti saberlo?

—Esa no es la cuestión, Helen. ¡Lo importante es que *tú* me ocultas cosas como esa! Hay cosas que me afectan a mí tanto como a ti, ¿no lo ves, estúpida? —gruñó Simon, y después rió con áspero asombro—. ¡Dios mío, y dices que no es una furcia! —Movió la cabeza lentamente de un lado a otro y entró en el baño.

Helen se puso la chaqueta en silencio. La noche se había ido al traste antes de empezar. Acababa de abrir la puerta cuando le oyó decir:

—No volverás a verla.

—¿Qué?

—No quiero que nuestro hijo se relacione con un pequeño bastardo —dijo con una amenaza velada—. Acaba con esa amistad. No me importa cómo lo hagas, pero cuando nazca el bebé, quiero que ya no tengas ningún contacto con ella. De todas formas, ya va siendo hora de que dejes esas amistades. Hace mucho tiempo que estás por encima de ellas, aunque tú no te das cuenta, ¿verdad? La gente se define por sus compañías, Helen, ¡y tú te relacionas con fulanas y lerdas! ¿Cómo crees que me afecta eso a mí, eh? Esta es la gota que colma el vaso.

Simon salió del baño. Sonreía con dulzura, y cuando le besó en la mejilla, descubrió que olía a enjuague de menta.

—Pásatelo bien, querida. Dale recuerdos a tu madre.

John se sentó en la silla donde siempre se había sentado cuando venía a casa. Elizabeth puso la tetera al fuego. Siempre era lo primero que hacía cuando entraba por la puerta. Bueno, aparte de encender un cigarrillo, pero ese hábito había desaparecido.

—Bueno, ¿adónde has ido vestida así?

—A una entrevista de trabajo —dijo ella.
—¿Qué tal?
—Empiezo el lunes que viene.
—¿Dónde?
—En las oficinas centrales de *Just the Job*, en Leeds.
—Me alegro por ti. Bueno, ¿qué tal va el coche? —dijo, y ella se rió tristemente ante sus continuos esfuerzos por mantener una conversación.
—¿Qué quieres, John?
—Solo quería saber cómo te iba.
—Bien, gracias. Pero, ¿qué quieres realmente?
—No lo sé —dijo él, pasándose las manos por el pelo como si fuera un peine gigante, un pelo oscuro en el que ya habían aparecido numerosas canas. Se lo acababa de cortar, justo a la medida en que empezaba a rizarse. De alguna manera, le hacía parecer más joven, y sus ojos castaños parecían más grandes y oscuros.
—Solo quiero que volvamos a ser amigos —dijo—. Nos sentimos tan incómodos, y nunca había sido así, así que supongo que estoy aquí para solucionarlo. Siempre fuimos buenos amigos. ¿No podrías hacer uso de uno de ellos ahora?
—Ya tengo suficientes amigos —dijo ella, sin entender por qué tenía que sentirse tan enojada con él todo el tiempo. Se odiaba a sí misma por ello, pero no podía evitarlo.
—El otro día en el aparcamiento necesitabas a uno.
—Si no hubieras aparecido, ¿crees que todavía estaría allí? —le espetó.
John se levantó y se dirigió a la puerta de la cocina a grandes pasos, después se detuvo, tomó aire, contó hasta tres y volvió a su asiento.
—No, no dejaré que me eches —dijo. Parecía molesto, pero su mano acariciaba a Cleef con dulzura.
—¿Quién es el padre del bebé? —preguntó con calma—. Dijiste que no le conocías bien.
—Y a ti que te imp...
—He oído que salías con Dean Crawshaw por aquel entonces. Veo que sigues poniéndote el listón muy bajo. ¡Te das cuenta de que dentro de veinte años seguirá sentado en el mismo taburete del Victoria, igual que veinte años atrás!

Elizabeth cerró los ojos, avergonzada porque supiera lo de Dean. Empezó a sacar algunas tazas del impoluto armario, haciendo bastante ruido. John echó un vistazo a la cocina: las encimeras relucientes, el pulcro suelo, el quemador del horno tan brillante que parecía nuevo. Solía limpiar la casa hasta que las manos le sangraban y se le ponían en carne viva porque no podía hacer lo mismo con el desorden que reinaba en su cabeza.

—No es suyo —dijo ella—. Y sí, antes de que lo preguntes, estoy segura.

—¿De qué va todo esto, Elizabeth? ¿Es otra manera de hacerte daño a ti misma?

—¿Cómo te atreves? ¡No fue así de ninguna de las maneras! —le gritó.

—¿Entonces cómo fue, Elizabeth?

—Pues... pues... —*Estuvo a punto de contárselo.* Estuvo a punto de contárselo, pero él ya sabía demasiado sobre ella y eso le convertía en alguien muy peligroso.

Como si le hubiera leído la mente, John dijo:

—¿Crees que se lo contaría a alguien si me lo dijeras? ¿Crees que le he contado a alguien lo que sé sobre ti?

—No hay nada que contar. Cometí un error y estoy pagando por ello, ¡así que piérdete! —dijo ella, y entonces se le volvieron a llenar los ojos de lágrimas.

—Oh, ven aquí, tontita mía —dijo él, y abrió sus grandes brazos y le dio un rápido y seguro abrazo antes de que ella le apartara de un empujón, antes de permitirse disfrutar de aquella sensación. Sabía que él nunca intentaría nada con ella, que no fingiría que ella le gustaba solo para poder llevarla al piso de arriba, a la cama, y eso era lo que siempre le había desconcertado de John Silkstone. John Silkstone era de los que daban. Era mucho más fácil tratar con los que quitaban.

—No me apartes de ti, Elizabeth —dijo—. Tan solo déjame estar un poco cerca de ti, ¿vale? Nunca quise que lo nuestro se acabara. Sé que la última vez fue culpa mía, la fastidié, te asusté, y no te imaginas lo mal que me siento por ello, pero es agua pasada. Han pasado siete años y he vuelto, así que, por favor, deja que al menos nos llevemos bien. No deseo sacar a la luz defectos, recriminaciones o culpas. Nunca te he olvidado, y no puedes permitir que pase esto, que se estropee todo. ¿Podemos, *por favor*, empezar de nuevo, como amigos?

Ella asintió y se sonó la nariz con el pañuelo de papel que John cogió de la caja que se encontraba en la estantería sobre el aparador de la vieja cocina de su tía Elsie. Lo había lijado y encerado interminablemente hasta dejarlo todo lo suave y liso que permitía la rugosa madera. Había un gancho a la izquierda. La correa de Sam aún colgaba de él, y Elizabeth aún tenía la costumbre de tocarla de vez en cuando al pasar junto a ella. Bebieron sus tés de diferentes sabores en silencio y después él se despidió y le dijo que se verían pronto, sin dudarlo, y ella esperó que así fuera, aunque no lo dijo en voz alta. John se marchó satisfecho con aquella pequeña victoria momentánea.

Después de que él se marchara, Elizabeth permaneció sentada a la mesa durante largo rato, secándose los ojos llorosos con la manga, sintiéndose como una mocosa. Como la mocosa bocazas, horrible, maleducada, rechazada y antipática que había sido. Hasta el día en que recurrió a la mujer que más odiaba en el mundo. La mujer que la salvó de sus pesadillas. Pero, ¿quién podía la salvaría ahora de ellas?

Capítulo 20

Corría como en uno de esos sueños en los que alguien te persigue y, a pesar de que solo está caminando, siempre se las arregla para alcanzarte. Golpeaba la puerta roja con el buzón tan reluciente que podía ver su rostro reflejado en él. No llevaba zapatos y sus calcetines estaban llenos de piedrecitas, aunque no había sentido cómo se le clavaban.

—Por favor, ábrete —le dijo a la puerta y esta se abrió como por arte de magia. Si hubiera tenido tiempo, habría saltado y besado a su tía Elsie, una mujer delgada e irritante como una ortiga.

—¿De quién estás huyendo? —dijo cuando la niña pasó a toda prisa por su lado—. ¿Y quieres hacer el favor de salir de esa cesta para perros y dejar de ser tan tonta?

—Cierra la puerta, por favor, tía Elsie, por favor, por favor —gritó la niña, y la tía Elsie la cerró. Justo cuando el cerrojo Yule acababa de ajustarse, se oyó cómo otra mano golpeaba la puerta.

—¡Tía Elsie, no la abras, por favor!

—¿Quién es?

—Es mi papá. Quiere que me meta en la cama con él.

—¿Cómo?

—Dijo que no fuera a la escuela, que me metiera con él en la cama y le diera un achuchón.

La tía Elsie hizo caso omiso de los golpes en la puerta y se dirigió hacia la niña de indomable pelo rizado y la sacó a rastras de detrás del satisfecho perro, el cual se acurrucaba en su cama de mimbre.

—Elizabeth Collier, ¿de qué estás hablando? ¿Te lo estás inventando?

—No, no —dijo la niña entre sollozos—. Me obligó a tumbarme en la cama y me dijo... me dijo... que no debía contarlo.

—Bueno, me lo vas a contar ahora. ¿Qué te hizo?

—Me... dijo que no me vistiera para ir al colegio porque no iba a ir. Entonces me llevó a su habitación y... y...

—¿Y qué, niña? ¡Habla!

—Estaba tumbado en la cama, solo con los calzoncillos y los calcetines puestos...

Había sabido que aquello no estaba bien y recordó lo que le había dicho Beverly antes de escaparse de casa sobre que no debía dejar que él «se metiera con ella», pero entonces no lo había entendido. Solo cuando él empezó a arrimarse a ella comprendió que, de alguna manera, aquello era «meterse con ella». Nunca antes se había mostrado cariñoso, por lo que era muy extraño que no le hubiera dejado ir al colegio para hacerlo, y no fue agradable, no le gustó nada. Su baba olía a dientes sucios y cigarrillos cuando puso su boca sobre la de ella y le metió la pegajosa lengua y empezó a retorcerla y a darle vueltas alrededor de la suya. Se limpió la boca frenéticamente al recordarlo.

—Traté de quitármelo de encima, tía Elsie, porque estaba haciendo ruidos extraños. Se supone que no debes tocar a los niños allí, ¿verdad?

—¿Dónde?¿Dónde te tocó?

La niña se sintió acalorada e incómoda cuando se señaló ahí abajo, entonces chilló cuando la puerta retumbó por los obstinados intentos de su padre por entrar.

—No le prestes atención a lo que hay ahí fuera —dijo la tía Elsie—. ¿Qué pasó entonces?

—Me las voy a cargar...

—¿Qué pasó?

—Le mordí y salí corriendo hacia aquí.

La tía Elsie echó un vistazo a la niña, desde los aterrados ojos grises hasta la sangre que había en sus sucios calcetines blancos. Su rostro se ensombreció como una nube de tormenta cuando cubre el sol y la niña esperó a que ella volviera a gritar, pero en lugar de eso se dirigió a la puerta, la abrió y la cerró tras de sí con un portazo. La niña se encaramó a la ventana y espió a través de los seguros márgenes que había entre los inmaculados visillos blancos, escuchando las voces. La tía Elsie estaba realmente furiosa, eso era evidente, y le dijo a su padre que era un cabrón desagradable, lo que sonaba extraño viniendo de su tía porque ella nunca decía palabrotas. Le estaba gritando, diciéndole que se alejara o que llamaría a la policía para que le detuvieran. Él le contestaba a gritos que todo era mentira y gritaba, en dirección a la ventana, como si pudiera verla.

—Lizzie, ¡sal y ven aquí ahora mismo! —berreó, y su dedo señaló la acera para indicarle hacia dónde debía dirigirse. De repente su voz se calmó y volvió a hablar de forma agradable, y el pánico se apoderó de la niña al pensar que podría convencer a la tía Elsie, quien había dejado de gritar. Entonces la tía Elsie le dio una fuerte bofetada y siguió golpeándole, y él salió volando por encima del bordillo y perdió un zapato. La tía Elsie esperó a que se pusiera de pie, ignorando sus súplicas y sacándolo de allí. Él se alejó. Caminaba de espaldas y sin dejar de hablar, pero su tía se mantuvo firme, con las manos en las caderas, hasta que él se marchó. Entonces llamó a la puerta y Elizabeth le dejó entrar. Se dirigió al armario y sacó una bolsa de papel que estaba llena de otras similares.

—Venga, vamos a casa —dijo, subiéndose las mangas de la camisa a la altura de sus delgados brazos.

—¡Y una mierda, no puedes obligarme!

—Solo vamos a recoger tus cosas y volveremos aquí.

—¡Mi papá me cogerá!

—No lo hará, se mantendrá alejado porque sabe lo que le pasará si no lo hace. Y si vuelvo a oírte decir palabrotas, Elizabeth Collier, seré yo la que te persiga. ¡Ahora vamos!

La niña no se movió. La tía Elsie resopló, impaciente.

—Oh, por el amor de Dios, ponle la correa al perro si eso te hace sentir mejor.

Así era. Cogió la correa de Sam del gancho que había junto al viejo aparador de la cocina de su tía y el gran perro negro se quedó quieto meneando la cola mientras ella se la ponía alrededor del cuello. Sam era manso, pero sabía que mordería por ella si tuviera que hacerlo. Sabía que lo haría.

—¿Puedes caminar? Será mejor que te pongas mis zapatillas

—dijo la tía Elsie, pasándole un par de zapatillas de cuadros escoceses con una borla en la punta—. ¡Venga, espabila!

Le tendió la mano y la niña se la cogió por primera vez en su vida. Era delgada y huesuda, pero le agarraba con fuerza y seguridad, y avanzó por la calle entre su tía y el perro enorme y negro, en dirección al lugar al que nunca más podría volver a llamar hogar.

Cuando regresaron con las bolsas, Elsie puso a la niña ante ella y le apuntó a la cara con el dedo.

—Ahora escúchame, voy a instalarte en lo que solía ser la habitación de tu abuela, y si no te comportas como es debido aquí o en el colegio, bajará del cielo y te regañará, ¿lo entiendes?

La niña asintió y entonces la tía Elsie la llevó al piso de arriba, a una habitación trasera que tenía un tocador con los cepillos ordenados encima y un espejo biselado, y una alta cama de hierro sobre la que solía dar saltos cada vez que subía para ir al lavabo. Iban a colgar la ropa en el armario de madera oscura, pero su tía dijo que estaba muy sucia y tendría que lavarla otra vez adecuadamente y que irían a la Tienda Escolar para comprarle más. La tía Elsie envió a Sam al piso de abajo porque no le permitía subir, aunque más adelante debía de saber que cada noche subía y daba tres vueltas antes de dejarse caer en la alfombra junto a la cama de la niña.

La tía Elsie le dio jamón cocido y zumo de naranja aguado para merendar pero aquella vez a su estómago y a su corazón le supo a gloria. Le hizo preguntas sobre Bev y la niña le contó que creía que Bev debía de haberse escapado en busca de un hospital porque no dejaba de vomitar y estaba engordando. La tía Elsie dijo «Dios bendito» muchas veces y cogió aire y después fue encantadora con ella.

Y los tres vivieron allí, en la calle Rhymer. Entonces, cuando Elizabeth tenía dieciocho años, Sam murió mientras dormía y, antes de que acabara el mes, la tía Elsie se había ido de la misma forma.

Capítulo 21

Por una vez, Janey y George cumplían con los estereotipos. Janey estaba planchando en la cocina y George cuidaba del jardín. Él vio cómo le observaba a través de la ventana, le saludó con la mano y le sonrió. Se secó el sudor de la frente y empezó a cavar de nuevo y el corazón de Janey se aceleró tanto como lo había hecho en su primera cita, cuando había aparecido con aquella enorme flor de plástico. Estaba aprovechando el domingo para empezar a nivelar el suelo y construir un patio del que pudieran disfrutar cuando llegara el verano. Tenían un jardín grande y bonito y había construido una valla, así que tenían tanta intimidad como era posible en una casa adosada, aunque la mayor parte de la gente que vivía en su calle era mayor y no necesitaban estar tan apartados de las demás casas. Las fiestas salvajes brillaban por su ausencia, aunque a veces se producía una pelea cuando alguien cortaba en exceso las ramas de un árbol porque invadían su propiedad.

George hizo una pausa para tomar una taza de té y entró en la cocina con su vieja ropa de jardinero, sus grandes guantes y un intenso olor a tierra, aunque tuvo la sensación de que en lugar de eso olía a cuerno de rinoceronte en polvo, glándulas de mono y ostras por el efecto que provocó en Janey, la misma Janey que supuestamente se excitaba con los trajes y las corbatas anudadas en almidonados cuellos de camisa. Fue como si un interruptor se activara en su interior, despejando los caminos que llevaban a todos los rincones de su cuerpo, ya de por sí muy receptivo a la hormona sexual.

—Ven aquí —canturreó ella, y él le obedeció, aunque sin dejar de indicarle que estaba sucio y que la suciedad se desprendería de su ropa. Cómo si a ella le importara. Quería sentirse sucia y, en ese momento, quería más que nada que él recorriera su cuerpo con sus grandes y sucias manos. Desconectó la plancha; no iba a necesitarla durante un rato. Él reía mientras la apartaba por su bien, pero ella cogió sus manos enguantadas y las puso sobre su pecho, que aumentaba rápidamente, y aquel fue el final de la batalla. Se encaramó a la mesa de la cocina y se arremangaron la ropa porque no podían esperar a quitársela. Llegó un punto en la que la mano de ella se apoyó en el plato de la mantequilla, y la caja de bolsas de té de Yorkshire cayó al suelo mientras los dos llegaban al orgasmo ruidosa y rápidamente, al mismo tiempo, como en las películas. Después Janey le hizo una taza de té a su marido y se dieron de comer trocitos de *Kit Kat* antes que él regresara al patio y ella a la plancha.

Con aquel tiempo tan frío, puede que las sábanas no se secaran, pero el día era claro y corría un poco de brisa, así que Elizabeth decidió correr el riesgo. Le encantaba el olor del aire fresco en las sábanas, y la cama siempre parecía más limpia y suave durante las primeras noches después de cambiarlas. La colada se agitaba al viento como las velas de un barco, y mientras se secaban, se dispuso a prepararse un almuerzo ligero. Cogió una aceituna del tarro que había en la encimera amarilla mientras le ponía mantequilla a la tostada, y después cogió otra y otra más. No sabía lo que le había impulsado a comprarlas porque no había comprado un tarro de aceitunas en toda su vida, pero mientras recorría el pasillo del supermercado parecieron llamarle, con aquel aspecto tan lustroso y suculento, con sus rellenos colorados. Desde entonces se las comía como si fueran patatas fritas, y pensó que quizás se trataba de uno de esos «antojos» que siempre había considerado un tema de broma, creado por escritores de comedias para que pudieran burlarse de lo locas que se vuelven las mujeres durante el embarazo.

Mientras se ponía las botas, llamó a Janey para saludarla brevemente.

—¿Qué estáis haciendo?

—Estoy acabando de planchar y George está en el jardín.

—¿Qué piensas de las aceitunas?

—¿Quién? —dijo Janey, a quien parecía costarle demasiado respirar para alguien que estaba simplemente planchando.

—No, idiota, las aceitunas. Esa fruta o verdura o lo que sea.

—Oh, lo siento, te refieres a las aceitunas en tarro.

—Sí.

—Puaj, no las soporto —dijo Janey—. ¿Por qué me estás hablando de aceitunas?

—En estos momentos siento debilidad por ellas.

—Será que tu cuerpo te está diciendo que te falta algo.

— Bueno, ¡nunca me había dicho que le faltara aceitunas! —contestó Elizabeth—. ¿Por qué narices te falta la respiración?

—Te lo diré luego —dijo Janey, aunque no era difícil de imaginar por el tono risueño de su voz.

—¿Entonces tú también sufres de «antojos»? —dijo Elizabeth descaradamente.

—Sí, y los míos son un poco más emocionantes que las malditas aceitunas, ¡eso te lo aseguro! —dijo Janey, observando cavar a George por la ventana de la cocina, mientras se relamía inconscientemente—. ¿Estás nerviosa por lo de mañana, amiga? —continuó, volviéndose a centrar en el teléfono—. ¿Ya sientes los nervios del primer día?

—No sé lo que siento. —Elizabeth trató de analizar sus emociones, pero eran tan confusas como siempre—. ¿Y qué hay de ti, señora Directora? ¿Cómo te sientes por lo de mañana? ¿Estás nerviosa?

—¿Yo? Estoy deseando ir, colega —dijo Janey—. De hecho, cuando acabe con esto, y viendo que a partir de mañana tendré que mantener un estatus de ejecutiva, voy a empezar a confeccionar un par de trajes premamá muy monos. Apenas hay nada entre lo que elegir en las tiendas, así que he vuelto con fuerza a mis días de costura.

—Chica lista —dijo Elizabeth—. Bien, supongo que será mejor que te deje para que te pongas con ello.

—Bueno, buena suerte y que disfrutes de tus aceitunas —dijo Janey. George tenía su macizo trasero hecho para ser mordido apuntando en su dirección. Pensó que quizás aquella vez tendría que dejar la plancha definitivamente apagada.

—Te llamaré a finales de semana para ver cómo lo llevas. Con solo un día no puedes hacerte la idea, ¿verdad? —dijo Elizabeth—. Así también podrás contarme cómo fue la ecografía.

—Sí, compararemos apuntes. ¿Sabes algo de Helen? Me llamó anoche para desearme buena suerte para mañana pero parecía estar fatal.

—También me llamó a mí —dijo Elizabeth—. Pobrecilla. La llamaré dentro un rato para ver cómo está.

—Buena suerte, compañera.

—Dales duro.

Elizabeth hizo otra colada. Sabía que era ridículo, pero no dormiría en las sábanas que había compartido con Dean hasta que no se hubieran lavado, lavado y vuelto a lavar, hasta que algo dentro de ella le dijera que ya no había rastro de él. Había limpiado la casa de arriba abajo después de que se fuera. Había frotado o rociado con lejía todo lo que pudiera haber tocado, pero las sábanas aún parecían estar contaminadas, aunque supuso que con aquella colada sería suficiente. Se las había regalado Helen por su cumpleaños el año anterior, así que no quería tirarlas. Estaban hechas de un grueso algodón blanco egipcio, y venían con fundas de almohada y un edredón, y Janey le había comprado dos almohadas rellenas de plumas de ganso y había bordado unas pequeñas bolsas de color lavanda para ponerlas en las fundas de la almohada. Quizá no habían sido unos regalos muy convencionales pero ella había mencionado que no dormía muy bien últimamente y, siendo la clase de personas que eran, sus amigas se habían quedado con la copla. Decidió llamar a Helen. No era justo que estuviera pasándolo tan mal, teniendo en cuenta que era la única de las tres que quería quedarse embarazada desde el principio.

Cogió otra aceituna y marcó su número, pero para su desgracia fue el Odioso Simon quien contestó.

—¿Está Helen? —dijo Elizabeth, muy educadamente pero con un evidente tono de desagrado por tener que hablar con él y no con su amiga.

—Se ha echado un rato —contestó—. ¿Puedo ayudarte en algo? —añadió de manera demasiado agradable como para ser sincera.

—No, creo que no —respondió ella, imitando sus modales—, pero te agradecería que le dijeras que la he llamado para saber cómo se encontraba.

—Por supuesto —dijo, preciso—. Adiós.

—¿Ha sonado el teléfono? —dijo Helen, saliendo del blanco y dorado baño principal. Era el que tenía la ducha más potente de los dos baños que había en la casa.

—Sí —dijo Simon desde el vestíbulo mientras volvía a colar el auricular.

—¿Quién era?

—Algo relacionado con una encuesta para consumidores. Les he despachado con cajas destempladas —dijo Simon con una sonrisa. La miró, allí de pie, con solo una toalla alrededor del cuerpo, con los hombros desnudos y con gotas de agua perfumada y los ojos desmesuradamente grandes y azules que le exigían que la deseara. Helen dejó caer la toalla y él se acercó a ella, la recogió y volvió a ponérsela.

—No seas tonta —dijo—. Me voy a la oficina. Tengo que hacer unas llamadas.

Helen dijo:

—Sí, de acuerdo. —En su interior, su corazón empezó a sangrar.

Capítulo 22

A la mañana siguiente Elizabeth cumplía doce semanas de embarazo y le alegró descubrir que ya no se sentía tan mal, lo que era una suerte, pues volvía a estar en el traqueteante tren a Leeds para acudir a su primer día del nuevo trabajo, una ocasión que bien merecía llevar el nuevo traje azul marino premamá y una holgada blusa a topos. Los zapatos eran mucho más bajos de lo que estaba acostumbrada a llevar, pero no quería arriesgarse a tambalearse sobre sus habituales tacones de aguja. Por tanto, se sentía muy bajita mientras esperaba junto a los demás viajeros a que llegara el tren, y definitivamente más rechoncha de lo normal, como si le hubieran proporcionado un cuerpo nuevo de la noche a la mañana. No es que fuera una sensación desagradable, tan solo era extraña.

Nerys fue a recogerla a la Recepción con una gran sonrisa de bienvenida y después la llevó un piso más arriba y la condujo hasta un bonito escritorio de madera oscura junto a la ventana, justo al lado del despacho de Terry Lennox. Le hizo de canguro durante la mayor parte del día, enseñándole dónde estaban todos los lavabos y las áreas para cocinar y las máquinas de café y chocolate, a las que describió como «prioridades». Después llevó a Elizabeth a hacer un tour por todos los departamentos y le puso al día de las idiosincrasias de Terry Lennox:

—Toma el té con dos terrones de azúcar pero sin leche; el café sin azúcar pero con mucha leche; le encantan los pastelitos *Jaffa* pero odia los *Penguins*, la variedad cubierta de papel de aluminio, obviamente; suele usar un lenguaje bastante soez con la persona que tiene más cerca cuando salta la alarma antiincendios en el simulacro de los viernes por la mañana...

Después llevó a Elizabeth a comer al bonito restaurante subterráneo del personal, llamado «El Sub», y le presentó a algunas de las personas que la miraban intrigados, y después la llevó a Seguridad para que le hicieran la foto de su pase. Elizabeth no fue consciente de lo redonda que se le estaba poniendo la cara hasta que se vio en la foto. A ese ritmo, parecería un pudin de Navidad al final de su embarazo.

Helen y Janey le habían enviado un adorno floral para desearle buena suerte que quedaba muy mono sobre su nuevo escritorio. Terry Lennox le pidió café por el interfono a las dos en punto para recordarle que se había olvidado de él y le advirtió que la echaría tras tres avisos. Elizabeth le devolvió la pelota diciéndole que tenía las de perder porque no se había olvidado y que en realidad había iniciado una búsqueda en pos de unas galletas, ya que en la lata solo quedaban *Penguins*. Él soltó una risotada y le dijo que le gustaban las mujeres que tenían el valor suficiente para contestarle y conseguir buenos aperitivos.

El tren a casa llegó puntual, su coche arrancó a la primera y aquella noche se metió en la cama como una mujer cansada pero satisfecha.

Un ramo de flores aguardaba a Janey en la Recepción, de parte de Elizabeth y Helen. En la tarjeta ponía *Para Janey CC, buena suerte en tu nuevo trabajo*. Lo llevó a su nuevo escritorio en su nuevo departamento y llamó a Helen al trabajo para darle las gracias rápidamente y después llamó a Elizabeth al móvil.

—¿Hablo con la Extraordinaria Secretaria del genio de las finanzas Terry Lennox Esquire?

—Sí. ¿Es usted la Directora de Atención al Cliente de Pasteles y Repostería Backland Internacional? —respondió Elizabeth adoptando un burlón acento esnob.

—Sí, y llama para darle las gracias por las flores.

—¡No hay de qué! —dijo Elizabeth—. Y gracias también por las suyas, son encantadoras.

—Y gracias también por la tarjeta, por cierto. ¡CC! ¡Par de brutas!

—Pensamos que sería muy poco educado escribir Cara-Culo al completo.

—¡Sí, pero ahora todo el mundo cree que esa es la talla de mi sujetador!

—Tú nunca has tenido una doble C. Los ZZ Top le pusieron el nombre a su banda en honor a tus viejos sujetadores.

—¡Que te den y que tengas un buen primer día! —dijo Janey, sin poder seguir con la parodia del enfado.

—Que te den a ti también, oh, grande —dijo Elizabeth, enviándole un ruidoso beso a través de la línea.

Entonces Janey se puso manos a la obra. Le parecía imposible que aún les quedaran clientes. No dejaba de llamar gente quejándose de que no habían recibido respuesta a su protesta original, enviada unos tres meses atrás, lo que doblaba la ya de por sí ridícula cantidad de trabajo. Les estaba bien empleado por contratar a una casquivana de doce años con un título de una prestigiosa universidad, pensó Janey con cierta satisfacción mientras se preparaba para aportar edad y sentido común a los procedimientos. Hizo que un par de chicas dejaran de introducir datos y que se dedicaran solo a aquellas llamadas telefónicas, después acordó con Personal para que contrataran trabajadores eventuales hasta que se hubiera acabado con el trabajo acumulado. Opusieron resistencia y pronunciaron la palabra «presupuesto» una y otra vez, pero Janey no se dejó amilanar. Se había subido las mangas física y mentalmente y, súbitamente, se había convertido en una fuerza que había que tener en cuenta. Al bajar la vista, la visión de sus pechos sobresaliendo por delante de ella pareció darle más poder. Había visto el efecto que tenían en George. Era una mujer poderosa, un barco de guerra. Se sintió jodidamente maravillosa.

Teddy Sanderson se inclinó sobre Helen.

—¿Puedo traerte un café? —preguntó con suavidad.

Helen echó un furtivo vistazo al gran reloj que había frente a su mesa y se desesperó.

—Lo siento mucho, Terry, no me había dado cuenta de la hora que era —dijo, poniéndose en pie con dificultad.

—No, de verdad, querida, no estaba presionándote. Estabas ocupada y sé cómo poner una tetera al fuego —dijo su jefe, haciéndole gestos para que volviera a sentarse—. Bien, con leche y sin azúcar ¿verdad?

—Esto… sí —dijo ella, sintiéndose un poco extraña porque un compañero con más estatus en la empresa le preparara algo de beber cuando su trabajo consistía en preparárselo a él. Teddy Sanderson, sin embargo, no se parecía a ningún abogado para el que hubiera trabajado antes. Era de la antigua escuela: un caballero y un hombre amable. Alto, esbelto pero con una espalda ancha y bonita y una cabellera blanca que le hacía parecer mayor de los cuarenta y siete años que tenía, hasta que te fijabas en su rostro, sin apenas una arruga. Tenía un hijo ya adulto que estudiaba Medicina en la Universidad de Southampton, un chico guapo y afable que pasaba a veces por allí cuando tenía vacaciones.

Teddy se quedó viudo el mismo mes que Helen se casó, tal y como había sabido recientemente. Vivía solo, excepto cuando le visitaba su hijo, en una enorme casa rodeada de árboles y, cada vez que alcanzaba a ver algo de la misma cuando pasaba junto a ella en coche, le recordaba mucho a la Vieja Rectoría de sus padres. Hacía tres años que Helen era su secretaria y siempre la había tratado con amabilidad y respeto. Sin embargo, la amabilidad era algo muy peligroso para Helen en aquel momento. Se sentía tan cansada y fláccida y tenía tantas náuseas que solo deseaba que alguien la abrazara y le dijera que todo iba a ir bien. Había acudido a su madre en busca de consuelo y le había dicho que se sentía enferma y asustada. Sin embargo, Penélope Luxmore era una persona mucho más dura y alguien muy diferente a su hija, y su consejo había sido muy escueto: que recuperara la compostura antes de ponerse aún peor. Oh, y que bebiera té de jengibre, que aparentemente había curado las insignificantes náuseas matutinas que había sufrido ella.

Helen sabía que siempre podía llamar a Janey y a Elizabeth, y que ambas se molestarían mucho si se enteraban que se estaba sintiendo así y que no las había llamado para hablar, pero se figuró que las dos ya tenían suficientes cosas de las que preocuparse con sus nuevos trabajos y embarazos, así que pasaba la pena sola.

Más que nunca, lo que deseaba era que su padre entrara por la puerta y la abrazara cariñosamente.

Mientras la miraba fijamente deseando que ocurriera, esta se abrió de par en par y Teddy Anderson entró con una taza de café. Helen se puso a llorar, pensando que «quedar como una tonta delante del jefe» era otra cosa que debía añadir a la lista de «lo estúpida que soy». Como si Simon no le proporcionara suficientes excusas para hacerlo.

Capítulo 23

Elizabeth se sintió bastante culpable por tener que recordarle a Terry Lennox que no iría a trabajar en su tercer día porque tenía que ir al hospital para hacerse una ecografía.

—Bueno, no tengas prisa por volver —dijo Terry Lennox, levantando su taza de *Soy El Jefe, Pero Solo Cuando Mi Mujer Me Lo Permite*—. Este es el peor café que he probado en mi vida.

—Se lo ha bebido, ¿no? —contestó Elizabeth.

—Tenía muchísima sed —dijo él—. Oh, y si no has vuelto después de la hora de comer, te bajaré el sueldo.

—Si se calla, pasaré por *Starbucks* y le traeré un trozo de pastel de queso con ron y pasas —dijo Elizabeth con una sonrisa malévola. Terry Lennox se calló, aunque murmuró algo sobre «las malditas secretarias que están dominando el mundo». Elizabeth salió del edificio aquella tarde con una gran sonrisa en el rostro, sintiéndose como si ya llevara allí algunos años.

A la mañana siguiente tenía la cita a las 9.15 de la mañana pero, por si acaso, ya se encontraba en el aparcamiento del hospital veinte minutos antes. Se había bebido un litro de agua entero una hora antes, tal y como le indicaban en la carta, lo que había sido bastante fácil, pero para cuando llegó a la sala de espera, el líquido casi le salía por los ojos y se sintió más voluminosa que un piano de cola. Había dos mujeres que tenían la cita antes que ella, lo que le hizo darse cuenta de que no sería puntual y que probablemente ya habría explotado cuando le tocara el turno.

La primera mujer de la cola tenía un marido que no podía parar quieto en su asiento, susurrando que los hospitales le ponían nervioso en un tono de voz que equivalía al grito de cualquier otra persona. La segunda mujer era en realidad una chica con uniforme escolar que lloraba porque no era capaz de mantener el líquido en el estómago. Su novio estaba cerca, de pie, un chico con granos y vestido con una gorra de béisbol y un mugriento chándal holgado de color blanco que hacía que su delgadísimo cuerpo pareciera tener más carne de la que en realidad tenía.

Para cuando dijeron su nombre, Elizabeth era una bomba de agua andante. Entró en una habitación ligeramente ensombrecida donde una señora con bata blanca y un fonógrafo la ayudó a subir a la camilla y colocó los pantalones premamá de Elizabeth de manera que solo cubrieran sus partes íntimas. Después se disculpó porque el gel estuviera tan frío antes de extenderlo por todo el vientre de Elizabeth.

Elizabeth soltó un sobresaltado jadeo. ¿Frío? ¡Estaba tan helado que debían de haberlo guardado en el culo de Simon!, pensó, lo que hizo que le entraran ganas de reír, pero sabía que era mejor no hacerlo con la vejiga tan llena. No sabía lo que la mujer estaba mirando en la pantalla que tenía delante pero lo estudiaba con detenimiento, mientras movía una sonda a través del gel de su vientre.

—Creo que ya se han cumplido las doce semanas —dijo finalmente—. Así que, teniendo en cuenta la fecha de tu última regla, estamos ante un bebé que nacerá a finales de septiembre, sobre el día veinte, aunque podría tardar hasta dos semanas más.

—Así que para mediados de octubre ya habrá nacido.

—Así es. ¿Quieres verlo? —dijo la fonógrafa, y antes que Elizabeth pudiera decir sí o no, ya había girado el monitor para que viera una pantalla llena de líneas granulosas. Entonces, como en uno de aquellos dibujos mágicos que de repente tienen sentido, algo se movió y Elizabeth se dio cuenta de lo que estaba mirando. Ni por un momento había creído que vería algo tan formado como lo que había en la pantalla. Podía identificar la forma clara de un bebé con los dedos de las manos y de los pies ya perfilados. Tampoco había esperado llorar como lo hizo. Sus ojos se llenaron de cálidas lágrimas que se derramaron por sus mejillas.

—La primera vez mucha gente se emociona —dijo la fonógrafa, cogiendo un pañuelo de papel de un paquete que tenía a mano.

Elizabeth podía ver su pequeña columna y su gran cabeza y sus pequeñas y delgadas piernas. La fonógrafa señaló sus diminutos pies y su corazón.

—Puedes llevarte algunas fotos a casa —dijo, moviendo la sonda para enseñarle más ángulos.

—¿Puedo? —dijo Elizabeth con voz aguda y mientras se secaba los ojos, los cuales le empañaban la visión de los huesecitos.

Aquel era su bebé. De nadie más. Suyo.

—Puedes recogerlas en el mostrador de Recepción cuando hayas hecho pis —dijo la fonógrafa, limpiando la masa viscosa de su vientre al cabo de un minuto o dos—. ¡Creo que tendrás muchas ganas de hacerlo!

Definitivamente, la visita al lavabo fue la más gratificante de su vida y podría haber hecho sombra a las Cataratas del Niágara. Después recogió las fotos de su bebé en la Recepción, las pagó y se dirigió al coche con el sobre apretado contra su pecho. En el pasillo, un par de ruidosos adolescentes flirteaban y se peleaban en broma. Habrían chocado con ella si algo oscuro y no negociable no hubiera estado dando vueltas en su interior. Alargó bruscamente el brazo izquierdo y apartó a la chica de su camino.

—¡Ten cuidado!

La chica iba a contestarle para salvar las apariencias, pero un solo vistazo a los resplandecientes ojos de la mujer menuda bastó para ahorrarse el descarado comentario de «imbécil» hasta que se hubo alejado lo suficiente. Elizabeth no estaba segura de si aquel instinto de protección era amor por lo que estaba creciendo en su interior, pero estaba convencida de que sería capaz de matar a cualquiera que tratara de hacerle daño.

—Ojalá se dieran prisa. ¡Voy a explotar! —dijo Janey en la misma sala de espera, pero cuatro horas después.

—Imagino que hacerte cosquillas no sería una buena idea —susurró George, curvando sus manos y dirigiéndolas a sus costillas con un lento movimiento amenazador.

—Ni te atrevas —dijo ella, apartándose de él—. ¡Quizá más

tarde! —y los dos se rieron, a pesar de que ella quería llorar por lo incómoda que se sentía.

—Las tetas se hacen más grandes a cada hora que pasa —dijo George, señalándolas como si ella no supiera dónde estaban.

—¡Aléjate de mis cachorros! —dijo Janey, apartándole la mano.

—¿Cachorros? ¿Cachorros, dices? No son cachorros. ¡Son pastores alemanes adultos! —dijo George—. Maldita sea, Janey, tendré que hacer algunas fotos antes que vuelvan a encoger.

—Sucio pervertido —dijo ella, con la esperanza de que no encogieran mucho. Había olvidado lo mucho que se divertían con ellas antes de que se pusiera a dieta.

—Disculpe —dijo Janey, atrayendo la atención de una enfermera que pasaba por allí—. Normalmente no me quejo, pero no creo que pueda aguantar mucho más.

La enfermera la miró, comprensiva.

—Hoy vamos muy retrasados —sonrió—. Mire, vaya y deje salir un poco de orina para que la vejiga no tenga tanta presión. A veces se llenan tanto que hacen que la imagen tenga peor calidad. Pero solo un poco, ¿eh?

Era más fácil decirlo que hacerlo, porque una vez que había empezado, Janey no pudo parar. Cuando consiguió echar el freno, imaginó que debía de haber desarrollado un músculo en la zona pélvica del tamaño del brazo de Schwarzenegger. Acababa de salir del baño cuando la llamaron y, con un «Gracias a Dios», Janey siguió a la señora con bata blanca por el pasillo. George ayudó a su mujer a subir a la camilla sujetándola por el culo, lo que hizo reír a la fonógrafa. El gel que extendió por el vientre de Janey no estaba tan frío como los cubitos de hielo del sábado por la noche, pero un poco más helado que la crema del domingo por la tarde. Se quedó allí tumbada en la habitación en penumbra con cortinas de conejitos. George le cogía de la mano. Entonces, cuando acabó de hacer las comprobaciones, la fonógrafa dio la vuelta a la pantalla, George empezó a llorar y Janey se quedó estupefacta.

No podía moverse, abrumada por la culpa, por no haber querido a aquel bebé tanto como quería a su carrera. Aquella maravillosa cosa viva que había en su interior que le cortaba la respiración y que daba otra dimensión a su vida de manera instantánea por medio de un torrente de emociones que no había sentido hasta entonces. Había leído el aspecto que tendría a las doce semanas, pero nunca pensó que en ese momento estaría viendo algo con forma de bebé dentro de ella. *Su bebé*. Nunca entendería cómo había ocurrido, ya que eran muy cuidadosos, pero ya no importaba. Ver a su bebé creciendo en su interior y el impacto emocional sobre George era algo mágico y poderoso, y eso la bajó del pedestal. Fue en ese momento cuando Janey se enamoró de su bebé. También fue el momento en el que se dio cuenta de lo mucho que quería a aquel bulto grande y peludo que se sonaba la nariz junto a ella con un enorme pañuelo. ¿Cómo podía haber creído que había una vida ahí fuera sin él?

Helen no había ido a trabajar en coche porque se suponía que Simon iba a recogerla y que irían juntos al hospital. Entonces llamó para decirle que su reunión se había alargado y que tendría que coger un taxi e ir sola.

—¡Pero es la ecografía! —gritó.

—Acaso no crees que ya lo sé —siseó a través del teléfono, el sonido de su voz amortiguado como si se estuviera tapando la boca para que los otros no pudieran oírle—. No puedo hacer nada. ¿No crees que lo haría si pudiera?

Teddy Sanderson la sorprendió llamando a un taxi y la obligó a cancelarlo. Entonces insistió en llevar a Helen al hospital en su Bentley, a pesar de que ella protestó. Gracias a Simon y a lo incómoda que se sentía por haber bebido tanta agua, no estaba de humor para charlas y Teddy se dio cuenta, así que tarareó las canciones de la radio sin tratar de entablar una conversación banal con ella. La dejó en la entrada del pequeño hospital privado en las afueras de Wakefield y ella rechazó su oferta de esperarla, diciendo que cogería un taxi de vuelta a casa. No estaba segura de si podría mantener el agua dentro de ella. Hacía que se sintiera enferma y ya se había puesto en evidencia delante de Teddy Sanderson con su llanto, a pesar de que él había sido muy amable.

Por suerte para Helen, entró directamente a la sala del fonógrafo, ya que la persona que tenía cita antes que ella la había cancelado en el último minuto. La ayudaron a subir a la camilla y soltó una exclamación de sorpresa cuando el frío gel entró en contacto con su piel. Pero su primera reacción cuando vio a su bebé por primera vez fue muy diferente de la que imaginaba. Sintió que su corazón casi dejaba de latir. Era como si se hubiera detenido el tiempo y se quedó mirando fijamente al bebé que se movía y crecía dentro de ella. Había creído que lloraría o que gritaría de alegría en ese momento que había esperado tanto tiempo, pero se limitó a sonreír. Sintió cómo si todo su ser fuera invadido por una luz cálida y apacible que dejaba en penumbra toda la fatiga y las náuseas y esas estúpidas peleas con Simon. Era la cosa más emocionante que había visto en su vida, *su bebé dentro de ella*. Se sintió realizada, en paz, en armonía con la vida.

Miró la imagen borrosa de los dedos de las manos y de los pies y trató de contarlos.

—El niño desarrollará las uñas ahí —dijo el fonógrafo señalando la pantalla.

—La niña —dijo Helen—. Sé que es una niña.

Ese momento era suyo, de madre e hija, un momento que la acompañaría para siempre porque se grabó en ella y pasó a formar parte de su ser. Todo lo demás era inmaterial, inconsecuente. Durante un maravilloso minuto, lo único importante eran ellas dos.

Capítulo 24

—Entonces, ¿qué tal te fue? —dijo Elizabeth al teléfono tras terminar su primera semana en las oficinas centrales de *Just the Job*.
—¿El trabajo o el bebé? —preguntó Janey.
—El trabajo.
—Increíble.
—¿Y la ecografía?
—Increíble.
—¿Qué dijo George?
—Increíble.
—¿No tienes un diccionario de sinónimos en tu casa?
Janey se rió.
—¿Qué fecha te han dado?
—Veinte de septiembre. ¿Y a ti?
—El treinta, así que iremos a la par. Llamaré a Hels dentro de un rato para ver cómo está. ¿Sabes algo de ella?
—Bueno, la llamé el domingo y hablé con Simon porque se había echado un rato, pero no me ha vuelto a llamar —dijo Elizabeth, quien no imaginaba que ese mamón fuese capaz de no haberle dado el mensaje.
—¿Y tú qué? ¿Qué pensaste cuando viste al bebé por primera vez? —preguntó Janey.
—Aún lo estoy asimilando —dijo Elizabeth—. Supongo que fue increíble.
—Y dime, ¿cómo es tu nuevo trabajo?

—Es genial. Me gusta de verdad, la gente es encantadora, Terry Lennox es un hacha y tengo una mesa con vistas al canal. ¿Y qué tal eso de tener la sartén por el mango?

—Me encanta —dijo Janey con satisfacción—. El Departamento estaba tan desorganizado que no podría haberlo empeorado aunque lo hubiera intentado, lo que fue de gran ayuda.

—No seas tan modesta —dijo Elizabeth—. Eres buena en lo que haces, lo sabemos todos.

—Maldita sea, Elizabeth, no empieces a decirme halagos, esta semana ya ha sido lo suficientemente extraña.

Elizabeth llamó a Helen después de pasar una media hora al teléfono con Janey y mientras se comía medio tarro de aceitunas. No hablaron mucho. Por la forma inquieta en la que hablaba su amiga, era obvio que el Odioso acechaba en las sombras, así que hicieron un resumen de los acontecimientos principales y acordaron ponerse al día más adelante. Helen iba a salir a cenar con unos amigos de Simon y aún no había acabado de arreglarse, así que Elizabeth la dejó para que continuara con lo suyo. Ella se preparó para una noche en casa con el fuego encendido y una cena consistente en bacalao triturado, aunque no se habría cambiado por Helen ni en un millón de años.

Se estaba sirviendo un té de arándanos, con la esperanza de que le hiciera eructar un poco, cuando oyó cómo alguien llamaba a la puerta con firmeza.

—Pasaba por aquí —dijo John, cuando le abrió la puerta.

—Mentiroso —contestó ella, y se apartó para dejarle entrar—. Supongo que querrás una taza de té.

—Sí, por favor, pero no de esa cosa tan afrutada —dijo, olfateando el aire y arrugando la nariz.

Para variar, Cleef se había levantado y empezó a ronronear y a enroscar su cola negra y sedosa alrededor de las botas de John.

—Un día de estos voy a pisar a este gato —dijo, levantándolo del suelo.

—No estarás aquí tan a menudo como para hacerlo —dijo ella, y a continuación se sintió molesta consigo misma—. Lo siento, no quería decirlo de ese modo.

¡Caramba, se había disculpado!, pensó él, y la miró cómo si se hubiera vuelto loca.

—¿Qué? —preguntó ella.

—Nada. —Se sentó a la mesa en su sitio de siempre y se quitó el abrigo—. Hay una razón por la que he venido a visitarte —continuó—. Puedo conseguir algo de pintura, de primera, ¿eh? —y le entregó un catálogo de muestras—. Me preguntaba si querrías un poco para la habitación del bebé.

—¿Qué color? —dijo Elizabeth, sacando una taza del armario para él.

—El que quieras siempre y cuando salga en el catálogo.

—No saldrá de la parte trasera de un camión, ¿verdad? —dijo ella sospechosamente.

— De la parte trasera de… ¡descarada! ¡Claro que no! Es un vale gratis por una serie de productos defectuosos. Bueno, las latas están defectuosas, la pintura no. La gente siempre trata de vender o intercambiar cosas en las zonas en construcción.

—Yo también puedo conseguir pintura barata con el descuento que hacen al personal.

—Pero no puedes conseguirlo más barato que gratis, ¿no?

—¿Gratis? ¿Y por qué la regalan?

—¡Oh, por favor! —dijo John, levantando las manos, exasperado—. La consigo gratis porque el tipo que la vende trata de tenerme contento. Sin duda querrá que le devuelva el favor más adelante. ¿Responde eso a tu pregunta?

—Echaré un vistazo —dijo. Aún no había pensado en una habitación para el bebé, aunque John hizo que se diera cuenta de que debería empezar a hacerlo.

Imaginaba que el bebé dormiría en la antigua habitación de su tía, que era mucho más grande que la suya, ya que en la parte trasera donde ella estaba también había un baño. Nunca se había mudado a la habitación más grande porque se sentía segura donde estaba y, a veces, en mitad de la noche, estaba segura de que podía oír el ruido que Sam siempre hacía al dejarse caer después de dar las tres vueltas. Quería que la acechara. Era agradable sentir que aún estaba cerca, cuidando de ella.

—¿Has cenado? —preguntó él, después de vaciar su taza de té.

—Aún no. Iba a encargar pescado de *Les* —dijo ella.

—Yo tampoco he cenado aún. ¿Qué te parece si voy yo y tú

sacas un plato extra? Hace mucho frío fuera y es mejor que no salgas en tu estado.

—No es para tanto. ¡Estamos en Barnsley, no en Siberia!

—Pon la tetera a calentar de nuevo —dijo, sin darle tiempo a discutir más porque se puso de nuevo su chaqueta, que parecía cara, se levantó el cuello y salió de la casa.

Elizabeth se quedó junto a la ventana y vio cómo su ancha espalda, forrada de piel, desparecía al final de la calle. Al menos su gusto a la hora de vestir ha mejorado con el tiempo, pensó, recordando la primera vez que lo vio vestido con ropa de vaquero de color negro y acercándose a ella en la estación de autobús, como si fuera a preguntarle dónde estaba la mina de oro más cercana. ¡Y menos mal que fue lo suficientemente sensato como para afeitarse aquel estúpido bigote! Sonrió, se dio cuenta de que estaba sonriendo y dejó de hacerlo, y a continuación se dispuso a poner la mesa. Hizo más té, untó un poco de pan con mantequilla y puso un cubierto extra. Mientras esperaba a que John volviera, le echó un vistazo rápido al catálogo de pinturas. Había un encantador amarillo pastel que le llamó la atención y, como aquel color había sido el favorito de su tía Elsie, le pareció una buena elección para la habitación grande.

Le sonaron las tripas, aunque sabía que no tendría que esperar mucho porque el puesto de patatas fritas estaba al final de la calle. En la zona era conocido como *Les Miserable´s*, pero no en el sentido francés. Les Shaw, que había llevado el negocio desde que Elizabeth era pequeña, era el ser humano más miserable del planeta, pero sus rebozados eran los mejores de la zona y sus patatas fritas eran magníficas. John regresó pronto con comida suficiente como para hundir el *Bismark*.

—Bueno, tienes que comer por dos —explicó.

—¡Se trata de mí y de un bebé de nueve centímetros, no de dos hipopótamos gigantes hambrientos! —dijo ella—. ¡Aquí deben de estar la mitad de las patatas fritas de Irlanda!

—Ponte a ello y deja de lloriquear.

—No como patatas fritas.

—Eso era lo que me gustaba de ti, Elizabeth. Siempre fuiste una persona tan agradecida —dijo él, y dejó caer un puñado de patatas fritas en su plato. Recordaba que ella solía comer el equivalente a su peso en patatas fritas cada semana, y no es que engordara ni un gramo.

—¡No podré comerlas todas! —dijo.

—Bueno, come lo que puedas y aparta el resto en el plato —dijo él, y ella sonrió sin querer porque aquello era lo que siempre solía decir su tía Elsie.

Dio mayor cuenta del banquete de lo que en un principio había pensado.

—¿Te acuerdas de cuando nos sentábamos en el muelle de Blackpool con una ración de patatas y pescado y competíamos por ver quién veía el culo más grande que pasaba por delante? —dijo él sonriendo mientras se echaba para atrás en la silla y se daba palmaditas en la barriga—. Te dije que el que ganara iría a por los helados…

—Es verdad, y ganaste tú —dijo ella—. ¡Aquel tipo con la camiseta interior y los tirantes! Después dijiste que debería haber sido el perdedor quien los comprara.

—Sí, pero cumplí mi palabra, ¿no? —rió.

—Sí, pero no dejaste de quejarte. —El recuerdo le vino a la memoria súbitamente, como si presumiera de lo vívido que era.

—Y aquel niño gordo que se cayó del burro y su padre acudió corriendo…

—… y cayó sobre los excrementos del burro —terminó ella la frase—. ¡Oh, Dios, fue tan divertido!

—Compramos un cubo y una pala e hicimos castillos de arena, y aquel tipo viejo creyó que estábamos como una cabra.

—Bueno, tú llevabas pantalones cortos y una chaqueta de piel. ¡*Yo* también creía que estabas como una cabra, así que imagínate lo que pensaba él!

—Y gané aquel osito de peluche con los dardos. Supongo que ya no lo tienes.

Una alarma se activó en Elizabeth. La cosa se estaba poniendo demasiado íntima.

—No —dijo secamente—. Claro que no. Fue hace años —y empezó a recoger los platos.

Aquellos días habían terminado y no tenían por qué recordarlos, especialmente el día que pasaron en Blackpool. Habían ido allí siguiendo un impulso y, de algún modo, en las horas siguientes, ella empezó a verle de forma distinta. El tipo grande con el pelo revuelto por el viento y el rostro bronceado por el sol y los ojos oscuros de color chocolate que brillaban a causa de la diversión, la risa y otras cosas que a ella le asustaba reconocer mientras daban una vuelta por los *Waltzers*. Él le había cogido de la mano, habían corrido por el paseo marítimo como críos, y no había querido que le soltara cuando se detuvieron, aunque de todas formas se soltó. Entonces ella se había inventado una discusión estúpida cuando llegaron a casa porque sabía que él estaba empezando a hacer mella en un lugar prohibido de su corazón. Le echó con cajas destempladas y cuando volvió a verlo, en la boda de la prima de Janey, aquella tal Lisa estaba pegaba a él como una lapa y se esforzó por ignorarle totalmente. Él se emborrachó y la llevó fuera y la besó con labios suaves pero insistentes y le dijo que la quería. Ella le apartó y se limpió la boca y le mandó a paseo. *¿Es que no había entendido el mensaje?* Ella no le amaba, le odiaba. Le derribó como a un árbol. Siempre recordaría cómo la había mirado. El amor, el dolor y la confusión pugnaban por salir victoriosos.

Elizabeth apartó el recuerdo y bostezó forzadamente.

—Tendré que acostarme pronto, he tenido una semana dura en el trabajo.

—¿Es un lugar agradable? ¿Te gusta?

—Increíble, y sí, me gusta. Supongo que hoy saldrás, al ser viernes y todo eso.

—No, no voy a salir —dijo, pero captó el mensaje y se puso en pie.

—Gracias por la comida, John —dijo.

—De nada. Aquí tienes —y sacó una tarjeta del bolsillo trasero de sus vaqueros—. Por si no guardaste mi número la última vez. Llámame si alguna vez te quedas atrapada —y fue a colocarla en el tablón que había tras la puerta con una chincheta, donde ella había puesto una de las fotos de la ecografía.

—¿Entonces este es él? —dijo, después de coger la foto del tablón y mirarla detenidamente.

—Sí, ese es él.

—Es increíble. ¡Mira, dedos y todo! —Volvió a ponerla en su sitio después de mirarla un poco más—. Podría haber ido contigo, sabes, si me lo hubieras pedido.

—¿Para qué?

—Por si acaso te hubieras sentido un poco «sola». Podría haber fingido ser tu media naranja.

—John Silkstone, ¿en qué época crees que vives? Hoy en día hay más madres solteras que parejas ahí fuera.

—Aunque yo sigo creyendo que un niño necesita un padre —dijo, y se arrepintió inmediatamente al ver que su cara se ensombrecía.

—Bueno, pues yo no lo necesitaba, ¿de acuerdo? De todas formas, gracias otra vez y buenas noches.

—Tal vez si hubieras tenido el padre adecuado, Elizabeth, no serías tan reservada —dijo, y salió por la puerta. Poco después de haber salido, oyó cómo ella echaba el cerrojo. Del mismo modo en que lo había echado en su corazón.

Capítulo 25

La Taberna Fox atraía a tanta clientela de las oficinas próximas desde que llegaron los nuevos dueños que era conocida como la «Taberna Fax». Se había hecho famosa rápidamente por su opulenta decoración, sus ridículos precios y su clientela exclusiva. En la mayoría de los establecimientos similares, la comida era mejor, pero aquello no era lo importante, ya que, en el Fox, la apariencia lo era todo. A Simon, aquello le iba como anillo al dedo. Justo en el momento en que Elizabeth cerraba la puerta tras John Silkstone, Simon abría el portón de madera de roble del Fox a su asociado Con y a su mujer Melia, una amante de los caballos. Con era agradable, algo que Helen no podía decir de muchos de los amigos de Simon. Melia estaba bien, aunque no era exactamente la mejor compañía para una chica. Siempre parecía estar aburrida, a no ser que se hablara de caballos.

—Tienes buen aspecto —dijo Con, inclinándose hacia Helen y dándole un beso mientras se acercaban a la mesa.

—Gracias —dijo ella, sabiendo que estaba mintiendo, pero apreciando su galantería. Se sentía agotada y así lo parecía, y se preguntaba cuándo haría acto de presencia la famosa buena salud y belleza de las embarazadas, porque le parecía como si se la hubiese perdido al parpadear. Janey tenía un aspecto más espléndido de lo habitual. Le brillaban los ojos y estaba llena de energía. A Elizabeth le sentaban bien los kilos de más, hacía que su cara tuviera un aspecto más joven y lozano, pero el único indicio de que Helen estuviera embarazada era el creciente bulto de su vientre. Sus pechos seguían estando caídos y, por muchas veces que se lo lavara, su pelo estaba lacio y grasiento. Su piel tampoco se había librado de los granos y tenía tantos y estaba tan áspera que Simon le pidió que se pusiera más maquillaje cuando se presentó ante él en busca de su aprobación.

—¿No tienes nada más elegante que ese vestido? —le espetó mientras ella se disponía a entrar al baño de la habitación con los ojos llenos de lágrimas.

—Sí, claro, pero nada que no me apriete el vientre —dijo—, y si no quieres que vomite sobre Con y Melia, lo mejor es que lleve algo holgado.

La miró como si no estuviera seguro de a qué especie pertenecía y después salió con muchos aspavientos para coger su chaqueta del galán de noche que había junto a los pulcros trajes *Benetton*.

Simon le estaba prestando a Melia el tipo de atención que Helen deseaba para sí, y sintió como se iba poniendo cada vez más enferma, aunque esta vez no era a causa de las náuseas. Melia tenía unos gemelos de cuatro años y su vientre había recuperado la talla 42 original, lo que le dio a Helen esperanzas de que su cuerpo algún día volviera a ser el mismo. Tal vez entonces Simon volvería a verla atractiva. También sexualmente atractiva, porque a pesar de haber alcanzado ya el esperado momento de las doce semanas en el que el bebé se «acomoda», Simon seguía sin tocarla íntimamente. Ahora aseguraba que el hecho de saber que el bebé estaba ahí dentro le quitaba todas las ganas. Se apartaba de ella y dormía lo más cerca posible del borde de la cama. Janey tampoco había ayudado mucho. Le dijo que Elvis nunca había vuelto a ver a Priscilla como objeto de deseo después de que esta se quedara embarazada, aunque había sido parte de una conversación general y no se refería a ella en absoluto. Helen no le había dicho a sus amigas que ella y Simon estaban teniendo problemas. Todos seguían cegados por la ilusión de que formaban la pareja perfecta.

Bueno, ¡yo no soy Priscilla y Simon no es Elvis!, se había dicho a sí misma después de la conversación con Janey. Se aseguraría de que a ellos no les pasara lo mismo. Además, era perfectamente comprensible que algunos hombres no se sintieran excitados por la forma en que se hinchaba el cuerpo durante el embarazo, pero eso no les impedía convertirse en maridos ardientes y padres atentos en cuanto nacía el bebé. Se preguntó si Simon se sentía excluido de lo que estaba ocurriendo, pues había leído que algunos hombres se sentían de aquel modo, y por eso trataba de involucrarlo en cada faceta, pero aquello solo había servido para molestarle aún más. Su única esperanza era darle tiempo y esperar hasta septiembre, cuando el bebé vendría al mundo y las cosas volverían de nuevo a lo normalidad.

Cuando se disponía a pedir, Simon intervino y le preguntó si le gustaría que pidiera por ella. Aceptó su oferta, agradecida por su galantería, solo para ver cómo los otros daban cuenta del paté de pato y una selección de quesos fritos mientras ella se enfrentaba a una aburrida ensalada de melón. Le sirvió media copa de *Pinotage* surafricano, algo que le hizo esbozar una convincente sonrisa de agradecimiento. De repente deseó poder emborracharse y pasar una feliz velada, hacer el ridículo, cualquier cosa menos tener que compartir aquella agobiante falta de conversación con Melia. Con y Simon hablaron de negocios durante la mayor parte de la cena, mientras las mujeres intercambiaban tensos y banales comentarios. Fue muy duro porque era evidente que Melia prefería unirse a su conversación en lugar de verse obligada a hablar sobre bebés. Melia tenía una niñera a jornada completa y Helen dudaba de si veía a sus hijos lo suficiente como para identificarlos en una rueda de reconocimiento. Cuando no estaba en el gimnasio, acudía a una sesión de masaje con piedras calientes, a una clase de *Pilates* o se acercaba a los establos para jugar con sus caballos.

—¡Simon me ha dicho que vas a estar muy ocupada decorando después del fin de semana! —dijo Con.

—¿Sí? —Helen miró a Simon en busca de pistas porque no tenía ni idea de lo que estaba hablando.

—El lunes empezaremos a preparar la habitación del bebé, bueno, lo harán los decoradores —dijo Simon, poniendo su manos sobre la de ella. Con sonrió indulgentemente. Sin duda, tanto él como Melia corroborarían la teoría de que los Cadberry eran la perfecta pareja de enamorados, una de aquellas parejas que hacían el amor al estilo de la clase media alta, con un descanso para tomar aperitivos y canapés.

—Sí, así es —afirmó Helen sin saber de lo que estaban hablando.

—¿Quién va a decorar la habitación? —preguntó Melia entrecerrando los ojos con expresión curiosa.

—*Chansons* —dijo Simon, encantado de poder mencionar el nombre de los decoradores más de moda de la zona norte. Era un acuerdo que les beneficiaba mutuamente. Él conseguía un nombre importante de forma rápida y barata. Ellos conseguían un cuantioso descuento en la publicidad.

—¡Caramba! —dijo Melia con admiración—. Nosotros tardamos meses en conseguirlos para la habitación de Barcelona. —Pronunció el nombre alargando las vocales, como lo haría Julio Iglesias en una canción de amor—. Entonces, ¿qué color vas a utilizar?

—Blanco —dijo Simon con una bella sonrisa.

—Será mejor que utilices otro color —dijo Con—. Nosotros pintamos la habitación de Salvador de blanco y tuvimos que volver a decorarla. Era condenadamente fría para un bebé.

—Es clásico y neutro. Toda la casa es blanca —explicó Simon fríamente.

¿*Blanco*? El primer pensamiento de Helen fue de decepción, pero el segundo fue más reconfortante. Cuando hubiera acabado con ella, y tras unos cuantos adornos rosas o azules, no parecería tan fría.

—¡Entonces será mejor que despejemos la habitación rápidamente! —rió Helen dirigiéndose a Con—. Está atestada de trastos de Simon. —A pesar de que estaba entusiasmada porque Simon hubiera pensado en el bebé, deseó que le hubiera avisado con más tiempo. Les llevaría una eternidad sacar todos aquellos trastos.

—¿De qué habitación estás hablando, querida? —le dijo Simon, hablando lentamente a propósito, como si ella tuviera un ligero retraso mental.

—De la habitación de invitados, por supuesto. —Su sonrisa se desdibujó un tanto cuando él empezó a negar con la cabeza.

—No, el bebé dormirá en la habitación pequeña.

—No podemos hacer eso, ¡es demasiado estrecha! —protestó.

—La habitación de invitados no es adecuada. Además, tengo planes para ella. La habitación pequeña es una elección mucho más sensata y, como está más o menos vacía, puede hacerse rápidamente.

—¡Yo la limpiaré, no me importa! —dijo Helen, un poco más alto de lo que había pretendido, conteniendo las ganas de preguntarle adónde iría cuando estuviese de mal humor si la habitación pequeña estaba ocupada. Tal vez a eso se refería cuando decía que tenía planes para la habitación de invitados.

—Ya lo hemos discutido antes. De verdad, querida, tú y tus hormonas, no puedes recordar nada en este momento, ¿verdad? La habitación pequeña es perfecta para un bebé minúsculo —dijo, y le apretó fuertemente la mano mientras sonreía con dulzura. Helen captó el aviso y cambió rápidamente de tema.

Janey se despertó tarde la mañana del domingo y percibió el olor a pintura. Se dirigió bostezando por el vestíbulo hasta la habitación que iba a ser destinada al pequeño y se encontró a George vestido con ropa vieja, subido a la escalera y acabando de pintar la segunda pared de un color liláceo.

—¡Oh, maldita sea, quería que fuera una sorpresa! —dijo al oír cómo se abría la puerta—. No quería que lo vieras hasta que hubiera terminado.

—Vaya, va a quedar muy bonito, ¿verdad? —dijo, visualizando unas cortinas lilas, con colgaduras y faldones enmarcando la bonita estampa del tranquilo jardín trasero. Obviamente, las haría ella misma.

—¡Solo lo mejor para Hobson junior! —dijo George.

—Tendremos que empezar a pensar en nombres, ¿no? – dijo Janey.

—Estaba pensando en Whitney o Brad.

—Mmmmm, a mí me gusta Keanu o Sinitta.

—¿Eric o Hilda?

—No podemos llamarle como al pez. ¡Podría confundirme y darle gusanos para comer!

—¡O meter la teta en la pecera!

Los dos rieron. Era un sonido musical agradable, que hizo que se sonrieran el uno al otro.

—Te traeré una tostada y vendré a ayudarte —dijo.

—No, acuéstate un rato más, no deberías subir escaleras y esas cosas —dijo George.

—George, estoy en forma. ¡Déjame ayudarte!

Eso era verdad. Janey se sentía mejor ahora que cuando era una veinteañera o acababa de cumplir los treinta. No tenía que preocuparse por la dieta, no se sentía frustrada por su carrera y su vida sexual era mejor que la de un conejo en un laboratorio de Viagra.

—Tengo dos cosas que enseñarte —dijo George.

—¿Ah, sí? —dijo Janey descaradamente.

—¡Déjalo ya, picaruela! —A rastras, acercó algo que había bajo una lona. La retiró para mostrarle una pequeña y delicada cuna hecha de madera. Janey se arrodilló para examinarla.

—George, ¿cuándo demonios has hecho esto?

—Ah, espera, aún no está terminada. —Accionó un interruptor que había en un costado y que hizo que la cuna empezara a mecerse lentamente.

—Eres un bruto muy listo, de verdad —dijo Janey con admiración.

—Tallaré el nombre del bebé cuando lo decidamos —dijo George, encantado de que le gustara. Así era él. Feliz cuando ella lo era.

—¿Y qué era lo otro que tenías que enseñarme? —dijo Janey.

—Cierra los ojos.

—Ya los he cerrado.

Le oyó arrastrar algo.

—¡Ábrelos! —dijo George.

Janey abrió los ojos y vio a George de pie junto a ella con un enorme casco de vikingo en la cabeza. Su libido se disparó, y le calentó todos los motores. Empezó a contonearse con el camisón medio subido y, poco después, George dejó de complacerla con la brocha y la satisfizo con su mástil.

Los decoradores sorpresa llegaron a casa de Helen a primera hora de la mañana del lunes y decoraron la estrecha habitación al final del vestíbulo de color blanco. Una habitación fría y pequeña para su bebé.

Capítulo 26

En la revisión de las catorce semanas de embarazo, Elizabeth escuchó por primera vez el latido del corazón del bebé. Iba al ritmo de un caballo de carreras en la recta final del *Grand National* e inmediatamente le entró el pánico.

—¿Qué le pasa?

Sue, la comadrona, se puso a reír suavemente y contestó:

—Es un latido muy fuerte y normal. El corazón de un bebé late más rápido que el tuyo o el mío.

Convencida de que estaba bien, Elizabeth se tumbó y le escuchó, sin darse cuenta de la amplia sonrisa que había aparecido en su rostro. Había contemplado muchas veces las fotografías de la ecografía, pero oírle dentro de ella, moviéndose, *viviendo*, era indescriptible. Era tan fuerte, tan positivo. Al menos le estaba haciendo crecer con normalidad.

Cuando regresó a casa de la consulta, encontró tres botes de pintura de color amarillo limón, un poco de esmalte y varias brochas en la puerta trasera.

John no había querido aceptar dinero por la pintura que había traído. Dijo que al final no le había costado nada, así que no podía cobrársela. A la semana siguiente le trajo unas enormes y esponjosas toallas blancas que uno de los tipos que trabajaba en la obra vendía para su mujer, la cual trabajaba en una empresa textil. Se suponía que eran defectuosas, aunque Elizabeth no pudo encontrar ninguna tara. Había conseguido una pila de bonitas toallas para el bebé por cinco libras. A esto le siguieron pañales a la semana siguiente. Aparentemente, se trataba de nuevo de un producto defectuoso aunque, al igual que la pintura, no había ningún indicio de nada en mal estado en el paquete. Le trajo suficientes como para que el pequeño llevara pañales hasta que cumpliera los veinticinco años.

El día en que Helen llegaba a las dieciséis semanas de embarazo coincidía con el aniversario de la muerte de su padre. Abril era un mes extraño. A veces anulaba los dictados de marzo, que quería anunciar la primavera, y hacía que el aire se volviera helado, enviando vientos huracanados y crueles chubascos. A veces era tan suave como el verano y dejaba que las primeras campanillas de mayo llenaran los bosques como si fueran gruesas alfombras de color violeta. Aquel día era así, frío y despejado, y la noche siguiente sería peligrosamente hermosa. El cielo estaría plagado de estrellas y haría mucho frío.

Llevó flores rojas a la tumba del cementerio de Maltstone, lirios rojos asiáticos, y las puso en el jarrón que había allí para tal efecto. Es curioso cómo tememos tanto a la muerte, pensó, y cómo de todos modos venimos a estos lugares a sentarnos y a buscar consuelo. Tomó asiento en un banco cercano que había bajo un cerezo en flor, mientras hablaba con su padre como si estuviera sentado junto a ella y no bajo tierra.

—Todavía me siento constantemente enferma, papá —dijo—. Desearía que estuvieras aquí para decirme que todo va a salir bien. Sé que será así, pero sonaría mucho mejor si me lo dijeras tú.

No supo cuánto tiempo pasó allí contándole sus miedos, pero tenía los huesos entumecidos cuando se levantó para estirarse un poco. Por entonces ya tenía una buena tripa, su pequeña cintura había desaparecido, pero sus pechos seguían siendo decepcionantemente pequeños. No era avariciosa. Se habría conformado con una talla más. Lo justo para poder rellenar un sujetador normal por una vez sin tener que usar sujetadores con relleno. Aunque tampoco había nadie cerca que pudiera disfrutarlos si se hicieran grandes como sandías. Simon no se estaba involucrando en el embarazo para nada, a pesar del destello de esperanza que había sentido cuando hizo el esfuerzo de conseguir los decoradores para la habitación del bebé. Pronto se dio cuenta de que tenía más que ver con el hecho de aquellos nombres famosos estuvieran en boca de todos que con el de prepararse para la llegada de su hijo. No había hecho ningún caso a las fotografías de la ecografía y cambiaba de tema cuando se mencionaba algo que estuviera remotamente relacionado con su estado.

Helen trataba de racionalizar sus reacciones y llegó a la conclusión de que quizá él no podía relacionarse con algo que aún no podía ver o tocar de verdad. Así que guardó las bolsas llenas de cosas para el bebé que tenía tantas ganas de enseñarle en la pequeña habitación del final del vestíbulo y se dio tiempo. Odiaba aquella habitación donde Simon dormía cuando tenían una de aquellas estúpidas peleas que la arrollaban como una ola gigante y que la dejaban aturdida y maltrecha. No quería que su bebé durmiera en aquella habitación y así lo expresó ante la tumba de su padre.

¡Por el amor de Dios, niña, ¿dónde está el espíritu de los Luxmore?, oyó la voz de su padre con claridad, a pesar de saber que estaba en su cabeza. Era lo que siempre le decía cuando necesitaba un empujoncito, como cuando Carmen Varley empezó a llamarla «pija estúpida» en el colegio y ella volvió a casa llorando. Él le explicó cómo eran los abusones, y que la mejor opción a largo plazo era enfrentarse a la señorita Varley, porque los abusones nunca dejaban en paz a los más débiles. Así que Helen había ido al colegio al día siguiente, rebosante del espíritu de los Luxmore, para encontrarse a Carmen Varley llorando con el labio partido y a una triunfante Elizabeth que la recibió con estas palabras:

—Le he pegado por ti.

Enfréntate a los abusones, cariño, no dejes que te pisoteen, eso es lo que su padre había dicho, y había tenido razón entonces y la tenía ahora. Helen decidió en aquel preciso momento y lugar que no instalaría a su hijo en aquella horrible habitación. Despejaría la espaciosa y soleada habitación de invitados y se saldría con la suya en aquel tema.

—Te quiero, papá. Dulces sueños —le dijo como le había

dicho siempre en vida, cada noche. Incluso aquella noche diecinueve años atrás, cuando le había matado.

—¿Tienes suficientes toallas para el bebé? —preguntó Elizabeth mientras subía al *Volvo* de Janey. Tenía la revisión de las diecisiete semanas solo media hora antes que la de Janey, así que habían decidido ir juntas y después comer en la cafetería del hospital.

—¿Que si tengo suficientes toallas para el bebé? —dijo Janey con un suspiro—. Tengo unas trescientas, gracias a Joyce. Iba a preguntarte si querías algunas. ¿Por qué? ¿De dónde has sacado las tuyas?

—Esto… de las rebajas del mercado —dijo Elizabeth. Si le contaba la verdad, Janey consideraría que aquello era equivalente a un compromiso.

—¿Has traído tus muestras? —comprobó Janey—. ¿Y tus notas?

—Afirmativo —dijo Elizabeth—. ¿Crees que el señor Greer nos hará una revisión a fondo?

—¡Ya te gustaría a ti! —dijo Janey, pero Elizabeth no se rió y Janey modificó el tono—. No estarás asustada, ¿no?

—Bueno, estoy un poco nerviosa —dijo Elizabeth.

—Estarás bien, tonta. No tienes nada que él no haya visto antes.

—Lo sé —dijo Elizabeth, aunque eso no hacía que se sintiera mejor.

El hospital estaba a menos de diez minutos en coche, pero encontrar aparcamiento era tarea difícil. Aquel día la suerte estuvo de su lado y encontraron un buen sitio justo al lado de la entrada. Anunciaron su llegada a la recepcionista de Ginecología y se sentaron en una habitación llena de mujeres con vientres de diferentes tamaños.

—Bueno, aquí es imposible que nos hagan la revisión a la hora convenida —resopló Janey—. No entiendo por qué se molestan en asignarte una hora si van a reconocerte dos horas más tarde —tras lo cual cogió una revista y empezó a leer sobre el Sexo Tántrico, aunque no entendía a qué venía tanto alboroto. ¿Quién quería esperar siete horas para tener un orgasmo cuando en ese tiempo George podía proporcionarle tres o cuatro, tal y como se había demostrado el sábado por la noche? A la mañana siguiente anotó mentalmente que debería dejarle comer chile con carne seguido de pastel de manzana más a menudo.

Finalmente, llamaron a Elizabeth y se cambió a otra cola que había frente a la puerta del ginecólogo, a la que se unió diez minutos después una Janey que no dejaba de quejarse.

—¿Dónde crees que será la próxima cola? —preguntó, dejándose caer pesadamente junto a Elizabeth, quien no tuvo tiempo de contestar porque la puerta de la consulta se abrió en aquel momento.

No tardó en caerle bien el señor Greer. Le recordaba a Alex Luxmore: alto, enjuto, tranquilo y cortés. Le echó un vistazo a sus notas mientras una enfermera tomaba una muestra y la analizaba. Después le tomaron la tensión y anotaron los resultados. El señor Greer le preguntó si había tenido problemas y ella le contestó que no. Le sonrió y le dijo que aquello era lo que quería oír y la ayudó a subir a la camilla. Ella se tumbó, incómoda, con los músculos tensos, temiendo el momento en el que él se enfundaría un guante y le pediría que separara las piernas. No estaba segura de si podría hacerlo.

Se había calentado las manos y le había palpado el vientre con la cabeza inclinada hacia un lado como si estuviera anotando cosas mentalmente. Después flexionó el brazo para que ella se agarrara y tiró de ella al tiempo que le decía:

—Todo parece estar bien. La veremos de nuevo sobre las treinta y cuatro semanas, señorita Collier.

—¿Ya está? —preguntó.

—Sí, ya está —dijo el señor Greer y se alejó para lavarse las manos.

—¿No tiene que hacerme una revisión interna? —preguntó Elizabeth en voz baja a la enfermera.

—No es necesario —contestó—. Hoy en día ya no se hacen a estas alturas del embarazo. A menos que haya algún problema.

Cuando el señor Greer acabó de reconocer a Janey, las dos subieron a Flebología y les sacaron sangre. A Elizabeth no se le marcaban mucho las venas, y una comadrona le pincharía el brazo hasta hacerle sangrar, de modo que era un alivio estar entre profesionales. Cuanto mayor era la embarazada, más riesgo había de que el bebé naciere con Síndrome de Down, así que analizarían la sangre para estimar los riesgos.

—¿Qué ocurre si el riesgo es alto? —dijo Elizabeth.

—Bueno, te ofrecerán una amniocentesis —dijo la enfermera—, pero eso también tiene sus riesgos. ¿Por qué no piensas en ello solo si ocurre? Los resultados tardarán unas dos o tres semanas.

—¿Tres semanas?

—Trata de no pensar en ello hasta entonces. Sé que es difícil, pero los radiógrafos hacen ecografías muy detalladas. —La enfermera le puso a Elizabeth una tirita en el brazo y le dijo que ya estaba.

—La mujer que me pasó el escáner me dijo que había llevado a cabo un reconocimiento muy exhaustivo y que no había visto nada anormal —le dijo Janey a Elizabeth, levantándose de la silla de al lado.

—¿Que te pasó el escáner? ¡Pareces una bolsa de guisantes!

—¡No eres la más indicada para hablar de guisantes, señorita! De todas formas, ya que hablamos de comida, vayamos a por unas patatas al horno. Creo que nos merecemos una, ¿qué te parece? —dijo Janey, y se la llevó en busca de comida sin esperar una respuesta.

Helen contestó el teléfono y oyó la gorjeante voz de Elizabeth diciendo «Hola».

—Hola a ti también —contestó.

—¿Qué estás haciendo? Parece que estás sin resuello —dijo Elizabeth.

—Oh, estoy sacando unas cuantas cosas de la habitación de invitados.

—Bueno, no hagas muchos esfuerzos —dijo Elizabeth—. ¿Cómo te encuentras?

—Oh, bien —mintió Helen, porque acababa de vomitar otra vez. Había mencionado sus constantes vómitos a su médico la semana anterior, en su revisión de las diecisiete semanas y le había ofrecido algunos medicamentos que le ayudarían, pero la posibilidad de que afectaran al bebé hizo que los rechazara. Dijo que las náuseas prolongadas eran desafortunadamente normales en algunos casos y le sugirió ciertos remedios alternativos y ella le escuchó sin decirle que ya los había probado.

—Es una llamada corta porque estoy en el trabajo, pero quería ver si estabas bien.

—Estoy perfectamente. Gracias por preocuparte por mí —dijo Helen, quien en su debilitado estado se mostraba especialmente sensible ante la amabilidad y tuvo que contener las lágrimas.

—Bueno, cuídate —dijo Elizabeth—. No trabajes mucho. Ve a dar una vuelta por las tiendas y gástate alguno de tus millones.

—He ido de compras esta mañana con mi madre para encontrar un poco de aire fresco —dijo Helen.

—¿Y lo encontraste?

—Ja, ja. ¿Sabes a quién vi? ¡A tu amigo!

—No tengo amigos a excepción de vosotras dos —dijo Elizabeth—. Todo el mundo me odia.

—Oh, cállate. Vi a John Silkstone.

Elizabeth trató de no mostrarse interesada pero fracasó estrepitosamente.

—Vaya. ¿Dónde le viste?

—En *El Mundo del Bebé*, ¿te lo puedes creer? Estaba mirando una bonita mecedora azul y una trona.

—¿En serio? —dijo Elizabeth, cuyas fosas nasales habían captado de repente el olor de una rata grande, gorda y mentirosa. Especialmente cuando, aquella noche, la rata en cuestión apareció con un cargamento de muebles en la parte trasera de una furgoneta e intentó convencerle que provenían de una almacén que se había quemado. Tanto la mecedora como la trona, *qué increíble coincidencia*, eran de un tono azul que hacía juego con la decoración del salón. John era fuerte como un toro y las transportó hasta el interior de la casa, dejándolas *in situ* mientras ella se quedaba allí de pie, con la ira consumiéndola lentamente, aguardando a que él abriera su boca de rata grande, gorda y mentirosa.

—Esto te irá de perlas para relajarte antes de que nazca el bebé. Después, cuando llegue, los dos podéis usarla para meceros hasta que se quede dormido —dijo John, satisfecho y lleno de orgullo y moviendo la cabeza complacido al ver lo bien que quedaban los dos muebles junto a la ventana.

—Últimamente hay muchos incendios en almacenes, ¿verdad?

Su sonrisa vaciló cuando vio lo fruncido que tenía el ceño.

—Esto… bueno, sí, supongo que sí.

—¡Maldito mentiroso! —rugió—. Te vieron en *El Mundo del Bebé* comprando esto hoy. ¿Qué demonios estás tramando, John Silkstone?

Él exhaló un suspiro y levantó las manos en resignada derrota. Al menos no trató de seguir mintiendo.

—Vale, lo confieso. Solo quería ayudarte.

—¿Ayudarme? ¿*Ayudarme*, verdad? ¡No necesito tu maldita caridad!

—¿Caridad? —dijo, cubriendo la luz de la ventana como si fuera una gran sombra—. Esto no es caridad, Elizabeth. Son regalos, ¿sabes? Es lo que la gente da y no espera que le devuelvas. Pero tú no puedes entenderlo. Eres demasiado dura.

—¡No quiero que nadie me regale nada! —dijo, hecha una furia.

—¿Así es cómo vas a criar a tu bebé, Elizabeth? —dijo—. Sin que aprenda a aceptar nada, sin dejar que nadie sea bueno con él y siendo tan duro que nunca reconocerá lo que es la amabilidad. ¿Le enseñarás a que aleje a la gente de su lado y que no confíe en nadie? ¿Es eso lo que quieres para él, Elizabeth? ¿A ser un bloque de hielo tan grande como tú?

Ella le miró fijamente, sin poder rebatirle nada porque estaba bloqueada. Sus palabras habían llegado a lo más profundo de su ser y le habían hecho escuchar. Hasta entonces no se había planteado que se convertiría en el punto de referencia de su hijo, en la guía en que se fijaría para relacionarse con la gente: nunca bajaba la guardia y le costaba mucho confiar en la gente, incluso en aquellos que nunca le habían fallado. John le había hecho daño con lo que acababa de decir y sabía que ella se lo había hecho también a él, lo que era evidente por cómo movía la cabeza.

—Lo dejaré aquí. Si de verdad no lo quieres, llámame y lo recogeré y lo devolveré a final de semana —dijo, herido pero manejando la situación. Después se marchó, tratando de no cerrar de un portazo, pero era un hombre corpulento y el modo en que cerró la puerta denotaba cómo se sentía con respecto a ella en ese momento.

Capítulo 27

Fue la policía quien le informó que habían encontrado el cuerpo de su padre en casa. Llevaba así cuatro días. La dueña del pub Miner´s Rest *les había llamado para que averiguaran por qué no había aparecido por allí como era habitual en él, sabiendo con certeza que la nieve del mes de febrero nunca habría impedido que Grahame Collier acudiera con sus amigos a tomar unos tragos, de modo que habían derribado la puerta y lo habían encontrado en el cuarto de baño. Aparentemente, la causa de la muerte había sido un ataque al corazón. También anotaron en el certificado de defunción cirrosis de hígado. Debía de haber sufrido mucho, cosa que ni molestó ni complació a Elizabeth. Había creído que sentiría alivio cuando llegara ese día, pero no podía sentir nada y no podía creer que hubiera pasado. Había llamado a John en busca de ayuda en cuanto la policía se marchó, aunque no recordaba haberlo hecho.*

Había sido él el que se había encargado de hablar con los del servicio funerario y el cura. Más tarde, lo hizo con el abogado y arregló la limpieza de la casa y la venta en nombre de Elizabeth. Y cuando los de la funeraria necesitaron un traje para vestir al difunto señor Collier, John se ofreció para traer uno de casa, pero Elizabeth le dijo que ya había hecho suficiente y que iría ella. Pese a mostrarse inflexible, John no permitió que fuera sola, así que la acompañó. Ella desconocía la razón que la impulsaba a enfrentarse a sus miedos después de todos aquellos años, pero el sentimiento era tan fuerte que sabía que tenía que hacerle caso. Después de todo, solo era una casa, una casa vacía, ladrillos y argamasa, no quedaba nada que pudiera asustarla, pero temblaba cuando puso los pies en el umbral de la puerta y entró en la habitación. La casa no tenía vestíbulo.

Era mucho más pequeña de lo que recordaba, pero, aparte de eso, estaba exactamente igual que el día que se había escapado y había corrido en calcetines hasta la casa de su tía Elsie. Incluso olía igual, a una mezcla de cigarrillos y humedad, un olor que hacía que sintiera intensamente la presencia de su padre. Había una gruesa capa de suciedad en las ventanas y el suelo estaba lleno de polvo. La nicotina había manchado el papel de la pared a lo largo de los años, dejando las marcas rectangulares de las fotografías que habían estado colgada en ella y que posteriormente se habían descolgado. Las rejas de la ventana estaban muy sucias y rotas y la parte superior de las cortinas marrones estaban grises por las telarañas. Había un cuadro torcido de una mujer india con el pelo cayéndole sobre los hombros que Elizabeth siempre lo había visto así. Aquello contribuía a la sensación de que no había pasado el tiempo y que nada había cambiado. Excepto que sí que lo había hecho, porque era una mujer adulta y no una niña pequeña confusa y asustada. ¿Y, entonces, por qué se sentía como si lo fuera?

Se encaminó a la cocina. La pared de detrás del horno estaba llena de salpicaduras de grasa y las tazas y los platos se apilaban en el fregadero. El cubo de basura del rincón estaba completamente lleno y había botellas y latas de cerveza que desafiaban la ley de la gravedad por el modo en que rebosaban. Olía a algo en descomposición, amargo como la leche pero con un tufillo dulzón que le hizo tener ganas de vomitar.

—*Vamos* —*dijo John, cogiéndola de la mano y tirando de ella por unas escaleras a las que no habían pasado el aspirador en años. Pasaron por delante de la puerta del baño. Afortunadamente, estaba cerrada. Le habían encontrado allí, sentado en la taza del váter. Un final indigno para una vida indigna. Vaciló ante la puerta de la habitación de sus padres. Era la misma cama en la que la había tumbado aquel día, y seguramente también las mismas sábanas a juzgar por el hedor que desprendían. Se quedó allí plantada mirándola, sin saber por qué estaba regresando mental-*

mente a aquel día, permitiendo que le acariciara de nuevo el pelo y diciéndole lo grande que se estaba haciendo y que tenía que darle mimos a su papá y dejar que le diera un beso y que le mostrara que le quería. Aún podía recrear el tacto de su lengua, dura y resbaladiza mientras se introducía en su boca, sus manos subiéndole por la pierna... hasta que sacudió la cabeza y volvió a enviar a aquellos pensamientos a un oscuro lugar de su mente. Le recorrió un escalofrío, que en parte se debía a la gélida temperatura pero que sobre todo se debía a los anquilosados recuerdos que estaban atrapados entre aquellas paredes.

El gran armario de madera de nogal se abrió con un crujido. No había mucho entre lo que buscar.

—Esto servirá —dijo John, deseando sacarla de allí lo antes posible.

—¿Necesitan también zapatos y calcetines? —dijo Elizabeth sin ninguna emoción, con los ojos aún puestos en la cama donde Bev había sufrido cosas que ella no se atrevía a imaginar.

—Los cogeremos para asegurarnos —dijo John, revolviendo en los cajones y mirando a su alrededor, aunque el mejor par de zapatos que pudo encontrar estaba desgastado y lleno de rozaduras.

—Ya los limpiaré —dijo. Elizabeth asintió y él la tomó del brazo y la sacó de la casa. Cerró la desconchada puerta con llave, pero el hedor del lugar la siguió.

Pasó mucho tiempo hasta que le dijo a John que había ido al velatorio de su padre. Allí yacía, abotargado por la muerte, con un traje que era demasiado grande para él y con la cara maquillada, que más que de carne parecía estar hecha de cera. Tenía las manos juntas, y aunque habían hecho todo lo posible para quitarle las manchas de nicotina, no lo habían conseguido. Se fijó que le habían cortado las uñas. Limpias y arregladas como las de un padre que se cuidara. No sabía por qué había venido. Pensó que tal vez le diría al cuerpo todo lo que se había guardado durante aquellos años y que le habría gustado decirle al hombre, pero aquel no era lugar para el odio y él estaba muerto, se pudriría ante ella y no podría contestar a sus preguntas aunque se las hubiera formulado. Entonces, cuando vio los zapatos viejos que John había limpiado y pulido, empezó a llorar desconsoladamente. Lloraba por la pérdida de un padre que no era el suyo, un padre que la protegiera *y se interesara por ella y que la amara de forma apropiada, como habían hecho los padres de Janey y de Helen. Se descubrió echando de menos a un padre que nunca había tenido. El dolor era terrible.*

Había poca gente en la misa y nadie que ella conociera. Se había sentado junto a John en la iglesia, mientras el cura comentaba lo mucho que le gustaba a Grahame Collier beber cerveza y apostar a los caballos y lo buen trabajador que era y lo mucho que le echarían de menos sus amigos en el Miner´s Rest. *Qué pena que hubiera muerto tan joven y solo, pero ahora estaba en brazos de Dios y en la paz eterna. En ningún momento mencionó que manoseara a sus hijas.*

Los asistentes al funeral se quedaron junto a la tumba en el cementerio cubierto por el hielo, esperando que les invitaran a un aperitivo, hasta que John les comunicó educadamente que no habría ninguno. Aunque se guardaron su opinión, se produjeron algunos murmullos de desaprobación por el hecho de que su hija no hiciera las cosas como era debido, y solventaron el problema acudiendo al pub habitual, donde podrían alzar sus pintas al cielo y hacer un brindis en honor de un compañero de pintas al que echarían de menos.

Elizabeth no estaba allí para oírles, aún estaba en la iglesia, mirando fijamente la magnífica vidriera que mostraba a Jesús en la Cruz. «¿Por qué me has abandonado?», le había dicho Jesús a su Padre. Elizabeth lo comprendía. A veces tenía la sensación de que Dios también la había abandonado a ella.

Capítulo 28

Janey y Helen le hicieron una visita a Elizabeth el sábado por la mañana para tomar algo. Trajeron unos pasteles de crema recién hechos de la panadería de Lamb Street, que hacía los pastelillos más grandes de la ciudad. Lo primero que vieron al entrar fue la gran mecedora y la trona, envueltas todavía en plástico, y Helen soltó una maliciosa exclamación apreciativa. Ante la confusión de Janey, le explicó que había visto a John Silkstone mirando aquella misma mecedora el jueves, mientras estaba de compras.

—Bueno, bueno, bueno, eres una caja de sorpresas, señorita Collier? —dijo Janey y Elizabeth la miró de aquella manera tan suya, encogiéndose un poco de hombros como si no supiera bien a lo que se refería pese a estar más claro que el agua.

—¿Así que vuelves a verte con John? —preguntó Helen esperanzada y abriendo los ojos azules de par en par por la expectación.

—Y un cuerno —dijo Elizabeth con una expresión que podría haber vuelto a congelar un pavo de Navidad recién hecho—. Me lo encontré hace unas semanas. Me llevó en coche a algún sitio y se ha dejado caer por aquí un par de veces, eso es todo.

—¿Y se dejó caer por aquí con una mecedora que cuesta seiscientas libras? —dijo Helen.

—¿*Cuánto?* —exclamó Elizabeth, decidiendo que definitivamente la devolvería. ¿A qué estaba jugando, gastando todo ese dinero en una maldita mecedora? ¿Estaba mal de la cabeza?

—¡Bueno, gracias por decírnoslo! —dijo Janey, resoplando y tomando asiento en el sillón de piel que había junto a la chimenea.

—¿Qué hay que contar? Se presentó aquí con eso diciendo que un tío se la había conseguido barata. Cree que soy un maldito caso de caridad.

—No creo que se trate de eso, Elizabeth —dijo Janey, quien no tenía por costumbre adornar las palabras para no herir sentimientos—. Sabe lo reacia que eres a que te regalen cosas y probablemente fue la manera que encontró de dártela sin que tú se la tiraras a la cara y le dijeras que no eras un maldito caso de caridad.

Elizabeth tragó saliva. *Estaba pronunciando las palabras que él había dicho.*

—Creo que es muy considerado por su parte —dijo Helen con voz suave, y la estrenó sentándose en ella y empezando a mecerse—. Oh, esto es muy agradable. ¿Lo has probado, Elizabeth?

—No, no lo he probado y tampoco voy a hacerlo. La voy a devolver.

—Dios, eres una mujer dura y estúpida —dijo Janey, que repentinamente había perdido la paciencia con ella—. Pensaba que ya habrías madurado a estas alturas. Me pregunto por qué se tomó la molestia, sabiendo cómo eres.

—Si me la quedara, le estaría dando falsas esperanzas —dijo Elizabeth, altiva.

—¿A qué te refieres con «falsas esperanzas»? —dijo Janey.

—Bueno, sería como decirle que tiene una oportunidad.

—¿Y cómo has llegado a esa conclusión? —dijo Janey, levantando mucho la voz—. ¿Cómo sabes que se interesa por ti de otra forma que no sea como amigo? ¿Te lo ha dicho? ¿Por qué no puede simplemente hacerte un regalo?

—¿Un regalo de seiscientas libras, Janey? ¡Venga ya!

—Hoy en día puede permitírselo solo con el cambio que lleva en el bolsillo trasero.

Elizabeth emitió una sarcástica exclamación de incredulidad que hizo que a Janey casi le hirviera la sangre. Si hubiera sido una tetera, a esas alturas ya estaría silbando.

—Entonces, cuando George se pasó para darte aquella caja de arena para gatos que consiguió en el trabajo, te estaba tirando los tejos, ¿verdad?
—No, pero…
—Y cuando mi padre te dio aquella trucha que pescó…
—Eso es diferente. Estamos hablando de seiscientas libras, no de un maldito pez o de una caja para gatos, no seas estúpida.
Janey estalló.
—No es diferente en absoluto, y no soy yo la que está siendo estúpida. Pero te voy decir una cosa, Elizabeth Collier, preferiría ser estúpida a ser tan dura como tú. Tienes suerte de que el tipo quiera hablar contigo después de cómo le trataste la última vez, ¿has pensado en eso?
—¡No soy dura! —gritó Elizabeth, indignada, sintiendo que luchaba de nuevo contra él además de hacerlo con Janey—. No soy severa —repitió de una forma que podía sonar a todo menos a dura.
—Desearía que alguien se molestara tanto por mí —continuó Janey—. ¡Mírala, es absolutamente maravillosa!
—¡Puedes quedártela!
Janey gimió y alzó las manos, desesperada.
—A veces te retorcería el pescuezo con gusto. ¡Eres tan dura como el granito y el doble de estúpida!
—¿Crees que yo soy dura? —le dijo Elizabeth a Helen, quien continuaba meciéndose.
—Me temo que sí, Elizabeth. A veces —dijo Helen, si adornar las palabras como hacía siempre—. Ese tipo ha hecho algo muy dulce y tú se lo has estropeado.
—Así que estáis todas de *su* lado, ¿no es así? —dijo Elizabeth, alzando la voz cada vez más.
—Sí, creo que en esto sí que lo estamos —dijo Janey con firmeza—. Ya va siendo hora de que empieces a dejar que la gente se acerque a ti antes de que empieces a convertir a ese bebé que llevas dentro en alguien tan desagradable como tú.
—¡Janey, por favor! —dijo Helen, irritada.
—Ya, así que ahora soy retorcida, ¿no?
—Venga, Elizabeth, lo de las emociones no es lo tuyo. Ni siquiera lloraste en el funeral de tu tía, por el amor de Dios.

Elizabeth contuvo el aliento.

—¿Crees que no me afectó la muerte de mi tía Elsie? —preguntó, incrédula.

—Señoras... —la voz de Helen sonó como la de un árbitro. Había dejado de mecerse, decidida a acabar con aquello antes de que se les fuera de las manos.

—Contigo nunca se sabe. Cuando tu padre falleció... ¡vaya! —dijo Janey—. No nos lo dijiste hasta, ¿cuánto?, tres semanas después del funeral, y he visto más emoción en nuestro maldito pez de colores. ¡Y eso que era tu padre!

—¡Eso era porque no me importaba una mierda! —gritó.

—¿Lo ves? —Janey se giró hacia Helen en busca de apoyo, quien empezó a decir otra vez que necesitaban calmarse un poco, pero la voz de Elizabeth se oyó por encima de la suya.

—No todo el mundo tiene un padre como el tuyo, Janey, así que déjalo estar.

—Lleva diez años muerto y no has visitado su tumba ni una vez.

—¿Y?

—No está bien. ¿Cómo puede estar bien?

—Bien —dijo Helen—. Ya es suficiente.

—Mira, solo porque idolatres a tu padre no significa que...

—Entendí que te fueras a vivir con tu tía porque él no podía con todo...

—¿Qué?

—Eso debió de dolerte, pero seguramente merecía algo de respeto cuando murió.

—No sabes de lo que estás hablando —dijo Elizabeth con voz entrecortada.

—¿No lo sé? ¿Cómo puede entenderse entonces? ¡Era tu padre, por el amor de Dios!

—¡Un padre que dejó embarazada a su propia hija! —gritó Elizabeth—. ¿Es ese el tipo de padre al que echarías de menos? ¿Es ese el tipo de hombre cuya pérdida llorarías? Me temo que no se parece mucho a tu agradable papá, ¿no, Janey?

A continuación se produjo un silencio tal que podría haberse oído una aguja rebotando en el suelo y que solo quedó enmarcado por la dificultosa respiración de Elizabeth tras su diatriba. Se dejó caer en el sofá, temblando como el equivalente a la radiación de tres estaciones nucleares, lo que dejaba claro que nadie debía acercarse a ella, tocarla ni intentar abrazarla.

Cuando se sentó, Helen se puso en pie, como si estuvieran en un balancín.

—¿Tú? —dijo con voz ronca—. ¿Te pasó a ti?

—No, a mí no —dijo Elizabeth—. A Bev.

Tanto Janey como Helen exhalaron un suspiro de alivio antes de comprender que aquella revelación no era menos terrible.

—¿Por qué diablos no nos lo has contado nunca? —dijo Helen con una voz que apenas era un susurro.

—Porque no quería que me mirarais como lo estáis haciendo ahora —dijo. La compasión que reflejaban los ojos de las dos era terrible y su pureza la abrasaba.

—¿Por eso te fuiste a vivir con tu tía Elsie? —preguntó Helen, dándose golpecitos en el pecho como si quisiera calmar a su corazón.

Elizabeth asintió pero no pudo decir nada. Las palabras se amontonaron en el nudo que tenía en la garganta. A ojos de las demás, parecía tan diminuta, tan frágil, que Janey se sentó junto a ella en el sofá y la abrazó. Por primera vez en su vida, Elizabeth se lo permitió sin protestar.

—¿Por eso Bev se escapó? —dijo Janey, y sintió como Elizabeth asentía con la cabeza apoyada en su hombro.

—Oí muchas cosas en esa casa y nunca supe lo que estaba pasando. Pero claro, ahora todo tiene sentido —dijo Elizabeth—. No puedo ni imaginar lo que Bev tuvo que soportar cuando nuestra madre se marchó. Era un asqueroso... *sucio* cabrón. Le odié cuando me di cuenta de lo que le había hecho. Tenía tanto miedo de que mi tía Elsie muriera y que tuviera que volver con él. Me ponía enferma cada vez que cogía un resfriado o empezaba a toser. Solía prometerme que no moriría antes de que yo cumpliera los dieciocho y así fue, incluso me dio nueve meses más. —Entonces se puso a reír, pero era un sonido hueco, sin alegría.

—¿Alguna vez Bev se ha puesto en contacto contigo desde entonces? —preguntó Helen, sentándose en el otro lado del sofá.

—No, y ya han pasado más de veinte años, así que no creo

que lo haga ya. Mi tía Elsie le dijo a la policía que se había escapado. Registraron todos los hospitales, pero nunca apareció.

—¿Por qué no les contó lo de tu maldito padre y todo lo demás? —dijo Janey.

—No lo sé. Quizá no sabía qué era lo mejor. No es tan fácil como pensáis, tener el poder de decidir el destino de un hombre. A pesar de lo que pudiera haber hecho.

—¡A mí me parece muy fácil!

—Janey, por el amor de Dios, cálmate —dijo Helen.

—Lo siento —dijo Janey, mordiéndose el labio—. ¿Así que la policía no averiguó nada?

—Nada en absoluto. He intentado localizarla a través de su número de la Seguridad Social, pero nunca lo ha utilizado. Entiendo por qué se marchó y nunca la he culpado por ello. Necesitaba alejarse y empezar de nuevo. Tenía que olvidarse de todos nosotros para poder hacerlo.

—¿Seguro que estaba... ya sabes... cuando se marchó?

—¿Embarazada? Sí, todo lo segura que puedo estar. Dejó de ir a la escuela, tenía muchos vómitos y su vientre se estaba haciendo realmente grande... y su pecho... solía reírme de ella porque cada vez lo tenía más grande. Me porté muy mal con ella, la llamaba gorda todo el tiempo hasta que un día dejó de discutir conmigo, se sentó y empezó a llorar delante de mí. Me marché de allí y la dejé sola porque quería ir al piso de abajo a por una bolsa de patatas. Incluso puedo recordar el sabor de ternera, ¿podéis creerlo? Esa fue la noche en la que se marchó, dos días antes de cumplir los dieciséis años. Yo comía patatas fritas con sabor a ternera y ella estaba pasando por un infierno.

—No lo sabías —dijo Helen—. Eras una niña pequeña. No puedes sentirte culpable. ¿Cómo va a ser culpa tuya? ¡No debes pensar eso!

—Eso, amiga mía, es mucho más fácil de decir que de hacer.

—No puedo imaginarme... ¿Alguna vez te... a ti, Elizabeth? —preguntó Janey, incapaz de pronunciar todas las palabras.

—Empezó a hacerlo, pero me las arreglé para escapar —contestó Elizabeth, con la voz cada vez más temblorosa—, y llegué a casa de mi tía Elsie. No sé lo que me habría pasado si no la hubiera tenido a ella. Todavía me despierto por las noches y me pregunto: ¿Qué hubiera pasado si no llega a estar en casa ese día? ¿O qué habría pasado si no me hubiera creído?

—Tantos «qué hubiera pasado» pueden volverte loca —dijo Helen, quien lo sabía a ciencia cierta—. Tu tía estaba en casa y te creyó, eso es todo lo que deberías recordar.

Elizabeth estaba llorando, grandes lagrimones que caían sobre su chaqueta y que no le daba tiempo a enjugar con el dorso de la mano. Entonces Janey le ofreció un pañuelo.

—¡Y llevo dentro un crío con esos genes podridos! —lloró Elizabeth.

—No sé, tú no saliste tan mal. —Janey le dio un pequeño codazo. Aunque estaba sonriendo, ella también necesitaba un pañuelo.

—Eso tiene gracia. Te has pasado Dios sabe cuánto tiempo diciéndome que soy una estúpida sin corazón —dijo Elizabeth.

—¡Y lo eres! —dijo Janey, quien no tenía intención de negar lo evidente, por su propio bien—. Pero también eres mi mejor amiga y te quiero con locura aunque a veces me saques de quicio.

Elizabeth rió y lloró al mismo tiempo y dejó que su cabeza reposara sobre el hombro de Janey.

—¡Oh, Elizabeth, deberías habérnoslo contado, cariño, pedazo de tonta! —dijo Janey entre suspiros, enjuagándose los ojos. *Por Dios, nunca había sospechado que aquella fuese la razón por la que siempre estaba tan confusa.*

—Sí, a veces creo que soy estúpida.

—Bueno, ahora que lo has soltado todo, puedes dejar de ser estúpida, ¿no? —dijo Janey.

—Empieza por decirle a John que te quedarás la mecedora —dijo Helen—. Deja de castigarte y permite que la gente sea agradable contigo, Elizabeth. Déjale que te regale esto. Yo tengo una y me encanta. Aunque es un poco vieja, era de mi pad... —Se interrumpió y se maldijo a sí misma.

—No hagas eso, por favor —dijo Elizabeth—. No hagáis tonterías como la de no mencionar la palabra «padre» delante de mí. Alex y Bob siempre se portaron muy bien conmigo.

Durante años había buscado en esos hombres aquella mirada depredadora, peligrosa, sucia, pero nunca había visto ni rastro de ella.

—Eran buenos hombres, los dos. Tuvisteis suerte.

—Arregla las cosas con John —dijo Janey, pasándole un puñado de pañuelos limpios—. Él también es un buen hombre.

Elizabeth se revolvió y asintió, murmurando algo entre dientes como solía hacer cuando no quería comprometerse a nada.

—Enchufaré la tetera, ¿de acuerdo? —dijo Helen, en la que siempre se podía confiar para encontrar una buena solución al estilo británico.

Capítulo 29

Cuando sus amigas se marcharon, Elizabeth se lavó la cara y volvió a ponerse el maquillaje que había desaparecido con el llanto. Lo último que quería para lo que debía hacer a continuación era tener el aspecto de Alice Cooper. Después cogió el bolso y las llaves del coche y se dirigió a la obra donde trabajaba John. Oxworth no era precisamente un sitio enorme, por lo que seguramente le resultaría fácil localizarlo.

Su tarea fue más fácil de lo previsto. Cuando llegó a las afueras del pueblo, vio un enorme cartel que señalaba el camino a *Propiedades Silkstone* a los posibles compradores, con un teléfono para posibles consultas. Había un cartel aún más grande en la misma obra, más allá de los límites del pueblo. Oxworth era una localidad semirural que no pretendía ser otra cosa de lo que en realidad era: un pequeño y tranquilo pueblecito junto a un bonito río a seis millas del centro urbano. Había un encantador restaurante italiano, unas cuantas tiendas, una guardería y un cine pasado de moda al que le quedaban unas tres butacas y donde la película se interrumpía para que el público fuera a comprar un helado. Elizabeth había ido unas cuantas veces con John, cuando tenían el acuerdo tácito de que el que se sentara más cerca del pasillo iría a por las tarrinas.

Al salir del coche, vio a John charlando con una mujer esbelta de unos veintitantos años al pie de una escalera que llevaba a una caseta prefabricada. A pesar de todo el barro que había alrededor, la mujer llevaba zapatos de tacón y estaba poniendo en práctica toda la artillería del cortejo, como apartarse la melena con un gesto de la cabeza, reírse con lo que él le contaba y apuntarle con sus pechos aumentados por el Wonderbra para indicarle que le gustaba. No es que le sorprendiera, ya que John Silkstone era un tipo guapo, incluso con aquellas botas enormes, la abultada chaqueta y las oscuras ondas de su pelo sobresaliendo por la parte trasera de su casco.

Sus carnosos labios estaban curvados en una sonrisa dedicada a su admiradora, que pestañeaba seductoramente y estaba absorta en la dulce mirada de aquellos ojos de color caramelo. Siempre había sido guapo, aunque su gusto en el vestir había sido un tanto disléxico en la fase de *Spaghetti Western*. Podría haber tenido a la mujer que hubiera querido, pero nunca se había fijado en nadie que no fuera ella, el muy estúpido. Lisa debió de mearse encima cuando se fijó en ella, aunque para atraer su atención tuviera que pegarse fuego.

En ese momento, John estaba escuchando lo que la señorita Ropa de Encaje tenía que decirle y las arrugas en los rabillos del ojo le hacían parecer más atractivo de lo que Elizabeth recordaba, incluso cuando era más joven y no tenía arrugas. De acuerdo, aceptó a regañadientes, estaba celosa al verle hablando con otra mujer y sonriéndole como si fuera un cachorro enamorado. Especialmente si se trataba de una mujer esbelta, guapa, rubia, joven, receptiva y que no estaba embarazada. Se dispuso a volver al coche, murmurando entre dientes cosas como «Bah, ¿por qué me molesto?», cuando oyó que la llamaba por su nombre. Cuando se dio la vuelta, él se acercaba a ella, acortando la distancia que les separaba con unas cuantas zancadas de sus pesadas botas.

—¿Me buscas a mí? —dijo sin sonreír—. Supongo que has venido porque quieres que vaya a tu casa y me lleve la mecedora. No te preocupes. La recogeré en cuanto termine de trabajar. Bien, he sido yo quien lo ha dicho y te he ahorrado el problema. Hasta luego. —Entonces hizo ademán de marcharse.

—Esto… no, espera —dijo Elizabeth, y él se detuvo y se dio la vuelta.

Dios, qué difícil era aquello.

—Esto… me gustaría quedármela, si te parece bien.

—Oh, ¿de verdad? —dijo, cruzando los brazos sobre la vasta extensión de su pecho—. Bueno, eso es una sorpresa. ¿Y...?
—¿Y?
—Bueno, ¡podrías haberme llamado para decírmelo!
Elizabeth se llenó los pulmones con una estimulante bocanada de aire y dijo:
—Y... lo siento.
—¿El qué?
—¿El qué? Bueno, pues haber sido tan desagradecida. Gracias, es muy bonita, y también lo eran todas las otras cosas.
—¿Y?
No solo era difícil, era terrible.
Ella resopló.
—No me lo estás poniendo muy fácil, ¿verdad?
—No —dijo él—, ¿por qué debería hacerlo? Heriste mis sentimientos.
—Sí, lo sé. Lo s... siento.
—Disculpas aceptadas. ¿Y...?
Oh, maldita sea, voy a mandarle a paseo en un minuto.
—Bueno, lo diré en tu lugar, ¿vale? —dijo él—. Y... vas a invitarme a cenar esta noche para compensarme.
—¿En serio?
—Sí, *en serio* —dijo, esperando que ella protestara. Podía ver cómo se mordía el labio inferior, luchando contra el impulso de mandarle al infierno, y él se sintió muy complacido, preguntándose hasta dónde podría aguantar.
—Muy bien —dijo ella, con una sonrisa que casi le quemaba los labios—. ¿Y qué te gustaría comer?
—Mi plato favorito. —Le brillaban los ojos al mirarla.
—Muy bien —dijo ella, tratando de impregnar las palabras tanto de humildad como de rabia asesina.
Se acuerda, pensó él, poniendo su mejor cara de póquer.
—Bien, te veré más tarde, Elizabeth. Ahora, si me disculpas... Algunos no estamos de fin de semana, a diferencia de otros. Todavía tengo muchas cosas que hacer —y se marchó a grandes pasos, chapoteando en el barro, regresando junto a los edificios a medio construir y al murmullo de las máquinas y a los otros hombres con botas y camisas de leñador. No echó la vista atrás

pero seguía pensando en ella.

Vaya, vaya, vaya. Los milagros sí que existen en el sur de Yorkshire, pensó John Silkstone, quien no dejó de sonreír hasta la hora de la cena.

Elizabeth regresó a casa y extrajo el plástico a la mecedora y a la trona. Después se sentó ceremoniosamente en esta, con la espalda recta, antes de apoyar la espalda en el cojín y poner todo su empeño en relajarse.

Cuando Helen volvía a casa desde el supermercado aquella tarde, tuvo que detener el coche al borde de la carretera para vomitar, sufriendo la vergüenza de que el resto de conductores la vieran al pasar junto a ella. Cuando leyó por primera vez la lista de síntomas adversos del embarazo, no esperaba ni por un momento que los iba a sufrir todos. Le sangraban las encías continuamente, la voz le sonaba como si siempre estuviera resfriada y se sentía muy débil por las náuseas constantes. El trayecto a casa se le hizo muy largo y lo único que quería hacer al llegar era acurrucarse junto a Simon y obtener un poco de consuelo.

Le encontró leyendo en el salón y le dio un beso en la frente para saludarla. Entonces se apartó con rapidez, diciendo que olía a vómito y que debería lavarse los dientes. Cuando salió del cuarto de baño, él había desaparecido y se había ido a la oficina que tenía junto a la casa. Ella le habría llevado té, solo para verle, solo para estar con él, pero no le permitía entrar allí, a pesar de que había sido ella la que había puesto el sesenta por ciento del dinero para comprar la casa. La casa, al igual que su corazón, tenía zonas delimitadas.

Teddy Sanderson se había mostrado muy dulce con ella cuando, la mañana anterior, se había encontrado especialmente mal. Le dijo que su mujer Mary lo había pasado igual de mal con Tim. Había sufrido terribles náuseas, parecía que tuviera una fábrica de grasa en el pelo y había dormido más que su viejo gato, pero al final todo aquello había merecido la pena. Tan pronto como tuvo al bebé en sus brazos, todo aquel malestar y sufrimiento se habían convertido inmediatamente en un recuerdo lejano. Le prometió a Helen que le pasaría lo mismo.

Trató de concentrarse en lo positivo. Cuando su hija llegara al mundo, todo volvería a la normalidad. Sus náuseas, la indiferencia de Simon, sus miedos e inseguridades, todo desaparecería. Eso es lo que pasaría, porque no creía que fuera capaz de enfrentarse a algo distinto.

Pese a que cuando Janey y George empezaron a salir juntos no tenían mucho dinero, una noche invitaron a Elizabeth a cenar. Algo barato, dijeron, a base de huevos, patatas fritas y guisantes. Entonces Janey tuvo el extraño presentimiento de que había algún tipo de guisante que a Elizabeth no le gustaba, así que los compró preparados, naturales, con vainas, y un paquete de puré de guisantes congelados y algunas judías en caso de que odiara todos los tipos de guisantes. Entonces, mientras sacaba la compra de las bolsas, se le cayó al suelo la caja con la docena de huevos y no hubo supervivientes. George tuvo que salir como una exhalación a comprar otra docena. Resultó ser la cena barata a base de huevos, guisantes y patatas fritas más cara de la historia.

—¿Por qué no me lo preguntaste? ¡Te habría dicho directamente que no me gustaban los guisantes naturales! —le había dicho Elizabeth a Janey a modo de regañina.

—¡Ya me sentía lo bastante mal por tener que invitarte a una maldita cena de huevos y patatas sin tener encima que apuntarme lo que querías de guarnición! —había replicado Janey, y después ambas se rieron y se dieron un festín con una montaña de patatas y huevos fritos, té, pan con mantequilla y toda clase de guisantes y judías.

Elizabeth le había contado la historia a John al cabo de unos días. Él la escuchó pacientemente y al finalizar anunció que era la historia más aburrida que había oído en su vida, lo que hizo que ella se riera. Sin embargo, admitió que empezaba a salivar ante la perspectiva de comer huevos, patatas y judías, y afirmó que era su comida favorita de todos los tiempos y la que pediría como última voluntad si alguna vez acababa en el Corredor de la Muerte. Eso hizo que Elizabeth también deseara comer lo mismo, así que lo prepararon todo en su pequeña cocina, lo empaparon de sal y vinagre, cortaron unas rebanadas grandes de un pan blanco recién hecho y las untaron con abundante mantequilla, abrieron una botella barata de vino peleón y se sentaron en el sofá, soltando risitas mientras veían la película *Blazing Saddles*. Había sido una buena noche.

John llegó a las siete en punto, limpio y aseado y con unos vaqueros que resaltaban su bonito culo y una camisa rosa Paul Smith que se ajustaba muy bien a sus anchos hombros.

—¿Está listo? —fue su saludo.

—¡No! —dijo Elizabeth, indignada—. ¿Cómo demonios podía saber a qué hora llegarías?

—Pues será mejor que te pongas manos a la obra, ¿no? Este es mi regalo y puedo decirte que voy a saborear cada maldito minuto —y con eso se sentó en la recién destapada mecedora con los pies en alto, leyó el periódico y ojeó los diferentes canales de televisión con el mando a distancia mientras ella desaparecía en la cocina. Cuando todo estuvo listo, se lo sirvió en una bandeja con una sarcástica flor de plástico en una huevera, cogió su cena y se sentó en el sofá. De tanto en tanto, John levantaba la vista, la observaba masticar y le guiñaba un ojo, y ella lo soportaba en silencio con el humo saliéndole por las orejas.

Cuando terminó, retiró la bandeja y la dejó caer de repente con un grito mientras se inclinaba hacia delante. Él se levantó de un salto y la empujó con suavidad hasta la mecedora. Estaba completamente rígida. Se sentó inclinada hacia adelante, como una estatua, adoptando una pose extraña.

—¿Qué ocurre? ¿Estás bien? Elizabeth, ¿qué ocurre? —dijo John arrodillándose junto a ella.

—No lo sé —dijo ella, frotándose el vientre—. Creo que he sentido cómo se movía.

—¿Te ha dolido?

—No, solo ha sido la impresión.

Fue una sensación extraña, como un montón de burbujas en su interior, como un eructo invertido. John recogió los platos del suelo y le preparó un poco más de té afrutado, mientras ella se quedaba sentada en la mecedora con el cuerpo rígido, esperando la siguiente sacudida.

—¿Estás bien? —dijo él.

—Creo que sí —dijo. Algo dentro de ella se agitó—. ¡Oh, Dios mío, otra vez!

Se quedó quieta y dejó que pasara. Era una sensación suave pero extraña. Le daba miedo, pero comprendió que siempre sería así y que debía asumir que lo que estaba notando era otro ser humano moviéndose dentro de ella. Por muy ingenuo que pudiera parecer, no había pensado en aquello.

—¿Puedo probar? —dijo él, pero lo retiró en seguida y se disculpó. Sin embargo, Elizabeth le cogió la mano con tiento y la puso sobre su prominente vientre porque deseaba compartir aquel momento con alguien y aplacar un tanto sus miedos. John dejó la mano inmóvil sobre su vientre y ella colocó la suya encima, guiándole. Le dijo que notaba algo que se agitaba muy suavemente en su interior. No sabía si era cierto, pero lo dijo al mismo tiempo que ella también notaba algo, así que cabía la posibilidad.

—¿Te sientes mejor? —preguntó.

—Sí, creo que eso es de lo que se trata. Debe de ser el bebé que empieza a moverse.

Se miraron sonriendo. Si tenía intención de hacerlo, era el momento adecuado para que él se inclinara y la besara, pero en lugar de eso retiró la mano y se sentó en el sofá. Tras pasarle la taza de té, le dijo que se tomara las cosas con calma durante un rato.

Cuando se marchó, le dio las gracias por la cena y ella dejó que le diera un dulce beso en la mejilla. Un beso casto y dulce de un tipo grande y dulce. Elizabeth supo que, en condiciones normales, no le habría dejado que se marchara a casa.

Alguien llamó terriblemente temprano el lunes por la mañana, lo que hizo que el corazón de Elizabeth se acelerara un poco. Nadie llamaba a esa hora a no ser que fuera algo importante.

—Hola, soy yo —dijo Janey. Le faltaba el aliento, lo que hizo que todos los sistemas de alerta de Elizabeth se activaran.

—¿Estás bien? Dios, Janey, ¿qué ocurre?

—No, no lo estoy —dijo Janey, un tanto preocupada—. Mira, sé que no estás en el trabajo pero ¿tienes a mano uno de esos catálogos de pintura de *Just the Job* que nos diste?

—Rayos, ¡pensé que te habían llegado los resultados de los

análisis de sangre o algo así! —dijo Elizabeth, molesta pero aliviada.

—Es serio —dijo Janey—. Ve a buscarlo.

—Lo estoy haciendo —dijo Elizabeth, rebuscando en el cajón de los chismes—. Bien, ya estoy aquí. Y ahora, ¿qué hago con él?

—Abajo a la derecha. Maravilla Brasileña.

—Lo tengo. ¿Qué ocurre?

—El mismo color que mis pezones.

—¡Oh, por el amor de Dios, Janey, aún no he desayunado! —dijo Elizabeth, desesperada.

—¡No bromeo, antes eran rosas! Me los acabo de ver en el espejo. ¿De qué color son los tuyos?

—Rosas.

—¿Qué tono?

—¡Janey, no voy a compararlos con un catálogo de pinturas! Oh, maldita sea, espera un momento —aceptó finalmente Elizabeth—. No son mucho más oscuros... Rosa Camafeo.

—¿Dónde es...? Un momento, ¡Rosa Camafeo sigue siendo rosa! ¡Yo los tengo de color Maravilla Brasileña y tú Rosa Camafeo!

—Creo que tienen que volverse un poco marrones, Janey.

—¡Un poco! ¿Volverán a su color normal?

—No tengo ni idea —dijo Elizabeth, quien de verdad no tenía ni idea.

—¡A través del sujetador parecen agujeros! ¡No quiero pezones de color marrón oscuro!

—¡Oh, vete a trabajar, tía loca! Te veo después —dijo Elizabeth, y colgó el teléfono. Le contaría a Janey que el bebé se había movido en otro momento, cuando estuviera más centrada.

Janey estaba preocupada de verdad. No quería tener los pezones de aquel color. Se quitó el sujetador y se los enseñó a George, pero este se limitó a abrir los ojos de par en par. Era evidente que no le importaba si eran de color Maravilla Brasileña o rosa y azul celeste con topos amarillos. Para él tenían buen aspecto y un tacto aún mejor. Janey llegó tarde al trabajo, pero mintió y le echó la culpa al tráfico.

Viejo verde, pensó, con una sonrisa tan ancha y jugosa como una rodaja de sandía, y conectó su ordenador, sintiéndose en forma para enfrentarse a un duro día de trabajo. ¿Quién necesitaba drogas estimulantes cuando podías tener a George? Eso sí que era puro éxtasis.

Capítulo 30

Cuando a Elizabeth le dieron cita para su segunda ecografía a las veinte semanas, John se ofreció a acompañarla, tan solo para apoyarla, dijo casualmente. Elizabeth se disponía a levantar las barreras y a decir, «No, piérdete», cuando recordó sus palabras, y también las de Janey y Helen diciéndole que el bebé se volvería como ella si no aprendía a dejar que la gente se acercara a ella. No es que no hubiera conocido el cariño, ya que su tía Elsie se había portado muy bien con ella, pero no había sido una mujer que demostrara mucho sus sentimientos. Era casi veinte años mayor que el padre de Elizabeth, y en la familia de su abuela no se daban besos ni abrazos, aunque eso no la había pervertido como lo había hecho con él. De vez en cuando se daba cuenta que su tía Elsie quería abrazarla con cariño, especialmente las noches en las que tenía aquellas pesadillas que incluso hacían gemir a Sam, y la tía Elsie alargaba los brazos pero, en vez de abrazarla, colocaba bien la colcha. Elizabeth nunca culpó a su tía, quien le demostró su amor de otras muchas maneras, pero aquello no le bastaría a su hijo. Elizabeth no quería que se convirtiera en una isla emocional, quería que se expusiera a la cálida sensación de ser amado y que no la rechazara porque su sistema no podía asimilarla, como le había pasado a ella cuando se presentó un amor de verdad.

Elizabeth sacó la cabeza y puso en práctica lo de ser menos independiente.

—Puedes venir si quieres —le dijo a John.

Y como quería, la recogió a las nueve el jueves por la mañana.

Hacia las diez menos veinte, Elizabeth se revolvía inquieta por el esfuerzo de retener toda aquella agua en su vejiga. Afortunadamente, la cita solo se retrasó diez minutos, porque si hubiera tenido que esperar un poco más habría inundado la consulta.

No esperaba que John entrara con ella, pero la fonógrafa dijo, «¡Vamos, papá!», lo que dejó a ambos helados, aunque era menos complicado seguirle el juego que explicar que tan solo era su acompañante.

Elizabeth consideró irónico que no tuviera pareja y que pensaran que la tenía y en cambio Helen, que estaba felizmente casada, debía pasar por todo aquello sola por segunda vez, ya que Simon volvía a estar ocupado actuando de ejecutivo que aspira a la Dirección en su ostentosa oficina de Leeds. Helen había tratado de justificarle cuando hablaron por teléfono el día anterior, y Elizabeth se había mostrado comprensiva mientras emitía gruñidos de aprobación en los momentos justos aunque por dentro pensaba que era un capullo desconsiderado. Tuvo la sensación de que Helen estaba más sola que ella.

Había olvidado que tenían que bajarle los pantalones para ponerle el gel, y la fonógrafa, al ver cómo se sonrojaba, le dijo que su «maridito» no iba a ver nada que no hubiera visto antes. De forma muy caballerosa, John apartó la mirada. Lo agradeció sinceramente, pues sospechaba que se le veía la parte superior del vello púbico ya que no había podido rasurárselo adecuadamente. No tuvo que preocuparse de nada porque John mantuvo los ojos fijos en la pantalla y Elizabeth pudo apreciar el momento exacto que vio al bebé por primera vez por cómo reaccionaba. Se le pusieron los ojos como platos y esbozó el tipo de sonrisa causada por el asombro que uno reserva para su primer avistamiento de un ovni. El pequeñín ya tenía aspecto de bebé, un querubín ágil que se removía en su interior para estar cómodo y satisfecho.

—¿Quieres saber si es niño o niña? —preguntó la fonógrafa.

—No —dijo Elizabeth. Quería reservar aquel momento para el final.

John asintió como si lo comprendería totalmente.

—¿Puede echarle un buen vistazo, por favor? —preguntó Elizabeth—. Me dieron los resultados de los análisis ayer y me dijeron que las probabilidades de que nazca con Síndrome de Down son de una entre setecientas cincuenta.

—¿Es una posibilidad alta? —dijo John, dejando de sonreír.

—Es más alta que la de Janey y Helen.

—Sigue siendo relativamente baja —dijo la fonógrafa—. Pero no te preocupes, soy muy concienzuda.

—Telefoneé a la comadrona porque me entró el pánico —dijo Elizabeth—. Me dijo que lo serías.

Y has pasado por ello tú sola otra vez, señorita Jodidamente Independiente, pensó John, agitando un poco la cabeza, pero no dijo nada.

—¿Está todo bien? —dijo Elizabeth, finalmente.

—Le he echado un buen vistazo y parece estar bien —dijo la fonógrafa, sin revelar el sexo del bebé, tal y como había pedido la futura mamá.

Helen siempre había tenido la sensación que su bebé era una niña, aunque no le habría importado equivocarse. En la segunda ecografía le preguntaron si quería saberlo con seguridad, y ella dijo que sí. Cuando le dijeron que era una niña, se puso a llorar. Derramó grandes lágrimas de felicidad que le salían del mismo corazón.

Ahora decoraría la vacía habitación de invitados en tonos rosas, preparándose para la llegada de la pequeña, a quien ya podía sentir agitándose en su interior. No le importaba lo que pudiera decir Simon.

George empezó a llorar tan pronto como vio al bebé en el monitor, lo que hizo que Janey también se pusiera a llorar.

—Ese es mi bebé —dijo, con una voz que parecía la del *Pato Orville*—. Tiene mis pies.

Le dio un pañuelo a Janey. Estaba tan emocionada como él al ver a su bebé, que se desarrollaba rápidamente, en la pantalla. Al igual que Elizabeth, no quería saber el sexo.

—Mientras nazca sano, no me importa —había dicho George antes de sonarse la nariz con el pañuelo. Eso era más o menos lo que pensaba Janey. Deseaba que él pudiera sentir cómo se movía en su interior tal y como ella lo sentía en ese instante. Merecía sentirlo más que ella. Estaba tan contento, y cuando pensó en lo cerca que había estado de romperle el corazón se habría dado patadas a sí misma con los grandes pies de George. Tendría que arrastrar esa culpa el resto de su vida, como un peso sobre sus hombros; solo sobre sus hombros. Era su cruz, el precio que tenía que pagar.

John estaba sentado con un café en una mano y las fotos del bebé en la otra, observándolas sin pestañear.

—Ha sido la cosa más increíble que he visto en mi vida —dijo.

—¿El qué? ¿Mi gran barriga cubierta de gel?

—Me comporté como un caballero. No miré.

—Bien hecho, no habrías vuelto a comer crema durante el resto de tu vida.

—No creas, ya sabes cómo me gusta —dijo él con una sonrisa.

Estaban sentados en la cafetería del hospital. Era un lugar acogedor, limpio, y el aire estaba impregnado de un apetitoso aroma a tostadas. Para el resto del mundo eran una pareja que celebrara la inminente llegada de su hijo, concebido en una relación de amor, lo que hacía que ella se sintiera un poco rara, pero de forma agradable, pensó. Le dio parte de su pastelillo a John pero este lo rechazó.

—Cómetelo tú —dijo—. No quiero manchar la foto.

—Hay una solución. Puedes dejarla en la mesa, ¿sabes? —respondió ella.

—No quiero. Es tan… maravilloso. Es decir, esto está dentro de una mujer —dijo, un tanto emocionado—. Lo llevarás en tu interior durante nueve meses. Solo puede confiar en ti. Le harás crecer como una semilla, lo alimentarás, lo protegerás, lo amarás… No fuiste capaz de deshacerte de él, ¿verdad? Después de todo aquello, no podías hacerlo, ¿no es cierto?

Los ojos le brillaban como castañas otoñales mientras ella negaba con la cabeza respondiendo a su pregunta. No, no podría deshacerse de él. Asumió que se refería al bebé.

Capítulo 31

Terry Lennox llamó a Elizabeth por el intercomunicador con habitual devoción, encanto y respeto.

—Oye, Gordi, prepara un café para los dos y mueve tu culo ahora mismo hasta aquí. Te necesito un momento.

Elizabeth gimió y se dirigió a la cafetera moviendo el culo de un lado a otro como le había dicho porque durante las cinco semanas que habían pasado desde la última ecografía había doblado su peso. No es que considerara que desvivirse para complacer al gran ejecutivo fuera una faena. En el fondo, le encantaban aquellos comentarios jocosos que saltaban de uno a otro como si fuera un reñido partido de ping-pong y además esto era, sin duda, mucho más divertido que las jornadas de trabajo insípidas y sosas junto a Belcebú y su demoníaco cejijunto. Minutos más tarde, entró por la puerta de su despacho, que él sostenía para ella, y se dejó caer en la gran silla giratoria de piel que había frente a la suya.

—¿Te apetece pasar la noche en un hotel elegante, con todos los gastos pagados? —preguntó.

Elizabeth estaba desconcertada. A veces era difícil saber cuándo estaba bromeando y cuándo no.

—Tengo que hacer algo relacionado con el trabajo —añadió ante la confundida expresión de Elizabeth—. Tengo que dar un discurso sobre la inspiración después de una cena. Aparentemente soy causa de inspiración, ¿lo sabías?

—¡Claro que me apetece! —dijo Elizabeth sin expresión, lo que hizo que él se riera a carcajadas.

—Irene no irá. Odia ese tipo de cosas. Además, ha prometido hacer de canguro mientras nuestro hijo lleva a su mujer a cenar fuera por su aniversario. Así que estaríamos solos tú y yo.

Pensó, equivocadamente, que tanto la mirada reticente como la actitud defensiva de Elizabeth eran por otro motivo.

—Oh, no te preocupes, tu amigo Laurence no estará allí. Sé de buena tinta que está en Holanda, aunque sin duda Handi-Save enviará a algún representante, mientras sigan existiendo. Recuerda esto, pronto serán míos.

Ya hacía tiempo que Terry le había explicado que los sobrevalorados talentos de Laurence no salvarían a Handi-Save. Los tiburones estaban cerrando el círculo alrededor del sangriento animal, aguardando el momento de la dentellada final. Tenía que admitir que él era uno de ellos, un Gran Tiburón Blanco, no como los benignos Tiburones Ballena que se mantenían a la expectativa o los aún más tranquilos Tiburones Peregrino, que olfateaban a su alrededor en busca de las migajas. Terry Lennox quería adueñarse de Handi-Save, reconstruirlo y después venderlo para obtener un gran beneficio, y la estúpida resistencia de Laurence Stewart-Smith, que seguía adoptando una postura orgullosa y que trataba de convencerle de que aún estaba en poder de decidir, no iba a detenerle. Solo un necio se resistiría ante Terry Lennox cuando este operaba a todo gas. Puede que le temieran y odiaran, pero también le admiraban. O era «causa de inspiración», su símbolo de autoridad.

—No puedo librarme —continuó Terry Lennox—. Será horrible, pero tengo que hacerlo. ¿Vendrás? Te llevaré y te traeré de vuelta en coche, y se te pagarán las horas extras. Un hotel encantador, buena comida, minibar a cuenta de la casa, aunque, viéndote, no creo que me cuestes mucho dinero en alcohol—. Señaló su barriga de veinticinco meses de embarazo.

Elizabeth se relajó un poco, recriminándose por sospechar que tenía otro tipo de intenciones al respecto.

—¿Cuándo es? —preguntó.

—Dentro de un par de semanas. Tú eres la que llevas mi agenda. ¿Cuándo es eso de la *Ocean View*?

—El treinta de junio, dentro de tres semanas —dijo ella sin pestañear.

Él la miró, impresionado.

—Eres una agenda *Filofax* con patas, ¿no?

—Es mi trabajo —dijo ella, chasqueando la lengua.

—Entonces lo tomaré como un sí —dijo.

—Si no hay más remedio —dijo ella, suspirando.

—Sí, así es —dijo él, y la mandó a buscar unos pastelillos.

Helen pensó que cuando llamara a Simon desde el hospital para decirle que iba a tener una hija, se produciría algún tipo de milagro y se ablandaría inmediatamente, por todo el tema de los papás y las hijas. No obstante, Simon no tardó mucho en reventar aquel pequeño globo de esperanza diciéndole que tenía que colgar porque había interrumpido una videoconferencia muy importante para decirle algo que podría haberle dicho cuatro horas más tarde en casa. A Helen le pesaba el corazón como si fuera una piedra dentro de su poco desarrollado pecho, y las semanas siguientes no había mencionado nada más sobre el bebé.

Sabía que adoptaba la postura más cobarde, pero, desde que había visitado la tumba de su padre, había estado preparando en secreto la reforma de la habitación de invitados, que se llevaría a cabo cuando Simon estuviera de viaje de negocios. La habitación estaba llena de trastos que sus padres habían traído cuando se mudaron desde las opulentas afueras de York a la casita de campo en los Costwolds, cosas que Simon en realidad no había querido que le dieran y la mayoría de las cuales habían ido a parar inmediatamente a la basura. Pero se habían ido acomodando demasiado a su espacio.

El bebé ya se movía dentro de ella, llenándola de vida, y al cabo de una hora de que Simon se hubiera marchado a su reunión en Frankfurt, había llegado un contenedor de escombros con el nombre de *Tom Escoba* y un teléfono pintado en uno de los lados. Había hablado con el hombre en cuestión y se lo había encargado por teléfono. Cuando le dijo que tenía que despejar una habitación para hacer el cuarto del bebé, le había ofrecido a sus dos trabajadores para mover las cosas en su lugar por una tarifa muy razonable. Ella se sintió más agradecida de lo que él podía imaginar y tenía la intención de darles una generosa propina.

Que esto esté lleno de tantos trastos inútiles mientras mis bonitas pertenencias se pudren en el garaje, pensó, observando cómo aquellos dos chicos delgados pero fuertes acarreaban una red de portería de fútbol rota y dos postes al exterior de la casa. Tres horas más tarde, unos decoradores del mismo pueblo trabajaban sin descanso, pintando y haciendo sin dificultad un trabajo similar al que realizaban en *Chanson´s* por un precio ridículamente desorbitado. Había escogido un delicado color rosa con tonos amarillos para las paredes y otro crema para la pintura y las tablas del suelo. Entonces, cuando se marcharon dos días más tarde, colocó una sedosa alfombra de un color rosa oscuro. Los dos hombres que la trajeron fueron muy amables y la complacieron moviendo la cuna y el cambiador desde la fría habitación que miraba al norte del final del pasillo hasta aquel nuevo y soleado espacio. Colgó las cortinas hechas a mano aquella misma tarde; proyectaban una luz suave y cálida en la habitación. Su bebé ya tenía veinticinco semanas y se estaba preparando para dar la bienvenida a su mamá. Durante las próximas dos semanas, será capaz de respirar por sí misma, pensó Helen llena de júbilo mientras se mantenía ocupada con la nueva habitación. Cogió algunas cosas de su almacén secreto del garaje, ositos de peluche y algunos adornos, y después puso una foto de su padre en un marco de plata sobre la cajonera del bebé. Él cuidará de mi hija, pensó, igual que cuida de mí.

Los días que Simon estuvo de viaje fueron un oasis de tranquilidad en su vida que sabía que finalizaría en cuanto viera lo que había hecho en el cuarto de invitados durante su ausencia. Al oír su coche frente a la puerta, corrió a recibirle, dándole un caluroso abrazo de bienvenida, con la esperanza de ablandarlo ante la inminente escena que se desarrollaría a continuación. Como sospechaba, detectó el olor a pintura nada más entrar en la casa, y con el experto sentido del olfato de un catador de vinos, siguió su rastro hasta llegar a su origen al final del pasillo. Helen aguardó, expectante. Era lo único que podía hacer. Él la miró lleno de ira, abrió la puerta de la habitación de invitados y parpadeó desconcertado anta el mar de encajes y de colores rosa que se abrió ante él.

—Sé lo que vas a decir —dijo Helen.

—¿Cómo has podido? —preguntó, casi sin aliento debido al estupor. No solo el color era una ofensa para su vista, sino que por todas partes había trastos espantosos, como estúpidos ositos de peluche y fotos de personas muertas.

—¿Que cómo he podido? —dijo Helen, sintiendo cómo su valentía iba en aumento—. Porque mi bebé no va a dormir en esa horrible y fría habitación de diseño, ¡por eso he podido!

El bebé se agitó en su interior, como si supiera que estaban hablando de él.

—Helen, esto es lo último que necesito. Llevo horas viajando —dijo mientras movía la cabeza de un lado a otro con impaciencia. No obstante, aún le quedaban energías suficientes para señalarla con el dedo y darle órdenes—: Llama a esos decoradores mañana por la mañana y que la vuelvan a dejar tal y como estaba. Y que los que sacaron los muebles de la habitación los vuelvan a dejar donde estaban. ¡Después saca toda esta basura rosa de mi casa!

¿*Mi* casa?, pensó Helen, molesta. ¿*Mi* casa?

—No lo haré —dijo Helen, lo que le dejó aturdido como si le hubieran abofeteado por sorpresa. Había esperado que ella se echara atrás, como siempre, y dijera, sumisa, «*Sí, Simon, claro Simon, como tú digas, Simon...*», pero aquella vez eran dos las que se enfrentaban a él.

Ella inhaló aire con fuerza, como si fuera a tirarse en paracaídas desde un avión y continuó diciendo:

—Cada vez que pienso en esa habitación, solo puedo pensar en ti cuando estás de mal humor y duermes allí. Odio esa habitación y nuestra hija *no va a dormir* en ella.

—Volverá a estar como estaba, Helen, créeme.

La agarró por el brazo y la sacó de la habitación. No estaba segura de dónde sacó las fuerzas para hacerlo, pero se libró de él con un ímpetu que le sorprendió más a ella que a él. Simon se dio un golpe contra la pared.

—No vuelvas a ponerme la mano encima NUNCA MÁS —dijo con una voz tan dura como su tono le permitía.

—¿Ponerte la mano encima? —replicó Simon, aunque un tanto apaciguado por el cambio que se produjo en ella—. ¿Cuándo te he puesto yo la mano encima?

—Todos esos pellizcos mezquinos y esos empujones, los gritos y las insultos se han acabado para siempre, ¿me has entendido, Simon? Eso también son malos tratos, *malos tratos, ¿lo oyes?* No voy a aguantarlos más, ¿lo entiendes? ¡Nunca más! —dijo, con calmada convicción—. Nunca más.

Simon la miró tan asqueado como si se encontrara en la habitación con Elizabeth, no con la mansa y gentil Helen, quien no asustaría ni a una mosca, a diferencia de Elizabeth, que le mandaría a tomar por saco. El estupor que le producía el cambio en su rutina doméstica le pilló desprevenido y le impidió contestarle con sus habituales sarcasmos y comentarios hirientes. Se limitó a agitar la mano para indicar que ya tenía suficiente de tanta tontería por el momento y salió de la casa. Mientras se acercaba al coche a grandes zancadas, no dejó de gruñir que estaba encantado de que ella se alegrara de verle y de lo feliz que estaba por volver a casa.

Helen se apoyó en la pared, recuperó el aliento y ordenó sus pensamientos. *¡Lo hice! ¡Me enfrenté al abusón!* Era lo que tendría que haber hecho con Carmen Varley años atrás. Estaba orgullosa de sí misma. Sintió que su padre también se sentiría orgulloso de ella. Fue entonces cuando se dio cuenta de que no había tenido náuseas desde hacía veinticuatro horas.

Capítulo 32

El móvil de Elizabeth empezó a sonar y el corazón le dio un vuelco, pero el número que aparecía en pantalla le informó que era Helen desde el trabajo. Se sintió tremendamente culpable por la decepción que experimentó al ver que no era John el que llamaba. La había llamado un par de veces desde que la había acompañado a su segunda ecografía seis semanas atrás, pero en ambos casos habían sido llamadas muy breves. Le había preguntado cómo se encontraba para después pasar a comentarle lo mucho que estaba trabajando para acabar las casas en la mitad de tiempo. Según le dijo, un par de trabajadores estaban de vacaciones y aparentemente debía trabajar sin descanso. Le prometió hacerle una visita en cuanto tuviera oportunidad, y le hizo prometer que le llamaría si necesitaba algo. Elizabeth le había dicho que sí, pero no le llamó.

—Hola —le dijo a Helen con toda la alegría que pudo reunir—. ¿Qué puedo hacer por ti en esta agradable mañana de lunes?

—Elizabeth, ¿cuándo dejas de trabajar?

—¿A qué te refieres? ¿A hoy?

—No, a la baja maternal.

—Esto... —dijo Elizabeth. Aún no lo había decidido. Tenía catorce semanas por delante antes de explotar, de modo que debería empezar a pensar en ello—. No lo sé, ¿y tú?

—Creo que trabajaré hasta el último momento —fue su

respuesta—, pero me preguntaba cuándo la ibais a coger Janey y tú.

—En realidad no lo he pensado —dijo Elizabeth—, aunque supongo que más vale que me decida pronto, ¿no? —Aparentemente, la lista de cosas en las que había que pensar con relación a los bebés era interminable.

—Bueno, tengo una cita con Teddy para decidir la fecha en cinco minutos.

—Hablas como Andy Pandy* —dijo Elizabeth.

Helen se rió.

—Lo siento, he sido tan inútil como siempre —dijo Elizabeth.

—Hasta luego, Inútil.

—Hasta luego, Andy.

Cuando Helen colgó el teléfono, se dirigió al despacho de Teddy Sanderson para la reunión. Tenía un despacho antiguo muy agradable, con paneles de madera de roble que iban del suelo al techo, una gran chimenea de baldosas y hierro negro y pulidas tablas de nudosa madera en el suelo. Lo que hacía que no fuera excesivamente oscura era un enorme ventanal enmarcado que daba a una pequeña parcela de césped orientada al este, con unos bancos que siempre estaban llenos de jubilados que daban de comer a las palomas.

Le sujetó la silla para que se sentara y ella sonrió ante su caballerosidad. Pertenecía a otra época, a una con rosas y luz de luna y con Noël Coward y largos cigarrillos en boquillas. Teddy Sanderson era el *Señor Art Deco*. Incluso tenía una taza de café al estilo Clarece Cliff.

—Bien, Helen —empezó a decir—, hemos de hablar sobre la fecha en la que dejarás de trabajar y tus planes de futuro para cuando llegue el bebé. Espero que vuelvas con nosotros después de tu baja maternal. Eres una parte muy importante de nuestro equipo y confío demasiado en ti para permitir que me abandones.

—Gracias —dijo ella, radiante. Era consciente de que aquellos

---

* Marioneta de la televisión británica cuyo mejor amigo era un osito de peluche llamado «Teddy» (N. de la T.)

días atesoraba cada palabra amable como lo haría un niño hambriento—. Creo que me gustaría trabajar hasta que salga de cuentas, si te parece bien.

—Por supuesto, por supuesto —pero parecía tener sus dudas—. Lo que ocurre, querida, es que no tienes en cuenta lo cansada que estarás en la recta final de tu embarazo, y creo que este será un verano caluroso. Tim nació en septiembre y recuerdo lo exhausta que estaba Mary a causa del calor. De todas formas, solo quiero que sepas que, llegado el punto en el que creas que has sido demasiado tajante en esa decisión, estoy dispuesto a ser completamente flexible.

—Gracias, Teddy —dijo ella, y le sonrió agradecida. Él le devolvió la sonrisa y se miraron a los ojos más tiempo del que habían pretendido. El tiempo suficiente para que algo sorprendentemente íntimo circulara entre ambos, algo para lo que Helen no estaba preparada. Sintió cómo el rubor cubría sus mejillas y apartó los ojos de él, con la esperanza de que no creyera que era una fresca. Consideraba a Teddy Sanderson un hombre muy apuesto, pero de forma totalmente distinta a Simon, con sus rasgos perfectos. El rostro de Teddy era (buscó la palabra adecuada y dio con ella) *noble*, y el aura que le envolvía era más amable y gentil que el de su marido. Sus ojos no eran tan hermosos como los de Simon, de largas pestañas, pero eran de un gris claro y parecían transmitir calidez cada vez que se posaban en ella. Y se parecía tanto a su padre en la forma en que nunca tenía que alzar la voz para hacerse oír. No usaba la fuerza para salirse con la suya, pero de todas formas lo hacía.

—¿Cómo te sientes? —dijo Teddy—. Lo has pasado muy mal, ¿verdad, querida?

—Estoy mucho mejor, gracias —dijo con sinceridad. No había vuelto a tener náuseas desde mediados de la semana anterior, y en ese tiempo su piel había recuperado parte de su suavidad. Al parecer los granos habían desaparecido junto a las náuseas para torturar a alguna otra pobre chica en los inicios de su embarazo.

—Bueno, hazme saber tus intenciones y lo de la fecha —dijo Teddy de nuevo, y Helen le aseguró que así lo haría y salió para preparar un poco de café.

Realmente debía pensar detenidamente sobre lo que ocurriría cuando finalizase la baja por maternidad. Albergaba la esperanza de hablar con Simon al respecto, pero este evitaba cualquier conversación relacionada con el bebé y no tardó en darse cuenta de que si ella no tomaba las decisiones, nadie lo haría. Su madre se había ofrecido a cuidar del niño de vez en cuando, pero tenía una vida tan ocupada con el bridge, las amigas y toda clase de comités y clubes que cualquier acuerdo tendría que ser muy puntual. No quería dejar a su hijo con una niñera, y la idea de tener una viviendo en casa no le entusiasmaba demasiado. Quería quedarse con su hijo, pero también le encantaba trabajar en el despacho de abogados. La gente era tan encantadora, aunque a veces tenía la impresión de vivir tras una gran burbuja de cristal, contemplando a través del un cristal un mundo del que le gustaría formar parte.

El primer año de Derecho en la Universidad de Exeter había sido maravilloso. Pero entonces su padre cayó enfermo y, a pesar de que siempre había tenido la intención de seguir estudiando, no soportó la idea de vivir a tantas millas de distancia. Los dos primeros años tras su muerte, fue tirando como pudo, sobreviviendo, tratando de seguir con sus cosas, mostrando una dura fachada ante el mundo cuando por debajo se veía dominaba por la fragilidad. Entonces, cuando todo el mundo creía que por fin estaba rehaciendo su vida, un estúpido programa de televisión sobre la hipotermia despertó algo en su interior y se sumergió en un oscuro lugar del que llegó a creer que nunca sería capaz de salir. Entonces Simon la encontró. Llegó a su vida como un caballero andante de brillante armadura, fuerte, competente y dominante, justo lo que anhelaba la parte más perdida y solitaria de su ser. Amarle le dio confianza para volver a enfrentarse al mundo. Hasta que él empezó a arrebatársela de nuevo.

Veintiséis semanas. ¡Estoy embarazada de seis meses!, pensó Elizabeth y, para entretenerse, se sentó a la mesa de la cocina con su agenda y contó los días que le quedaban si el embarazo cumplía los términos. Alguien llamó a la puerta y, aunque no pensó ni por un instante que pudiera tratarse de John, era él. Le traía un ramo de flores.

—Son de una partida dañada en un incendio. La mujer de mi amigo...

—Oh, cállate —dijo Elizabeth, conteniendo la sonrisa que asomaba a sus labios. Le dejó pasar.

Le entregó las flores sin más dilación y ella se lo agradeció en lugar de soltarle: «¿Por qué me traes flores?», que es lo que él había esperado que diría y para lo que estaba preparado.

—He pensado que harían juego con la mecedora —dijo John tratando de justificar el regalo.

—Son de color rosa. La mecedora es azul.

—¡Oh, maldición! Eso me pasa por ser daltónico. La mujer me dijo que eran azules. ¡Espera a que le eche el ojo encima!

Elizabeth se puso a reír. Estaba más contenta de verle de lo que era capaz de demostrar. No fue consciente de lo mucho que le había echado de menos aquellas últimas semanas hasta que lo tuvo de nuevo ante ella, en su casa, tan grande y sonriente y desprendiendo aquella calidez, aunque sus ojos eran la prueba definitiva que demostraba todo el trabajo que había tenido que realizar: parecía agotado.

—Hay un pequeño puesto de flores al final de la calle, junto a la obra —dijo con un gesto un tanto nervioso—. Siempre tienen tan buen aspecto cuando paso por delante. No son muy caras. —Sintió que tenía que corregir aquello inmediatamente—: aunque tampoco son baratas.

Ella le interrumpió antes de que se ahogara.

—¿Una taza de té? ¿Un bocadillo?

—Ambas cosas, si no es molestia, por favor. Estoy hambriento —dijo.

—¿No te llevaste la fiambrera al trabajo?

—¿Fiambrera? ¡No tengo tiempo para comer! —dijo John—. No es broma, Elizabeth, de verdad que no lo tengo.

—¿Y qué haces aquí?

—Bueno, hace semanas que no te veo y me venía de paso...

—¡Mentiroso!

—Vale, quería verte y he venido aquí al lado para contratar a un electricista, así que no he podido evitar pasar a verte —dijo sin establecer contacto visual, y después le pidió permiso para utilizar el lavabo y, mientras tanto, ella le preparó un sándwich de atún de varios pisos. Lo devoró como si no hubiera comido en dos semanas, así que le hizo otro, bromeando sobre lo insaciable que era.

—¿Y cómo van las cosas en el mundo de las *Propiedades Silkstone*? —dijo, sentándose con él a la mesa con un tenedor y un tarro de aceitunas.

—Genial. Ya las he vendido todas menos una, y eso que ni siquiera he puesto aún los techos. Gracias a la subida de los precios y al emergente mercado, tengo más dinero del que pagué, así que podré financiar la mayoría de las próximas viviendas por mí mismo, cuando encuentre un terreno que esté bien. Tuve suerte con Las Herraduras de Caballo, es un lugar muy bonito.

—¿Herraduras de Caballo? ¿Es así como las vas a llamar?

—Sí, hace años había una herrería en ese lugar.

—Estoy segura que muy pronto alguien se quedará con la casa que te falta por vender —añadió para animarle.

—Sinceramente espero que así sea —dijo, arrugando la nariz al ver que Elizabeth comía otra aceituna—. ¿De verdad te gustan esas horribles cosas verdes?

—No tanto como las horribles cosas negras, pero se me han acabado.

—¿Dónde está mi té? —Y le guiñó un ojo.

—¡Uy! —dijo—. ¡El Señor Te Traigo Flores Por Valor De Dos Libras Y Obtengo A Cambio Bocadillos Por Valor De Quince Libras! — Y añadió rápidamente—: lo de las dos libras es broma, por cierto.

—¡Dos libras! No me costaron tanto. ¿Crees que me sobra el dinero? —dijo John al tiempo que pensaba: Dios, ¿desde cuándo regalar un ramo de flores se ha convertido en un campo de minas?

No le cabía el dedo por el asa de la bonita taza de té de porcelana con el dibujo de un gato negro. Tuvo que tomarse tres antes de empezar a aplacar su sed. Después se limpió los labios, se levantó y dijo:

—Bien, gracias por todo. Será mejor que vuelva al trabajo.

—Oh, ¿aún no has terminado de trabajar? —dijo—. ¿A estas horas?

—Sí, ya he terminado, de momento. Voy a llevar a los chicos

a tomar un par de cervezas porque les he metido mucha caña y se lo debo.

—Oh, de acuerdo —dijo Elizabeth, sorprendida por la decepción que sentía porque la visita hubiese llegado a su fin. Estaba a punto de sugerirle que fueran al salón con un paquete de galletas digestivas de chocolate, una de sus favoritas y que recientemente habían conseguido colarse en su bolsa de la compra. John se dio la vuelta al llegar a la puerta.

—Por cierto, Elizabeth, estás bastante gorda —dijo.

—Vete a paseo —dijo ella, y él se marchó con una sonrisa en los labios.

No supo decidir si la sensación que notaba en el estómago se debía al bebé o a la emoción del momento.

Janey necesitaba desesperadamente comer salsa *Marmite*.

—Tráeme un poco. —Le dio un codazo a George, interrumpiendo un pasaje emocionante de la novela de Stephen King que estaba leyendo.

—Ve tú a buscarla, perezosa —le contestó él.

—Estoy embarazada de seis meses. Tardaré una eternidad.

—¡De eso nada! Tienes más energía que la maldita Linda Lovelace hasta las cejas de *speed* —dijo George.

—Me la traerías si me quisieras —le rogó, sabiendo que de ese modo lo conseguiría.

Geroge soltó un gemido, se puso la bata y regresó cinco minutos después con las manos vacías.

—¡No me digas que se ha acabado! —dijo. El antojo era tan intenso que era capaz de levantarse y conducir hasta la gasolinera del barrio que no cerraba en toda la noche.

—No, no se ha acabado.

—Oh, gracias a Dios —suspiró, aliviada—. Bueno, ¿y dónde está?

Cuando George se abrió la bata, Janey descubrió que se había untado el cuerpo con salsa *Marmite*, desde el cuello hasta los muslos.

Aquella noche Janey descubrió que estar embarazada de seis meses y tener aproximadamente el tamaño de una ballena azul no interfería en absoluto su recién descubierta vida sexual.

Capítulo 33

Elizabeth estaba segura de que uno de los extraños efectos secundarios de su embarazo debía de ser su agudizada intuición, ya que, últimamente, notaba que la gente había empezado a mirarla en el trabajo de forma distinta. No lo hacían de la forma agradable con que la gente mira a las mujeres embarazadas, sino de una manera que hacía que se le erizara el vello. Pensó que estaba siendo el objeto de chismorreos. Había interceptado suficientes miradas seguidas de cuchicheos como para echarle la culpa a su imaginación demasiado activa.

Nerys seguía comportándose de manera muy dulce, pero cuando Elizabeth le preguntó casualmente si había algo que debería saber, negó con la cabeza y fingió con demasiado entusiasmo desconocer a qué se refería. Elizabeth no la presionó más. Nerys no tenía malicia y, fuera lo que fuese lo que se estuviera comentando, aquella mujer amable de rostro dulce y sonriente no podía ser la fuente. No es que a Elizabeth le preocupara lo que la gente pensara de ella, pero en su sensible estado no dejaba de inquietarle.

Dos días antes de la conferencia de Norfolk, Elizabeth acababa de llevar un documento hasta el otro extremo del edificio cuando se dio cuenta de que necesitaba ir al baño. Por aquel entonces, cuando su vejiga daba una orden, ella la acataba inmediatamente, de modo que entró en el lavabo de señoras más cercano. Supuso que nadie esperaba encontrarla allí, por eso las mujeres que entraron por el otro lado se pusieron a cotillear despreocupadamente.

—… Parece ser que es la típica guarra. Se emborrachó en una fiesta y ni siquiera sabe quién es el padre del niño —y la propietaria de esa voz entró en el cubículo que había junto al de Elizabeth y empezó a mear ruidosamente.

—Bueno, corre el rumor de que Terry Lennox es el padre, lo que explicaría por qué la contrató como su secretaria de la noche a la mañana. —Aquello lo dijo otra voz más joven, que parecía estar de pie junto a las pilas esperando a la Mujer del Cubículo.

—Puede ser, pero a mí parece que se la follaron sobre un montón de abrigos en una fiesta. Y a su edad. ¡Puaj! Según Julia Powell, le dijo a ella y al Director General que se metieran el trabajo por el culo. ¿Y después consigue un trabajo tan bueno? Si eso no es sospechoso, ¿qué lo es entonces?

Se oyó el ruido de la cisterna.

—¡Vieja zorra!

—Imagina tener a una madre como esa. No tendrá ninguna opción. En mi opinión, a las mujeres como esa deberían quitarle los hijos. Pobre bastardo.

Ese fue el momento en el que Elizabeth decidió que no iba a dejar pasar algo así por alto. Le habían dicho cosas peores que «vieja zorra», pero no era eso lo que la había enfurecido. Salió del cubículo y, si hubiera podido embotellar la expresión de sus rostros, se las habría quedado para siempre y las habría contemplado cada vez que necesitara animarse. No gritó ni soltó tacos. Se acercó a la pila tranquilamente, cogió un poco de jabón del dispensador y apretó la palanca del grifo para lavarse las manos.

—No es que sea asunto vuestro, pero sé perfectamente quién es el padre de mi hijo y no es Terry Lennox, aunque estoy convencida de que le interesará saber que está en vuestra lista de candidatos.

Ahora que había visto sus caras, reconoció a la más bocazas de las dos: Sue Barrington, una secretaria presuntuosa y circunspecta que rondaba por las máquinas de café con los brazos cruzados hablando con cualquiera que le diera la oportunidad. Normalmente tenía más color en sus mejillas, porque en ese momento estaba pálida como un cadáver.

La otra era una secretaria más joven e impresionable que se situó al otro extremo de la gama de colores producida por la vergüenza. Su rostro iba del rojo al cobrizo y parecía a punto de echarse a llorar cuando Elizabeth le dijo:

—En cuanto a lo apresurado de mi contratación, yo ya era una secretaria que se rompía la espalda trabajando cuando *tú* ni siquiera habías nacido. —Arrancó una toallita de papel—. Nunca me ha afectado lo que puedan decir de mí las brujas de oficina holgazanas y estúpidas, y no voy a empezar ahora, pero nunca, NUNCA —su voz se volvió dura como el acero—, volváis a hablar de mi hijo con vuestras sucias bocas. *¿Ha quedado claro?*

Las mujeres seguían con la cabeza gacha, con la esperanza de que Elizabeth se marchara, pero ella se mantuvo firme.

—BUENO, ¿ESTÁ CLARO?

Su voz retumbó en los azulejos y produjo un eco amenazante. Como respuesta, las mujeres murmuraron algo, avergonzadas, lo que le satisfizo lo suficiente como para pasar junto a ellas con diversos aspavientos antes de asfixiarse en aquella atmósfera completamente desprovista de oxígeno. Cuando regresó a su despacho y se sentó, exhausta por el esfuerzo de no balancearse durante la orgullosa salida del lavabo, se preguntó «¿Cómo se había enterado Julia? ¿Cómo demonios se había enterado Julia?»

El tiempo de respuesta a una carta de Atención al Cliente se había reducido a tres semanas, algo que nadie había conseguido nunca antes de que Janey entrara en escena. Había coordinado al personal, se había librado de un par que preferían hacer llamadas personales en lugar de atender a los clientes, lo que puso en alerta a los demás, quienes habían creído que la nueva jefa era una blanda por el mero hecho de estar embarazada. Aquellos que creían que «la nueva» iba a dejarles en paz mientras mataba el tiempo hasta que llegara el momento de su permiso de maternidad se quedaron estupefactos.

Janey hizo que sacaran el escritorio del anterior (e inútil) jefe del pequeño despacho, así que estaba en plena acción. Nunca se había sentido tan llena de determinación, ganas y energía en toda su vida. El buen sexo podría tener algo que ver en eso, aunque la salsa *Marmite* le estaba empezando a provocar acidez. George también estaba muy ocupado. Trabajaba todo el día para acumular todas las horas extras posibles y ahorraban cada penique porque nadie iba a darles un sustancioso cheque por valor de 10.000 libras, como había hecho Penelope Luxmore con Helen para abrirle al bebé una cuenta de ahorros.

Había un par de buenas trabajadoras a tiempo parcial y Janey las hizo fijas. Una de ellas había sido supervisora en su último trabajo y Janey la designó rápidamente como su sustituta mientras estuviera de baja, aunque una de las de la vieja guardia, Barbara Evans, no se quedó de brazos cruzados. Había asumido que el cargo sería suyo porque era una de las más veteranas. Janey no estaba de acuerdo porque sabía que Barbara, a pesar de lo buena que era con los clientes, no habría sido capaz de hacer todas las estadísticas e informes que formaban parte de su trabajo diario.

Se dio cuenta al leer la ficha personal de Barbara que su cargo no coincidía ni con su perspicacia ni con el tiempo que llevaba en la empresa, de modo que habló con Barry Parrish para que le subiera el sueldo como premio de consolación. Barbara quedó más que satisfecha con la solución, porque en realidad solo le había interesado el dinero extra, no la responsabilidad. Incluso antes de que Janey le explicara la razón por la que no era candidata a cubrir su puesto temporalmente, en el fondo sabía que no era capaz de hacer todo aquel papeleo tan complicado.

Barbara se dedicó a ensalzar las virtudes de Janey a todo aquel que quisiera escucharle, y había mucha gente que la escuchaba. No había muchos jefes que se preocuparan de aquel modo por sus subordinados, había dicho entre otras cosas. Y también que Janey Hobson conocía mejor sus capacidades que ella misma. Era la mejor jefa para la que había trabajado, y nadie discrepó.

Sí, definitivamente Janey había encontrado su lugar.

—Corren rumores por ahí de que eres el padre de mi hijo —le dijo Elizabeth a Terry cuando le llevó su café de la mañana.

—Bueno, posiblemente me siento más halagado de lo que te sientas tú —dijo, y ella se rió a carcajadas.

—Será mejor que no vaya a Norfolk el miércoles con todos esos rumores —dijo Elizabeth.

—Me importan un bledo los rumores —le contestó Terry Lennox, dando un golpe en la mesa y aplastando un pastelito *Jammy Dodger* que no esperaba encontrar ahí—. Vas a ir y punto. Y si averiguo quién está propagando esas historias…

Dejó la amenaza en el aire, con una expresión tan helada que habría hecho naufragar a cualquier *Titanic* que pasara en aquellos momentos por allí. Ya no tenía el aspecto de un jefe agradable y bromista, y por primera vez Elizabeth le vio como al temido tiburón del mundo de los negocios. Sintió lástima por cualquiera, incluyendo a Laurence, que se enfrentara a él. Comprendió que no conocía a Terry Lennox ni la mitad de bien de lo que creía.

Capítulo 34

Era lo que siempre decía Elizabeth: no se llegaba hasta donde lo había hecho Terry Lennox con una bola de algodón por corazón, aunque al menos él demostraba que, a diferencia de otros, para ser respetado no era necesario apretar constantemente el interruptor que te convertía en un ser despiadado. No veía la necesidad de tratar a la gente como seres inferiores solo porque fuera rico e inteligente, además de ser infinitamente más caballeroso de lo que Laurence Stewart-Smith llegaría a ser nunca. El día que debía dar el discurso en Norfolk, la recogió a media mañana en la puerta de su casa con su *Jaguar*. Ella solo había estado una vez en viaje de negocios con Laurence y le había obligado a coger el tren (en clase turista) mientras su chofer le llevaba a él en coche a bordo de un *Rolls Royce*. Le agradó descubrir que Terry era un conductor tranquilo, a pesar de que el motor del coche solo tenía un par de caballos menos que un *Ferrari*.

De camino, le preguntó si había seguido oyendo rumores y ella le contestó con un sincero «no». Las miradas malévolas habían cesado como si las hubieran arrancado con una guadaña afilada después de aquel encuentro íntimo en los lavabos. De hecho, se había encontrado con Cara de Muerta Bocazas en el ascensor el día anterior, y la mujer se había mostrado muy tensa. Elizabeth supuso que nunca se le había hecho tan largo el trayecto hasta el cuarto piso. Podía haberla delatado pero ¿qué sentido tenía convertirla en una mártir? Había librado batallas peores que aquella. No necesitaba que Terry Lennox lo hiciera por ella.

Era un día muy caluroso, y Elizabeth necesitaba desesperadamente echarse un rato cuando por fin vislumbraron las señales que indicaban que la siguiente salida a la derecha llevaba a *Ocean View*. El trayecto desde la autopista principal, por una carretera bordeada de árboles que llevaba hasta el encantador castillo, ahora reconvertido en hotel, le pareció más largo que el resto del viaje. Terry era el típico conductor masculino, y como tal, no creía necesario hacer paradas para ir al lavabo o tomar un café, de modo que tuvo que desaparecer en el interior del servicio de caballeros nada más llegar a la recepción, dejando que Elizabeth los registrara a ambos.

—El señor Lennox está en la Suite Jardín —confirmó la recepcionista—, y usted, señorita Collier, está en la Suite Cristal. Es nuestra suite de luna de miel.

—No, debe de haber un error —dijo Elizabeth, buscando la carta de confirmación en su bolso y dando con ella—. Mire, estoy en la Suite Arlequín. —¡Caramba, el Departamento de Gastos sufriría un ataque si no solucionaba aquello!

—He hecho que te suban de categoría —dijo Terry apareciendo junto a ella.

—Ah, bien —replicó ella, preguntándose inmediatamente por la razón del cambio. En alguna parte de su mente se alzó una bandera de advertencia.

El botones no estaba disponible, así que Terry dijo que él mismo subiría las maletas. Elizabeth no dijo nada en el ascensor mientras se dirigían primero a su habitación. Sabía que todo aquello era demasiado bueno para ser verdad. Un hombre no podía evitar hacer un mal uso de su poder. Lo llevaba en los genes.

Abrió la puerta de la Suite Cristal y se encontró una habitación llena de luz que se reflejaba en todas las lámparas y adornos de cristal, los cuales proyectaban hermosos arco iris en las paredes. Había dos enormes puertas de cristal que daban a un balcón con una magnífica vista del mar en la distancia. Con aquella luz y las cortinas de gasa parecía la habitación de Rebeca en la película en blanco y negro que habían hecho a partir de la novela, y habría sido la habitación ideal de Elizabeth, con o sin la Señora Danvers tratando de tirarla por la ventana. Siempre había querido vivir cerca del agua, especialmente del mar, pero la playa no llegaba hasta Barnsley. Una vez, ella y John habían dibujado sus casas ideales para reírse un rato. La de él era bastante práctica, a excepción de la enorme sala de cine en el sótano y la sala de billar, mientras que la de ella era un laberinto que se alzaba precariamente sobre un acantilado en el que se estrellaban violentas olas. Fue una de las miles de ocasiones en las que le dijo que estaba completamente loca, pero de manera agradable porque John Silkstone nunca había sido desagradable con ella.

Había un baño en el lado izquierdo que parecía sacado de *Dinastía*, y el punto central de la habitación, la cama, era lo suficientemente grande como para haber albergado a la pareja de recién casados, las damas de honor, el padrino, los acompañantes y con un poco de suerte incluso al cura.

¿Quería acostarse con ella en aquella cama? ¿Por eso estaba allí? Todas aquellas tonterías sobre que su mujer tenía que hacer de canguro, ¿a quién quería engañar? Todos eran iguales en el fondo... ¿es que acaso no lo sabía ya a esas alturas?

Quería deshacerse de aquellos pensamientos, pero, pese a todo, no podía evitar que circularan rápidamente por su mente, sin control. Recordó el disgusto de Terry a raíz de los cotilleos, la persona tan distinta que había emergido ante ella. Comprendió que no podía conocer todas sus interioridades y capacidades en tan poco tiempo. De pronto, sintió que no estaba a salvo y se quedó paralizada cuando él pronunció su nombre con suavidad.

—Elizabeth...

Allá vamos, pensó, anticipándose a una situación complicada que posiblemente terminara con ella a bordo de un tren y buscando trabajo al día siguiente. Terry se acercó, le puso las manos sobre los hombros y la miró a la cara.

—Espero que no te importe que Nerys y yo hayamos planeado esto a tus espaldas —dijo—. Pensé que merecías una pequeña sorpresa. Mi mujer y yo estuvimos en esta habitación. Es nuestro regalo. Hay un gimnasio en el piso de abajo, aunque con tu peso seguramente romperías alguna máquina. En el exterior hay unos jardines encantadores, una preciosa cafetería donde sirven grandes pasteles, o simplemente puedes salir al balcón y leer. Pide bocadillos al servicio de habitaciones y cárgalos a la cuenta de la habitación. Espero tu apoyo moral a las siete y media en el bar que hay al fondo de las escaleras, a la izquierda. Oh, y si te das una ducha, ¡ten cuidado porque el agua sale con tanta fuerza que te arrancará la cabeza! —Le pellizcó la mejilla, como si fuera su sobrina favorita, recogió su bolsa y dejó Elizabeth con la boca abierta, en silencio. La vergüenza la hacía sentir cada vez más acalorada.

Cuando bajó a las siete y cuarto se dio cuenta de por qué necesitaba que alguien le acompañara. Terry trataba por todos los medios de no temblar. Parecía gelatina de ejecutivo.
—Odio estos malditos discursos del Capitán de la Industria —dijo mientras daba tragos de una botella de agua *Perrier* pero deseando que fuera brandy—. Tu influencia apaciguadora será muy bienvenida. ¿Qué tal ha ido la tarde?
—Maravillosamente —dijo ella, y lo decía en serio—. Eché una cabezadita al sol, mandé que me trajeran un bocadillo y un pastel de nata cuajada, me di un baño y aquí estoy.
—Y tienes muy buen aspecto —dijo, señalando su vestido azul marino. Tenía que admitir que empezaba a sentirse formidablemente bien. La barriga de embarazada le otorgaba más presencia, y había reparado en lo agradable y sonriente que se mostraba la gente con ella, a no ser que estuviera en el lavabo equivocado en el trabajo, claro. Aquella noche se sentía toda una dama, especialmente con aquel vestido tan elegante. Aunque probablemente no tuviera la ocasión de volver a ponérselo.
Se veían muchos trajes, pajaritas y vestidos de fiesta a su alrededor. Se quedó en un rincón, agradecida de no tener que ir del brazo de Terry, mientras este estaba ocupado dando vueltas por la sala, más relajado al saber que contaba al menos con una cara amable entre el mar de *Brutuses*, ¿o se decía *Bruti*? Pensó en la señorita Ramsay y en cómo aquella profesora nunca podría saber el impacto que había causado en sus vidas el haber cambiado la distribución de los asientos. Si no lo hubiera hecho, tal vez seguiría siendo amiga de Shirley Cronk y Julie Williamson,

quienes, si se creían los rumores que circulaban sobre ellas, acopiaban entre las dos más delitos que toda la banda de los Asaltantes del Gran Tren. Se preguntó si la señorita Ramsay seguiría viva. Probablemente no, ya que, cuando ella tenía doce años, ya competía con Matusalén. ¿Habría muerto solterona, sin nadie que llorara por ella a excepción de un viejo gato, como probablemente le ocurriría a Elizabeth?

Sonó un gong y todo el mundo se dirigió al enorme comedor, decorado en color blanco, oro y plata. De acuerdo con la distribución de las mesas, no se sentaría junto a Terry durante la cena. A él le molestó, pero ella le dijo que no montara una escena. En el fondo, a ella no le apetecía estar tan expuesta a los rumores que la señalaban como su amante, y allí podían venir todavía de más direcciones. La sentaron entre dos hombres muy agradables y dinámicos: uno era un granjero de Doncaster que cultivaba patatas, el otro, un fabricante de estiércol de Cornwall. Ambos eran alegres y tenían los pies en la tierra, y la tuvieron felizmente entretenida durante la comida de trescientos platos que siguieron dejándola con hambre porque la mayoría consistían en poco más que una uva o un champiñón. Para compensarlo, la gente no dejaba de beber y, a sus sobrios ojos, Elizabeth supo que a la mañana siguiente habría muchos rostros colorados. La mujer del vestido escarlata, por ejemplo, que había llegado con una expresión un tanto fría y distante, estaba comiendo fresas de los labios de uno de los tipos que llevaban esmoquin, y también había un ejecutivo joven muy escandaloso que hablaba de política agresiva con alguien que trataba desesperadamente de ignorarle y comer su rollo de carne.

Hubo cuatro discursos: el llamado discurso de calentamiento, durante el cual se habría quedado traspuesta si no hubiese sido por las interrupciones del Chico De La Política y que atrajeron un poco su interés. Después fue el turno del rival del Hombre Patata, que hizo que su compañero de cena hiciera unos comentarios muy ácidos pero divertidos durante el monólogo de autoadulación. Mientras se servían los cafés, una señora con una voz tan pastosa como la mermelada de ciruela de la señora Ciruela subió al estrado, pero resultó ser sorprendentemente ingeniosa e hizo reír a todo el mundo. Entonces llegó el turno de la *pièce de résistance*, el hombre al que todos habían venido a ver: Terry Lennox. Empezó su discurso después de que cesara el atronador aplauso. No había ni rastro de nervios en su inteligente y divertido discurso, realizado con un marcado acento del sur de Yorkshire. Elizabeth podría haberle escuchado durante horas. Obtuvo una ruidosa ronda de aplausos y todo el mundo se puso en pie para ovacionarle, lo que se merecía de verdad.

—¿Cómo he estado? —preguntó cuando la gente empezó a dispersarse, la mayoría en dirección al bar.

—¡Digno de inspiración! Pero no digas que te lo he dicho —dijo.

—Gracias por estar aquí, Elizabeth —le dijo—. La mitad de estos bastardos me clavarían un cuchillo por la espalda si me diera la vuelta. Me ha ayudado mucho tener a alguien de mi lado en la sala.

—Bueno, tenía al Señor Patata y al Hombre Estiércol a mi lado y los dos creen que eres de lo mejorcito —dijo.

—Ah, bien, entonces había tres personas que me apoyaban entre, ¿cuántas?, ¿doscientas? No está mal.

—Eso es al menos un catorce mil por ciento más de las que tiene Laurence. Se mueve entre números rojos —susurró, y los dos rieron satisfechos.

—Mira, ven al bar o vete a la cama. No te retendré más tiempo, pero necesito una enorme copa de brandy —dijo.

—Bueno, no me importaría subir a la habitación si te las puedes arreglar sin mí —dijo Elizabeth, mientras bostezaba. Se sentía cansada y muy pesada. Era como si ganara peso cada día, y toda aquella copiosa comida no había ayudado mucho en lo que dedujo era el principio de un ardor de estómago.

—De acuerdo, márchate —dijo—. Desayunaremos sobre las nueve. Marca el número de mi habitación cuando te levantes. Es la… esto…

—Diecisiete —dijo.

—¡Memoria de elefante!

—Buenas noches, Capitán. Tómese un brandy a mi salud —dijo Elizabeth, saludándole como si fuera un capitán. Después subió la escalera en dirección a su habitación.

A pesar de lo cansada que estaba, la noche era demasiado hermosa, de modo que se sentó en el balcón a observar la luna sobre el mar. Se sirvió un vaso de zumo de naranja del minibar. La cálida brisa rizaba la superficie de las olas y jugaba con su pelo. Sería un lugar maravilloso donde pasar la luna de miel, y no es que ella fuera a averiguarlo nunca, una fulana de casi cuarenta tacos con un bebé de padre desconocido. ¡Caray, ya podía ver la cola de candidatos formándose ante la puerta! Tenía que ser realista, lo que era necesario después de haber pensado que el muy felizmente casado multimillonario Terry Lennox quería acostarse con ella. Ahí fuera había buenos tipos, aparte de los que eran meras ratas, aunque el más decente de todos ellos ya no estaba interesado en ella.

John Silkstone no había vuelto a su vida para reclamar su amor. La verdad es que había vuelto a casa por sus padres y si no se hubiera encontrado con ella en la tienda de bricolaje sus caminos podrían no haberse vuelto a cruzar. John era un amigo, un buen amigo que una vez se había emborrachado mucho y le había dicho que la quería pero que se había recuperado lo suficiente como para casarse con otra al cabo de tres meses. Puede que estuviera de nuevo en su vida siete años más tarde, ayudándola, comiéndose sus pastelitos *Jaffa*... pero no era un tonto que pudiera cometer dos veces el mismo error. La gente normal seguía adelante. Nadie se quedaba anclado en el tiempo como hacía ella. Era un buen tipo y lo único que quería de ella era su amistad, y eso tendría que bastar. Sentada en aquella hermosa habitación destinada a los amantes, se sintió increíblemente sola y triste por el hecho de que solo les uniera la amistad.

A las tres de la mañana, Elizabeth descubrió que la perfecta Suite de Luna de Miel tenía un fallo terrible: la pared que había tras la cama era fina como el papel. Aunque, para ser justa con el arquitecto, la pareja de la habitación de al lado estaba armando muchísimo escándalo, y, al parecer, rodando su propia película porno. Se las arregló para volver a dormirse, pero los sonidos que indicaban que estaban disfrutando el uno del otro la volvieron a despertar media hora antes de que sonara el despertador. Se refugió en el cuarto de baño y disfrutó de una ducha potente, preguntándose si se trataba de La Mujer De Rojo y el Hombre De La Boca de Fresa, o tal vez El Chico De La Política había tenido suerte. Llamó a Terry Lennox y le dijo que estaba levantada y casi lista, y entonces oyó cómo la escandalosa pareja abría la puerta para irse. Tenía que averiguar quiénes eran, así que cogió su bolso y calculó maliciosamente su salida para coincidir con ellos. Salió al pasillo y se encontró con la ayudante de su antiguo jefe y el marido de su mejor amiga.

Experimentó algunos momentos de desorientación que se producen cuando la gente que pertenece a diferentes mundos se encuentra fuera de su contexto habitual y el cerebro lucha para hacer que la situación tenga sentido. Elizabeth, Julia y Simon se quedaron allí de pie, aturdidos, sin que ninguno de los tres supiera muy bien qué hacer. Bueno, en realidad Elizabeth sabía lo que quería hacer: quería pegarles. Quería proteger el hermoso corazón de Helen de aquella asquerosa pareja. A pesar de lo poco estricta que podría parecer la moral de Elizabeth, nunca había tocado a un hombre casado, y por supuesto, a ninguno que tuviera una mujer muy embarazada en casa. Elizabeth inhaló dos furiosas bocanadas de aire, demasiado enfadada para hacer otra cosa que no fuera pasar entre ellos y bajar a desayunar. No sabía qué haría con aquella información. No sabía qué *podía* hacer con aquella información.

Era mucho más fácil en los viejos tiempos, cuando podías proteger a tu amiga partiéndole la cara a alguien.

Capítulo 35

Desde el principio, Janey se había sentido inquieta por el modo en que Elizabeth relató la concepción de su hijo. A pesar de que su amiga no tenía precisamente la reputación de un ángel, Janey no creyó ni por un momento en lo del «polvo etílico de Fin de Año». Por la vida de Elizabeth habían pasado unos cuantos indeseables, por no hablar de unas cuantas relaciones esporádicas y despreocupadas, empezando por el horripilante Wayne Sheffield y acabando por el escuálido Dean Crawshaw, pero Elizabeth siempre había tenido mucho cuidado con los métodos anticonceptivos. Simplemente no asumía riesgos ni tenía accidentes. Ni tampoco se hubiera liado con otro a espaldas de Dean, de eso estaba segura. Elizabeth tenía sus principios en ese aspecto. No, nada de eso le dio la solución. Era como mirar a través de una ventana sucia, sabiendo que algo no iba bien en el interior pero sin poder vislumbrarlo con claridad. Entonces encontró una rendija y lo que vio fue suficiente para hacer que Janey sintiera ganas de vomitar.

Había ido a casa de Helen para presumir del nuevo y elegante coche de empresa que acababa de recoger y reparó en el llavero de recuerdo que había sobre la encimera.

—¿*Ocean View*? —preguntó, resoplando repentinamente y asumiendo que se lo había regalado Elizabeth. ¿Dónde estaba el suyo? Había sido *ella* la que había dado de comer a Cleef mientras Elizabeth estaba fuera.

—Sí, Simon fue allí el miércoles pasado. Una cosa relacionada con una cena de negocios. No estaba permitida la asistencia de las parejas. —Aunque tampoco habría querido asistir para que la ignorara durante toda la noche—. ¿Sabes algo de Elizabeth? ¿Disfrutó de su noche fuera de casa? ¿Dónde dijiste que había ido?

—Se me ha olvidado —dijo Janey, pensando con rapidez—. Creo que a algún lugar de Somerset.

Mientras conducía los quince minutos que había desde casa de Helen hasta la suya, la mente de Janey estaba ocupada tratando de encajar las piezas que empezaban a mostrar una imagen muy extraña. Pensó en lo poco precisa y distraída que había estado Elizabeth cuando había llamado para decir que había vuelto y para darle las gracias a Janey por cuidar de Cleef. De hecho, sus respuestas habían sido muy cortas cuando Janey le hizo las preguntas habituales. ¿El sitio era bonito y se lo había pasado bien? ¿Había visto a alguien que le gustara... ja, ja? No había mencionado en ningún momento haber coincidido con Simon, aunque si estaban en la misma reunión era bastante probable que le hubiera visto. De todas formas, ¿por qué insistía tanto en lo desagradable que lo encontraba? *¿Quién era el maldito padre misterioso de su hijo?*

Entonces, al día siguiente, mientras regresaba a casa del trabajo, Janey los vio juntos, a Simon y a Elizabeth, aquellos dos adversarios que siempre se mostraban tan fríos el uno con el otro, encontrándose furtivamente en el aparcamiento del pub *El Viejo Molino*, donde Elizabeth se había tirado a Wayne Sheffield a los diecinueve años.

Elizabeth no le había dicho a Janey nada de la aventura de Simon. De vez en cuando, a Janey se le iba un poco la lengua. No quería que aquello fuera más allá. Janey se lo contaría a George, y entonces habría el doble de posibilidades de que se supiera. Así, durante toda una semana, se lo guardó para ella, llegando finalmente a la conclusión de que no podía sentarse y fingir que aquello no estaba pasando. Al menos haría un intento para tratar de solucionarlo antes de que provocara más daños.

Por una vez, fue en coche al trabajo y después llamó a la oficina de Simon, mintió sobre quién era para sortear al *Rottweiler* de su Asistente Personal y, entonces, en cuanto oyó su voz, le dijo que la esperara en el aparcamiento del *Viejo Molino* a las seis la tarde. Colgó el teléfono con fuerza antes de que tuviera la oportunidad de decir que no.

Había escogido aquel lugar porque estaba junto a la autopista, a dos minutos de la penúltima carretera secundaria antes de su intersección, y ambos tenían que pasar por ella de camino a casa. El hecho de que Janey también pasara por allí desde Wakefield no se le había pasado a Elizabeth por la cabeza, pero aquel tampoco era un plan muy elaborado porque, aparte de llevar a Simon hasta allí, no tenía ni idea de lo que decir o hacer. Eso era algo que tendría que improvisar.

Al principio, Elizabeth había creído que Simon era un tipo agradable, justo lo que Helen necesitaba. Su amiga se había enfrentado a la muerte de su padre con valentía y siguió adelante con su vida. O al menos eso era lo que habían pensado tanto ella como Janey, pero ambas habían estado demasiado distraídas con George y John para reconocer la hecatombe psicológica que se avecinaba hasta que su amiga estuvo inmersa en ella. Simon no podría haber previsto el desembarco a su corazón con más precisión. Hombre de éxito, guapo, autoritario... todo el mundo pensó que había encontrado al Príncipe Azul. Eso fue hasta la boda, cuando Elizabeth descubrió una faceta muy distinta de Simon que no podía achacarse exclusivamente a la ingesta de alcohol. Siempre se había sentido culpable por no haber visto cómo era realmente hasta sentirse a salvo tras haber recorrido el pasillo que le llevó al altar y casarse con la gran fortuna de los Luxmore. Bueno, había permanecido demasiado tiempo cruzada de brazos. Puede que sus días de partirle la cara a la gente hubiesen pasado, pero los sentimientos de protección hacia sus amigas todavía seguían allí, tan fuertes como siempre.

Llegó diez minutos antes y temblaba tanto que por primera vez en mucho tiempo deseó tener un cigarrillo a mano al que poder aferrarse. No había ni rastro de él, aunque había contado con eso. Simon no permitiría que fuera ella quien controlara la situación. Las seis en punto, las seis y cinco, las seis y diez... Decidió esperar hasta la media pero al cabo de unos minutos, un *BMV* negro con matrícula personalizada entró en el aparcamiento y se detuvo a casi treinta metros de su coche amarillo brillante, como si tuviera miedo de contaminarse. Simon bajó del coche con expresión de estar extremadamente aburrido y como si quisiera librarse de aquello rápidamente y continuar con el resto de su vida.

No habría venido si esto no le pusiera nervioso, se dijo Elizabeth para sí, y trató de centrarse en lo que tenía entre manos. *Lo que sé podría impedirle el acceso a todo ese maravilloso dinero de los Luxmore.*

Sin embargo, a juzgar por su expresión de satisfacción, nadie habría sospechado que Simon estuviera nervioso.

—¡Elizabeth, qué alegría verte! ¿Deberíamos darnos un abrazo?

—Mejor no. Los dos sabemos por qué estamos aquí.

Él exhaló un suspiro y sacó un talonario.

—De acuerdo, ¿cuánto? —preguntó con tono cansado.

—¿Cuánto? —Quería borrarle aquella pegajosa sonrisa de la cara con un gancho—. ¿Cuánto por qué?

—Ya lo sabes.

—¿Qué pasa, eres incapaz de decirlo? ¿Te sientes demasiado avergonzado para admitir que te estás tirando a una zorra a espaldas de tu mujer, Simon? Pues deberías estarlo.

—Venga ya, corta el rollo. Los de tu calaña siempre tienen un precio —y golpeó el talonario impacientemente con el bolígrafo.

—¿Los de mi calaña? ¿Y cómo llamarías a los de la *tuya*, Simon? No te preguntaré si follarte a Julia Powell fue solo cosa de una noche. Ahora entiendo por qué los rumores parecían saber mucho más de mí que yo misma.

No culpó a Helen por haberle contado a Simon lo poco que sabía sobre el padre de su hijo. Las mujeres hablaban con sus maridos. El problema es que no contaba con que sus conversaciones de alcoba pasaran a sus amantes, ni que estas lo hicieran circular entre sus contactos laborales.

—Te juro que no tengo ni idea de lo que estás hablando —dijo Simon. Por su expresión, parecía divertirse mucho con todo aquello.

—¿Qué te pasa? —preguntó Elizabeth—. ¿Tienes a alguien

tan encantador en casa como Helen y aún así tienes que perseguir a mujeres como *Julia*? ¿Qué ocurre, Simon? ¿Solo se te levanta con las zorras?

La sonrisa de satisfacción de Simon desapareció lo suficiente como para que Elizabeth comprendiera que había metido el dedo en la llaga.

—¿Entonces qué hacemos aquí? —espetó él—. No estarás celosa, ¿no?

—Puede que las pequeñas fulanas ambiciosas como Julia Powell te hagan creer que eres irresistible, Simon, pero créeme, no lo eres.

—¿De verdad? —Se pasó la lengua por los labios.

Elizabeth lo ignoró.

—¿Vas a dejar a Helen?

Simon echó la cabeza hacia atrás y se rió como si acabara de contarle el chiste más gracioso del mundo.

—¿Por qué demonios iba a dejar a Helen? ¡Ella me quiere!

—¿Porque eres un montón de mierda, mentiroso e infiel?

—Y tú se lo contarías, ¿verdad?

¿Lo haría?, pensó Elizabeth. Los dos sabían que no. Por eso no podía dejar de reír.

Entonces Simon se inclinó hacia ella y le susurró al oído:

—Procura que los dos no muráis en el parto, ¿vale? —y antes de poder evitarlo, le dio unos golpecitos en el estómago. Entonces se subió al coche y se marchó a toda velocidad, haciendo chirriar los neumáticos y dejando a Elizabeth temblando como si acabara de lanzarle una maldición.

Janey vio el coche de aquel color estúpido cuando iba por la autopista de camino a casa. No cabía ninguna duda; era el de Elizabeth. Podría haber otros coches de color amarillo chillón en la carretera, pero ninguno con una gran flor rosa pintada en la parte de atrás.

¿Qué demonios está haciendo en el aparcamiento vacío de un pub?, pensó Janey. Cogió la siguiente salida y dio la vuelta, pensando que tal vez se le había estropeado el coche.

Cuando llegó al pub, Simon acababa de aparcar su coche, el cual era fácilmente reconocible por la matrícula. Elizabeth se acercaba a él. Janey pasó por delante rápidamente, y como iba en su nuevo coche, Elizabeth no la reconoció. Dio la vuelta a la rotonda y regresó para echar un segundo vistazo encubierto. Vio a Simon apoyado en su coche, hablando con Elizabeth de forma desenfadada mientras reía sin parar. No parecían en absoluto dos personas que no pudieran verse, de eso estaba segura. Aunque toda aquella pantomima de la sonrisa falsa podría ser una tapadera para despistar, a ella y a *su mujer*. Entraba dentro de lo posible. Había leído cosas peores en revistas de mujeres: hijas que se tiraban a sus suegros, hermanas que se tiraban a sus cuñados, amigas que jugaban sucio entre ellas… y las emociones de Elizabeth no estaban precisamente equilibradas, por decirlo suavemente.

Janey pasó rápidamente y volvió a dar la vuelta, esperando que la música de Benny Hill empezara a sonar y la acompañara, pero para entonces ya se habían ido. Mejor para ellos, ya que Janey sentía unas ganas irrefrenables de enfrentarse a ambos. No encontró ni una sola razón que pudiera explicar, ni siquiera remotamente, por qué Elizabeth y Simon se encontraban furtivamente a espaldas de Helen. No hacía falta ser Einstein para saber que dos más dos sumaban cuatro.

Elizabeth la llamó aquella noche, pero cuando Janey vio su número en la pantalla del teléfono dejó que George contestara y le dijera que ya estaba en la cama. Se preguntaba si, de alguna manera, Elizabeth la había reconocido y estaba tratando de averiguarlo. Bueno, no le iría mal estar preocupada si estaba haciendo lo que Janey sospechaba que estaba haciendo con Simon. Dejaría que le diera vueltas hasta el día siguiente. Hasta que esté preparada para enfrentarme a ella, pensó Janey.

—¿Qué te pasa? ¿Hoy no quieres cotillear un rato? —dijo George, tras colgar el teléfono.

—Estoy cansada —dijo Janey, lo que era cierto. Veinticuatro horas de pensamientos furiosos la habían dejado exhausta y ansiaba olvidarse de todo mientras dormía antes de ocuparse de todo por la mañana.

Elizabeth ni siquiera había considerado la posibilidad de morir durante el parto, pero desde que Simon se lo había dicho al despedirse, no podía pensar en otra cosa. Llamó a Janey presa del pánico, pero George le dijo que ya se había acostado. Aún no se sentía preparada para hablar con Helen, y necesitaba desesperadamente oír la voz de alguien que le dijera que estaba sacando las cosas de quicio. Con lágrimas en los ojos, empezó a marcar el número de John, pero colgó antes de marcar el último dígito. ¿Cómo podía ser que ahora dependiera tanto de él?

Así que se acurrucó en la cama y se torturó mentalmente con la película de lo que le ocurriría a su bebé si ella muriera y cómo se sentiría ella si *él* muriera. Se vio a sí misma saliendo de la iglesia, siguiendo un minúsculo ataúd blanco, sabiendo que lo iban a enterrar en una fría tumba donde ella no podría abrazarle. Y cuanto más trataba de librarse de aquellos pensamientos, las imágenes la atormentaban con mayor intensidad.

A las seis de la mañana, el despertador despertó a Simon mientras estaba tumbado en la cama junto a su mujer. Con el pelo dorado y la piel pálida, Helen tenía todo lo necesario para que un hombre se sintiera orgulloso de su esposa, pero a él no se le removió nada por dentro. Su dedo trazó una línea por su largo cuello, pasando por sus pequeños y puntiagudos pechos hasta llegar a su vientre hinchado, lo que hizo que se apartara instantáneamente. De repente se sintió acalorado, resentido. Tenía que alejarse de ella. De *aquello*.

Al principio se había sentido atraído por el aspecto físico de Helen, y siempre había sabido que formarían una impresionante pareja. Pero ella nunca estuvo destinada a ser la dueña de su corazón. Su función siempre sería la de adornar *su* imagen de ejecutivo importante. Ella era atractiva, rica, gracias a la herencia de su padre, y lo sería aún más cuando muriera su madre, algo que esperaba que no tardara mucho en ocurrir. Helen era tan vulnerable cuando se conocieron, fácil de encandilar y de seducir, y además le adoraba. Juntos tenían casi todo lo que era importante para él.

El *yin* que Simon mostraba al mundo era el de una persona competente, exitosa, eficaz. Su *yang*, sin embargo, era el de un ser oscuro que deseaba a mujeres con los pechos ridículamente grandes que ronronearan como gatas y le dijeran guarradas. No había explicación para aquella peculiaridad, simplemente él era así. Solo con esas mujeres podía alcanzar el éxtasis sexual, pero después el aborrecimiento que sentía por sí mismo le envolvía como una manta pesada y sucia. Entonces, y solo entonces, podía forzarse a adoptar la personalidad del «Simon respetable». Compraba regalos para su esposa, la adulaba, incluso a veces le hacía el amor, hasta que la necesidad de salir de su represión doméstica le invadía de nuevo, haciendo que se rebelara contra la vida que aparentaba estar viviendo: una existencia banal, frustrante y que no le hacía sentirse realizado. Se movía entre los dos polos de su personalidad, proyectando el odio que sentía hacia sí mismo en su mujer, que era un objetivo más débil, y en aquella zorra de su amiga, a quien despreciaba aún más porque *era* capaz de despertar el animal que había en él.

No quería tener hijos. Había alcanzado la imagen perfecta sin ellos. Fíjate en cómo habían ablandado a su amigo Con, le habían hecho perder su chispa. Simon no quería críos con la nariz llena de mocos y dedos pringosos que le hicieran perder el equilibrio, agotando su tiempo, haciendo que su culpa fuera aún mayor.

Elizabeth se preocupó y lloró toda la noche, y por la mañana sus ojos estaban rojos e hinchados y tenía un aspecto horrible cuando abrió la puerta después de que llamaran como si fueran a hacer una redada antidroga. Janey, quien también había pasado una noche intranquila anticipando aquel momento, entró con fuerza. Empujó a Elizabeth para entrar en la casa, entonces se quedó de pie en medio de la habitación, balanceándose por la ira que apenas podía contener.

—*Lo sé*. ¿Cómo has podido?

—¿Qué sabes? —dijo Elizabeth, exhausta por el llanto y, ahora también, confusa.

—Lo tuyo con él, así que más vale que me lo digas.

—¿Qué? —dijo Elizabeth, quien parecía ignorar realmente de lo que Janey estaba hablando, lo que avivó aún más el fuego.

—¡No te atrevas a mirarme como si estuviera chiflada! Sé que pasasteis la noche juntos en aquel hotel elegante y... y... ayer os vi a los dos, en el aparcamiento del *Viejo Molino*, ¿te suena?

El grado del enfado de Janey disminuyó un tanto porque Elizabeth tenía realmente un aspecto horrible. Temblaba como si tuviera frío, a pesar de que la mañana anticipaba un día caluroso, pero entonces la parte más implacable de Janey creyó que probablemente se sentía de aquel modo por el peso de la culpa. Aquella idea hizo que las llamas del fuego volvieran a cobrar fuerza.

—¿Simon y yo? —dijo Elizabeth en voz baja.

Janey rió sobriamente, tomando aquello como algún tipo de confesión.

—Ah, ¡veo que sí sabes de quién demonios estoy hablando!

—¿Nosotros dos juntos? ¡Estás mal de la cabeza!

—Sé que estuvo en Norfolk en el mismo hotel que tú, la misma noche, y OS VI JUNTOS en el maldito aparcamiento del pub. ¡Así que dime de qué iba todo aquello, si no se trataba de lo más evidente!

—No es lo que parecía.

Janey rió con fuerza.

—La gente siempre dice eso cuando es *exactamente* lo que parece.

—Confía en mí.

—¡Esa es buena! No estoy ciega. Pasé por allí varias veces para asegurarme de que no estaba soñando. No me trates como a una idiota, Elizabeth. Para empezar, tienes toda la pinta de ser culpable. No puedes mirarme a la cara, ¿verdad? ¡Vamos, te desafío!

Entonces Janey contuvo el aliento cuando una nueva emoción apareció en su sobrecargado cerebro. Señaló el vientre de Elizabeth.

—Por favor, ¡dime que el bebé de ahí dentro no es suyo!

Elizabeth se dejó caer pesadamente en la mecedora y apoyó la cabeza en las manos.

—Oh, Dios, qué desastre —dijo—. Resultaría divertido si no fuera tan trágico. ¿Simon y yo? ¡Gracias a esto volveré a tener náuseas matutinas!

—¡No hay nada gracioso en follarse al marido de otra mujer embarazada! —chilló Janey.

—No, en eso tienes razón —dijo Elizabeth. Levantó la cabeza y comprendió que no le quedaba más remedio que contarle toda la historia.

Simon, listo para ir a trabajar, se inclinó sobre la cama y besó a una somnolienta Helen en la mejilla. Ella sonrió cuando él le dio los buenos días con dulzura. Se quedó escuchando el ruido de sus pasos en dirección a la entrada, el de la puerta al abrirse y el del coche al alejarse. Entonces reflexionó sobre los acontecimientos de la noche anterior. Le había traído un poco de vino sin alcohol, había preparado la cena —pasta, pollo y espárragos— y se habían relajado en el salón, escuchando música suave. Él había bebido bastante whisky, reparó en silencio, pero el estrés se alejaba de ellos a grandes zancadas. Él le acarició los hombros y, al cabo de un rato, tomó su mano y la llevó a la cama. No habían hecho el amor, pero no importaba porque ella se había despertado durante la noche y había sentido su brazo rodeándola. Estaban en un punto decisivo, de eso estaba segura. Aún había esperanzas.

—¿Por qué no me dijiste nada antes? —casi rugió Janey cuando Elizabeth terminó de hablar. Su agresividad enmascaraba la enorme vergüenza que sentía. Había llevado aquello tan mal y se sentía tan aliviada por no haber ido primero a ver a Helen, como había pensado en un principio.

—Esperaba solucionarlo, y creía que cuantas menos personas lo supieran mejor —dijo Elizabeth—. Tú irías a contárselo a George y habría otra persona que podría irse de la lengua aunque no quisiera hacerlo.

Janey no discutió. Sabía que Elizabeth tenía razón.

—De acuerdo. ¿Y por qué nunca te ha gustado? —preguntó—. Dame una respuesta concreta esta vez, no ese murmullo que parece producido por un choque de múltiples personalidades.

Tuvo que presionarla un poco. A Elizabeth no le apetecía contárselo.

—De acuerdo, si de verdad quieres saberlo, se acercó a mí en la boda. En su propia boda —dijo finalmente—. Estaba solo, en el exterior, y yo había salido a fumar, así que me acerqué a él y empecé a charlar. Ya sabes, «¿Has pasado un buen día?» y toda esa clase de cosas que suelen decirse. Se echó sobre mí y no, no estaba tan borracho, antes de que lo preguntes. Dijo que había visto la forma en la que yo le miraba. Al principio creí que estaba bromeando. Es decir, era su propia boda, por el amor de Dios, y yo era una de las damas de honor de su esposa. Sus manos empezaron... a toquetearme por todas partes. —Elizabeth sintió escalofríos al recordar cómo le había puesto las manos encima.

—Al final, tuve que darle una patada en los huevos para quitármelo de encima y, bueno, te puedes imaginar todo lo que me dijo. No era precisamente algo digno del caballero que yo había creído que era. —Suspiró, y fue un sonido profundo y cansado—. No sé, Janey, quizá fue culpa mía. Quizá soy una de esas personas que envían señales... —Tragó saliva varias veces y Janey quiso abrazarla, pero pensó que no tenía derecho a hacerlo.

—Tú no haces nada malo —dijo con suavidad—. Son ellos los que ven lo que quieren ver.

—Tú te lo creíste en seguida.

—Lo siento, me siento fatal, si te sirve de consuelo.

—Está bien, olvídalo.

Elizabeth estaba siendo tan comprensiva que hizo que Janey se sintiera aún más estúpida. Una vaca estúpida, gorda e hipócrita que condenaba la infidelidad como si ella fuera la Virgen María. ¡Ella, de entre toda la gente! Aquello sí que era gracioso.

—¿Entonces por qué me llamaste anoche? —preguntó la vaca, mansa como un corderito.

—Para hablar de la muerte en el parto —dijo Elizabeth con voz temblorosa—. Me sumergí en una espiral después de lo que me dijo Simon. Solo podía pensar en que moriría y que mi hijo no tendría a nadie, o en que el bebé moriría y yo caminaría tras un ataúd blanco... —Su voz cesó y dejó caer la cabeza entre las manos. No fue capaz de volverla a levantar.

—Oh, Elizabeth —dijo Janey, y abrió sus grandes brazos de *Mamma* y atrajo a su amiga hacia ellos desde su asiento. Elizabeth le llegaba por los hombros. Antes era más alta que yo. ¿He crecido yo o ha encogido ella?, pensó Janey con un abrumador afecto por su amiga. ¿Cómo pude pensar todo aquello sobre ella, sobre Elizabeth Collier? Era como si hubiera tenido su propio guardaespaldas en el colegio. Su mente recordó a aquella zorra de Carmen Varley que le hacía la vida imposible a Helen, y a Miriam Sutton, que solía llamarle «Fatty Arbuckle»[*]. Hasta que

---

[*] Roscoe Arbuckle, actor estadounidense del cine mudo, adoptó el apodo de «Fatty» («gordito») en su vida profesional, a pesar de que lo detestaba (N. de la T).

Elizabeth llegó como el Diablo de Tasmania haciendo girar sus puños sin importarle los moratones y daños que pudieran provocar, porque Carmen y Miriam eran niñas fuertes y robustas y le devolvieron algunos golpes antes de que Elizabeth las redujera. Resultaba curioso pensar que Elizabeth creía que era retorcida, aunque con sus amigas era clara como el agua, pensó Janey. Mientras que ella…

—De todas formas, no te preocupes por mí. ¿Qué hacemos con Hels? Me he vuelto loca tratando de decidir qué hacer, y no se me ocurre nada. Los problemas surgirán tanto si se lo digo como si no —dijo Elizabeth, exhalando un profundo suspiro.

—No creo que podamos hacer nada, Elizabeth —dijo Janey, la triste verdad. Solo podían sentarse y esperar a que todo estallase.

Y eso es lo que hicieron, pero no pasó nada y, en realidad, durante la siguiente semana y media la vida siguió su curso con normalidad para los Cadberry. Helen invitó a sus amigas a cenar para mostrarles el bonito y terminado cuarto del bebé una noche en que Simon se quedó a dormir en Londres. Elizabeth deseó aún más haber terminado el suyo, porque lo había pospuesto tanto que a aquellas alturas ya era demasiado tarde. Janey le dijo que pidiera ayuda a John; entre él y George lo terminarían en un par de días, pero Elizabeth no pedía favores y Janey sabía que era mejor no presionarla al respecto. Entonces Helen hizo que se sintiera un poco mejor diciéndole que probablemente el bebé dormiría con ella en su «habitación útero» durante unos meses, así que no había prisa.

Helen estaba preciosa y encantadora a las treinta y una semanas de embarazo, manteniendo aún su aire de delicadeza a pesar de lo rápido que crecía su vientre, aunque hubiera dado lo que fuera por tener un pecho más grande, como el de las otras. No había engordado tanto como las otras dos. Elizabeth se estaba convirtiendo en una pequeña pelota de fútbol y su ya de por sí generoso busto había aumentado considerablemente, para envidia de Helen. Janey empezaba a parecer una clase de formidable reina guerrera vikinga salida de una ópera de Wagner. Sus pechos crecían tanto que pronto tendrían códigos postales diferentes. Tenía la cara redonda y había tirado la casa por la ventana para ir a *Anthony Fawkes*, el elegante peluquero de la ciudad, para cambiar su estilo completamente, ya que su melena lisa solo acentuaba más la redondez de su rostro. Su estilista le había dejado el pelo corto con flequillo y le había añadido unas mechas oscuras que iban muy bien con su color pelirrojo. Habían sido las cien libras mejor gastadas en mucho tiempo.

Estaban sentadas en la cocina-quirófano de Helen, tomando alternativamente sorbos de té de hojas de frambuesa, que aparentemente iban bien para evacuar, y varios botes de *Gaviscon*, ignorando totalmente las indicaciones de tomar «una cucharada cada tres meses». Se hacían bromas constantemente en la consulta sobre lo mucho que tomaba Elizabeth. El doctor Gilhooley dijo que era casi una adicta.

—¿Debería beber cerveza negra para el hierro? —le había preguntado. Siendo irlandés, seguro que alabaría sus cremosos beneficios.

—¿Y por qué demonios quieres beber esa cosa tan repugnante? —le había dicho, y en su lugar le había recomendado comer mucha verdura.

Helen tomó un largo sorbo de *Gaviscon* y se estremeció mientras se lo tragaba.

—¿Mañana vuelve tu maridito a casa? —preguntó Janey educadamente, sin rastro de su habitual babeo. La opinión que tenía de Simon había cambiado mucho.

—Sí, y ¿sabéis qué? El viernes pasaré un par de días fuera —anunció Helen.

—¿A algún sitio bonito? —preguntó Janey, moviendo su pelo porque aún era una novedad.

—Mamá me va a llevar a un Spa para rejuvenecerme.

—Oh, te sentará de maravilla —dijo Elizabeth, sabiendo que sería así. La señora Luxmore solo se contentaba con lo mejor. Le dolía ver cuánto sonreía Helen, lo convencida que estaba de que todo en su vida era maravilloso. Aun así, le sentaría bien pasar un fin de semana relajante alejada del gilipollas con el que estaba casada.

Y Helen acudió a su elegante centro de salud sin saber lo mucho que rejuvenecería en cuanto aquella semana tocara a su fin.

Capítulo 36

Las damas Luxmore llegaron a «El Refugio» justo a tiempo para comer. Después de terminar su ensalada, que era como un festival de la cosecha, Helen fue a nadar durante un buen rato, asistió a una clase de yoga, tomó una cena ligera y le dieron un masaje de varias horas antes de irse a la cama. Aun así, no pudo dejar de dar vueltas entre las frías sábanas blancas, sin alcanzar nunca la ciudad de los sueños. ¿Cómo podía pensar en pasárselo bien allí mientras en casa su matrimonio se sujetaba con pinzas? Simon iba a estar solo en casa todo el fin de semana, convencido de que ella debería estar a su lado, pasando el tiempo con él. De modo que, a primera hora de la mañana, dejó una nota a su madre en la recepción diciendo que cogía el tren de vuelta. Se lo explicaría más tarde, aunque tampoco tenía que preocuparse. Penelope Luxmore se sentiría decepcionada, pero de todas formas disfrutaría de su estancia en el Spa. Ya había estado allí varias veces y conocía las instalaciones. Helen, sin embargo, sabía que su prioridad era regresar a casa y luchar por su relación antes de que fuera demasiado tarde. Puede que ella y Simon estuvieran en un punto decisivo, pero aún había un largo camino por recorrer. Tenía que luchar por su matrimonio por el bien de su hijo.

Cuando el taxi enfiló por el camino que daba a la casa, Helen reparó en que el coche de Simon estaba aparcado en la puerta, lo que era inusual, y lo más extraño es que cerraba el paso a un elegante *Mini* de color rojo. Caminó por la gravilla tan cuidadosa y lentamente como le fue posible si entender muy bien por qué necesitaba actuar de aquel modo. Llámalo instinto, llámalo pánico.

Abrió la puerta trasera y entró a hurtadillas, descubriendo lo sigilosamente que podía moverse una mujer embarazada. Silenciosa como un gato, pasó por la cocina y entró en el salón y el montón de ropa que había tirada en la alfombra le puso en alerta: un tanga, un sujetador que podría haber transportado cien quilos de melones, unos zapatos, un par de medias negras. Lo recogió todo y lo metió en un armario, fuera del alcance de su vista, junto con un bolso que había sobre el sofá. Sintió que se le secaba el corazón, y cada latido le resultaba doloroso. También tenía la garganta tan seca que sintió que podría resquebrajarse en cualquier momento.

Se movió por el pasillo, silenciosa como un murmullo, tratando de obtener pruebas de lo que estaba pasando y entonces se detuvo ante la puerta de su propio dormitorio. Oyó la voz de su marido en el interior:

—Escucha, la llamaré dentro de un minuto para ver a qué hora vuelve mañana, si eso te preocupa tanto.

Entonces una voz de mujer contestó:

—Sí, me gustaría. Es que tengo un extraño presentimiento, eso es todo. No quiero encontrármela en el pasillo.

Los dos se rieron ante la idea.

—Me encantan tus tetas.

—Lo sé.

—Son enormes.

—¿Son tan buenas como las de tu mujer?

—¿Estás de broma? ¡Las suyas parecen picaduras de mosquito!

Volvieron a reírse. De Helen.

—Ven aquí —dijo él con voz lasciva. Como solía hacer al principio, cuando Helen creía ser la mujer más afortunada que pisaba la tierra. Como hizo antes de ponerse sobre ella y besarla aquella noche de sexo cuando concibieron juntos aquella preciosa hija que crecía en su interior. Una hija que estaba siendo tan traicionada como su madre.

La temblorosa mano de Helen buscó la manilla de la puerta. Se dio impulso y entró de golpe en la habitación para descubrir una escuálida figura con enormes pechos montada sobre su marido, quien tenía las manos atadas al cabecero de hierro de la cama con algo cubierto de plumas de color rosa. Todos se quedaron inmóviles, como en un cuadro titulado *Esposa Embarazada Descubre A Marido Engañándola Con Una Zorra*. Incluso el reloj pareció detenerse. La desnuda pareja estaba en la cama donde Helen había perdido la virginidad con Simon y donde habían concebido a su hija. *Su cama. Su hija.*

Helen sintió cómo lágrimas de agonía se abrían paso por sus conductos lagrimales y, justo cuando iba a sucumbir ante ellas, volvió a oír aquella voz: *¡Vamos, niña, ¿dónde está el espíritu de los Luxmore?!* Y las lágrimas interrumpieron su camino y volvieron atrás. Era como si su padre estuviera dentro de ella, sosteniéndola, irguiendo su columna vertebral y, momentos después de oír la voz en su cabeza, el infierno se desató.

—Helen, escucha... —dijo Simon, tratando de librarse sin éxito del metal y de las plumas rosas.

—Estoy escuchando —dijo ella con una voz bastante calmada, teniendo en cuenta que los latidos de su corazón retumbaban en su cabeza como un concierto de *Status Quo*.

—No es lo que piensas.

Sí, lo dijo. La señorita Administradora De Esposas trataba de tapar sus abultados senos con sus minúsculas manos de muñeca, mientras trataba de imaginar cómo se las arreglaría para rodear a aquella mujer alta y rubia para llegar hasta su ropa.

—Solo necesitaba un poco de sexo y no quería hacer daño al bebé —continuó Simon.

Como si aquello no fuera ya lo bastante malo, estaba usando al bebé como excusa para su comportamiento, pensó Helen con asco.

Tetas Grandes no parecía muy feliz con aquel comentario y empezó a lanzarle improperios mientras le abofeteaba. Tenía las manos tan ocupadas que no se dio cuenta de que Helen se acercaba por detrás, una Helen que ya no era amable y ñoña, especialmente con toda la ventaja que le otorgaba el peso de más. Aquella era una Helen a quien la adrenalina y la rabia le hacían hervir la sangre, por ella pero sobre todo por el bebé que aún no había nacido. Gruñendo como una salvaje, tiró de la mujer desnuda por el pelo y la condujo por el pasillo sin apenas esfuerzo. Le dejó a *él* retorciéndose en la cama, tratando de liberarse de las ligaduras y con aspecto de estar teniendo un ataque epiléptico. Helen cogió las llaves del coche de Simon del gancho: no quería que aquella *cosa* entrara en su coche. Salió por la puerta principal y bajó por el sendero hacia el BMV, sin soltar a la mujer ni un nanosegundo.

—¡Ay, ay, ay! —gritaba la mujer mientras se le clavaban las piedras en los pies desnudos. Helen abrió la puerta del coche y la lanzó sobre el asiento trasero.

—Creo que es hora de que te lleve a casa —dijo.
—Mi b… b… bolso, p… por favor —tartamudeó la mujer.
—Haré que te lo envíen —dijo Helen.
—¡Las llaves de mi casa están dentro!
—Mala suerte.

La mujer trató de salir cuando Helen puso en marcha el motor, pero las cerraduras a prueba de niños hacían que fuera imposible.

—¿Podrías al menos darme mi ropa? —dijo con bastante descaro mientras trataba de taparse con un antiquísimo callejero que se caía a trozos al doblarlo.

—No, no puedo. No deberías habértela quitado —siseó Helen, haciendo saltar la gravilla mientras salía del camino de entrada, acelerando como Ralph Schumacher saliendo de boxes.

La mujer, quienquiera que fuera, empezó a disculparse entre sollozos, pero Helen no se ablandó ni una pizca. Pensaba en todas aquellas veces que Simon le había dicho que estaba demasiado cansado para hacer el amor, lo poco interesado que había estado en ella y en el bebé. La razón estaba en la parte trasera de su coche: estaba gastando sus energías de ejecutivo con *ella*. La mujer se había hecho un ovillo en el suelo del vehículo, tratando de cubrirse con las manos mientras Helen pasaba a toda velocidad por el elegante pueblo con salarios de seis cifras, garajes dobles y puertas que se abrían a distancia.

—¿Dónde vives? —dijo Helen, consciente de que no tenía ni idea de hacia dónde se dirigía y que había puesto el piloto automático hacia el centro del pueblo.

—Esto… en Horsforth —fue la sumisa respuesta.

Helen no tenía ni idea de cómo llegar allí. Tenía que continuar por la M1 y seguir las indicaciones cuando estuviera cerca de Leeds, supuso. En tal caso, sería mejor que diera la vuelta atravesando el pueblo y se dirigiera a la autopista.

Era sábado por la tarde y había mercado. Había muchísima gente por todas partes pero, por suerte para la mujer agazapada en la parte de atrás, cada semáforo se ponía verde en cuanto se acercaban. Helen no podía verla por el espejo retrovisor. Se estaba librando de la humillación pública por ser tan flaca como para esconderse en la guantera, aunque Helen no podía apartar de su mente la imagen de ella desnuda y montada sobre su marido. La risa de ambos seguía sonando en sus oídos como un zumbido incesante y no podía dejar de escuchar sus comentarios jocosos. *No quiero encontrármela en el pasillo... ja, ja, ja... picaduras de mosquito... No quiero encontrármela en el pasillo... ja, ja, ja...*

Por las venas de Helen empezó a correr lava justo cuando frenó al ponerse rojo el semáforo del centro neurálgico del pueblo. En un momento de crueldad, bajó las ventanillas eléctricas del coche, sin prestar atención a la ahogada exclamación que provenía de la parte de atrás, y giró la llave en el contacto hasta que la partió con un chasquido. Se necesitaba una fuerza sobrehumana para hacerlo pero, en ese momento, Helen *era* sobrehumana. Un bondadoso Ángel Justiciero fusionado con un Ángel Vengador. Se desabrochó el cinturón y salió del coche.

—¿Qué estás haciendo? —gritó la Mujer Tetas con un sollozo desesperado.

—Me voy a casa —dijo Helen, dejando la puerta del coche abierta de par en par. Se dirigió triunfante hacia la parada de taxis. A su espalda, los conductores empezaron a hacer sonar el claxon tras el vehículo abandonado, y una curiosa multitud empezó a formarse entorno a lo que parecía ser una tía buena desnuda en mitad de Barnsley un sábado por la tarde.

Cuando llegó a casa, Simon luchaba por librarse de las esposas.

—¿Dónde demonios has estado? —gritó—. Quítame estas cosas. La llave debe de haberse caído al suelo, a este lado —y señaló la mesita de su lado de la cama—. ¡*Ahora*, Helen!

Helen reparó en que no tuvo la decencia de preguntar dónde

estaba su compañera, a pesar de que debía saber que no podía haberla llevado a su casa en veinte minutos. Recogió las llaves de la alfombra y vio cómo el alivio inundaba su rostro.

—Ahora abre… ¿qué estás haciendo?

Helen se guardó las llaves de las esposas en el bolsillo. Entonces vio cómo sacaba una cámara digital del cajón y empezaba a hacerle fotos. Siempre había querido retomar su vieja afición. ¿Qué mejor ocasión que aquella?

—¡Puta chiflada! ¡Para! ¡Lo digo en serio, Helen!

—Sonríe —dijo Helen, que en realidad estaba disfrutando, observando sus vanos y desesperados intentos por librarse de las esposas. Aquella posesión sádica temporal estaba conteniendo otros sentimientos que sabía que estaban a punto de manifestarse: sentimientos de dolor y traición y tristeza, ya que su matrimonio había acabado pues no había manera de recuperarse de aquello. Simon no había dañado su relación, la había matado de un solo golpe. Su matrimonio era historia, su futura vida familiar con su hija era historia, y por eso último era por lo que más le odiaba y por lo que siguió haciendo fotos. Él estornudó. La habitación parecía estar llena de plumas.

—Cuando vuelva dentro de cuatro horas, te habrás marchado —dijo finalmente—. O no puedes ni imaginar lo que haré con estas fotos.

—¿Te ha pasado por tu minúsculo y estúpido cerebro que si tengo que marcharme, tendrás que quitarme estas cosas?

Estaba furioso, con la cara colorada como un demonio al que necesitaran exorcizar, no liberar. Le dedicó a Helen los peores insultos de los que era capaz, insultos que su bebé no nato estaba escuchando, y no iba a dejar que él no recibiera su castigo.

—Realmente no deberías insultarme de esa forma, Simon —dijo, con un cansado suspiro. Entonces descolgó el teléfono de su habitación y marcó un número que encontró en las Páginas Amarillas.

—Hola, ¿hablo con la cerrajería Phoenix?... Sí, perdone, mi marido se las ha apañado para meterse en un apuro con su amante. ¿Podría enviar a alguien para abrir una cerradura?... Sí, les daré la dirección… Tengo que salir pero les dejaré la puerta abierta. Pasen directamente al dormitorio, le encontrarán allí desnudo y esposado a la cama… No, no, le reconocerán enseguida, está cubierto de plumas rosas… ¿Treinta minutos? Bien, gracias.

Se volvió hacia la criatura que gruñía, escupía y se retorcía en la cama y que le gritaba órdenes y la insultaba de forma terrible. Estaba totalmente en paz, indiferente ante la espantosa vergüenza que estaba a punto de sufrir, a pesar de que una hora antes seguía amándole tanto que no había dudado en volver junto a él para salvar su matrimonio. Ahora no sentía nada.

—Cuatro horas —repitió, y con eso, Helen echó un último vistazo a su marido en el lecho conyugal y se fue hacia el garaje, pasando junto al *Mini* rojo. Condujo hasta la Vieja Rectoría, donde podría sentarse en un columpio en el jardín de sus padres y planear el primer paso de su nueva vida como soltera.

Capítulo 37

Terry Lennox llegó de la reunión a primera hora en Handi-Save, lanzó su chaqueta con acierto sobre uno de los ganchos del perchero pasado de moda que había en un rincón de su despacho con la precisión de un *Globbertrotter de Harlem* y llamó a Elizabeth por el intercomunicador para que moviera su enorme culo hasta allí tan rápido como le fuera posible con dos tazas de chocolate caliente y un paquete de cualquier cosa que no fueran *Penguins*.

—Siéntate, mujer, ¡me estás tapando toda la luz! —dijo cuando ella abrió la puerta con el culo porque tenía las manos ocupadas. Por una vez, Elizabeth le hizo caso sin rechistar porque a) estaba impaciente por saber lo que tenía que decirle y b) llevaba el paquete de galletas entre los dientes.

—Adivina lo que acaba de llegar a mis oídos.

—No puedo imaginarlo.

Tenía intención de que tratara de adivinarlo por un rato, pero era demasiado bueno para retrasarlo.

—Tu amiga Julia Powell... —empezó a decir antes de que Elizabeth le interrumpiera.

—¡Ella no es amiga mía!

—¿Quieres callarte? Como iba diciendo antes de que me interrumpieran de forma tan maleducada, el sábado encontraron a *tu amiga Julia Powell* desnuda en mitad de Barnsley.

—Sí, claro —dijo Elizabeth, abriendo el paquete de las *Viscounts* de menta y ofreciéndoselas.

—No, en serio, y Laurence, por supuesto, está furioso. Personalmente, creo que ella mantenía en secreto que se veía con alguien, pero como quería seguir con Laurence, ha tenido que arrastrarse hasta él para pedirle que lo arregle todo. Ha movido muchos hilos para evitar que saliera en los periódicos, pero no está feliz al respecto porque de todas maneras todo el mundo lo sabe y tratar de manipular a la prensa no le deja en muy buen lugar, ¡especialmente por sus aspiraciones políticas!

—¡No! —dijo Elizabeth, quien ya empezaba a creerle—. ¿Es cierto eso?

—Tan cierto como que estoy aquí contigo —dijo Terry, y empezó por el principio.

—Por lo visto se ha estado viendo con un tipo casado con un cargo importante en el mundo de la publicidad. Su mujer llega a casa, los encuentra en plena faena en el lecho conyugal, mete a Julia desnuda en el coche y conduce hasta el centro del pueblo donde deja tirado el coche, atasca la llave en el contacto y vuelve a casa en taxi. En fin, alguien acaba por darle una manta a la señorita Powell y la lleva a casa en coche, pero parece ser que se había reunido una muchedumbre. Laurence no es un tipo feliz, te lo puedo asegurar. Apenas podía mirarla en la reunión. Ha habido rumores toda la mañana de que todo el cachondeo que se ha formado iba por ella y que se ha ido llorando. Estúpida niñata. Como si el pobre Laurence no tuviera ya bastante conmigo olfateando su yugular. En fin —cogió una galleta de chocolate y asintió, complacido—, pensé que te gustaría saberlo.

—Oh, no puedes ni imaginar lo contenta que estoy de que me lo hayas contado —dijo Elizabeth con una sonrisa de satisfacción—. Aunque nunca habría creído que a usted le fueran los cotilleos, señor Lennox.

—Y no me van —dijo Terry Lennox—, pero no puedo soportar a los que destrozan matrimonios. Se merecen cualquier cosa que les pueda ocurrir. Tomaré otra de esas galletas. Están buenas, ¿verdad?

Bueno, bueno, bueno, pensó Elizabeth, volviéndole a pasar el paquete de galletas. Helen había dicho que había que esperar al karma, y ahí estaba, haciendo su aparición con sus mejores galas. O en cueros, depende del modo en que se mirara.

Helen…
Oh, maldita sea. ¡*Helen*!

Elizabeth llamó a Helen a su móvil pero descubrió que estaba en el trabajo, como siempre. Obviamente, no era el Odioso al que habían pillado con las manos en la masa porque Helen estaría destrozada si hubiera sido así, y seguramente se lo habría contado y buscado su apoyo.

—Oh, hola —dijo Elizabeth—. Te… esto… te llamaba por… esto… ninguna razón, en realidad. Solo para ver si estabas bien.

—Estoy bien —dijo Helen, que parecía estar mejor de lo que lo había estado en mucho tiempo—. De hecho, nunca me he sentido mejor. En realidad, iba a llamarte a la hora de comer para invitarte.

—Oh, ¿de verdad? ¿Qué ocurre?

—Bueno, he echado a Simon de casa y tengo una nueva pareja y me gustaría que Janey y tú vinierais a casa. Que sea esta noche, ¿vale? Venid a cenar, y después lo conoceréis. ¿La llamas tú o lo hago yo?

Esa no era Helen. Obviamente estaba en ese estado de loca euforia que en realidad era una máscara para la histeria. En cualquier momento se vendría abajo y empezaría a aullar como si fuera una mezcla de *banshee*[*] y de Celine Dion.

—Esto… la llamaré yo. ¿De verdad que estás bien?

—Elizabeth, lo estoy, a excepción del ardor de estómago, pero creo que me he librado del mayor inconveniente de mi embarazo. Hablaremos más tarde y os lo contaré todo. Os veré a eso de las seis.

Dejó a Elizabeth mirando fijamente el auricular como si esperara que le gritara «¡Inocente!».

Echaron un vistazo al sofá sobre el que dormía el nuevo macho en la vida de Helen.

—Es guapísimo, ¿verdad? —dijo, con una sonrisa complacida.

—Nunca pensé que te buscarías un pelirrojo —dijo Elizabeth.

---

[*] En la mitología celta, espíritu femenino que predice la muerte inminente de una persona por medio de gemidos y gritos. (N. de la T)

—Oh —dijo Janey, saliendo en defensa de los pelirrojos—. Creo que es muy guapo. Bien hecho, Hels.
—¿Cómo se llama?
—Brian —dijo Helen.
—Bueno, ¡duerme como un tronco!
—Ha cenado un montón, supongo que eso le habrá dejado agotado.
—Parece tan satisfecho, bendito sea.
—Es grande, ¿verdad? —comentó Janey.
—Te va a destrozar el sofá de piel —dijo Elizabeth.
Helen acarició el rojo pelo del gran gato y él respondió a la caricia estirando una de sus patas y sacando las uñas.
—Sí —dijo ella dulcemente pero con toda la intención—. Espero que le haga pedazos.

Tomaron cóctel de gambas, langostinos en salsa y patatas fritas, y un pastel casero de casi veinte centímetros de altura, y Janey se comió dos trozos con nata y se sintió en el séptimo cielo. Qué más daba, estaba quemando tanta energía en el trabajo y en la cama con George que necesitaba calorías extra.

La pieza central de la mesa era el jarrón de Elizabeth lleno de flores rosas como las que Janey le había comprado por su cumpleaños. Los grandes y aburridos cuadros abstractos habían desaparecido y los cuadros de gatos de Helen, que habían estado guardados en el garaje, adornaban ahora las paredes. Por todas partes habían aparecido pequeños detalles femeninos y la casa ya tenía un aspecto más amable.

Helen relató los acontecimientos de los últimos días sin llorar, sin emoción, como si fuera algo que le hubiera pasado a otra persona y no parte de su pasado reciente. Las otras no se habían atrevido más que a sonreír porque, en el fondo, había una amiga a la que habían hecho daño y habían engañado, pero cuando les contó lo del cerrajero, a pesar de todo, no pudieron aguantar la risa y estallaron en carcajadas hasta que no pudieron más.

—¿Te las podrás arreglar tú sola? —preguntó Elizabeth.
—Bueno, *tú lo haces* —dijo Helen.
—Sí, pero yo soy *dura* —replicó, lanzándole una mirada a Janey, quien en respuesta le mostró el dedo corazón.

—Mamá ha estado maravillosa. Pensé que intentaría que volviéramos a estar juntos, pero no lo hizo. Se lo conté todo y hablamos como no lo habíamos hecho nunca —dijo Helen—. De todas formas, no volvería atrás aunque todo el mundo tratara de convencerme.

Las otras no le preguntaron por qué no había compartido antes su infelicidad con ellas. Sabía que había cosas que siempre tendrían que guardar para sí mismas.

—Espero que no te lo haga pasar mal —dijo Janey.

—No se atreverá —dijo Helen, pensando en su pequeña póliza de seguros, bien guardada en las cajas fuertes de su madre y de Teddy Sanderson.

Cuando sus amigas se marcharon y el caluroso sol de color limón empezó a descender en aquella agradable tarde de verano, Helen empezó a sentirse inquieta a la hora en la que Simon solía volver a casa. Se dio cuenta, un tanto triste, de lo condicionada que había estado a ese estado de nerviosismo y tensión. Le alegró saber que no iba a volver a traspasar aquella puerta. Nunca más tendría que aguantar sus caprichosos estados de ánimo, sin tener que andar de puntillas en caso de que pudiera desencadenar uno de sus enfados, ni acostarse preguntándose qué había hecho mal para que él se hubiera alejado de mal humor. Nunca más dormiría en aquella pequeña y fría habitación al final del pasillo para darle una lección, ni la insultaría ni empujaría. Había querido compartir la vida con él pero ahora, después de todos aquellos años, sabía que él nunca se lo hubiera permitido. Todo lo que quería de una esposa era una figura decorativa que se mantuviera al margen hasta que la necesitara, y ella sabía que merecía mucho más.

Helen había creído que ella y Simon eran muy felices, pero con la nueva perspectiva de la situación, podía ver que había dejado su felicidad apartada mucho tiempo atrás y solo se había preocupado de la de él. Mientras siguiera siendo delgada y bonita, él le prestaría atención. Mientras no se atreviera a dar su opinión, tenía sus besos asegurados. Besos que no eran suyos en exclusiva, al parecer. En cuanto fue consciente de todo aquello, se sintió diferente, como si la hubieran dejado salir de una jaula fría y oscura. También sabía que no se quedaría en aquella casa más tiempo del necesario. Quería que su hijo se criara, como ella, en un lugar lleno de color y de amor. Su madre le había pedido que volviera a mudarse a la Vieja Rectoría, y al día siguiente las dos empezarían a empaquetar sus pertenencias y las llevarían a su nuevo hogar.

Le dolía pensar en su traición, porque no solo le había sido infiel, sino que la respetaba tan poco que llevó a otra mujer a su cama. Pensar en *ellos*, allí juntos, hacía que le doliera el estómago y esperaba que el bebé no pudiera sentirlo. Justo entonces, el bebé le dio una buena patada.

—Esa es mi chica —dijo Helen.

Justo como solía decirle su padre. Justo lo que le había dicho la última noche de su vida.

Sintió la fuerte presencia de Alex Luxmore en la habitación, pero él volvería con ella a la Vieja Rectoría. Siempre estaría con ella, era su padre, una querida parte de ella, al igual que ella siempre lo sería de él. Tenía a su bebé, a sus dos queridas amigas, a su madre y ahora también a Brian. Las lágrimas asomaron brevemente a sus ojos y después desaparecieron. No estaba sola. De hecho, se sentía menos sola que durante todo el tiempo en el que estuvo casada.

Capítulo 38

No había razón para que Helen se despertara en mitad de aquella fría noche de abril, pero lo hizo y, al no poder volverse a dormir, fue al piso de abajo con la intención de volver a hacer las cosas que hacía antes de dormir, cosas que había oído que ayudaban a los que sufrían insomnio. Recorrió el largo pasillo, pasó junto a la biblioteca, al estudio de su padre y a la salita que él usaba de dormitorio, y allí se dio cuenta de que una fría corriente de aire venía desde la cocina. Abrió la puerta de aquella habitación y comprobó que estaba helada, lo que era muy poco usual porque la calefacción central nunca estaba desenchufada, ya que su padre era especialmente sensible al frío en aquellos días. Comprobó la puerta trasera y no estaba cerrada con llave, lo que era aún más extraño, porque ella misma la había cerrado antes de irse a dormir. La abrió con sigilo y vio a su padre en la terraza y fue consciente de que le debía de haber costado un enorme esfuerzo girar la llave y sacar la silla de ruedas sin ayuda. Había una copa larga sobre la pequeña mesa de hierro forjado con algunas pajitas y trataba de desenroscar el tapón de una botella de brandy.

—Papá, ¿qué estás haciendo? ¿Cómo has salido?

—Oh, por el amor de Dios, vuelve dentro —dijo—. Por favor, vete, déjame solo, Helen. —Tuvo que hacer un gran esfuerzo para decir aquellas palabras, ya que en aquellos días ya tenía afectada el habla.

—Papá, deja que te lleve ad...

Sujetó el brazo que ella tenía sobre la silla con las pocas fuerzas que le quedaban a su huesuda mano.

—Suéltame, Helen. He visto lo que esta enfermedad le hace al cuerpo y no quiero seguir. No quiero sufrir y no quiero que tú y tu madre sufráis al verme. No quiero que me recordéis así.

—Papá...

—Tiene que ser esta noche. He consultado la predicción metereológica y hará frío suficiente. El tiempo cambiará pronto. Quiero morirme aquí, en mi jardín, Helen. Quiero quedarme dormido y simplemente dejarme ir... Oh, por Dios, ¿por qué has tenido que salir?

—Por favor, papá. ¡No puedo alejarme y dejar que hagas esto!

—El seguro no cubre el suicidio, Helen. Tiene que ser así, muerte accidental. Dirán que era un viejo borrachín y vosotras estaréis de acuerdo.

—Pero no lo eres... tú apenas...

—SÍ, Helen, y se lo dirás si te preguntan —dijo su padre—. Últimamente he estado bebiendo, preparándome para esta noche, en caso de que me hagan la autopsia.

Helen empezó a llorar.

—Tienes que ser fuerte, mi amor. Soy conciente de lo mucho que te estoy pidiendo. Ahora ayúdame a quitarle el tapón a esta botella.

—¡No puedo! —gritó.

—¡Por favor, Helen, recuerda el espíritu de los Luxmore! Tienes que hacerlo, mi querida, querida niña. Te necesito. Ve a buscar unos guantes, no dejes huellas.

Alex Luxmore estaba atrapado entre las garras de la enfermedad que más temía. Era su propia pesadilla. Sin apenas saber lo que hacía, Helen cogió unos guantes de lana del cajón de la cocina, tomó la botella con manos temblorosas, le sirvió un brandy que llenó tanto la copa que se derramó un poco por el borde. Después, tal y como se lo pidió, le puso unas pajitas en la copa, como si fuera un niño.

—Buenas noches, Helen. Dilo, mi amor, como siempre hacemos, y después vete a la cama. Déjame, necesitarás ser fuerte por la mañana.

—Papá, por favor, no lo hagas.

—Mi querida niña, te quiero tanto y sé que tú me quieres a mí lo bastante como para hacer esto por mí. Es lo que quiero. Por favor, Helen, por favor… No puedo soportarlo más.

No quería verle llorar. No quería ver cómo su alto, inteligente, fuerte y amable padre se veía obligado a suplicar. Se lo había dado todo a ella y nunca le había pedido nada a cambio, a excepción de aquello. Las monedas que pagarían la deuda serían realmente crueles. Se dejó caer al suelo y lloró apoyada en su regazo, y él le acarició el pelo, el precioso pelo dorado de su encantadora niña.

—Sí, papá. Haré esto por ti.

—Esa es mi niña. Te quiero. Que Dios me perdone por hacerte pasar por esto.

Enjugó las lágrimas que caían de los brillantes ojos grises de su padre. Después le puso la gran copa de brandy en las manos.

—Intenta perdonarme, Helen. Ahora vete. Di buenas noches, mi amor.

—Buenas noches, papá, dulces sueños. Te quiero tanto, tanto, siempre… —y besó su cálida mejilla por última vez. Después entró en la casa, llena del espíritu de los Luxmore, y lo dejó allí para que muriera.

Capítulo 39

Hacía muchísimo calor en aquel penúltimo día de julio. El calor era aún más sofocante para las personas que tenían que soportar un peso equivalente al de cien kilos de patatas. Janey y Helen se dirigieron con dificultad hacia el punto de encuentro convenido en el parque donde Elizabeth las esperaba con unos helados.

—¡Solo he caminado desde el coche y estoy completamente exhausta! —dijo Janey, tratando de recuperar el aliento.

Helen asintió, aunque no quería quejarse de nada porque el hada del embarazo por fin le había hecho caso y estaba empezando a notar un aumento considerable en su pecho. Nunca había tenido unos pechos propiamente dichos y era muy agradable que sobresalieran como pistolas cargadas. Para su bochorno, las estaba haciendo sobresalir aún más cuando Teddy Sanderson hizo acto de presencia. La verdad es que no tenía por qué apuntar con ellas a otro hombre, teniendo en cuenta que solo había estado separada de su marido menos de una semana, pero al parecer su corazón también había cerrado las puertas cuando se marchó, había echado la llave, el pestillo y se había cubierto de cemento. Solo había pasado un día un poco deprimida, y las pocas lágrimas que derramó llegaron y se fueron como una ducha purificadora, pero era consciente de que ya había llorado suficiente en los últimos años.

Por supuesto, Simon había llamado para preguntar cómo se encontraba, ella y el bebé, añadió después de pensárselo bien. En otras palabras, quería saber si ya se había calmado y había recuperado la cordura. No se dejó engañar en absoluto por aquella aparente preocupación y, unos segundos más tarde, él trató de llegar a un acuerdo económico sobre las fotografías. Cuando ella se negó, él le dijo que no volvería a jugar limpio en los futuros acuerdos.

—En tal caso, yo no jugaré limpio con lo de las fotografías —le había contestado, y le colgó el teléfono.

Volvió a llamar inmediatamente, presa del pánico, para reabrir las negociaciones, pero Helen no tenía intención de cumplir con sus deseos. Ahora era ella la que tenía la sartén por el mango y se sentía de maravilla. Todo lo que tenía que hacer era pensar en cómo había traicionado a su bebé para mostrarse impasible ante sus retorcidas artimañas. Para un maniático del control, no tener el control era una tortura, y acabó gruñendo y escupiendo como un vampiro en una fábrica de crucifijos, pero Helen nunca volvería a dejar que un hombre le quitara el poder. Tomar decisiones y llevar las riendas de su vida elevaba sus niveles de energía hasta el infinito. Añade un incipiente pecho a eso y se convertía en alguien indomable.

Estaba reconsiderando seriamente volver a la universidad y completar sus estudios de Derecho cuando el bebé fuera un poco mayor. Su madre la había apoyado incondicionalmente y se había ofrecido para hacer de canguro cuando lo necesitara. Penelope Luxmore se estaba metiendo en el «papel de abuela», para sorpresa y satisfacción de su hija, aunque ella era más de comprar la Casa de Fraser entera en busca de unos patucos que de sacar las agujas de tejer y hacerlos ella misma. Nunca sería esa clase de abuela.

—Eeey, eso es lo que me gusta ver… —dijo un señor mayor que paseaba a un perro renqueante delante del banco donde estaban ellas.

—… A estas chicas de aspecto magnífico que pertenecen al Club del Pudin[*].

—Sí, y no somos un Club del Pudin cualquiera —dijo Elizabeth—. Somos el Club del Pudin de Yorkshire —lo que les hizo reír a todos.

---

[*] En el Reino Unido, apelativo con el que se hace referencia al hecho de estar embarazada por la similitud entre el estómago abultado y la forma del pudin de Yorkshire (N de la T.).

—Bueno, tengo que decir que estáis preciosas —dijo con una sonrisa de tres dientes y levantando su gorra—. Buena suerte a todas —y después él y el macilento perro continuaron su camino.

—Ay, bendito sea —dijo Janey, que tenía súbitamente los ojos llenos de lágrimas. Aquel viejo le recordaba a su abuelo. Le habría encantado verla así.

—¿Creéis que están contentos con nosotras? —dijo Helen, adivinando sus pensamientos.

—¿Quiénes? —preguntó Elizabeth.

—El abuelo de Janey, tu tía Elsie y mi padre —dijo, señalando el cielo con el helado.

—Creo que sí —dijo Janey, mandando un beso en aquella dirección—. Os diré que disfrutará viendo cómo me como este helado. Podía sentir como meneaba la cabeza y hacía gestos de desaprobación cada vez que miraba una lechuga.

—Vamos, chicas —dijo Helen, tirando de sus amigas para que se pusieran en pie. Elizabeth tenía un aspecto especialmente radiante vestida con una moderna túnica naranja.

—¿Sabes? ¡Con eso pareces un astronauta! —dijo Janey, esquivando el consecuente manotazo, y juntas caminaron en dirección a la iglesia de San Judas para asistir a su primera clase de preparación para ser madres.

George se unió a ellas en la puerta, dando golpecitos en el reloj.

—Son más de las seis, ¡llegaremos tarde! ¿Dónde habéis estado?

—Oh, no empieces —dijo Janey.

—Pensarán que tengo un harén si entro con las tres —dijo.

—Les diremos que nos dejaste preñadas a la vez —dijo Elizabeth, acercándose a él sinuosamente.

—De eso nada —dijo George—. Solo tengo fuerzas para satisfacerla a ella. ¡Deberías ver algunas de las cosas que me ha hecho hacer!

—Entra ahí, Casanova, antes de que te obligue a hacerlas todas otra vez esta noche. Dos veces. Con el tubo de respiración —dijo Janey, dándole un empujón.

George tenía la esperanza de que estuviera bromeando.

El vestíbulo de la iglesia era grande y había eco. En un lado había un escenario y un órgano negro y en el otro un montón de dibujos hechos por los niños de los Discípulos vestidos de pescadores. Curiosamente, uno de ellos parecía señalar directamente a los lavabos, lo que parecía un poco irreverente. Había doce mujeres que ya estaban allí reunidas y un compañero de batalla que hizo un gesto con la cabeza en dirección a George que parecía decir «Hola» al mismo tiempo que «Ayuda». Los dos estaban un poco nerviosos al ver en la misma habitación a tantas mujeres que se parecieran a Peggy Mount.

Todo el mundo se sentó en sus asientos, que estaban dispuestos entorno a una pizarra blanca con una caja de juguetes debajo. Esta última estaba llena de vídeos y libros, una preocupante parte de un esqueleto y una muñeca que tenía el tamaño de un bebé real. Las sesiones se celebraban cada dos meses por una de las comadronas locales. Sue Chimes decía que eran muy útiles para solucionar aquellas dudas de última hora y socialmente también resultaba bastante divertido porque asistían bastantes mujeres, así que Elizabeth finalmente había accedido a añadir sus nombres a la lista y allí estaban.

Al echar un vistazo a su alrededor, le sorprendió ver que la mayoría de mujeres del grupo tenían aproximadamente la misma edad que ella, pues había estado segura de que ella y sus amigas estarían en inferioridad numérica. La «profesora» Mandy se presentó y les dio una etiqueta en la que podían escribir sus nombres. Mientras tanto, escribió *Qué comprar* en la pizarra y después hizo una lista de artículos esenciales para los primeros días.

Helen estaba servida al respecto. La habitación del bebé estaba equipada como si fuera el almacén *Boots* de cosas para el bebé, y no es que la habitación fuera a utilizarse. Su madre había empezado a llevar cosas a la Vieja Rectoría y las había puesto en el antiguo cuarto de Helen. Janey también había ido comprando cosas, pero sus padres y sus suegros estaban provocando una escasez mundial de polvos de talco para bebé. Le estaba empezando a causar pesadillas relacionadas con el Aprendiz de Mago. Elizabeth no tenía ni idea de si lo que le había comprado al bebé era lo adecuado. Había comprado polvos de talco y aceite en loción y vaselina y algunas camisetas y pijamas, pero apenas sabía nada de bebés. Nunca había cambiado un pañal en su vida, ¿y cuándo empezaban a comer comida de verdad? Tomó notas casi con desesperación para recordar las cosas que debía adquirir: algodón, champú para bebés (no había creído que tuvieran pelo suficiente que lavar), una bañera para bebés...

Una de las otras chicas, «Carol», según lo que ponía en su etiqueta, estaba embarazada de su quinto hijo, y tenía un pique con la comadrona, que estaba ensalzando las sagradas virtudes de dar el pecho cuando «Vanesa» preguntaba sobre las diferentes clases de leche para biberón.

—¡Oh, no querrás darle leche en biberón cuando tienes dos grandes tetas llenas de leche natural! Es práctico, fácil...

—Tengo que decir que a veces no es tan fácil como Mandy dice, y yo os recomendaría comprar unas pezoneras —interrumpió Carol—. Puede ser muy doloroso durante un tiempo y, personalmente, esta vez no tengo nada en contra de los biberones, viendo que tengo que volver al trabajo lo antes posible.

—No siempre es doloroso —dijo Mandy, temerosa de estar perdiendo a parte de la audiencia. Después de todo, ella era la que tenía autoridad en esa clase, no la Bocazas de Carol.

—Es cierto, pero para muchas mujeres no es tan fácil, así que si vais a darle el pecho, aseguraos de poner a vuestros bebés pegados a la teta tan pronto como sea posible. No lo hicieron con mi primer hijo y pasé un auténtico infierno tratando de que se acostumbrara a mí una vez que ya había probado lo fácil que era tomar el biberón. Creía que le había abandonado y me torturé pensando que había fracasado, ¡a pesar de que él estaba encantado con los biberones!

—Pero...

—Con mi segundo hijo estaba dispuesta a hacerlo y lo hice, pero fue duro. No podía producir la cantidad de leche suficiente y fue muy doloroso, especialmente cuando contraje una mastitis...

Se produjo un murmullo aterrorizado. *¿Qué demonios era la mastitis?*

—La mastitis es algo realmente doloroso. No dejéis que nadie os presione, chicas, ni que os haga creer que un biberón es igual al fracaso —dijo Carol, mirando de forma desafiante a Mandy, quien había estado a punto de propagar el mensaje que la leche de biberón era equivalente al zumo del Diablo.

—Algunas investigaciones científicas han demostrado que darle el pecho a un niño reduce de forma significativa la posibilidad de contraer cáncer de mama... —empezó a decir Mandy.

—Sí, pero asustar a la gente de esa forma no va a ser de mucha ayuda si no pueden alimentar a sus bebés. No estoy diciendo que la leche materna no sea buena —continuó Carol—, pero estresarte tú y estresar al bebé porque no puedes alimentarle no os hace ningún bien a ninguno de los dos.

Elisabeth se sintió mal. Ni siquiera había empezado a pensar en el tema de los pechos o de los biberones, y a juzgar por la cara de Janey, ella tampoco lo había hecho.

Carol, para beneficio de las demás, no era el tipo que se dejaba amilanar por Mandy. La maternidad había sido su mayor logro en la vida y sabía de lo que estaba hablando.

—Comprad un cambiador si os lo podéis permitir —dijo Carol—. No tenéis ni idea de la cantidad de peso que le ahorraréis a vuestra espalda.

Los bolígrafos empezaron a escribir con frenesí.

—... *Sudocrem*, muy importante, mejor que *Vaseline*, en mi opinión. Y una mochila portabebés, es genial sentir al bebé acurrucado junto a ti mientras es pequeño.

—¡No! ¡Si te caes, te caes sobre el bebé! —protestó Mandy, pero eso no evitó que los bolígrafos la añadieran a su lista de la compra.

—... Y no dejéis que ninguno de vuestros familiares les compre ropita moderna al bebé sin que tenga corchetes en la entrepierna.

Apunta, apunta.

—Comprad uno de esos arneses que se cuelgan del quicio de la puerta. Os echaréis unas risas y a los bebés les encantan... ¡Oh, y suplicad que os regalen, os presten u os roben una mecedora!

Janey y Helen le dieron un codazo a Elizabeth y la miraron con expresión satisfecha, y ella les sacó la lengua a las dos.

—Bien, sobre los pañales —empezó a decir Mandy, tratando de no ponerse roja de ira.

—¡Si creéis que tenéis tiempo para lavar toallas, estáis muy equivocadas! —dijo Carol alzando la voz, deseando que hubiera habido alguien como ella en su primera clase muchos años atrás, después de que la Comadrona Idealista la hubiera aterrorizado y le hubiera hecho gastar todo ese dinero en cosas inútiles. *Las toallas son mejores para el bebé y apenas dan un poco más de trabajo. ¡Y una mierda!*

—En la bolsa del hospital necesitáis algunos pañales, algodón y loción para el bebé —empezó a decir Mandy—. Unos cuantos pijamitas, algo de dinero para el carro del hospital, una bata y zapatillas, toallitas higiénicas…

—… Y dos camisetas, de las más grandes que podáis encontrar, para hacer las veces de camisón. Comprad bragas desechables, aunque no sean sexis, toallitas de bebé y una funda donde cambiarle, algo de zumo, cuanto más frío mejor, una gran chocolatina de fruta y frutos secos, una novela de Jackie Collins y vuestras pezoneras por si acaso —siguió Carol.

Al final de la sesión, Mandy les dijo a las chicas que había una gran caja de libros y de vídeos sobre el parto que podían coger prestados. Estaba exhausta por competir con aquella yegua de cría andante y estaba deseando entrar en casa, quitarse los zapatos, poner un capítulo de *EastEnders* y tomarse un buen trago de ginebra. Gracias a Dios que no tenía hijos que la esperaran en casa.

—No os los llevéis —le susurró Carol a Helen, que había cogido un vídeo—. Te cagarás de miedo.

Helen no quería pensar en esa imagen. Todas habían visto un vídeo sobre el parto en la escuela en la que una mujer francesa se había cagado mientras daba a luz. Si aquello pasara sería su peor pesadilla.

A excepción de Carol, que se alejó por la calle dando saltos como el tigre *Tigger* enfundada en unos pantalones elásticos, todas salieron de la reunión mansas como corderitos.

—Apenas he comprado nada de todo eso —dijo Elizabeth, quien parecía estar especialmente aturdida.

—Bueno, al menos mañana empieza el fin de semana, puedes ir a comprar todos los artículos ahora que sabes lo que te falta —dijo Janey, sintiendo un poco de pena por Elizabeth. Al menos ella podía enviar a George a comprar si se quedaba sin alguna cosa. Pronto se convertiría en un amo de casa a jornada completa. Ella iba a redactar el borrador de su carta de dimisión ese fin de semana.

—¿Y qué pasa si es demasiado tarde y doy a luz esta noche? —replicó Elizabeth, sintiendo un poco de pánico.

—¿Crees que no te ayudaríamos? —dijo George, dándole un gran abrazo y sorprendido de que ella se dejara. No le apartó como hacía habitualmente, por lo que él siempre se metía con ella.

Elizabeth sonrió, agradecida, pero sabía que no estaba preparada para eso. No estaba preparada en absoluto.

Cuando llegó a casa, John la esperaba en el coche junto a la puerta. Llevaba puesta su ropa de constructor, así que imaginó que era otra visita relámpago.

—Estás de suerte —dijo—. Iba a esperar cinco minutos más antes de irme. Pensé dejarme caer por aquí para ver cómo te había ido la clase.

—¿Cómo sabías que iba a una clase?

—Quedé con George para tomar una cerveza durante la semana.

—Ya.

La siguió al interior de la casa. Estaba tan estresada que ni siquiera puso la tetera en marcha y se sentó en el sofá, mirando la alfombra como si estuviera en trance.

—Bueno, ¿vas a contestarme o tengo que asumir que se trata de uno de los misterios de la vida, como el de las pirámides?

—Me dio miedo —dijo—. Me di cuenta de que no tengo todo lo que necesito.

—¿Cómo qué?

Sacó la lista del bolsillo.

—*Sudocrem*, pañales, cochecito… ¿Puedes creer que se me olvidara que necesitaba comprar un cochecito?

—¡Yo te traje pañales!

—¿Pero son de la talla adecuada? Necesito comprar algunos de los más pequeñitos en caso de que nazca antes de tiempo. No he preparado la bolsa. ¡Ni siquiera tengo una bolsa que preparar! No tengo toallitas hig… cosas.

—Entonces ves a comprarlas mañana. Es sábado, tienes todo el día para ir de compras —dijo él con suavidad, tratando de que a ella no le entrara el pánico—. ¿Quieres que te traiga algo?

Le quitó la lista y ella trató de arrebatársela porque no quería que viera cosas como las bragas desechables o las toallitas higiénicas, pero él era como tres metros más alto que ella y solo se la devolvió cuando se hubo aprendido casi toda la lista de memoria.

—Me las puedo arreglar —dijo, indignada y avergonzada, y él se rió. Estaba cambiando, pero seguía siendo Elizabeth, la condenadamente terca e independiente Collier.

Su Elizabeth.

Capítulo 40

Jeny daba vueltas en la cama.

—¿Qué ocurre? ¿No puedes dormir, cariño? —preguntó George.

—No, no puedo encontrar la postura —gimió Janey desde su nido hecho con doce almohadas. Las tenía debajo de la tripa, entre las piernas, bajo las tetas, detrás del culo, tenía una en cualquier parte del cuerpo en la que se pudiera pensar. George cogió el aceite de bebé, le levantó el camisón, encendió la lámpara de la mesita y empezó a frotarle la espalda.

—Mis días de sexo se han terminado —dijo, agotada—. Por favor, dime que esta no es tu idea de los preliminares.

—¡*Mis* días de sexo se han terminado! —dijo George—. ¡Me has desgastado el miembro!

Los dos sonrieron con ternura, esperando que sus días de sexo *no* hubiesen terminado durante mucho tiempo, ahora que los habían recuperado de nuevo y los habían mejorado infinitamente.

¿Quién iba a pensar que mi vida iba a cambiar tanto, pero para mejor, a estas alturas del año?, pensó Janey, disfrutando del masaje que George le estaba dando en la espalda. El masaje era tan íntimo como la expresión de su amor a través del sexo. La frotó con sus manos grandes hasta que la oyó respirar de aquella manera que indicaba que estaba dormida. Durante más o menos una hora, hasta que tuviera que ponerse en pie a la fuerza para la primera de sus cinco visitas al cuarto de baño.

Elizabeth puso un pie en el escalón y se dio cuenta de que no podía mover el otro lo suficiente como para subir el segundo, ya que el dolor que tenía en mitad del muslo era muy intenso. Volvió a intentarlo.

Esto es ridículo, pensó. No puedo subir la maldita escalera.

Tenía la necesidad imperiosa de ir al lavabo, así que trató de alzar el pie de nuevo, lentamente, pero no, el dolor no se lo iba a permitir. Se quedó allí plantada, mirando las escaleras y de repente se dio cuenta de por qué tanta gente mayor se mudaba a casas de una sola planta.

—Esto es de locos —dijo, apretando los dientes y volviéndolo a intentar, pero cuando su pierna llegó al mismo punto, el dolor la atravesó, obligándola a admitir que la había derrotado. Era tan absurdo que se echó a reír.

—¡Tú! —le gritó al bebé, agitando el puño.

Se sentó en la escalera y trató de subir de espaldas. Le llevó muchísimo tiempo pero, mil horas después, lo consiguió.

¡No puedo creer que haya tenido que hacer esto!, pensó, y después, ¿cómo diablos voy a volver a bajar la escalera? Decidió que ni lo intentaría. Las puertas estaban cerradas con llave y solo había una luz encendida en el piso de abajo que tendría que esperar a la mañana siguiente para apagar. Se fue directamente a la cama y, al igual que Janey, tenía cojines y almohadas colocados por doquier. Se echó encima de la colcha porque hacía demasiado calor para taparse. La ventana estaba abierta y la brisa fresca que entraba desde el exterior le ayudó a dormir.

Helen la llamó por teléfono al día siguiente y la despertó.

—¿Sabes lo que he tardado en ponerme las bragas? —preguntó, tan pronto como descolgó.

—Bueno, si crees que eso es malo, yo apenas pude subir al piso de arriba anoche. Fue una locura. No podía levantar la pierna y tenía un dolor horrible que me recorría la parte trasera del muslo. Acabé subiendo las escaleras de culo —dijo Elizabeth.

—Sí, eso también me ha pasado a mí. Lo que hay que hacer es arrodillarse con las manos en el suelo y balancearse de atrás hacia adelante —dijo Helen—. El bebé debe de estar presionando algún nervio, así que tienes que frotarte el vientre hasta que se mueva.

—Si eso no funciona, ¿sabes que podría quedarme atrapada en el piso de arriba para siempre? —dijo Elizabeth—. Leeréis mi caso en los periódicos: «Vecina del pueblo comida por las palomas».

No había un capítulo sobre *eso* en su *Miriam Stoppard*.

—¿Cómo te sientes cuando te estiras? —preguntó Helen.

Elizabeth levantó la pierna.

—Todavía me duele pero no tanto como anoche, gracias a Dios. Creo que seré capaz de bajar sin tener que llamar a los Bomberos. ¡Que Dios se apiade de sus espaldas si tienen que sacarme por la ventana!

—Bien, porque voy a llevarte de compras —dijo Helen—. Por favor, tienes que estar lista en media hora.

—¿De compras? —dijo Elizabeth.

—¿No creerás que voy a dejarte en el estado en el que estabas ayer, verdad? —dijo Helen—. Voy a ir contigo a comprar provisiones.

Cuando Elizabeth colgó el teléfono, se balanceó en el suelo y se frotó el vientre como le había dicho la nueva Doctora Luxmore. Fue de gran ayuda.

Compraron algunas de las cosas más pequeñas que Elizabeth había apuntado en clase, y cuando estaban en la cola para pagar la bañera del bebé, Elizabeth recibió un mensaje de móvil de John muy oportuno que decía: ¿DÓNDE STAS? TGO CAMBIADOR, BAÑERA Y COCHECITO EN FURGONETA. Se lo enseñó a Helen, quien la miró, expectante.

—¿Qué? —espetó Elizabeth.

—Nada —dijo Helen, con las cejas levantadas y una astuta sonrisa pugnando por salir en la comisura de la boca.

—Ojalá no se entrometiera —dijo Elizabeth, quien se dispuso a decirle aquello por mensaje de móvil, pero entonces se detuvo. Le mandaría a paseo a la cara.

La dependienta de la tienda *Cuidados para Madres* les tomó las medidas para los sujetadores que necesitarían para dar de mamar al bebé. Helen estaba encantada porque su 85A era ya una 90B, pero estaba segura de que seguiría aumentando, así que no se compró ninguno. Elizabeth no se podía creer que su 90B se hubiera convertido en una 105C, y en ese mismo instante decidió que no tendría dificultades para dar el pecho con aquellas armas *Sten* de nueve milímetros. ¡Jesús, una 105C la cualificaba para hacer de mala en una película de James Bond! O eso o podía abrir una lechería. También compró unas pezoneras, aunque se equivocó al describirla y parecía que hablaba de las que se usaban en el sado, lo que hizo que a Helen le diera un ataque de risa. Parecían sombreros mexicanos para una fiesta de disfraces de ratones. Ella había creído que solo tenías que amorrar el bebé al pecho y alimentarlo. Se suponía que era algo natural, ¿no? Entonces ¿por qué era complicado? Al menos eso era lo que había pensado tan ingenuamente hasta que Carol las había iluminado y había añadido otra preocupación más al montón.

Janey la llamó al móvil justo cuando salían del departamento de sujetadores.

—¿Quieres ir de compras? —preguntó—. Ayer estabas tan preocupada que apenas he podido dormir. Bueno, por eso y por el dolor de espalda y el hecho de que mi vejiga haya encogido hasta tener el tamaño de una nuez.

—En este momento estoy de compras con Helen —dijo Elizabeth—. Creo que ahora ya lo tengo más o menos todo, pero gracias. Eres un tesoro.

—Está bien, compañera. Bueno, si ya te las apañas, empezaré a hacer limpieza.

—¿Eh? Limpieza, ¿tú? —Elizabeth se volvió hacia Helen—. ¡Oye, Helen, Janey va a hacer limpieza!

—¡Descaradas! —dijo Janey. Había oído hablar sobre lo de «preparar el nido», pero creyó que sería la última persona a la que le ocurriría algo *así*. Tenía puestos los guantes de goma y estaba deseando ir a limpiar el baño. Esperaba que aquello durara porque era bastante estimulante, pero no iba a ponerse en evidencia y a admitir que limpiar azulejos le causaba emoción. Tenía una reputación de mujer sucia que mantener.

Elizabeth se quedó dormida en la mecedora por la tarde. Dormía plácidamente porque acababa de dejar preparada su bolsa del hospital y se sentía más preparada si al bebé le daba por llegar antes. Entonces llegó Papá Noel. Un Papá Noel muy grande, de pelo oscuro, camiseta con el logo *Propiedades Silkstone* y botas con puntera de metal que conducía una furgoneta *Transit* a modo de trineo.

Elizabeth se levantó y abrió la puerta, aún medio dormida. John la apartó rápidamente y se puso a dar indicaciones a dos tipos para que colocaran el cambiador a un rincón de la habitación.

—Si ya tienes algo de todo esto, dímelo y lo devolveré a la tienda —dijo, cargando con un Moisés y dejándolo caer sobre el sofá mientras ella se quedaba allí plantada con la boca abierta. Después entró empujando un precioso cochecito bien provisto de mantas y de una pequeña alfombra de borreguillo. Además de traer un montón de cajas de juguetes *Fisher Price*, una bañera de bebé, algo más que venía en una caja grande, una enorme chocolatina de fruta y frutos secos y, para horror de Elizabeth, una bolsa de bragas desechables y de toallitas higiénicas.

—Yo… —fue todo lo que pudo decir antes de que él pasara a su lado como una exhalación.

—No puedo quedarme —dijo bruscamente—. Ya he malgastado mucho tiempo viniendo antes cuando no estabas en casa y tengo cosas que hacer. Hasta luego —y diciendo eso se marchó antes de que ella protestara alegando que no quería sus regalos ni su caridad. Ni su amor.

Capítulo 41

—¿Preparado, Tigre?
—¡Creo que sí!
—¿Llevas la carta?

George se palmeó el bolsillo trasero de los vaqueros. Janey le besó y le abrazó porque ese día él iba a renunciar a su trabajo por ella. Le había dicho que en realidad no era un sacrificio, pero ella sabía que dejar que su mujer fuera la que ganara el pan afectaría de alguna manera a su ego masculino norteño. Sabía que sería objeto de burla por su nueva situación como «amo de casa», a pesar de que algunos con los que trabajaba creían que la presencia de la testosterona en su organismo les daba derecho a gastarse todo el dinero de la hipoteca en el pub y en perseguir a otras mujeres. Ella sabía quién era más hombre.

Incluso a sus padres les había sorprendido el acuerdo, y sabía que Cyril no fardaría en el pub sobre la nueva carrera de su hijo. *¡Aunque deberías hacerlo!*, había querido gritar. *Deberías estar orgulloso y gritarlo a los cuatro vientos.* Estaba haciendo más por su familia de lo que haría fabricando piezas de plástico con una máquina. Nunca encontraría a un hombre mejor que George, nunca. A pesar de que ella había acabado en la cama de otro, pensando que quería intentarlo.

Tres años atrás, cuando alcanzó su peso ideal, una talla 38 sin nada de grasa, se creyó alguien importante. Había ido a un curso en Bristol y era la primera vez que había estado fuera de casa con una bonita figura de la que presumir y con todos aquellos ejecutivos mirando *su* ajustado traje azul oscuro para variar. Hacía que se sintiera sexi y poderosa.

Él había sido un Director de Finanzas de Watford, presuntuoso y arrogante, con un peinado al estilo Hugh Grant, voz profunda y un traje de *Armani*. Al principio le había recordado a Simon. Se le colgó el ordenador, bueno, en realidad no, lo fingió para que él acudiera al rescate, lo que hizo. Nunca nadie se había fijado en ella por su cuerpo pero era evidente que él estaba flirteando. El aire estaba impregnado de todas aquellas lascivas miradas que le dedicaba cuando pasaba junto a ella y la tensión sexual que crecía entre ellos podría haberse cortado con una sierra mecánica.

Sabía exactamente cómo sería el acto de adulterio antes de que se dirigieran al dormitorio. Había imaginado la escena en un millón de fantasías: él, un poderoso ejecutivo, ella, dinamita sexual a la que solo tenían que encenderle la mecha. Y ahora iba a vivirlo en vez de soñar con ello. Podía dejarse llevar del todo, no tendría que preocuparse de que los michelines sobresaliesen de su ropa y no le daría un ataque si dejaba las luces encendidas.

Sin embargo, Hugh Grant no estuvo a la altura del guion que había escrito para él. Estaba tan excitado que sus caricias eran ásperas como la lija. Fue directamente al grano sin pasar por todo el maravilloso espectáculo de preliminares que ella había imaginado. Las palabras «elefante» y «cacharrería» le vinieron a la mente. En el momento decisivo, ella le había hecho parar y le había preguntado:

—¿No te vas a poner un condón?

—¿Para qué quieres que me ponga un condón? —había respondido. Creyó que siendo un ejecutivo habría tenido más sentido común. También llevaba anillo de casado. ¿Es que no le importaba su mujer? Al menos se preocupaba lo bastante de George como para tomar precauciones, lo que había sido muy sensato por su parte, se dijo a sí misma, una vez que estuvo hecho. Él exhaló un suspiro pero se levantó, fue hasta su chaqueta y sacó uno del bolsillo interior. ¿Qué hacía llevando condones en la chaqueta si estaba lejos de casa?, había pensado ella, con un retorcido sentido de la moralidad.

Se corrió rápidamente y ella no sintió nada. Entonces le dijo que no debería haberlo hecho y que tenía que irse. Ella no trató de detenerle. Se sentó en el borde de la cama y empezó a ponerse otra vez los calzoncillos. Eran de tipo *slip*, no de la clase que estaban tan de moda últimamente. Eran de un inolvidable estampado *Paisley* y de color lila. Podría haberlos identificado en una rueda de reconocimiento al día siguiente si hubiera tenido que hacerlo. Después se puso unos calcetines realmente largos con rombos de color beige a los lados. Tenía un montón de granos en la espalda, la camisa tenía una mancha en la manga y los puños un poco raídos. Ella sintió asco por él y por ella y se dio un baño y una ducha antes de caer en un sueño que la culpa hizo que fuera poco reparador.

Al día siguiente ya no le veía como a un personaje de novela romántica, sino tan solo era como un tipo egoísta, infiel y sórdido que llevaba un buen traje, una fragante loción para después del afeitado y que conducía un coche llamativo. No podía quitarse sus horribles calzoncillos de la cabeza, y al verle se sintió más fea y rastrera de lo que nunca se había sentido con muchos kilos de más. Ansiaba llegar a casa y no volver a verle en toda su vida.

Durante todo el camino de vuelta a Yorkshire se torturó con preguntas como: ¿Por qué diablos no había dejado que sus fantasías no traspasaran la línea? ¿Cómo podía haberle hecho eso a George? Él había estado tan contento de verla cuando llegó a casa, la abrazó y le dijo lo mucho que la había echado de menos, y había cocinado algo muy especial y decorado el comedor con globos y pancartas de bienvenida. Entonces ella se había puesto a llorar. Él se había emocionado por lo contenta que estaba de verle, aunque no había sabido que era la culpa la que hacía que brotaran la mayoría de aquellas lágrimas.

Una vez estuvo a punto de contarle lo que había hecho pero sabía que le destrozaría. No podía cambiar el pasado. Todo lo que podía hacer era compensarle, y lo hizo con su silencio.

El ambiente en la fábrica era extraño. Las máquinas funcionaban igual pero decididamente había algo diferente. George podía sentirlo, al igual que los demás, que formaban grupos a lo largo de la mañana para preguntarse unos a otros qué estaba pasando. A George no le preocupaba tanto como el hecho de poder hablar con su capataz para poder entregarle la carta.

—Ahora no, chico —dijo su capataz, a pesar de tener tres años menos que George, pero que ese día parecía tener quince más. George, siendo como era, no quiso presionarle y volvió a meterse la carta en el bolsillo esperando una ocasión más propicia.

Janey salió de la consulta del médico sonriendo. Le había dicho que la próxima vez que se vieran, probablemente ella ya tendría a su bebé en brazos. Aunque el señor Greer le había dicho que seguramente no la asistiría en el parto, lo que la había decepcionado un tanto porque le caía bien. Tenía los mismos modales de caballero de Alex Luxmore, y confiaba plenamente en él. Le dijo que la visitaría después en una de sus rondas, lo que estaría muy bien. Era una suerte que no fuera George el que la asistiera en el parto. Le llevaría dos semanas, pero finalmente saldría perfecto. Apostaría lo que fuera a que aún no había entregado su carta de dimisión.

John Silkstone había trabajado muy duro en Alemania y se había ganado la fama de ser un trabajador de calidad, lo que era un cumplido teniendo en cuenta algunos de los trabajadores con los que había contado. Habían sido siete años muy útiles y había aprendido muchas cosas de los yeseros alemanes y de los albañiles italianos. Hizo muchas horas extras. Se había dado cuenta casi de inmediato de que su matrimonio había sido un enorme error. Lisa era guapa pero no le excitaba ni le interesaba lo más mínimo. Sabía por qué se había casado con ella y le daba vergüenza. Entonces ella se había liado con Herman para atraer su atención, aunque le estaba agradecido por la excusa que le proporcionó para escapar. Los dos se habían dedicado completamente a sus trabajos para llenar el vacío. Ella había empezado a importar ropa interior y ya tenía un negocio emergente en Alemania y él había trabajado todas las horas posibles para evitar tener que ir a casa y escuchar los reproches que la frustración le producía a su mujer por no poder llegar a un corazón que no estaba destinado para ella. Tal vez de no haber sido tan desgraciados no habrían tenido tanto éxito en sus carreras. Era el único consuelo que le quedaba de esos años.

No había llamado después de hacer de enviado de Santa Claus, así que Elizabeth le llamó el lunes y le dijo que si quería pasarse por allí cuando estuviera libre le daría las gracias en persona por los regalos, aunque ambos sabían que ella quería darle su opinión al respecto. Él se presentó, valiente, aquella misma noche, mientras ella estaba al teléfono con Janey hablando sobre su visita al hospital. Le ofreció una cerveza y él pensó, «Las ha comprado para mí», y aceptó una con gratitud.

—No deberías haberte gastado tanto dinero, ¿sabes? —dijo, pero de manera mucho más suave de lo que había esperado—. Puedo permitirme comprar lo que necesito. No estoy en la ruina.

—Ya sé que puedes —dijo—, y antes que digas nada más, no, no siento pena por ti porque estés sola y no, no se trata de caridad. Es solo un regalo, para el bebé, no para ti. Bueno, las bragas grandes y las toallitas sí que lo eran. Menudo regalo, ¿eh?

Se dio la vuelta, avergonzada por su comentario.

—¿Acerté con la talla? No es un tema en el que esté muy puesto.

—¡Oh, por el amor de Dios! —dijo, tratando de cambiar de tema y él sonrió al ver lo incómoda que se sentía.

—Vale. Te prometo que no te compraré nada más si no quieres.

—¡Ya no queda nada que comprar! —dijo—. Y, si lo hubiera, te quedarías en la ruina.

—Oh, cállate Elizabeth. No estoy precisamente en la ruina. Me fue mejor que bien en Alemania.

—No te seguirá sobrando el dinero si sigues malgastándolo por ahí —murmuró Elizabeth y él soltó un bufido impaciente.

—No te preocupes por mí. Además, no tengo nada más bonito en lo que gastarme el dinero. Mi padre irá a la mejor de las residencias cuando llegue el momento, me he ocupado bien de mi madre y nunca le faltará de nada y, en realidad, señorita Collier, me lo pasé muy bien comprando todas esas cosas a tu hijo. Creo que por fin he encontrado mi lado femenino. Ahora puedo entender qué veis las mujeres en ir de compras.

Ella se rió. *¿Lado femenino? ¿Con todo aquel pelo y barba, tan alto y fuerte como la Torre Blackpool?*

—¿Así que no usaste la pintura que te compré? ¿No has terminado el cuarto del bebé?

—No —dijo—. Que me devuelvan el dinero, por favor.

Él se rió y ella continuó hablando.

—Bueno, no hay prisa porque el bebé dormirá en mi habitación durante un tiempo. De todos modos lo retrasé demasiado, y no creo que ahora pueda subirme a una escalera para pintar el techo.

—Lo haría yo mismo, Elizabeth, pero estoy hasta arriba con las cas...

—¡No estoy insinuando que lo hagas, ya lo sabes!

John se acercó a ella con gesto de querer estrangularla y gruñó:

—¡Me rindo! ¿Por qué no contratas a un decorador? Usa el dinero que te dieron por la casa. Apuesto a que aún no lo has tocado.

Elizabeth le *miró*, horrorizada porque hubiera mencionado aquello.

—No podría usarlo.

—Sí, sí que puedes.

—Bueno, la mitad es de Bev, para empezar.

—La otra mitad no.

—Ya te dije en su momento, cuando se vendió la casa, que nunca lo tocaría. Perdiste el tiempo abriendo aquella cuenta en el banco.

—Apuesto a que no sabes cuánto dinero hay, ¿verdad?

—No, no tengo ni idea —dijo ella, orgullosa.

—Fue la casa de tu abuela antes que tus padres se la compraran. Piénsalo de ese modo. Te gustaba tu abuela, ¿no? —le recordó, pero ese argumento no la había convencido entonces y tampoco la convencería ahora.

—Era *su* dinero, lo mires por donde lo mires. —Su voz se hizo súbitamente más dulce—. Sé que lo arreglaste todo con los abogados por mí, John. No quiero parecer desagradecida.

—Al menos había treinta mil, Elizabeth. Añade todos los intereses durante diez años y..., bueno, es un buen pellizco —dijo—.

El dinero no es malo en sí mismo, Elizabeth, y puede que lo necesites cuando llegue el bebé.

—No creo que esté tan desesperada como para tocarlo —dijo Elizabeth, y especialmente no para decorar la habitación de su bebé. ¡Oh, maldita sea, ¿por qué no habré decorado la habitación antes?!, pensó. Puede que no hubiera prisa por acabarla, pero habría estado bien tenerla terminada. Se sentía tan fuera de control, sin tener ni idea de cómo cuidar a un bebé. ¡Ya lo había hecho bastante mal con el gato! Le aterrorizaba no poder amar a su bebé y convertirse en una de esas madres que no podían sentirse ligadas a su hijo recién nacido y que se lo quedaban mirando sin emoción alguna, deseando que desaparecieran.

—Imagino que saldrás a celebrar tu cumpleaños con tus amigas —dijo John, como quien no quería la cosa.

—No lo sé, aún no lo he pensado —dijo.

—¿No te apetece salir a buen restaurante o al cine o algo así?

—No creo que podamos estar sentadas durante toda la película y no estoy segura de si alguna de nosotras podría enfrentarse a una comida copiosa. Todas tenemos ardor de estómago.

—Bien —dijo él, asintiendo lentamente, y algo en ese gesto le hizo pensar, ¡Mierda, apuesto a que no se refería a salir con las chicas, sino con él!

—En fin, será mejor que me vaya…

¿Cómo diablos arreglo esto?

—Yo… esto… ¿arroz chino?

¿Qué?

—Podría comer algo de arroz y patatas chinas. ¿Te apetece?

—Creía que no comías patatas.

—Sí… bueno, ahora me apetecen. Si quieres quedarte y comer, yo invito. Una especie de agradecimiento por, ya sabes, todo lo que has comprado.

—¿Tú? ¿Dando las gracias? ¿Dos veces en tu vida? —dijo él, llevándose las manos al pecho y fingiendo un ataque al corazón.

—Bueno, ¿quieres que pida comida china o no? —dijo ella, impaciente.

—Ya que me lo pides de forma tan encantadora, ¿cómo podría negarme? ¿Tienes un menú de comida para llevar?

—O... —*glups*—, podíamos salir a cenar. La librería de la esquina ahora es *El Dragón Dorado*. Parece ser que no está mal.

Él la miró como si le acabara de crecer otra cabeza y después pensó: ¡Bueno, cómo no! Y se frotó las manos.

—Vale, pero si tú pagas, señora, que se preparen porque soy una bestia hambrienta.

—Mientras no esperes que comparta contigo mi arroz, colega.

—Tu arroz será solo tuyo, lo prometo.

Elizabeth cogió su chaqueta y su bolso y, juntos, bajaron por la calle hasta *El Dragón Dorado*, deseando cogerse del brazo pero sin atreverse a hacerlo.

Capítulo 42

—¿Preparado, otra vez?

—¡Más que nunca! —George dio unas palmaditas a la carta que tenía en el bolsillo y le invadió una sensación de *déjà vu*.

—Bien, hoy es el día —dijo Janey con decisión, tratando de no presionarle pero sin conseguirlo—. ¿Tan difícil es entregar una carta, cariño?

—No voy a limitarme a ponérsela a alguien en la mano, Janey. He trabajado allí durante mucho tiempo. Les debo algo más.

George hacía funcionar una de las máquinas que aportaban más beneficios a la empresa, una maquinaria alemana grande y fiable que producía pequeñas ruedas dentadas de plástico. También era el trabajo más aburrido y era el único tío que había pasado más de un mes en la máquina sin que lo arrastraran hasta una furgoneta blanca con una camisa de fuerza. Un día sí y otro también, George había trabajado en ella pacientemente, y nadie le envidiaba por que le pagaran un poco más porque era un trabajo muy monótono. Sabía que les iba a costar encontrar un sustituto.

Janey sacudió la cabeza con gesto de impaciencia. Sí, hacía las cosas con seguridad y siempre acababa por llegar a su destino pero, ¡era tan *condenadamente lento*! A veces deseaba que un trozo de dinamita aterrizara en su culo y detonara. A ese paso, iba a darles la noticia cuando ella estuviera con las piernas en alto en los estribos y le indicaran que tenía que empujar.

Aquella era la cuarta mañana consecutiva que George había salido de casa con la carta en el bolsillo pero nadie había tenido tiempo de concertarle una cita de dos minutos para que hablara con el de Personal. Los directivos pululaban por todas partes como abejas enloquecidas, con aspecto serio e intenso. Era como trabajar en una colmena muy estresada. Si él hubiera sido de los que presionan, como Chris Fretwell, habría podido insistir en ver a alguien y haber hecho mucho ruido hasta que le hubieran hecho caso, pero George sabía que al final podría hablar con alguien, cuando tuvieran tiempo de escucharle sin forzar la situación y provocando que la gente le diera la espalda.

Fichó, recorrió la fábrica pasando por la gran tienda de herramientas y la enorme máquina que hacía colgadores para *Mark & Spencer*. También pasó junto a las que producían cajas de arena para gatos y giró a la derecha hasta llegar a su propio rincón, que era cualquier cosa menos acogedor. Se acababa de sentar ante la máquina, reparando en lo poco que había hecho el cerdo perezoso del turno de noche, cuando vio que su capataz apartaba a Chris Fretwell de su máquina y se lo llevaba de allí. Al cabo de un rato vino a buscar a Fred Hines y después a Johnny Skelly. Ninguno de ellos volvió. Era como estar dentro de una novela de Agatha Christie. Entonces el capataz vino a buscarle.

—George, colega, Gary Hedley quiere verte en su oficina —y le dio una extraña palmadita en la espalda que casi pareció una disculpa.

Por fin, pensó, y desocupó su puesto.

Justo cuando estaba ante la oficina de Personal, sacando su carta de dimisión, se dio cuenta de que aún no había tenido ocasión de decirle a nadie que quería ver a Gary Hedley, lo que significaba que, o bien Gary Hedley era la vidente Mystic Meg disfrazada o algo estaba pasando. George fue sensato y volvió a guardar la carta en el bolsillo, por el momento, y llamó a la puerta.

—¡Adelante!

Entonces entró y le pidieron que se sentara.

—George, amigo, iré directamente al grano si andarme con rodeos —dijo Gary Hedley, Director de Personal en Moldes de Plástico por Inyección Clayton—. Tenemos que despedir a todo el mundo. Tú eres uno de los dos trabajadores que más tiempo ha pasado aquí y me duele decir que tenemos que cerrar la fábrica con efecto inmediato. Una empresa japonesa la ha comprado entera y lo están cambiando todo.

George se puso pálido por el pánico, y después recordó que de todas maneras iba a dejar el trabajo.

—Lo siento, George. Obviamente, obtendrás las mejores referencias pero a estos japoneses les gusta contratar a sus propios trabajadores, aunque alguien como tú no lo tendrá difícil, así que no te preocupes demasiado. Te vamos a dar una paga de... —consultó sus papeles—,.... quince mil setecientas cuarenta y nueve libras con veintiocho peniques. Siento que no sea más. No es mucho, teniendo en cuenta todo el tiempo que has trabajado aquí.

—¿Vein... veintiocho peniques? —fue todo lo que George pudo decir, porque estaba en estado de *shock*. Podía aceptar el hecho de que iba a cobrar veintiocho peniques, pero aún no había asimilado el resto.

—Así funcionan las cosas, amigo. Incluye el dinero de tus vacaciones y tus incentivos por fidelidad. Odio hacer esto, George. Tengo que hacer lo mismo con otros cuarenta esta mañana y después volver para el último turno de la noche. Tienes que recoger tu bata y marcharte a casa. Una vez os lo he dicho, no podéis tocar vuestras máquinas, en caso de que alguien intente sabotearlas por despecho. Y no es que creyera ni por instante que fueras capaz de hacerlo, amigo, deja que te lo diga. Tengo que seguir un procedimiento. Lo han especificado así.

—¿Veint... veintiocho peniques?

—¿Quieres un café, amigo? —dijo Gary Hedley. Nunca había visto a nadie temblar tanto. Ni siquiera en aquel documental sobre el Parkinson.

—No, estoy bien —dijo George.

—Mételo en el banco, chico —dijo Gary Hedley, entregándole el cheque—, y buena suerte. Les hablaré bien de ti a los japos cuando lo hayan remodelado todo. Cuando se mueven, lo hacen rápidamente, eso sí que es verdad. —Estrechó enérgicamente la mano de George, sin fuerzas debido a la impresión.

—¿Qué va a hacer usted? —preguntó George.

—¿Eh?

—¿Usted, con su trabajo? ¿Qué le pasará?

—Los despidos nos tratan a todos por igual —dijo Gary Hedley, a quien le acababan de entregar un *Jaguar* nuevecito el mes pasado sin sospechar que todo aquello estaba a punto de pasar—. Me quedaré un tiempo por aquí para solucionar algunos cabos sueltos y pasar el relevo a los japoneses de forma oficial, y, si después no me dan trabajo o no lo encuentro, me encontraré con algunos de vosotros en la cola del paro. Tendré que deshacerme del coche, por supuesto. —Echó una melancólica mirada a su plaza de aparcamiento.

George cogió el cheque y se lo metió en el bolsillo, junto a la carta de dimisión que no había entregado.

—Bueno, buena suerte para usted también, señor Hedley —dijo George.

—Gracias, George. A mi edad, la voy a necesitar —dijo Gary Hedley, demasiado joven para jubilarse y para enfrentarse a todos aquellos chicos prodigio con sus fantásticas licenciaturas en Económicas. Apreciaba la preocupación de George. Tenía sus dudas sobre si alguien más le desearía suerte. Gary Hedley no esperaba oír otra cosa que críticas acabadas en «por culo» durante las próximas dieciséis horas.

Para cuando George llegó a la salida, ya había asimilado que también había cobrado cuarenta y nueve libras. Los otros chicos estaban reunidos, hablando en voz baja.

—Vamos a ir al pub, George. ¿Te apuntas?

—No, ¡solo son las diez y media!

—¿Y? Creo que nos merecemos una cerveza después de esto, ¿no?

Aquello era típico de Chris Fretwell. Su mujer no vería mucho de su paga de despido, no a menos que trabajara de camarera en el pub.

—¿Qué otra cosa vas a hacer?

—Irme a casa —dijo George.

—Los japoneses no van a instalarse hasta al menos dentro de tres meses —dijo Fred Hines.

—Yo no voy a trabajar con ellos —dijo George.

—Oh, claro, ¿qué vas a hacer entonces? —dijo Chris Fretwell, preguntándose si George tenía información confidencial sobre otros trabajos. A él tampoco le hacía gracia trabajar para los japoneses. Sus métodos de trabajo más pausados chocarían con la eficiencia militar de los orientales, y a él también le interesaba encontrar algo más tranquilo.

—Me quedaré cuidando de la casa y de mi hijo, cuando llegue —dijo George.

—¿Eh?

—Ya me has oído.

Una sonrisa cruzó lentamente el rostro de Chris.

—Vaya, chicos, ¡Georgy Hobson se está volviendo marica! —dijo. Después, volviéndose hacia George, continuó:

—¿Ahora te gustan los de la acera de enfrente, colega?

Pero cerró la bocaza cuando el corpulento George Hobson dio un paso al frente, le agarró por el jersey y le levantó en volandas. De esa forma, al menos, podía hablar con el pequeño mequetrefe mirándole a los ojos.

—Estaré cuidando de mi niño y me quedaré en casa, como siempre he querido hacer —dijo George, sin alzar la voz, sin gruñir ni escupir, pero haciendo mucho hincapié en lo de la casa—. Y cuando mi mujer llegue a casa de su merecido trabajo de ejecutiva en Leeds, me sentaré con ella ante una deliciosa cena y una botella de buen vino en una casa que ya estará casi terminada y pagada. Si eso me convierte en un marica, entonces que así sea, *colega*.

Y después de decir aquello, George Hobson dejó caer a Chris Fretwell al suelo hecho un ovillo de testosterona, y se fue a casa sin mirar atrás.

Cocinó bistec con champiñones, maíz tostado y unas patatas gruesas, y cuando Janey entró por la puerta a las seis de la tarde, puso una botella de *Moët* en el cubo de la fregona lleno de hielo.

—¿Ya lo has hecho? —dijo, abriendo los ojos como platos al ver la mesa preparada, y pensó: O bien esto es una celebración o una disculpa.

—No tuve ocasión —dijo.

—Oh, George, maldita sea... —Era una disculpa.

—Un momento, un momento, señora. ¿Quieres saber *por qué* no tuve ocasión?

Janey creyó que era mejor no abrir la boca y asintió.

—Vale, te lo diré. Porque me despidieron. ¡Me han convertido en un JODIDO PARADO! —y le entregó el cheque a su mujer.

Janey lo miró. Veintiocho peniques, pensó. Después le miró a él. Entonces empezaron a dar saltos por la cocina.

¡Si hubiera entregado la carta a principios de semana no le hubieran pagado nada!, pensó Janey, y se sintió desfallecer ante la idea de casi haberlo perdido. Él abrió la botella de champán y le llenó la copa, y ella se la bebió porque creyó que al bebé no le importaría que tomara una o dos, no después de aquella impresión.

¿Cómo ha conseguido veintiocho peniques?, siguió pensando su cerebro, pero las burbujas del champán se dirigieron rápidamente a ese pensamiento y lo dejó fuera de combate para ser reemplazado por otro: nunca más volvería a regañar a su marido por ser tan lento. No eran exactamente los *Speedy Gonzalez* de la vida pero, entre los dos, las cosas les iban bien, muchas gracias.

Capítulo 43

Elizabeth pasó a buscar a Helen por el antiguo caserón de sus padres. Era un lugar muy agradable y siempre le había gustado ir allí cuando eran niñas. La casa siempre parecía estar llena de nuevos aromas que provenían del horno cuando el ama de llaves Mamá Hubbard estaba allí. El Dr. Luxmore trasteaba por el jardín o salía de su estudio para distribuir caramelos que sacaba de su bolsillo, y la señora Luxmore les hacía té muy exquisito en apropiadas tazas y platitos de porcelana. La idea de que pudiera romperlos aterrorizaba a Elizabeth. Era el tipo de casa en la que le habría encantado criar a un niño: un montón de habitaciones y un bonito jardín con un arroyo que fluía en un extremo.

La Vieja Rectoría transmitía una sensación de serenidad y era mucho más agradable que el hogar conyugal de Helen, aquella casa tan impresionante que en la actualidad tenía el cartel de *Se Vende* colgado de las puertas de hierro forjado. Brian estaba dormido en la hamaca que había suspendida entre dos manzanos, con una pata colgando de un lado y, sin duda alguna, roncando. Realmente al llegar a aquella casa podía decirse que había caído de pie.

Helen tuvo que hacer varias maniobras para meterse en el coche de Elizabeth. Se sentía tres toneladas más pesada que la semana anterior, sin contar la media tonelada extra que había ido a parar a su busto, lo que ella creía que era fantástico.

—Hels, ¿crees que ya quieres al bebé? —preguntó Elizabeth como quien no quería la cosa mientras llegaban a su destino.

—Claro, por supuesto —dijo Helen, acariciando su vientre inmediatamente para dar su confirmación. Sentía que el bebé estaba dormido. Cuanto más activa estaba, más tranquila estaba su hija, y al revés.

—¿Cómo sabes que la quieres?

—Simplemente lo sé —dijo Helen—. ¿Por qué lo preguntas?

—Por nada, por hablar de algo —dijo Elizabeth, antes de aparcar con tiempo de sobra para su segunda clase de futuras mamás.

La comadrona les sonrió a medida que entraban en la habitación, aunque se puso un poco tensa cuando vio llegar a Carol. La frase *Aliviar el dolor* estaba escrita en la pizarra. Mandy deseó poder aliviar algo del dolor que le causaba aquella bocazas.

—La respiración —dijo Mandy, cuando todo el mundo estuvo en su sitio.

—Ayuda un poco —dijo Carol, un tanto escéptica.

Mandy la ignoró y se dispuso a demostrar cómo se respiraba cuando se tenía una contracción.

—¿Cómo sabes que es una contracción? —preguntó alguien.

—¡Oh, lo sabrás! —dijo Carol, con una maliciosa risa que daba miedo.

—Últimamente he sentido unos calambres —dijo Janey—. Mi vientre se pone duro como una roca.

Unas cuantas mujeres asintieron y se inclinaron hacia delante para oír la respuesta, incluida Elizabeth.

—¿Duele? —preguntó Mandy.

—No.

—Contracciones de Braxton Hicks —dijeron la comadrona y Carol al mismo tiempo.

—Las tenéis durante todo el embarazo, pero solo se sienten al final. Son perfectamente naturales, pero no son contracciones como las que indican que vais a dar a luz —dijo Mandy, con la sensación de que tenía que añadir una explicación.

Después de enseñarles varias técnicas para respirar muy o poco profundamente para cada una de las etapas del parto y dejar que practicaran, Mandy sacó unas máquinas TENS.

—¿Alguien sabe lo que significa TENS? —Sonrió con satisfacción al ver que Carol estaba confusa por una vez—. «Estimulación Nerviosa Transcutanea» —dijo Mandy, sosteniendo una en alto como si fuera una azafata de *La Venta del Siglo*—. ¿Alguien sabe lo que hace?

—Que le den —dijo Carol entre dientes.

—Paraliza el dolor con una descarga eléctrica —dijo Mandy, con los dientes apretados—. Desarrollado a través de una investigación llevada a cabo por el Dr. Norman Shealy... —Entonces contó una historia en la que nadie estaba particularmente interesado.

—Debería haber sabido que se trataría de un tío —dijo Carol, inclinándose sobre Elizabeth y tratando, sin mucho éxito, de no alzar mucho la voz—. Solo a un hombre se le ocurriría aliviar el dolor de una mujer que siente que la están partiendo por la mitad dándole descargas en la espalda.

Mandy ignoró las risitas que había causado la demasiado audible observación de Carol siguiendo con el resto de su explicación. Después las puso en parejas y les enseñó cómo ajustar las almohadillas en la espalda de su compañera. Esa vez había un par de maridos más, uno muy escandaloso con el nombre *Marc* escrito en su pegatina (con una «c», notó Elizabeth). Apostaría los ahorros de toda una vida a que no había nacido con aquella «c». Escuchaba con mucha atención todo lo que decía Mandy, moviendo mucho los músculos faciales.

Helen ajustó las almohadillas en la espalda de Elizabeth y encendió la máquina. Aparentemente, la sensación era extraña, un cosquilleo, una mezcla entre unos pinchazos y una ligera descarga eléctrica. Había un botón en el pequeño control remoto que Helen giró lentamente hasta el máximo, pero a Elizabeth no le gustó nada la sensación. Le molestaba mucho y se cambió con Helen antes de tiempo. Pero a Helen no le importó, y pensó que sería muy útil cuando empezaran las contracciones. Decidió ir a *Boots* a alquilar una, tal y como Mandy les había recomendado que hicieran.

—¡*Entonox*! —dijo Mandy a continuación—. También conocido como gas y aire. Lo inhaláis justo antes de que la contracción llegue a su punto más álgido para ayudaros a superarla.

—Yo me lo metí en la boca y no pude deshacerme de él durante seis horas cuando tuve al segundo —dijo Carol, con su experiencia alternativa—. Te puede causar muchas náuseas, así que no es para todo el mundo.

—No, quizá no —dijo Mandy, tirante—. Pero estos métodos para aliviar el dolor no perjudican al bebé, a diferencia de la *pethidina* y las epidurales.

Cuando pronunció aquellos nombres, sus palabras sonaron como si una serpiente quisiera librarse de un caramelo de sabor horrible.

—*Nosotros* vamos a intentar que sea un parto natural —dijo Marc, apretando las manos de su esposa—. *Nosotros* hemos visto la bañera de agua en el hospital. A Pam le gusta mucho la idea, ¿verdad, querida?

—¿*Nosotros*? —se burló Carol, sacando pecho al estilo de Les Dawson—. ¡Ya lo veremos!

—Ahora hablaremos de la *pethidina* —dijo Mandy, arrugando la nariz como si estuviera a punto de contarles algo de muy mal gusto—. Dejad que os diga que existen ciertos datos científicos que relacionan el uso de *pethidina* en el parto con el consumo de drogas en la última etapa de la adolescencia.

Carol movió la cabeza, sin apenas disimular su desesperación. Recordaba la primera vez que había dado a luz, le aterrorizaba la idea de tomar cualquier cosa que pudiera poner en peligro la vida de su bebé, gracias a las doctrinas de una comadrona como aquella en sus clases, a pesar de tener la sensación de haberse comido un tigre que le desgarraba las entrañas intentando salir. Después de haber luchado durante horas y de que le dijeran que solo había dilatado medio centímetro, una comadrona preocupada la convenció para que le administraran media dosis de *pethidina* mientras se mostraba indignada por el consejo que le había dado su colega.

La droga funcionó de maravilla. Finalmente, Carol se vio con los pies apoyados en una mesita que le permitía respirar lo suficiente como para poder pasar por todo aquello. Sintió que la sensación de tranquilidad llegaba hasta su hijo y supo que *ambos* estaban menos estresados de lo que habían estado diez minutos antes. Ahora el bebé tenía treinta y tres años y, a pesar de estudiar inglés en la Universidad de Manchester, no mostraba ninguna predisposición a colocarse con algo más fuerte que los cubatas de *Bacardi*. Carol se subió mentalmente las mangas de la camisa y se preparó a presentar batalla.

—Pueden ponerte media dosis de *pethidina* para empezar —dijo Carol—. A mi amiga le provocó muchas náuseas y mareos, pero a mí me fue de perlas. Disminuyó el dolor a las mil maravillas durante mi primer parto. Mi hija nació en perfectas condiciones de salud, sin problemas, y a lo único que está enganchada es a Robbie Williams. —Sonrió a Mandy, victoriosa.

—No es para nosotros, creo que no —dijo Marc, quien obviamente estaba en el bando de Mandy y al que seguramente habían lanzado a las ortigas en el colegio por ser un imbécil. Pam asintió, apoyándole, cuando él se lo indicó con un codazo. Elizabeth creyó que ella misma necesitaría una dosis triple de *pethidina* solo para aguantarle hasta que terminara la clase.

Mandy no se atrevía ni a mencionar las epidurales y tuvo la esperanza de que pudiera acabar su explicación sin problemas.

—¡Lo mejor del mundo! —dijo Carol, arruinando sus planes—. Acaba con el dolor totalmente. Yo estaba sentada viendo el programa de Jerry Springer con el monitor en marcha, con contracciones que podían registrarse en la escala de Richter cuando tuve al cuarto y no me enteré de nada, a pesar de que resulta un poco extraño tener las piernas paralizadas como si fuéramos Chris Tate.

—Hay peligro de que la epidural cause daños permanentes en la columna vertebral —dijo el Inteligente Marc.

—Te importará un bledo si hace que se te caiga la cabeza cuando realmente necesites una —dijo Carol, quien tenía suficiente experiencia práctica como para que un niñato que aprendía las cosas de los libros pasara por encima de ella.

—Sí, pero cuando los efectos desaparezcan no habrás opuesto ninguna resistencia al dolor del parto y te golpeará como un mazo —dijo Mandy, poniéndose muy colorada.

—Cuando desaparecen los efectos, ¡te administran más! —le contestó Carol—. No lo entiendo. ¿Por qué quieres asustar a todo el mundo?

—¡No lo hago! ¡Estoy tratando de daros el mejor consejo para que traigáis a vuestros bebés al mundo de forma segura! —dijo Mandy, indignada, cruzando la estancia hasta donde se encontraba la réplica de una pelvis y de una muñeca del tamaño de un bebé para demostrar cómo era el parto. Las mujeres que no se habían desmayado para cuando había llegado a las episeptomías, se apuntaron mentalmente que tomarían cualquier droga, legal o ilegal, durante el parto y que se comprarían un posesivo pastor alemán que no permitiera que se les volviera a acercar ningún hombre.

Mientras salían de la clase, Elizabeth se quedó rezagada, con la esperanza de charlar un momento con Carol. La oportunidad se presentó cuando a Carol se le cayó el bolso y Elizabeth se lo recogió.

—Gracias, guapa —dijo Carol—. ¿Tu primer bebé?

—Sí, es el primero. He empezado tarde —dijo Elizabeth.

—Tengo que decirte que es mucho más fácil tenerlos cuando eres más joven. Cuando salga de cuentas cumpliré cuarenta y seis años y estoy hecha polvo. ¡Creí que este era un síntoma de la menopausia!

—¿Te queda mucho?

—Tres semanas, pero escucha bien lo que te digo, no aguantaré tanto —dijo resoplando mientras iban hacia la salida—. Tampoco dejes que esa Stalin te asuste —dijo, señalando a Mandy, la comadrona, que estaba recogiendo sus cosas.

—Estoy un poco asustada —admitió Elizabeth—. No sé qué esperar.

—Nadie lo sabe hasta que tiene un hijo, pequeña —dijo Carol con una risa amable—. Puedes leer todos los manuales que quieras pero nada te prepara para la salida de ese primer hijo. Aprenderás a medida que ocurra.

—¿Puedo preguntarte... por qué vienes a las clases si tienes tanta experiencia?

Carol pellizcó la mejilla de Elizabeth con suavidad.

—Me gusta conocer a mamás primerizas. Especialmente las de tu clase, que me recuerdan a mí cuando me quedé embarazada por primera vez. Me hubiera gustado estar en clase con una gallina vieja que me hubiera puesto en contacto con la realidad, eso te lo aseguro. Además, es agradable ver con quién acabarás charlando en la guardería y en la escuela. Se han forjado grandes amistades a las puertas de un colegio, querida.

—Carol, ¿puedo…?

—Tengo que irme volando, bonita. Te veré la semana que viene, si llego hasta entonces. Tengo un hijo al que llevar al campamento y llego tarde. —Le dio a Elizabeth un apretón de hermana en el brazo y corrió, bamboleándose, en dirección a un hombre peludo y un niño pequeño con una gorra puntiaguda que estaban sentados en un viejo *Ford Capri* azul muy cuidado con techo de vinilo rojo.

Janey la estaba esperando en la carretera, mientras Helen y George caminaban un poco más adelantados. Janey ardía en deseos de hablar un poco más sobre el inesperado despido de George. Iban a comprar unos bonos para el bebé con parte del dinero, dijo, viendo que a aquellas alturas los intereses que daba el banco por los ahorros eran tan malos.

—¿Crees que ya quieres a tu bebé? —le preguntó Elizabeth.

—¡Claro que sí! Creo que empecé a quererle la primera vez que lo vi en el monitor de la ecografía —dijo Janey.

—¿Cómo lo supiste?

—¿A qué te refieres con eso? Simplemente lo supe, como de di cuenta por primera vez que quería a George. Cuando amas algo lo sabes, ¿no?

Cuando llegó a casa, Elizabeth subió a su habitación, donde estaban todas las cosas del bebé: el moisés junto a su cama, los ositos de peluche y los sonajeros que habían invadido los estantes superiores, la cesta con los diminutos calcetines y todos los baberos de un blanco impoluto que había lavado y planchado y colocado en cajones. Todo parecía tan irreal. No podía imaginar que pronto habría un bebé que usaría todo aquello. Su bebé.

- Por favor, Dios, deja que pueda amarle —rezó, arrodillándose al borde de la cama como una niña, con los ojos bien cerrados y las manos unidas. Porque no estaba segura de si sabría cómo hacerlo.

Capítulo 44

Había pasado una semana y media desde la última vez que John y Elizabeth se habían visto, cuando habían salido a cenar comida china y a ella le había costado una fortuna, aunque no era nada en comparación con lo que él se había gastado en su hijo. Incluso había pedido una ración doble de plátano frito de postre mientras ella estaba sentada con un té de jazmín en una mano y su botella de *Gaviscon* en la otra, a pesar de que incluso la medicina contra la indigestión le producía indigestión en aquellos días. La había acompañado hasta la puerta y le había dicho que no iba a entrar a tomar un café.

—No te he pedido que entres a tomar café —había contestado con gesto de desaprobación, y él se había reído como el Papá Noel del colegio que la había sentado en sus rodillas. Cuando le preguntó que qué quería para Navidad, ella había dicho «a Tony Curtis». Después John le había revuelto el pelo como si se tratara de su hermana y se había ido a casa en coche. Con todo lo que ella había insistido para demostrar que no le quería cerca, y allí estaba, decepcionada porque él ni siquiera había tratado de abrazarla o de besarla. Se había retirado, tal y como ella había querido. Entonces, ¿por qué se sentía tan dolorosamente rechazada?

Dos noches atrás la había llamado para preguntar cómo estaba y para volverle a decir que estaba realmente ocupado con la última casa. Iba ligeramente retrasado, explicó, y estaba trabajando como un poseso para tenerla lista para el nuevo propietario.

—Vaya, entonces la has vendido. ¡Bien hecho! —dijo Elizabeth.

—Sí, claro, con un hombre con mi talento, ¿qué esperabas? —dijo—. Tienes que venir y echarle un vistazo cuando esté lista.

—Lo haré —había contestado—. Iré a comprobar que lo has hecho bien.

—¡Pequeña mendiga descarada! Ya te daré yo a ti «si lo has hecho bien».

Aunque ella tenía sus dudas sobre si podría subir todas aquellas escaleras, ya que sus casas tenían un segundo piso y a esas alturas subir al baño del primer piso ya le dejaba exhausta. Deseaba tener un baño en el piso de abajo, como Janey y Helen, porque parecía tener la necesidad de ir cada dos minutos, tal y como le había ocurrido al principio, pero la comadrona le había dicho que era perfectamente normal. Cada semana iba a sus revisiones y en la última había anotado cómo quería que fuera el parto, que había sido muy diferente del que había ideado antes de su última clase de preparación. Decía: *Decidir qué drogas tomar en el momento, sin oponerme a nada que pueda ayudar,* mientras que en su primer borrador había puesto: *parto tan natural como sea posible, posiblemente con gas y aire.*

La casilla del acompañante en el parto aún estaba en blanco. Imaginaba que si Helen o Janey no se habían adelantado ya, probablemente estarían demasiado cansadas para pasar un parto junto a ella. Estaban aproximadamente a seis semanas, como máximo ocho, de dar a luz y todas estaban llegando ya a su límite. Si ya les costaba un esfuerzo enorme sacar el tapón de sus botellas de *Gaviscon*, no digamos cargar con todo aquel peso en el horrible calor del verano, que hacía que 1976 pareciera la Edad de Hielo. Lo único bueno del tiempo era que hacía demasiado calor para llevar medias, porque Elizabeth no habría podido ponérselas ni en un millón de años. Afeitarse las piernas era una pesadilla, incluso abrir los cajones por la mañana era como una representación de Houdini a la inversa. Al menos después de aquel día podría pasearse en bata de la mañana a la noche si quería, porque estaba tan cansada que había adelantado su fecha, al igual que habían hecho las otras dos vacas.

A aquellas alturas del día siguiente, todas estarían en el primer día de su baja maternal.

—Me gustaría, en nombre de todos, desearle a Janey buena suerte y una feliz y saludable baja por maternidad —dijo Barry Parrish, y todo el mundo aplaudió y gritó «¡Que hable! ¡Que hable!»

La mesa de trabajo de Janey estaba escondida bajo una enorme montaña de regalos y parecía que todo el personal del edificio se había agrupado alrededor de ella. Un círculo sonriente y cálido que transmitía muy buenas vibraciones.

—Bueno, me gustaría decir que os voy a echar mucho de menos, pero como dijo el gran hombre: «Volveré» —e hizo una voluminosa imitación del gran Arnie, que les hizo reír a todos—. También me gustaría daros las gracias por todos estos encantadores regalos. Estoy muy emocionada —y eso lo dijo con verdadera gratitud. Su equipo había llevado a cabo un trabajo muy minucioso, averiguando lo que ya tenía para que no lo tuviera repetido. También le habían comprado el par más grande de las bragas más feas que pudieron encontrar en el mercado de Wakefield, para disuadir a George de que se acercara a ella después de que todo hubiera pasado. Habían dibujado una señal de «Prohibido el Paso» y habían escrito «*durante seis años*» debajo, con lo que casi se parte de risa. La gente solo hace cosas tontas como esa para la gente que les cae bien, pensó, y sintió ganas de llorar.

Barry Parrish le había dado un último abrazo y le puso un sobre en las manos.

—Esto es algo extra de mi parte, Janey. Sabía que podrías hacer este trabajo y has hecho que me sienta orgulloso.

Janey sonrió, radiante, tanto como si aquello se lo hubiera dicho su abuelo o su padre.

—Me gustaría proponer un brindis por Helen: buena salud y buena suerte —dijo Teddy Sanderson, alzando una copa de champán en su dirección, y todos corearon:

—Por Helen: buena salud y buena suerte —y tomaron un sorbo.

—Muchas gracias a todos —dijo Helen, paladeando el frío

champán y sabiendo que el ardor de estómago se vengaría de su placer más tarde.

—Helen, por favor, vuelve con nosotros. Te echaremos muchísimo de menos —dijo su jefe, haciendo chocar su copa con la de ella para hacer otro cariñoso brindis, y algunos de los abogados empezaron a gritar «¡Así es!», y después volvieron a sus despachos cuando se hubo acabado el champán. Las secretarias corrieron de un lado a otro llevándose el papel de regalo rosa con las cintas y lazos que habían envuelto un osito de peluche *Sétif*, unos cuantos preciosos y diminutos conjuntos rosas para el bebé y una gruesa y peluda manta rosa para el cochecito.

Teddy Sanderson ayudó a Helen a llevar los regalos hasta su coche, que estaba aparcado en una de las plazas reservadas en la entrada trasera. Los colocó todos con gesto nervioso en el maletero porque el aire estaba lleno de una extraña tensión y no sabía cómo iba a ser aquella despedida.

—Y esto es para ti, de mi parte —dijo, sacando un paquete del bolsillo interior de su traje—. Porque todo el mundo se olvida de la madre y esto es para compensar.

—Oh, no esperaba… —dijo Helen, obligándose a callar y esperando que las mariposas que tenía en el estómago salieran de su boca y ahogaran a Teddy Sanderson hasta morir. Abrió la exquisitamente envuelta caja, que contenía un medallón de oro blanco con las palabras *Para H. de T.* grabadas en la parte trasera, además de una pequeña herradura.

—Es precioso, Teddy, muchas gracias —susurró, haciendo esfuerzos por contener las lágrimas que pugnaban por salir.

—Es para desearte buena suerte, querida Helen —dijo, y se inclinó para besarla en la mejilla. Sus labios tocaron su piel más rato de lo que correspondía a un simple y platónico beso de despedida, pero a Helen no le importó lo más mínimo.

—Y ha sido una inútil total y me alegro de perderla de vista. ¡Que te vaya bien! —dijo Terry Lennox, mientras Nerys y las otras chicas de la oficina movían la cabeza con desesperación y Elizabeth le miraba con fingido hastío.

—Está bien —empezó de nuevo—. Me pondré serio durante un minuto. Elizabeth, has sido como una bocanada de aire fresco y me alegro mucho de haber trabajado contigo, y haces un café buenísimo, a pesar de lo que siempre te digo. Creo que hablo en nombre de todos cuando digo: «Buena suerte, mujer, y regresa con nosotros sana y salva con un precioso y saludable bebé en tu vida.» —Y le dio un beso y entonces todo el mundo hizo lo mismo y Nerys empezó a llorar porque Elizabeth *era* encantadora y la echaría mucho de menos. Siempre se había sentido fatal por no poder acabar con aquellos horribles rumores sobre ella. Afortunadamente, todo aquel asunto había terminado. Después se había sabido que Elizabeth le había dado a Sue Barrington su merecido en los lavabos del otro extremo del edificio. Mucha gente que estaba harta de Sue Barrington se había alegrado por ello. De todas formas, Sue apenas había vuelto a mencionar su nombre desde entonces, y eso que ella hablaba de *todos*.

—Volvemos a trabajar con los malditos empleados eventuales. ¡Espero que no seas una de esas mujeres que solo vuelven durante cinco minutos para cobrar su paga de maternidad y luego desaparece! —dijo Terry Lennox, llevándole un café mientras Elizabeth limpiaba los restos de su mesa cuando la muchedumbre se hubo dispersado. Miró la taza y después lo miró a él, como si fuera un alienígena que acabara de entregarle una piedra de su planeta.

—¿Qué pasa contigo? ¡Soy capaz de poner agua a hervir! —dijo él.

—Volveré, aunque solo sea para hacerte la vida imposible.

—Tú no me haces la vida imposible, hija —dijo con una voz tan tierna que hizo que a ella le llegara al corazón—. Por cierto, aquí tienes —y le puso un cheque en las manos sin muchos miramientos.

—¡Terry! ¿Quinientas libras? Dios…

—Cómprate patatas fritas y algo de ginebra —dijo—. Era lo único que hacía que Irene siguiera adelante totalmente cuerda. Créeme, necesitarás toda la fuerza con la que puedas contar. Lo sé, tenemos tres de esos pequeños incordios. Cuídate, Elizabeth, eres una buena chica —y le dio un agradable beso en la mejilla que mostraba afecto y generosidad, y que no quería nada a cambio. Nerys apareció a su lado para ayudarla a llevar los regalos hasta el coche.

—No te pongas tierno, Adolf, no estoy acostumbrada y empezaré a lloriquear —dijo, mientras él le ayudaba a ponerse el abrigo. Iba a quedar como una tonta si no salía de allí inmediatamente. Ella y Nerys se dirigieron a la salida.

—Eh, tú —dijo tras ella—. Mentí sobre lo del café. No tienes ni idea de cómo se hace.

Capítulo 45

Se encontraron, como era habitual, en el aparcamiento que había al fondo del parque para asistir a su tercera y última clase de preparación al parto. Corría una brisa fresca, lo que agradecían porque llevar un bebé en las entrañas era como acarrear el depósito de la calefacción central. Compraron un helado en la furgoneta e intercambiaron historias, emocionadas, sobre su último día de trabajo y todos los regalos que les habían hecho. Los nervios que tenían en la boca del estómago les hacían sentir como si estuvieran de vuelta en la Escuela Para Chicas de Barnsley y acabaran de empezar las vacaciones. Se dirigieron al vestíbulo de la iglesia. Estaba a poca distancia, pero era lo único que podían caminar en su trigésimo cuarta semana de embarazo.

Destacó la ausencia de Carol. Por lo visto, había tenido en casa a su bebé, una niña llamada Palina. Mandy les comunicó la noticia con una sonrisa, deseando en su fuero interno que le hubieran dado los puntos suficientes para que tuviera que quedarse sentada en casa sobre un flotador y así se mantuviera alejada de sus últimas tres clases. Elizabeth se alegró por ella, pero le decepcionaba un poco el hecho de haber perdido la oportunidad de preguntarle si se había sentido unida a sus hijos con rapidez. Estaba empezando a obsesionarse con el tema, y tenía sueños en los que se quedaba mirando a su bebé y no sentía nada, a pesar de desearlo, como si un muro les separara.

Aquella semana la clase iba a ser una mezcla de todo. El tema que había escrito en la pizarra era *¿Alguna Pregunta?*, aunque Elizabeth no se veía con ánimo de hacer la que más la atormentaba. Todas la mirarían como si fuera un bicho raro si la hiciera.

—¿Con qué frecuencia hay que hacer una cesárea? —preguntó Marc con una «c» después de que se hubieran agotado todas las cuestiones sobre los bebés en contacto con perros y gatos, sus primeros juguetes y cómo cortarles las uñas.

—Bueno, las estadísticas dicen que a una de las que estáis en esta sala tendrán que hacérsela —dijo Mandy. Elizabeth abrió la boca de par en par porque creía que solo las actrices y la *Spice Pija* recibían ese trato: ¿Aquello no tenía más que ver con la cosmética?

—A veces, si el bebé viene de culo o empieza a alterarse, lo que viene a significar que empiece a hacerse caca dentro de vuestro cuerpo, entonces se practica una cesárea o, como la llaman a veces, un parto no vaginal. Las cesáreas de emergencia pueden resultar un tanto aterradoras, ya que la sala se llena de repente de personal de cirugía, pero en cierto modo eso es bueno porque solo quieren sacar a vuestro bebé sin complicaciones —dijo Mandy, con una sonrisa de puro contento—. Se limitarán a hacer una pequeña incisión aquí —trazó una línea horizontal en el bajo vientre—, y podéis estar despiertas o no durante el procedimiento.

—*¿Despiertas?* —dijo Pam en voz tan alta que el eco devolvió desde la parte trasera del escenario hasta donde ella estaba.

—Oh, no os preocupéis, no podéis sentir nada y colocarán una pantalla, así que no podréis ver nada. Después os ponen unas grapas...

—*¿Grapas?* —dijo alguien con voz aún más fuerte y con tono de falsete causado por el pánico.

—O puntos, depende del cirujano. Todos tienen su método preferido.

Helen reparó en que la voz de Mandy parecía hacerse más alegre cuanto mayor era el pánico entre la gente, lo que le permitía intervenir y tranquilizar. Se preguntó si tenía alguna forma del Síndrome de Munchausen.

A continuación, todos agradecieron dejar aparcado aquel tema para pasar a hablar de «peligros en el hogar». Por lo visto, cada casa era una trampa mortal en potencia para el bebé, y Janey se preguntó cómo había podido alcanzar la edad adulta con todas las esquinas que había en casa de sus padres, especialmente debido a la debilidad de su madre por las mesas de cristal elegantes. Volviendo la vista atrás, sin embargo, el único accidente doméstico que recordaba haber tenido fue cuando se hizo un profundo arañazo en la cara con la cremallera de uno de los cojines cuando hacía volteretas en el sofá que no le estaban permitidas.

—Un supervisor se acercará a vuestras casas unos días después del parto para aseguraros de que todo está bien —dijo Mandy, resumiendo—. Nadie espera que tengáis la casa como los chorros del oro, pero poned especial hincapié en la cocina y en el cuarto de baño. Mostraros también firmes con las visitas, porque todas querrán ir a ver al recién nacido cuando con toda probabilidad tengáis ganas de dormir. Recordad, cuando el bebé duerme, vosotras también. No intentéis poneros al día con la plancha, tenéis que descansar. Los mejores amigos son los que vendrán y os pasarán la aspiradora, no aquellos que se pasarán allí las horas con el bebé que *vosotras* queréis acunar. Haced que vuestras parejas se pongan las pilas y que os cuiden a *vosotras* para variar.

Eso habría estado bien, pensó Elizabeth, que me cuidaran cuando llegara a casa. Tal y como estaba la cosa, no tendría más que una casa vacía a la que regresar, no una Penelope Luxmore trasteando de aquí para allá o un George llevándole carne con patatas en una bandeja.

No puedo hacer esto.

Tendrás que hacerlo, le dijo otra voz, una voz fuerte que no admitía tonterías. Era como la de su tía Elsie.

Tendrás que hacerlo...

Hicieron planes para ir juntas el martes al hospital para su «Paseo de la Cigüeña», una visita por la Maternidad y las diferentes salas para que se fueran aclimatando para lo que se avecinaba. Janey revolvió la caja de los vídeos y sacó *Cuatro Nacimientos*.

—Escuchad, venid a casa la semana que viene, el miércoles —dijo—. Yo cocinaré y veremos el vídeo.
—¿Que tú qué?
—Vale, vale, pediremos comida para llevar.
—Aquella tal Carol nos dijo que no viéramos algo así.
—Bueno, pronto todas nosotras estaremos haciéndolo —dijo Janey—, así que, personalmente, creo que nos ayudará ver a lo que nos enfrentamos.

En ocho semanas como mucho habría tenido a su bebé y estaba impaciente. Ya estaba harta del embarazo. Se había acostumbrado a la energía extra que había tenido en los dos primeros trimestres, y no le gustaba nada sentirse como un reloj al que tuvieran que darle cuerda. Había leído que algunas madres sentían cuál era el sexo de su bebé, como Helen, pero ella no tenía ni idea. Algunas noches tenía sueños nítidos que le indicaban que era una niña, solo para soñar a la noche siguiente que se trataba de un niño. Pero no le importaba, solo quería que estuviera sano. Y quería que saliera ya.

Elizabeth se recostó en la bañera con el aspecto, creía, de un hipopótamo medio sumergido en el agua. Aunque si se colocara una palmera en el vientre parecería una réplica buenísima de una isla desierta de dibujos animados. Gracias a Dios que no hay nadie aquí que pueda verme de esta guisa, pensó, y después recordó cómo George miraba a Janey, que era catorce veces mayor y pesaba catorce veces más que ella. Su amiga nunca había estado tan guapa. *Radiante*, esa era la palabra que se usaba apara describir a las futuras mamás con el aspecto de Janey.

El vientre de Elizabeth se alzó de repente y se movió como alguien que se agitara bajo una tienda de campaña de color rosa. Había llegado a disfrutar de la sensación del bebé moviéndose dentro de ella. Normalmente, empezaba a moverse por la noche cuando ella se acomodaba todo lo que le era posible entre sus cojines y almohadas. Se dejó llevar por la sensación de estar allí recostada, notando cómo daba vueltas dentro de ella para ponerse cómodo, como solía hacer Sam sobre la alfombra. Lo que más echaría de menos era sentirle dentro, sabiendo que nadie podría hacerle daño mientras estuviera allí, acurrucado cerca de su corazón.

¿Cómo pudo su madre haber pasado por todo aquello y después abandonarla?

El fin de semana estuvo protagonizado por fantásticas tormentas que dieron a todo el mundo un respiro del implacable calor de agosto, pero el lunes, el sol volvió a brillar con fuerza vengativa. Elizabeth salió de casa camino del hospital para su última visita en la consulta, resoplando como un viejo y cansado tren. Aparcó en la bonita área reservada para mamás y bebés del hospital y caminó despacio hacia el edificio cuadrado con sus zapatillas planas. Para alguien que se había movido de un lado a otro con tacones desde los dieciséis años, era agradable que no la obligaran a darse prisa. Incluso si lo hubiera querido, lo máximo que podía permitirse en aquellos días era ir a paso de tortuga.

Las citas iban con una media hora de retraso, pero se sentía a gusto allí sentada con una botella de naranjada y la revista *Mujeres por Mujeres*, que por lo visto era la revista para «la mujer de hoy», fuera lo que fuera lo que aquello significara. ¿Soy una mujer de hoy?, se preguntó, llegando a la conclusión que probablemente no era así. Sus pensamientos habían estado anclados en el pasado durante más años de lo que era beneficioso para ella. Ahora no solo tenía que seguir adelante, sino también recuperar algo del tiempo perdido.

—Elizabeth Collier —la llamó una enfermera finalmente, y Elizabeth dejó la revista, recogió su bolso y entró directamente en la consulta del señor Greer, con sus notas y su muestra de orina bien seguras en las manos.

—Bueno, ¿y cómo te encuentras? —dijo, mientras ella trataba de subir a la camilla lo más dignamente posible después que le hubieran tomado la tensión.

—Estoy cansada, eso lo sé bien —respondió, y él asintió, comprensivo. Solo había subido dos escalones y sentía cómo si hubiera escalado el Everest.

—Sí, el tiempo que hemos tenido últimamente no le hace muchos favores a las señoras como tú, ¿verdad? Espero que disfrutaras de la lluvia del fin de semana tanto como los patos.

—Yo misma me siento como un pato por la forma en la que me muevo estos días —contestó, pero el señor Greer estaba demasiado concentrado como para reírse. Tocó y palpó su vientre suavemente, y después dijo «Mmmmmm», de una forma que hizo que ella empezara a preocuparse de inmediato.

—El bebé viene de culo —dijo.

—¿En serio? —dijo, mientras empezaba a brotarle un sudor frío por la espalda. Aquellas palabras solían asociarse con «cesárea», que llevaba a «urgencia», que a su vez llevaba a todo tipo de miedos de los que no quería entrar en demasiados detalles.

—No hay nada de lo que preocuparse —dijo el señor Greer—, pero probablemente averiguarás que esa posición te causará mucho ardor de estómago.

—Ya lo hace —dijo Elizabeth. La cabeza de su bebé era como un coco bajo su pecho.

Escucharon el fuerte latido del corazón del bebé, y el señor Greer compensó un tanto la balanza de los miedos de Elizabeth diciendo «excelente» varias veces.

—Creo que te veré en dos semanas, solo para asegurarme. La enfermera te concertará una cita —dijo finalmente el señor Greer, con una amable sonrisa mientras la ayudaba a bajar de la camilla—. Mientras tanto, ¿tienes algo que preguntarme?

—No, creo que no —dijo Elizabeth, quien sí tenía, pero sospechaba que el simpático señor Greer, con su vasta experiencia, no sabría responder cómo obtener la garantía de que iba a querer a su bebé. Y cómo no morir en el parto.

Capítulo 46

Gracias a Dios que dejé el trabajo cuando lo dejé, pensó Elizabeth, quien echó un vistazo al reloj y se imaginó bajando del tren de Leeds a esa hora y dirigiéndose a su coche para volver a casa. A no ser que una hoja hubiera caído en la vía a la altura de Carlisle y hubiese alterado toda la red ferroviaria del país.

En vez de eso, estaba sentada en el jardín bajo el sol de mediados de agosto, y había estado confeccionando algunos cuadros con acuarelas, a los que pondría un marco más adelante para la habitación del bebé. Había un gato, un conejo y un pato, todos ellos muy coloridos y sin rastro de líneas negras. A Elizabeth le encantaba el sol, y pensó que el bebé también estaría disfrutándolo. Sentía que estaba satisfecho, dentro de su cascarón caliente y acuoso. Imaginaba que estaba dormido y que soñaba en crecer y convertirse en un futbolista, lo que al menos explicaría por qué su pierna no dejaba de darle patadas.

El jardín trasero de Rhymer Street era pequeño pero bien construido. Había un pequeño patio de adoquines con una mesa y unas sillas, donde había pasado más de una agradable y soleada tarde después del colegio con su tía Elsie, absorbiendo los últimos rayos de sol del día y tomando un vaso de *Ribena* y un bocadillo *Golden Syrup*. Las rosas flanqueaban el viejo y un tanto descuidado sendero, que atravesaba los parterres hasta llegar a una segunda zona sombreada donde Elizabeth le había comprado a su tía una mecedora en las rebajas con su primer sueldo.

La habían puesto en la parte superior del jardín, donde Sam estaba ahora enterrado y donde las cenizas de la tía Elsie también habían sido esparcidas, y lo más extraño, donde Cleef siempre se sentaba. En ese momento se encontraba allí, durmiendo, inmóvil a excepción de su cola negra, que parecía una serpiente, dando golpecitos con regularidad como si estuviera impaciente. La parte trasera de la casa no daba más que a algunos huertos y, salvo los sonidos de los coches de las casas colindantes, el lugar era normalmente tranquilo y apacible.

Estaba quedándose dormida, disfrutando de la sensación de sentir al bebé moviéndose dentro de ella, cuando tuvo la extraña sensación de que la estaban observando, lo que hizo que se despertara de golpe. Dio un respingo al ver la gran figura que acechaba en la verja trasera.

—¿Quién eres tú? ¿Algún acosador loco? —gritó, usando la mano a modo de pantalla para protegerse del brillo del sol.

—Solo trataba de averiguar si estabas durmiendo o descansando los ojos. No quería despertarte —dijo John.

—Sí que me has despertado —dijo.

—Llamé a la puerta principal.

—Estaba aquí, durmiendo, en la parte de atrás.

—Lo siento —dijo, fingiendo arrepentimiento. No le dijo que la había estado observando, disfrutando de lo serena que era su apariencia, allí sentada con el rostro bañado por el sol y con la mano sobre su vientre.

—Entra ya si vas a hacerlo —dijo ella—. Te traeré algo de beber, hay unas cuantas cervezas en la neve… —Trató de ponerse de pie pero volvió a caer, maldiciendo—. Un momento, lo volveré a intentar.

—Iré yo, señorita Bamboleo —dijo, empujándola con suavidad para que volviera a sentarse—. ¿Qué es eso? —e indicó la jarra que había sobre la mesa.

—Limonada —dijo.

—¿Te apetece una clara? —dijo él.

—¿Una clara, tú? —bromeó.

—Es muy refrescante en un día como hoy. Demonios, hace mucho calor. Apuesto a que te alegras de haber dejado de trabajar.

—Precisamente estaba pensando en eso —dijo, estirando las piernas y poniéndolas sobre la silla. Era como si tuviera elefantiasis, a juzgar por el tamaño de sus tobillos. ¿Las mujeres famosas también tenían todos aquellos síntomas tan poco elegantes, o solo le ocurría a la gente normal?, pensó. No podía imaginar a Demi Moore concediendo entrevistas sobre sus almorranas aunque, no hay mal que por bien no venga, ella no había tenido que sufrir ese síntoma, a diferencia de Janey, quien las estaba padeciendo y daba demasiados detalles al respecto como para poder volver a disfrutar algún día de un racimo de uvas.

Tetas como sandías, dedos hinchados, ardores de estómago que parecían causados por ácido de batería... no creía que su cuerpo pudiera volver a la normalidad algún día después de todos aquellos cambios. Incluso tenía una extraña línea marrón que había aparecido en su vientre, desde su ombligo hacia abajo, que le hizo preguntarse si estaba empezando a partirse por la mitad hasta que Helen le dijo que era una común *linea nigra*, una simple y llana «línea negra». Al menos las clases de la señorita Ramsay habían resultado útiles para traducir el lenguaje del embarazo y no para conversar con un grupo de soldados romanos que pasaran por allí. Solo esperaba poder decirle adiós al dolor crónico de espalda después de que naciera el bebé. No envidiaba a Janey cuando decía que George le daba todos aquellos masajes en la espalda cada noche.

—¿Cómo te sientes? —dijo John, trayendo dos vasos medio llenos de cerveza y añadiendo limonada hasta arriba, para después dejarlos sobre la pequeña mesa de hierro forjado.

—Gorda, torpe y pateada hasta la saciedad. Creo que llevo a Pelé aquí dentro.

—¿Puedo? —dijo, alargando la mano para probar.

—¡Adelante! —dijo Elizabeth. Incluso una mujer en el mercado le había hecho aquella pregunta y había descubierto, algo muy extraño en ella, que se había sentido orgullosa de poder presumir de bebé. John colocó la mano con cuidado sobre el vientre y el bebé se movió.

—Te está diciendo hola —dijo Elizabeth, sonriendo.

—¡Vaya! —dijo con una fascinada sonrisa. Podía ver cómo su vientre cambiaba de forma, levantándose y agitándose—. ¡Mírale!

—¡Dímelo a mí!

—¿Va todo bien? Ya sabes, la tensión arterial y todo eso.

—Creo que sí, pero fui al médico esta mañana y me dijo que quería volver a verme en dos semanas porque el bebé está del revés.

—¿Y qué significa eso?

—No lo sé muy bien, solo que sería mejor si estuviera bien colocado. Dijo que no tenía que preocuparme, así que trato de no pensar en ello. —Se encogió de hombros y tragó saliva y él sabía que estaba preocupada, a pesar de hacerse la valiente. Le puso la mano en la zona superior del vientre—. Mira, ¿sientes esta parte más dura? Es su cabeza.

—¡Caramba, sí que es dura! —dijo, al notarla—. No puedo creer que tengas un bebé ahí dentro. De verdad, es increíble.

—Lo sé. Yo tampoco me lo creo todavía.

—¿Y cuándo vas a volver a ver a las dos Marías? —dijo, apartando la mano antes de que ya no fuera bienvenida.

—Bueno, voy a ver a Janey mañana por la noche —dijo—. Vamos al hospital para dar una vuelta de reconocimiento.

—¿A qué hora?

—A las cinco y media.

—¿Quieres que vaya?

—¿Para qué quieres dar una vuelta por el hospital?

—Para hacerte compañía.

Lo consideró un momento. ¿Qué mal había en ello? Janey iba a llevar a George. Helen no iba a ir, ya había dado aquella vuelta con su madre por su elegante clínica privada.

—Vale, si tan desesperado estás por hacer algo con tu tiempo libre —dijo.

—¿A qué hora te recojo?

—Tengo que estar allí a las cinco y media.

—Sí, ya lo has dicho y te he oído, ¿sabes? Digamos, por ejemplo, a las cinco y cinco, así tendremos tiempo de sobra para aparcar.

—Vale —dijo, sonriendo más de lo que pretendía.

Eran exactamente las cinco y cinco de la tarde siguiente cuando sonó el claxon a la puerta de la casa de Elizabeth. Reparó en que John iba muy arreglado cuando se subió en el coche y olía a una delicada pero masculina loción para después del afeitado.

Sabía cómo acicalarse cuando se quitaba el traje de constructor. En realidad, lo sabía muy bien y era muy amable que hiciera el esfuerzo. Hizo que ella se sintiera especial y que empezara a sentir un cosquilleo en el estómago.

Se encontraron con Janey y George en el vestíbulo principal. Janey le guiñó un ojo maliciosamente.

—Veo que traes a tu *novio* —dijo, mientras los dos hombres caminaban delante de ellas.

—Que te den —dijo Elizabeth—. Solo me está haciendo de carabina.

—Carabina —corrigió Janey–. Va demasiado arreglado, ¿no?

—No me he fijado —dijo Elizabeth, orgullosa.

—En fin, vamos. Mandy «Simplemente Di No A Las Drogas» ya está aquí.

Se unieron al resto, que estaba reunido junto a los ascensores. Después de que llegaran un par de personas más, Mandy dio unas palmadas y les dio la bienvenida a todos. Marc con una «c» y Pam aún llevaban las etiquetas con sus nombres, y Elizabeth se preguntó si ya tendrían una preparada para el bebé cuando naciera. *Ffreddy* con dos efes, probablemente. Todos siguieron a Mandy hasta la Sala de Partos. Elizabeth había imaginado algo mucho más rudimentario que la sala pintada en tonos pastel con cuadros que transmitían tranquilidad y los cojines y almohadones que había por todo el suelo.

—A algunas mujeres les gusta moverse durante el inicio del parto y trabajar con la gravedad —dijo Mandy, demostrando cómo podían utilizar el almohadón, adoptando una postura muy similar a la que tenía Janey cuando se quedó embarazada, si no recordaba mal.

—… Aunque obviamente no podréis levantaros y hacer eso si os ponen una *epidural* —continuó Mandy, arreglándoselas para atribuir a esa palabra todas las características del Anticristo. Después les llevó hasta la puerta de la Unidad Especial de Bebés y les explicó que si un bebé era prematuro o necesitaba cuidados intensivos, aquel era el sitio donde el personal de enfermería lo llevaría. Había una madre allí dentro, mirando un bebé, pero afortunadamente estaba bastante sonriente. Janey se alegró de que no entraran allí. No se había permitido pensar en que a ella o a su bebé les pasara algo, ni siquiera cuando Elizabeth atravesó aquella extraña fase sobre la muerte en el parto, y no quería empezar a tener aquellos pensamientos ahora.

Después de aquello, dieron una vuelta por la planta de maternidad. Había algunas habitaciones individuales con televisión, como tendría Helen con toda probabilidad, eso y un criado, pero la mayoría tenían cuatro camas con cunas para los bebés que parecían peceras de cristal rectangulares.

—Tienen una alarma —dijo Mandy—. Tendréis una clave personal e intransferible cuando queráis coger al bebé. En Barnsley nos preocupa mucho la seguridad.

Se agolparon alrededor de una madre con su bebé de diez horas dormido en la cuna junto a su cama. Estaba envuelto en una mantita de color pistacho y parecía que estuviera echando un vistazo desde dentro de un pastel perfectamente caramelizado. La mamá parecía exhausta pero totalmente feliz. Elizabeth se tocó el vientre, tratando de asimilar que un bebé tan grande como *ese* estaba dentro de su barriga, y le entró un poco el pánico y se sintió desfallecer. John vio que se tambaleaba y la sujetó por los brazos para que no cayera.

—¿Estás bien? —le susurró al oído.

—Sí, estoy bien, solo estoy un poco acalorada —dijo, sin querer atraer la atención de los demás. Pero no estaba bien, no lo estaba. Se sentía totalmente abrumada.

Janey estaba cada vez más emocionada. La visita al hospital le indicaba lo cerca que estaba del gran día. Estaba impaciente por ver a su pequeñín y, más que eso, por verle en brazos de George. Ya habían empezado a hablar en serio sobre nombres pero no quería decidirse del todo, en caso de que el bebé no se ajustara al nombre cuando le vieran la cara. Sus padres, por lo visto, iban a llamarla *Bonnie*, pero llegó al mundo con el cabello pelirrojo, gruñendo y siendo de todo menos eso.[*]

George no se mostraba tan entusiasmado con el tema del bebé en ese momento. Sí, estaba emocionado, pero no quería ver a Janey sufriendo tanto dolor. Le había echado un vistazo a *Cuatro Nacimientos* cuando ella se había acostado y había tenido que apagarlo y beberse una generosa copa de brandy.

---

[*] En inglés, *bonnie* significa «bonita» (N. de la T).

Janey les pidió que fueran a casa con ellos para tomar algo después de que terminara la visita, pero John dijo inmediatamente que no podía porque tenía que ir a algún sitio, y se disculpó.

Por eso se ha arreglado tanto, pensó Elizabeth. No era por mí, era por lo de después. Supo inmediatamente qué era lo de después: tenía que ser una cita. Eso explicaría la fragante loción para después del afeitado y la elegante camisa. Ella era una bomba en potencia de hormonas, miedos e inseguridades y se quedó muy callada y tuvo que concentrarse mucho para que las lágrimas no acudieran a sus ojos. El camino de vuelta a casa pareció muy largo.

—¿Te sientes bien? —dijo él.

—Sí, estoy bien, solo es que hay muchas cosas en las que pensar.

—Sí, claro, cumplirás cuarenta dentro de un año. No me extraña que te preocupes —bromeó con dulzura, tratando de quitarle hierro al asunto.

—Tú también vas a cumplir los cuarenta el año que viene —trató de bromear a su vez, pero no funcionó y lo dijo sin emoción.

—¡Sí, pero siempre seré más joven que tú!

No si muero durante el parto.

No había querido pensar en aquello. Simplemente aquel pensamiento volvió a colarse en su mente, tan claro como el día que Simon lo puso allí. John detuvo el coche ante la puerta principal y se giró para echarle una mirada dura e intensa, porque sin duda alguna le pasaba algo.

—¿Quieres que entre contigo unos… —miró el reloj-… cinco minutos?

—No, estoy bien, solo estoy cansada —espetó—. Gracias por acompañarme pero no necesito tus cinco minutos.

—Hasta lue…

Sin embargo, ella ya había cerrado la puerta del coche y se había metido en casa antes de que pudiera acabar la frase. Era más que evidente que no le dejaría entrar tras ella.

Una vez dentro, se dejó caer en la mecedora y se meció con fuerza, oyendo cómo el coche se alejaba, siguiendo el sonido, preguntándose adónde iría y a quién iba a ver.

¿Qué esperabas que hiciera?, pensó. ¿Esperarte para siempre? ¿Detener su vida por ti?

Elizabeth no lo sabía. Ya no sabía nada, excepto que estaba sola y confusa y muy, muy asustada.

Capítulo 47

Era probablemente la cosa más estúpida que habían hecho nunca, incluso más estúpida que Elizabeth liándose con el asqueroso Wayne Sheffield, más estúpida que el primer trabajo de los sábados de Helen en una floristería, siendo como era alérgica al polen. Incluso más estúpida que la afición de Janey por las faldas abombadas en los ochenta, con las piernas que tenía. Ver un vídeo sobre cuatro partos reales superó todas aquellas cosas, especialmente cuando estaban comiendo una pizza que cada minuto que pasaba se parecía más a una placenta.

El parto en el agua había parecido ser muy placentero al principio, hasta que la mujer empezó a gritar de dolor, y ni siquiera la expresión de absoluta felicidad en su rostro cuando llegó el bebé unos cinco años más tarde podía compensar el horror de lo que acababan de presenciar. El parto «normal», mujer sobre la mesa, con las piernas en alto, empujando y gimiendo mucho, acabó teniendo como protagonistas a una ventosa y los fórceps. El bebé nació con la cabeza puntiaguda como un alienígena del Planeta Feo y la cara hinchada y arañada, cuyos gritos no dejaban oír la voz del narrador.

—Creo que yo también gritaría si tuviera una maldita aspiradora *Dyson* que tirara de mí —dijo Janey, quien en ese momento ya no esperaba con tantas ganas el momento del parto. Siguió recordándose a sí misma que se centrara en el precioso bebé que tendría cuando todo aquel dolor se terminase, pero aquella imagen le resbalaba por la mente como si estuviera untada con mantequilla cerebral. Trató de convencerse que sería una de las afortunadas que solo tendría que empujar un par de veces y listo. Había gente a la que le pasaba, había dicho la comadrona en su última revisión. No todo el mundo pasaba por partos largos y agotadores, y había citado algunos nombres que ella había agradecido mucho.

Helen estuvo bien hasta que llegaron al parto en casa, cuando la mujer se cagó en la alfombra cuando salió el bebé. La comadrona lo recogió todo sin problemas, pero la imagen de la francesa en aquella clase de biología apareció en su mente más clara y nítida que nunca, como una película remasterizada digitalmente.

Pensaron que ya no les quedaba nada por ver hasta el parto por cesárea de un bebé que venía de culo, que parecía una explosión en una fábrica de carne picada. Helen gritó y escondió la cabeza detrás de un cojín, diciendo que no podía seguir mirando, y Janey lo quitó y puso un capítulo de *Emmerdale* en su lugar.

—Creo que ya hemos visto suficiente —dijo—. ¿Quién tuvo la brillante idea?

—Tú —dijo Helen, aún tras el cojín—. ¿Por qué no haríamos caso a Carol?

Elizabeth no podía articular palabra. Siguió allí sentada, con rostro macilento y con expresión abrumada. ¡Nadie podía pasar por *eso* y seguir vivo!

—Oíd —dijo Janey, a punto de divulgar su teoría de «el fin justifica los medios»—. Tenéis que concentraros en lo que tendremos al final: un encantador bebé.

—Pero para pasar de esto —Helen señaló su gran envergadura—, a eso, tenemos que pasar primero por uno de *esos*. —Y señaló el vídeo.

—Bueno, ¡de alguna manera tiene que salir! —dijo Janey, con más valentía de la que sentía en realidad.

—No creo que pueda —dijo Elizabeth.

—Tendrás que hacerlo, cariño, todas tendremos que hacerlo —dijo Janey, dándose palmaditas en la barriga—. Pensadlo así: ¡es un poco tarde para que nos echemos atrás!

Aún traumatizada, Elizabeth metió la llave en la cerradura y se adentró en el frío silencio de la estancia. *Así será volver a casa con mi bebé,* pensó. No habría un comité de bienvenida descorchando el champán, ni una madre que la empujara hasta el sofá y le trajera una buena taza de té, y nadie que encendiera la chimenea si el tiempo había cambiado.

Cleef se estiró y le dedicó un «hola» muy somnoliento y ella sonrió con gratitud. Se sentó en la mecedora y él saltó y se quedó suspendido de manera muy graciosa sobre la parte superior de su barriga.

—Al menos tú sí que estarás aquí para recibirnos, cielo —dijo, y le rascó un rato bajo la barbilla, lo que le hizo ronronear como el motor de un *Mercedes*. Tenía que preguntarle a John si le daría de comer cuando ella estuviera en el hospital. Se preguntó si se atrevería a pedirle que la recogiera y la llevara a casa cuando tuviera el alta, así no tendría que cargar con el asiento del coche para bebés. No quería pedirle aquellos favores, pero iba a tener que hacerlo, porque no tenía a nadie más. Precisamente, no podía pedírselo a Janey o a Helen.

Puso la cabeza entre las manos, como si todos aquellos pensamientos pesaran mucho dentro de ella. Todavía había tantas cosas que organizar y tantos aparatos que abrir y averiguar cómo se utilizaban (el monitor de vigilancia del bebé que John había traído en su visita de Papá Noel, por ejemplo, y el esterilizador), y ¿cómo demonios se colocaba la sillita en el coche? Había tardado una hora en averiguar cómo se plegaba el cochecito para meterlo en el coche, a pesar de haber seguido las instrucciones del folleto, porque ella y el bebé necesitarían ir a comprar juntos no mucho después de que salieran del hospital. La magnitud que algo tan simple como hacer la compra adoptaría en el futuro le pareció tan complicado como organizar una operación militar para invadir Australia. Había llenado el congelador hasta los topes de provisiones, pero necesitaría leche fresca, verduras y algo de fruta... Su cerebro estaba a punto de reventar con todos aquellos pensamientos, pero al menos sabía que lo de Cleef estaba solucionado.

Cuando llamó al móvil de John, saltó el contestador. *Probablemente había salido con su chica.*

—Por favor, deja un mensaje...

—Hola John —dijo, tratando de controlar el involuntario temblor en su voz—, soy Elizabeth. Estoy intentando organizarme y me preguntaba si me harías un favor cuando fuera al hospital. ¿Vendrás a casa y le darás de comer a Cleef? Una vez al día será suficiente si le dejas también algunas galletas y le cambias el agua. Te daré una llave cuando vuelva a verte, si te parece bien. Gracias, adiós.

Sabía que él la ayudaría, pero entonces una idea contaminó aquella seguridad. Imagina que se fuera de vacaciones a algún sitio, con aquella mujer. Debía de necesitar unas, con todo lo que había trabajado, y eso era lo que hacían las parejas enamoradas en verano. ¿Qué haría entonces? Aquello se le hizo demasiado cuesta arriba y aquella vez no impidió que las lágrimas fluyeran. Se preguntó si en algún momento podría dejar de llorar.

Quedó con Janey y Helen al día siguiente para tomar un té aromático y dar una vuelta por las tiendas para asegurarse de que no habían olvidado comprar nada. Sin embargo, teniendo en cuenta que entre las tres habían comprado todos los artículos de *Cuidado de Madre*, *El Mundo del Bebé* y *Toallitas higiénicas ´R Us*, era algo muy improbable.

—Teddy Sanderson me envió flores ayer —dijo Helen, quitando la guinda de su merengue.

Dos pares de ojos semejantes a los de un búho la miraron como si estuvieran a dieta y ella fuera un ratón cubierto de crema pastelera.

—¿Qué decía la tarjeta?

—*Espero que te encuentres bien, ¿te importaría que te llamara?* —Sonreía como una lunática feliz sin más preocupación en la vida que encontrar otra cosa por la que seguir sonriendo.

—Te gusta, sí, te gusta —dijo Janey.

—Tienes razón, me gusta —dijo Helen.

—Pero, ¿te gusta en el sentido de sentirte atraída por él? —preguntó Elizabeth.

Helen se lo pensó unos segundos.

—Sí, creo que sí. He pensado en él más de lo que habría imaginado.

—¿Podrías montártelo con él?
—Oh, por supuesto —dijo Helen, sin dudarlo
Ya se había imaginado la escena y había sido muy agradable. En sus fantasías habían ido un poco más allá de los besos, pero eso no lo iba a admitir ante nadie. A veces a los amigos íntimos no se les contaba todo. Eso lo había descubierto mucho tiempo atrás. Se había acostumbrado a no divulgar sus secretos.
—Uuuuuuuuuuuuuu —dijo Janey.
—Oh, venga. Realmente esto no puede llegar a nada, ¿verdad? —dijo Helen, quitándole importancia a la emoción que sentían ellas con un gesto de la mano.
—¿Por qué no? —dijo Elizabeth—. Los dos estáis solteros, los dos sois guapísimos, él es rico, tú no eres una pobretona, tenéis la edad perfecta, él es apuesto… Creo que es exactamente tu tipo y tú tienes que ser el de él. Tendría que estar loco para no sentirse atraído por ti. ¿Quieres que siga?
—Oh, calla —dijo Helen, mientras que en su fuero interno estaba de acuerdo con ella. Sí, él *era* su tipo, mucho más de lo que nunca lo fue Simon. Ahora podía verlo con la maravillosa claridad que da la perspectiva.
—¿Has tenido noticias de quién tú ya sabes? —preguntó Janey, atenta.
—He sabido algo a través de su abogado —dijo Helen—. Tenemos un comprador para la casa. Recuperaré lo que pagué por ella más un ochenta por ciento del capital.
—Caramba, eso es bueno, ¿no? —dijo Elizabeth.
—No le he pedido que me pase una manutención y él no ha pedido poder ver al bebé.
—Oh, mierda, eso no está bien.
—Nunca quiso el bebé. Ahora lo sé, así que no me sorprende —dijo Helen con un profundo suspiro—, pero me entristece tanto que mi pequeña no pueda disfrutar de momentos maravillosos con su padre como yo hice con el mío.
La vida con Simon parecía a un millón de años luz, casi como si le hubiera ocurrido a otra persona. No había sido consciente de lo frío e infeliz que había sido su matrimonio con él hasta que había salido de las sombras para volver a adentrarse en la luz.
—Sigo creyendo que Teddy y tú podríais estar juntos —dijo

Elizabeth, con la esperanza de que aquello fuera lo que había que decir en esas circunstancias—. ¿Por qué dices que no puede llegar a nada?

—La razón por la que no puede llegar a nada es porque estoy muy embarazada de la hija de otro, por si no lo habíais notado —dijo Helen, con una carcajada.

—No todos los tíos son cabrones que odian a las embarazadas —dijo Elizabeth—. Puedo veros a ti y a él con una hija pequeña caminando por el parque. Sería un padrastro estupendo. Si incluso se llama Teddy, por el amor de Dios. Si ese no es el nombre perfecto para un marido, no sé lo que es.

Janey se rió y le dio un buen mordisco a su pastel. Su mala digestión había desaparecido y su barriga parecía haber bajado más de un metro en quince días, lo que eliminaba la presión sobre sus órganos digestivos y la trasladaba a su pelvis. Se gana en unas cosas y se pierde en otras, había pensado con una sonrisa resignada.

—¿Y qué pasa con John y contigo? —preguntó Helen a su vez.

—¿Qué pasa con John y conmigo?

—Bueno, parece que os lleváis muy bien. Te acompañó al hospital, o al menos eso he oído.

—Oh, sí, ¿te lo ha contado la Boca Todopoderosa?

—Sí —dijo Janey

—¿Y bien?

—Es un amigo —dijo Elizabeth—. Siempre lo ha sido.

Janey y Helen intercambiaron una mirada de complicidad, cosa que no le pasó por alto a Elizabeth.

—¿Qué? —preguntó.

—Eso son chorradas —dijo Janey.

—¿El qué son chorradas?

—Estabais enamorados. Creo que todavía lo estáis.

—¡Tú sí que dices chorradas!

—¡Las dices tú!

—Oh, vamos, niñas —dijo Helen—. Elizabeth, madura un poco y escucha.

Elizabeth miró a Helen como si acabara de abofetearla.

—Leímos tu carta, así que ya ves, lo *sabemos* —dijo Helen,

añadiendo de manera poco convincente—: lo sentimos, pero lo hicimos.

—¿Qué carta? ¿Qué sabéis?

—La que escribiste después de mandar a John a paseo después de aquella boda hace muchos años.

Elizabeth se puso colorada.

—¿Entrasteis a fisgonear en mi casa?

—No —corrigió Janey—. La dejaste sobre la mesa, bueno, debajo de un trapo de cocina. No es como si hubiera estado escondida en un cajón. Creímos que sería uno de tus dibujos, así que, ya ves, lo abrimos para echar un vistazo y lo descubrimos por accidente.

—¡Pero no la leísteis por accidente! —dijo Elizabeth, sintiéndose emocionalmente desnuda ante sus amigas.

—Tratamos de ir a su encuentro —dijo Janey—, para decírselo en tu nombre, pero ya se había ido con aquella ñoña estúpida.

—¿Que hicisteis qué?

—Le seguimos hasta el aeropuerto —dijo Helen—. Creo que llegamos solo media hora más tarde que él.

Elizabeth estaba boquiabierta por el enfado, o la vergüenza, o la afrenta, o vete a saber por qué, no estaba segura.

—¡No puedo creer que leyerais mi carta! —dijo.

—Si tienes una segunda oportunidad con John, deberías aprovecharla —dijo Helen—. Serías una tonta si le dejaras escapar de nuevo.

—Escuchad, aquello es el pasado y esto es el presente —dijo Elizabeth, aún ruborizada—. De todas formas, sale con alguien.

—¿Con quién?

—¡No sé quién es! No se lo he preguntado.

—¿Qué te hace pensar eso?

—Simplemente lo sé. —Elizabeth se irguió y trató de aparentar que no le preocupaba—. Que tenga suerte, se merece tener a alguien.

Janey y Helen exhalaron un suspiro, comprensivas.

—En realidad no crees eso, ¿verdad?

—Sí, claro que sí. Somos amigos, nada más. Es demasiado tarde para algo más.

—No lo es, Elizabeth.
—Lo es, Helen. Los dos hemos cambiado desde aquellos días. Somos felices siendo solo amigos.
—¿De verdad? —dijo Janey.
—Sí, de verdad. De todos modos, ya lo dijiste cuando discutimos sobre la mecedora. No va a volver a fijarse en mí después de la última vez, ¿verdad? Ser amigos, eso es todo lo que queremos.
—O que esperamos ser.
—Es una pena —dijo Janey. Cada vez había estado más segura de que había algo más que una amistad. Todo lo que había hecho por Elizabeth y todas las cosas que le había comprado, la forma en la que le había mirado en el hospital. Lo rápido que había reaccionado cuando ella se había mareado y lo sinceramente preocupado que había estado por ella. Aunque siempre había sido un tipo muy afectuoso.

¿Solo un amigo?, pensaron Janey y Helen a la vez. Quizás… Ooooooooooh, no, ¡qué pena!

Siete años después, Elizabeth seguía teniendo la carta envuelta en papel dentro de su cajón. La había escrito la noche en la que había vuelto a casa después de la boda de la prima de Janey, cuando no podía quitarse su rostro de la cabeza cuando le dijo que era mejor que la dejara en paz de una vez. *¿Por qué no podía limitarse a aceptar su amor? ¿Por qué tuvo que rechazarlo?* Había cogido su libreta de bocetos y un bolígrafo y se había sentado en la mesa de la cocina.

Lamento lo que dije, no lo decía en serio, pero ya sabes cómo soy, John. Nunca creí que pudiera amar a nadie. No sabía qué se sentía hasta que me he dado cuenta de que esta noche te he perdido, después era demasiado tarde. Sé que no volverás a aceptarme y yo no te merezco. No sé por qué hice lo que hice. Estoy jodida, soy una estúpida, una maldita estúpida…

Nunca la envió, por supuesto. Tenía la oportunidad de ser feliz con alguien que le adoraba y por el modo en que Lisa le miraba era evidente que bebía los vientos por él. No habría sido justo estropear aquello diciéndole que su corazón todavía tenía las puertas abiertas para él, porque él nunca la habría abandonado. Lisa constituía un apoyo emocional para él mayor de lo que ella nunca podría llegar a ser.

Al cabo de los años, había conservado con mucho ahínco lo que sentía por él: lo que disfrutaba de su compañía, lo mucho que ansiaba volverle a ver, lo mucho que le deseaba, y descubrió que todo seguía intacto. Aquellos sentimientos seguían allí. Igual que la carta estaba conservada envuelta en papel, sus sentimientos seguían teniendo la misma fuerza que el día en el que los plasmó en un papel. Si tan solo pudiera hacerle saber cómo se sentía antes de que fuera demasiado tarde. Si ella no se hubiera cerrado tanto por culpa de su pasado.

No quería que a su bebé le pasara lo mismo y que perdiera su oportunidad si el amor llamara a su puerta. Quería que corriera hacia él con los brazos abiertos y que lo aceptara y que llenara su corazón y su alma. Criaría a su hijo con dulzura y afecto, enseñándole a confiar cuando fuera necesario. No habría una vida de miedo y confusión y de ridícula independencia exacerbada para su hijo. No sentiría que no era lo bastante bueno para ser amado.

Había un mensaje para Elizabeth cuando llegó a casa. Era de John, diciendo que por supuesto cuidaría de Cleef y que de todos modos ya había contado con que sería el canguro oficial del gato. Preguntaba si estaba bien porque parecía un poco desanimada y que si podía llamarle y hacérselo saber. Después decía si había hecho planes para su cumpleaños el lunes porque quería dejarse caer por allí y decirle hola y llevarle una tarjeta. No dijo nada sobre llevarla a algún sitio. Ahora era demasiado tarde para que ocurriera algo así. Tenía otras cosas en su vida. Otras personas en las que pensar.

No le llamó.

Capítulo 48

El bebé despertó a Elizabeth con una patada de «Feliz Cumpleaños» en la columna y se mostraba activo como si estuviera celebrando su propia fiesta en su honor y hubiera invitado a algunos amigos. Intentó volverse a dormir pero el Michael Flatley que tenía dentro no estaba dispuesto a aceptarlo, así que bajó y se sirvió una tostada con mucha mantequilla y unas cuantas aceitunas. Al menos sus antojos ya estaban a medio gas. No tenía que ponerse en evidencia por sentir el impulso de entrar en un *McDonald´s* y pedir un *McFlurry* de merlango y gorgonzola.

Las tarjetas de felicitación de Janey y de Helen llegaron al felpudo de la entrada. Sabían que a Elizabeth le gustaba recibir correo agradable, así que se las habían enviado por correo a pesar de que se iban a ver a la hora de comer. También había una tarjeta de Terry Lennox y de las chicas del trabajo. Había una nota en el sobre de parte de Nerys que decía que Julia había huido para esconderse en Londres. Incluso Laurence se había distanciado completamente de ella, después de mover el último hilo para conseguirle un trabajo torturando a estudiantes en un centro de formación. Sin duda, su debilidad por los hombres casados no tardaría en causar otro escándalo y otro Laurence con buenos contactos la salvaría. Era una existencia vacía pero las de su tipo valoraban más unos polvos clandestinos con maridos aburridos que los simples placeres de la amistad y el amor de verdad, sobre el cual, ellas, no sabían nada.

También había una oferta de un audífono rebajado y la emocionante noticia que le comunicaba que era «una de las pocas personas de su vecindario que había sido seleccionada para un sorteo de mucho dinero». No se sentía muy especial. Las tres tarjetas parecían perdidas sobre la gran repisa de la chimenea de madera.

Aún no había llamado a John. Le dolía tanto pensar que alguien más ocupaba ahora un lugar en su corazón que ella había asumido que le pertenecía. ¡Qué estúpida había sido al no verlo venir! *Por eso* sus visitas se habían espaciado en las últimas semanas. No es que le echara la culpa por ello. Era un tipo que tenía mucho amor que dar y ella era la tonta que lo había rechazado con demasiada frecuencia.

Había evitado pensar en él fregando el suelo y limpiando los zócalos en uno de sus locos arranques de energía. A Elizabeth siempre le había gustado limpiar, pero aquello era diferente. No se trataba de uno de sus compulsivos ataques, aquello era la Madre Naturaleza alterando sus hormonas con una fregona para la nueva persona que iba a vivir en aquella casa. Se había puesto de rodillas y limpiado cajones y armarios. Incluso se las había arreglado para descolgar todas las cortinas y volverlas a colgar el mismo día. Lo necesitaban. Había suficientes telarañas atrapadas entre los pliegues como para decorar una casa encantada.

Había tenido cuidado al subir por la escalera y se había sentido invencible al hacerlo, a pesar de no ser una de las cosas que tuviera en la lista de «las cosas más sensatas que hay que hacer cuando se está embarazada de treinta y seis semanas». También sabía que si no quemaba parte de la energía extra no conseguiría dormir ni en un millón de años. Si el bebé no la mantenía despierta, lo hacían los pensamientos que la torturaban con imágenes de John con otra mujer.

Se puso un vestido de algodón que había parecido tan enorme cuando lo compró que Janey, Helen y ella podrían haber bailado en su interior, pero ya le quedaba un poco pequeño de pecho y los lazos que tenía a los lados estaban todo lo sueltos que era posible. No es que se sintiera gorda y fláccida, ya que su vientre era tan duro como el acero y la piel estaba tan tensa como la de un tambor. Para nada era el cojín suave y esponjoso que había imaginado que sería el vientre de una embarazada. Le costaba trabajo subir al coche sin un enorme calzador, ya que el bebé protestaba si le apretaba contra el volante, pero si tirara el asiento más para atrás, no le llegarían las piernas a los pedales. Elizabeth se besó la mano y la apretó contra la barriga, esperando que el bebé lo notara.

—Lo siento, pequeñín —dijo. Pronto cogería a su bebé de manera adecuada. Había tratado de imaginar tantas veces qué aspecto tendría. ¿Tendría pelo? ¿Cuánto pesaría? ¿Sería niño o niña? Siempre había pensado en él como un niño. Un niño sería genial, pero una niña también lo sería. Había hecho la prueba de la aguja, pero había subido y bajado y después había girado, y había sido tan tonta como para asustarse y pensar si sería hermafrodita como el bebé de *Mujeres de Futbolistas*. Volvió a poner la aguja en el costurero y se abofeteó mentalmente por alterarse cuando no era necesario.

Janey había reservado una pequeña mesa para que pudieran comer al aire libre, pero a la sombra porque el calor era insoportable. Era otro día soleado y por todas partes las chicas mostraban sus vientres planos bajo camisetas recortadas, aunque Janey ya no las miraba con envidia. Sabía lo que era llevar aquellos tops, pero prefería la holgada camiseta que los había sustituido. Echaría de menos no llevar ropa premamá. Se sentía formidable vestida con un gran peto. George la llamaba Buque de Su Majestad Peto, y no ella no se quejaba precisamente. Él solo veía más *mujer* a la que amar.

Sus amigas le dieron a Elizabeth un gran beso y la abrazaron todo lo fuerte que se lo permitían sus voluminosas figuras. Era extraño hacerle mimos a Elizabeth, pensaron ambas, pero muy agradable. Era bueno que estuviera empezando a ablandarse, especialmente cuando habían abandonado toda esperanza hacía mucho tiempo de que pudiera disfrutar del simple placer de un abrazo. Le habían hecho una bonita cesta con bombones, diminutas tartas de cereza y pequeñísimos tarros de conservas y mermeladas y galletas y aceitunas variadas. Helen lo había encontrado todo en una de las tiendas de comida elegantes que conocía, y le habían comprado tres marcos para los cuadros que había pintado destinados al cuarto del bebé.

—Traté de conseguirte unos bombones rellenos de licor de *Gaviscon* pero en Thornton ya no quedaban —dijo Janey, rascándose la parte inferior de la espalda.

—De todas formas, gracias por la idea —dijo Elizabeth—. Solo quiero ponerme morada con todo lo que me habéis traído.

—¿Incluyendo los marcos?

—Especialmente con los marcos. Resultarán muy sabrosos con una aceituna o dos.

—Mira que estás loca —dijo Janey—. Bueno, treinta y nueve ¿eh? ¡Ya estamos listas para la cuenta atrás hacia el gran cuatro!

—Tú la primera —dijo Helen—. Te quedan tres meses.

—Sí —dijo Janey, mirando cómo Helen les pasaba los menús, se echaba a continuación un poco de sal en el reverso de la mano y se disponía a lamerla.

—¿Qué demonios estás haciendo? —dijo Elizabeth, horrorizada, con voz parecida a la de un exasperado Billy Connolly.

—Sal y limones, nunca tengo suficiente —dijo Helen—. Tú tienes tus aceitunas, Janey su salsa *Marmite* y este es mi extraño antojo.

—Pensaba que lo eran tus «teddies» —dijo Elizabeth, descaradamente.

—¡Déjame! —dijo Helen, pero estaba sonriendo.

—Entonces, ¿os imaginabais esto cuando pensabais cómo seríamos a punto de cumplir los cuarenta? —dijo Janey.

—¿El qué? ¿Estar sentadas en una cafetería compartiendo extrañas fantasías alimenticias? Sí, claro, siempre imaginé que sería así —dijo Helen, con gesto de desaprobación.

—No, en serio. ¿Elizabeth?

—No lo sé —dijo Elizabeth, cuyas ideas habían cambiado al respecto a lo largo de los años. Cuando era pequeña, solo quería crecer y ser mayor para que su padre no la atrapara. Después, cuando se hizo mayor, había esperado encontrar a alguien que la quisiera, que la cuidara con todo el empeño que ella ponía en cuidar a sus amigas. Y sin embargo, *había* encontrado a alguien que había querido amarla y cuidar de ella y le había rechazado. ¿Eso era un éxito o un fracaso?

—¿Qué os parece… estar casada con Liam Nelson y caminar permanentemente como John Wayne cuando me dejara salir de la cama? —dijo.

—De verdad que eres una marrana —dijo Janey.

—Venga, Elizabeth, únete al juego —dijo Helen, con jovial frustración.

—Vale, vale. —Elizabeth levantó las manos, dándose por vencida—. Bueno, aparte de que el Chico de los Suburbios me hiciera su esclava sexual, solo deseaba un buen trabajo, una bonita casa, un coche decente y un buen hombre. Ya sabéis, cosas normales que la gente ya da por sentadas.

—Apuesto a que nunca pensaste que habría un niño en tus planes —dijo Janey.

—No —dijo Elizabeth—, y para ser sincera, aún no me veo como madre.

—Bueno, pronto lo serás, así que empieza a hacerte a la idea —dijo Helen con una risita.

—Eso intento —respondió Elizabeth, dándose palmaditas en la parte superior del vientre. ¿El hecho de no querer el bebé era igual a quererlo? Se había vuelto medio loca haciéndose preguntas como aquella. Sus sentimientos con respecto al bebé seguían siendo muy confusos.

—¿Y tú qué, Janey?

—Bueno, quería tener un trabajo súper dinámico y un hombre al que amar con locura y que me tratase como una reina. Oh, y un Yorkshire terrier llamado Harvey que pudiera transportar en una cesta, como solía hacer mi tía Cheryl.

Todas se rieron, y entonces les trajeron una gran jarra de agua, con un montón de rodajas de limón para que Helen las cogiera y las cubriera de sal.

—¿Y tú, Hels?

—Quería estar felizmente casada con alguien guapo y con éxito, con un montón de bebés y viviendo en una casa grande y bonita como la de mamá y papá.

—Preferiría tener la casa a... ¡ay!

Janey le dio una patada por debajo de la mesa. *No mencionemos su nombre y estropeemos el momento*, quería decir con aquello. Elizabeth se frotó la pierna. Los pies de Janey eran duros como monopatines.

—No me importa hablar de él —dijo Helen—. No me causa

dolor en absoluto.

—Sí que lo hace si su bota te alcanza en la pierna por mencionarlo —dijo Elizabeth, señalando a Janey—. Caray, Janey, ¿llevas punteras de acero?

—De hecho, le vi ayer —anunció Helen.

—¿Sí? —dijeron las otras al unísono.

—Sí, venía del despacho de su abogado.

—¿Y?

Helen soltó una risita tintineante.

—Estaba con una mujer.

Ni Elizabeth ni Janey sabían qué decir.

—Venga, os morís por preguntarme qué aspecto tenía.

—Me muero de ganas, lo admito —dijo Janey.

Helen se inclinó sobre la mesa con una radiante sonrisa.

—Se parecía a mí, antes de quedarme embarazada, claro. Pelo rubio largo, delgada, ojos azules. Fue extraño, los vi acercarse por la calle y pensé, ¡Dios, parecen Simon y yo! Y después me di cuenta de que el hombre sí que era Simon.

—¿Entonces no era esa tal Julia? —preguntó Janey.

—No, esta tenía los pechos hacia adentro —dijo Helen con humor.

—¿Qué hizo cuando te vio? —preguntó Elizabeth con tiento.

—A decir verdad, parecía un poco sorprendido.

—¿Y qué hiciste?

—Saqué mi pecho de la talla C y pasé a su lado.

—¿Y ya está?

—Elizabeth, te juro que mi corazón no dejó de latir con normalidad ni por un segundo. Era como mirar a un extraño.

—Es curioso —dijo Janey—. Él saliendo con otra Helen.

—Una burda imitación de Helen —corrigió Elizabeth. Apostaría los ahorros de toda su vida a que habría una futura sucesión de Helen, al menos mientras fuera lo suficientemente joven y guapo para seducirlas. Mujeres dulces y frágiles sin complicaciones, a quien él controlaría y de quien abusaría para compensar sus debilidades innatas. Trofeos de los que podía presumir en público, que casaran con su ideal de ejecutivo, aunque en privado probablemente solo podría entrar en materia con un par de buenas tetas. En realidad era un alma atormentada. Bien.

—Apuesto a que te sentiste de maravilla, ¿verdad?

—Oh, sí —dijo Helen, con una gran sonrisa—. La vedad es que sí.

Pidieron la comida y llegó rápidamente: pollo al limón para Helen, lasaña para Janey y filete de cerdo con queso *Stilton* para Elizabeth.

—Mis tetas son como dos grandes quesos *Stilton* —dijo Janey, justo cuando Elizabeth iba a tomar el primer bocado.

—Oh, maldita sea —dijo Elizabeth—. Menos mal que no renuncio a mi comida con facilidad.

—Es decir, ¿de dónde diablos vienen todas esas venas?

—¿Quieres dejarlo estar?

—Es solo un comentario.

—No creo que vuelva a ser atractiva nunca más —dijo Elizabeth.

—¿Lo fuiste alguna vez?

—¡Que te den!

—Bueno, espera a tener cincuenta años y estar fláccida y tener barba. Entonces podrás salir en busca de un guapo turco de diecinueve años que querrá tu fortuna —dijo Helen.

—Entonces podrás sacarte trescientas libras extra vendiendo tu historia a *Mujeres por Mujeres*, contando cómo se casó contigo y te dejó tres segundos después de cortar el pastel —dijo Janey—. Ya no te quedarían ahorros, pero sí te quedaría el recuerdo de sus técnicas de seducción.

—Cómete la lasaña y cierra el pico —dijo Elizabeth, y le robó una aceituna de su cnsalada a Jancy al mismo tiempo que Helen le cogía a ella un trozo de limón.

—¿Cuáles son tus planes para tu trigésimo cuarta fiesta de cumpleaños? —preguntó Elizabeth, cuando pagaron la cuenta y volvieron a los coches bamboleándose.

—Una gran siesta, si es verdad lo que dicen los rumores. Parece ser que venderemos nuestras almas por un sueñecito de unas cuantas horas cuando los bebés hayan nacido —dijo Janey.

—No veo por qué tanto alboroto con todo eso del sueño. Seguramente los bebés duermen muchísimo, ¿no? —dijo Elizabeth. Apenas había pensado en lo que pasaría en los meses siguientes al nacimiento. Su cabeza no le permitía pensar más allá de la vuelta al hospital y de la primera expedición para ir de compras con asientos y cochecitos de los que ocuparse. Todo lo que iba después era una gran nube gris que se movía.

—No creas que es tan sencillo —dijo Helen—. Nosotros nos adaptamos a ellos, no al revés. Y dormimos cuando ellos lo hacen, ¡si no, puede que no pudiéramos hacerlo!

Se dieron un beso y se fueron cada una por su lado.

Hay tanto que saber, pensó Elizabeth, con el corazón encogido mientras seguía a las demás hasta la salida del pueblo. Y tengo la sensación que sé menos cada día…

Cuando Elizabeth llegó a casa, se dirigió directamente a la mecedora azul junto a la ventana y se tranquilizó mientras se mecía. Se quedó dormida y soñó que el bebé nacía con la cabeza de un hombre adulto con dientes de adulto, y después se despertó de repente, consciente de que debía de haber estado llorando porque sus mejillas estaban húmedas. Llamaron con fuerza a la puerta justo cuando acababa de levantarse para ir a buscar unos pañuelos a la cocina. Se secó las lágrimas con rapidez y abrió la puerta y vio a John en la entrada.

—Hola, Feliz Cumpleaños —dijo, entrando como una exhalación, dándole una tarjeta y un fraternal apretón en el hombro. Le miró como un conejo aturdido, perdido, desorientado y asustado y que hubiera estado llorando, a juzgar por el rímel corrido, pero no hizo ninguna observación para no avergonzarla.

—Gracias —dijo, sujetando el sobre, tensa.

Se sentía rara, incómoda. No sabía cómo actuar delante de él y estaba claro que él no sabía cómo actuar con ella porque se mantenía a distancia.

Le dolía verle en su casa, sabiendo que tenía a otra persona en la cabeza, y cuando dijo: «No voy a quedarme, tengo que ir a un sitio», fue como si le echaran sal en una herida muy profunda de su interior.

—Pensé que me dejaría caer y ver si estabas en casa, ya que nunca me devolviste la llamada —añadió—, así que no pongas la tetera al fuego por mí.

—Oh, vale. Gracias por esto.

—¿No lo vas a abrir?
—Oh, claro… sí, por supuesto.
Abrió la tarjeta. Tenía una bonita dedicatoria, una bonita dedicatoria a una «querida amiga».
Le he perdido.
Mantuvo la cabeza gacha, tratando de leerla, e hizo esfuerzos por contener algunas lágrimas rebeldes. Sintió como si hubiera llorado mares enteros desde que le dijo a Laurence que se metiera su trabajo por el culo. Era muy difícil dejar fluir las emociones y acercarse a la gente, aunque ella lo había hecho demasiado tarde y solo le quedaba una gran herida abierta en su corazón.
—Pues entonces me voy —dijo él.
—Vale —dijo, consiguiendo sonreír un poco, lo que acentuaba aún más la tristeza de sus ojos llorosos—. Bueno, gracias por la tarjeta. Nos vemos, John.
Esperaba que él se diera la vuelta y se marchara, pero no lo hizo. Se quedó allí plantado, esperando algo.
—Venga, coge tu abrigo si lo necesitas.
—¿Qué?
—Coge el abrigo —repitió.
—¿Para qué quiero el abrigo?
—Porque vas a venir conmigo, por eso.
—¿Adónde? —dijo.
—Tengo algo que enseñarte —dijo, cogiendo la chaqueta de verano del colgador porque el día se estaba enfriando y ya la había visto temblar lo suficiente para el resto de su vida.

Helen se mecía suavemente en el columpio que había junto al murmurante arroyo al final del jardín, con el rostro alzado en dirección al sol. Era maravilloso poder disfrutar del verano sin que le picaran los ojos y estornudara cada dos minutos porque su fiebre del heno parecía haber desaparecido con el embarazo. Se estaba tan bien en la Vieja Rectoría, especialmente porque su madre no le molestara constantemente. Estaba en una boda en Oslo y estaría fuera unos días. Se había mostrado reticente pero Helen la había convencido. Los primogénitos solían retrasarse, le dijo a su madre, así que aún podían quedar cinco semanas más para el parto.

Había disfrutado de su soledad, paseando por su viejo hogar y recordando todas las cosas maravillosas que le habían pasado en él. El estudio aún tenía el mismo olor que cuando su padre estaba vivo, de libros viejos y cuero limpio, y su presencia allí era cálida e intensa. Incluso el patio donde ella le había encontrado a la mañana siguiente de su muerte ya no le causaba malos recuerdos. Los años habían eliminado suavemente la fealdad y la culpa de la escena y por fin podía recordarle con el aspecto tranquilo de alguien que se ha librado del dolor que le había deprimido y asustado tanto.

El tocador de su madre aún estaba lleno de los potingues en los que Helen solía meter la mano cuando era una niña, y la cocina seguía teniendo el espíritu de su vieja ama de llaves, Mamá Hubbard, vestida con su voluminosa bata y saltando sobre cualquier mota de polvo con su implacable trapo y llenando el aire con los maravillosos aromas que provenían del horno. Helen solía robar los pastelitos que ponía a enfriar, los untaba de mantequilla y los llevaba en secreto hasta donde estaban sus dos amigas, se sentaban sobre los cojines del suelo y saboreaban las páginas de consultas de las revistas para chicas mientras Mamá Hubbard fingía que no se daba cuenta.

Deseaba tanto criar a su hija en un hogar feliz, como aquel lo había sido para ella. Una maravillosa sensación de euforia la inundó como la luz del sol. Era tan fuerte que casi dolía.

Capítulo 49

—¿Adónde vamos? —dijo Elizabeth cuando él arrancó el coche.
—Cállate y ya lo verás.
—¡No deberías hablar así a tus mayores!
—Solo eres dos semanas mayor que yo.
—Pero sigo siendo mayor que tú.
—Como ya he dicho, cállate y verás.
Así que se calló y esperó mientras él salía del pueblo para dirigirse a las afueras y a su complejo de casas en Oxworth. Era misteriosamente diferente de la última vez que había estado allí, como si hubieran usado una varita mágica, ya que ahora había cuatro casas terminadas, dos a cada lado de una pequeña carretera que continuaba y giraba para llegar a otro destino más lejano. Eran construcciones grandes, con doble entrada, y dos ya tenían césped y una pesada roca en el jardín con la dirección grabada en ellas.
—Querías comprobar si lo había hecho bien —dijo él—, así que aquí tienes tu oportunidad.
—No me las imaginaba tan bonitas —dijo.
—¡Oh, qué encanto!
Ella le pegó en el brazo, pero él no se dio cuenta, era como darle un puñetazo a una pared de ladrillos. La ayudó a salir del coche y le siguió por el camino hasta llegar a la primera casa. Entonces abrió la puerta y desconectó la alarma. Entró tras él y fisgoneó por las amplias e iluminadas estancias.

—Hoy en día hacen que las casas estén apelotonadas, sin dejar espacio entre ellas ni en el interior. Bien, yo no quería ser conocido como un constructor que hiciera ese tipo de casas. Quiero que los compradores sean capaces de respirar —le explicó mientras sus zapatos resonaban por los suelos de madera de roble de una cocina muy espaciosa.

—Podrías haber construido muchas más casas aquí, John, seguro. Habrías obtenido más beneficios.

—Sí, hubiera podido si hubiera querido —dijo.

Había una gran sala de estar que iba desde la parte delantera hasta la trasera, un estudio en el piso de abajo y una trascocina. En el piso de arriba había cuatro dormitorios, uno de ellos con baño, uno con una pila empotrada y un cuarto de baño separado muy bonito. También había un trastero para almacenar cosas, aunque era tan grande que podría dormirse él sin problemas, y en el exterior vio que había un jardín trasero muy grande y un garaje doble. Reparó en el tejado de una quinta casa desde la ventana del piso superior.

—¿Qué es aquello? —dijo, señalándola.

—Esa es en la que he estado trabajando tanto durante las últimas semanas para terminarla a tiempo. Te la enseñaré —dijo.

Salieron y rodearon unos espesos setos y árboles que parecían haber estado allí durante años. La quinta casa era diferente de las otras, mucho más grande y apartada, en una gran parcela.

—¡Madre mía! —fue el inmediato veredicto de Elizabeth—. ¿Qué patán rico ha comprado esta?

—Ven a verla antes de que los dueños se instalen —dijo, cogiendo la llave de su llavero de carcelero. Entraron en el gran vestíbulo con habitaciones que llevaban a todas partes y que tenía una impresionante escalera de madera de roble en el medio, con una vidriera en forma de arco llena de flores veraniegas en la parte superior, a través de la cual la luz entraba a raudales y proyectaba suaves tonos pastel sobre las paredes.

—Caramba —dijo, girando sobre sus talones y mirando la galería que había en el descansillo—. Es precioso, John.

También se parecía mucho a la casa de sus sueños que había dibujado para él mucho tiempo atrás. *Habría puertas que llevaran a todos los rincones... como un laberinto...*

—Vamos. —La llevó hasta una sala de estar cuadrada, que daba a un estudio, muy acogedor pero lo suficientemente grande como para albergar un gran escritorio, muchas estanterías y un sofá bajo un cuadro muy bonito de una ventana que daba a un jardín. Había un delicioso lavabo por el que ella habría matado durante su embarazo y una enorme cocina rústica con vigas de madera sin tratar, y un fregadero incrustado en una de las encimeras de madera gruesa, una despensa y una trascocina como las que ella siempre había creído que sería muy práctico tener. Una zona para desayunar en una esquina de la estancia, y un par de escalones llevaban a un comedor separado, que llevaba a su vez a un bonito y soleado invernadero.

Quienquiera que fuera el que se mudaba allí, tenía suerte, pensó Elizabeth, porque jamás podrían encontrar una casa mejor. Era el tipo de casa en el que ella esperaba que viviera Bev. En paz, en el campo, con un buen hombre que pudiera hacerle olvidar las pesadillas. Volvió para echar otro vistazo a la cocina, que era muy bonita.

—Es preciosa. ¿Dónde la conseguiste? —dijo, examinando la sólida mesa de pino que debía de pesar más que ella, es decir, una tonelada y media.

...Tendría una vieja y pesada mesa por la que no me preocuparía de los arañazos, una mesa a la que la gente quisiera sentarse y hablar...

—La hice yo —murmuró con modestia—. Vamos, aún tienes que ver el piso de arriba.

Subió con esfuerzo la amplia escalera, después de haber emitido todo tipo de sonidos con las vocales para alabar todo lo que había en el piso de abajo. Había un cuarto de baño delante de ella, y tres dormitorios amplios en un lado. Una escalera de caracol llevaba a una zona más despejada que consistía básicamente en ventanas. Llegó arriba resoplando, pero merecía la pena. Habría sido su habitación fantástica, su locura.

...Tendría una habitación a la que la luz llegara durante todo el día, solo para poder pintar...

El cuarto dormitorio tenía su propio baño y un espacioso vestidor, igual que el que había dibujado en aquella casa tantos años atrás. Las ventanas daban al arroyo, y cuando abrió una de ellas, oyó correr el agua y a un pato emitiendo sonidos parecidos a la risa de Sid James. Siempre había querido vivir junto al agua. Aparte de una junta al mar, esa habría sido la casa de sus sueños.

La casa de sus sueños...

Entonces lo supo.

La ha construido para mí, pensó. Ha estado trabajando tanto todas estas semanas, en esta casa... por mí. Su cuerpo se puso rígido, se quedó allí plantada mirando el arroyo que danzaba entre las rocas. Él vio cómo se ponía tensa y supo que había atado cabos y sabía por qué la había llevado allí. Su voz se quebró cuando empezó a hablar.

—Siempre has sido la única, Elizabeth —dijo, acercándose a ella por detrás—. Nunca quise a nadie que no fueras tú. Cada vez que intentaba sacarte de mi cabeza, volvías con más fuerza que nunca. No hubo nadie que pudiera compararse a ti.

No podía contestarle. Tenía un nudo en la garganta que no dejaba pasar las palabras.

—Te quiero a ti y al bebé —dijo con dulzura—. Os quiero tanto a los dos.

—No puedes encargarte del hijo de otro, John —dijo finalmente, agachando la cabeza.

—¿Por qué? ¿Por qué no puedo? He visto cómo crecía ese niño, le he visto contigo antes de nacer, he sentido cómo se movía dentro de ti. ¿Acaso crees que no he llegado a quererle también? ¿Del mismo modo?

—Pero no eres su padre y nunca podrías serlo —dijo, deseando que sí lo fuera. Deseando con todas sus fuerzas que aquel fuera el padre de su hijo.

—Tu padre no es siempre el que te concibió —dijo.

—Claro que sí. ¿Cómo puedes decir eso? No sabes...

—Puedo y lo sé, porque mi padre no es mi verdadero padre.

Elizabeth se giró hacia él.

—¿Que tu padre no es qué?

—Soy adoptado. Nunca conocí a mi verdadero padre.

—¡Te lo estás inventando!... Tú y él... para empezar... ¡os parecéis un montón!

—No me lo estoy inventando, Elizabeth. Lo sé, todo el mundo dice que nos parecemos, pero sigue sin ser mi verdadero padre.

Se aclaró la garganta y le contó que había dos recuerdos que habían dominado su infancia. El primero era su madre diciéndole que escogiera tres de sus juguetes para enseñárselos a la elegante señora que iba a visitarles. Entonces, después de haber subido corriendo al piso de arriba para escoger los mejores, le habían puesto el abrigo y se lo habían abrochado, y la mujer le había llevado a dar un paseo con su maleta en el coche, pero nunca volvieron a casa. En lugar de eso se encontró en una fría y sombría casa que estaba llena de muchos otros niños, confuso y llorando y sin saber qué había hecho mal o dónde estaba, desesperado por volver a casa con su madre. Solo tenía unos tres años.

El segundo era de cuando estaba a punto de cumplir los cinco y una señora muy simpática y un hombre fornido le habían llevado a dar un paseo por el jardín y le habían dicho que buscaban un niño pequeño y que querían llevarlo a casa para ser su mamá y su papá. Pero tenía que ser un niño muy especial porque eran muy difíciles de contentar, pero habían creído que él era muy especial y le preguntaron si quería ir a casa con ellos y ser su hijo.

Él les había dicho que no podía porque estaba esperando a que su verdadera madre fuera a buscarle porque debía de haberse perdido. Se sentaba junto a la ventana cada noche, esperándola, en vela… y los ojos de la señora se habían llenado de lágrimas y le había dado un abrazo cariñoso y fue muy agradable porque nunca le habían abrazado antes. Su olor era dulce, como el de las flores, y dijo que podía ir con ellos y probar cómo eran como padres si quería. Tenían un gran perro sensiblón y un gato y un periquito llamado Whistle que se posaba sobre sus dedos y también tenían un columpio en el jardín.

Entonces el hombre se había agachado y le había dicho que si fuera su hijo se irían a pescar juntos y su nueva mamá les prepararía un picnic y podrían ir a jugar a la pelota en el parque. ¿Le gustaría? Siempre había querido su propio columpio porque los chicos mayores nunca le dejaban jugar en el del hogar de acogida y le encantaría tener un periquito que se le posara en el dedo. El hombre tenía un rostro amable y risueño y de verdad quería jugar a la pelota con un papá y a alguien que le abrazara cariñosamente como acababa de hacer la señora, y así John se había ido con ellos y había recuperado la mayor parte de la fe perdida recientemente en los adultos. Pero no toda, porque había una cicatriz en su corazón que llegaba muy hondo y que nunca se curaría del todo, y él veía ese mismo tipo de cicatriz en Elizabeth. Ella también sabía lo que era ser tan pequeña y estar perdida en el oscuro bosque que bordeaba el feliz y luminoso sendero de la infancia de otras personas.

—Oh, John, cariño —dijo Elizabeth, viendo cómo las lágrimas caían por las mejillas de aquel corpulento hombre mientras le conducía a ese lugar en su interior donde vivía un aterrado niño pequeño. Una parte donde siempre estaría sentado junto a la ventana esperando a su madre. Nunca trataría de localizarla, no tenía sentido. No podía enfrentarse a una mujer que había hecho pasar a un niño por todo aquello.

—No te lo conté porque no había razón para hacerlo, hasta ahora, y no me gusta pensar cómo eran las cosas antes de estar con ellos. Trevor y Margaret Silkstone son mis verdaderos padres, y no podría haber deseado más amor de ninguna persona. No podía haber tenido unos padres mejores que ellos.

Ella alargó el brazo con cautela para poner un brazo sobre su hombro y consolarle, pero él lo apartó y plantó un tierno beso en la palma de su mano.

—Te quiero tanto a ti y a ese bebé, no lo sabes bien —dijo, secándose las lágrimas.

El corazón de Elizabeth latía con fuerza en su pecho.

—John…

—Por favor, Elizabeth, dame la oportunidad de demostrártelo. Te lo suplico…

Apartó la mano lentamente. No podía hacerlo. Había cosas que él no sabía. Se obligó a apartarse de él. La vida era tan cruel. Por mucho que ella lo deseara, simplemente no podía…

Maldita incontinencia, pensó Helen, sintiéndose muy mojada ahí abajo, pero era culpa suya por beber una cantidad de limonada equivalente al mar de Irlanda mientras estaba al sol. Bajó del columpio y regresó con cuidado a la casa como un cangrejo haciendo ballet. Caminó por la cocina tan rápido como le fue posible en dirección al piso de arriba, y descubrió que en realidad estaba dejando un rastro por el suelo de la cocina. Fue

cuando se dio cuenta que, después de todo, aquello no era incontinencia causada por la presión.
¡Ayuda! ¡Estoy rompiendo aguas!

Capítulo 50

Elizabeth llegó a la parte superior de las escaleras, y entonces todos los músculos de su cuerpo echaron el freno.

¿Qué estás haciendo? —preguntó una parte de ella enterrada en lo más profundo que trataba de alejarse de lo que más deseaba. Podía sentir el dolor que sentía él inundando la atmósfera, mezclado con el suyo propio y sabía que aquello debía terminar, de una forma u otra. No podía haber más cabos sueltos, no más incertidumbre.

¿Pero seguiría queriéndome si lo supiese?, pensó. *¿Es eso justo para él?*

¿Es justo que no lo sepa?, razonó una voz más clara y fuerte.

Le debía la verdad, pero le asustaba la posibilidad de ver en sus ojos que sentía asco por ella, sabía que se desmoronaría por completo si él le diese la espalda. Pero no quería, *no podía, no volvería* a hacer daño a ese hombre. A pesar de lo que pudiera sentir ella al contarle la verdad.

John contemplaba el apacible paisaje a través de la ventana mientras en su interior gritaba con renovado dolor y confusión y quería acabar con él y dormir para siempre. *¿Y ahora qué?*, parecía gritar todo su ser, porque no sabía adónde iría ni qué hacer a partir de entonces. Se sentía destrozado, aturdido y no estaba seguro de poder recuperarse al perderla otra vez. No solo a ella, porque también estaba el bebé, una vida que él había visto crecer con ella y con la que se sentía ligado como si se tratara de un niño que llevara su misma sangre. Entonces oyó el eco de unos pasos lentos. Levantó la cabeza y la miró como si fuera un fantasma producto de su imaginación.

—Sobre el bebé —dijo, tratando de encontrar las palabras—. Quiero contarte cómo ocurrió.

—No necesito saberlo, no me importa, Elizabeth. No me importa cómo… —Empezó a acercarse a ella pero levantó la mano y le detuvo.

—Por favor, John. No quiero ocultarte ningún secreto… Necesito que escuches esto ahora.

Inhaló tanto aire como sus pulmones le permitían y se lo contó.

Capítulo 51

Para empezar, no había querido ir a aquella estúpida fiesta, pero Dean había insistido en que sería divertido. Era en la destartalada casa de un amigo de un amigo de un amigo, pero habría mucha cerveza y comida y sabía que mucha gente iba a asistir. Eso dijo.

—¿Qué harás, si no? ¿Quedarte en casa y ser desgraciada y recibir al Año Nuevo con tu gato? —se había burlado. Había seguido dándole tantas vueltas a lo mismo que ella le había dicho que sí para que se callara. Le dijo que antes quedaría con los amigos en el bar de siempre para tomar una pinta, una solo, había recalcado, así que tenía que coger un taxi y encontrarse allí con él.

Cuando llegó a la casa, descubrió que estaba llena de estudiantes y que la música estaba a tope, y algunos hombres algo mayores y deseaseados que llevaban puestas unas camisas aún más chillonas y trataban de relacionarse con las pocas chicas que había. Estaba tan enfadada consigo misma por haber accedido a ir cuando podía estar en casa en paz y tranquilidad, y sí, recibiendo el Año Nuevo con el gato. Había tratado de llamar a Dean, pero apenas había entendido lo que decía a causa de la música tan alta del pub, aunque ella tenía la sensación de que había oído más de lo que admitía. Estaría de camino en cinco minutos, dijo, y tenía que quedarse allí. Había colgado el teléfono sabiendo que estaba mintiendo y trató de llamar a un taxi para volver a casa, pero había una espera de dos horas. Hizo la reserva de todos modos, entró en la casa y se sirvió una copa en una pegajosa mesa, y como estaba enfadada se la bebió demasiado deprisa y le subió a la cabeza rápidamente porque no había cenado nada.

Se tomó otra antes de que aquel chico alto y rubio se acercara a hablar con ella. Le había parecido simpático, agradable, maduro, a pesar de ser tan joven, y tan fuera de lugar como lo estaba ella. Dijo que estaba esperando a un amigo que no había aparecido todavía y le iba a dar media hora más antes de irse a casa.

—Que tengas suerte —le dijo ella—. Hay una espera de dos horas para conseguir un taxi. ¿Vives muy lejos?

—A unos cuantos kilómetros —dijo, y gimió y fue a servirse otra cerveza de consolación. *Después regresó junto a ella y se dio cuenta que era mejor estar hablando con él que quedarse allí plantada echando humo por las orejas. Además, así el tiempo pasaría más rápido. Estaba estudiando Historia en alguna universidad del sur, dijo, aunque apenas podía oírle con la música. Entonces se rió y dijo que era demasiado guapa para que un hombre le hiciera esperar y Elizabeth había fingido sentirse halagada. Recordaba haber pensado que era atractivo, pero estaba muy oscuro y tampoco podía verle muy bien la cara.*

Cuando fue al lavabo del piso de arriba, él la estaba esperando cuando salió. Había encontrado un sitio más tranquilo donde podían sentarse y hablar si quería, dijo. Matar el tiempo hasta que llegara su taxi, lejos de aquel estruendo, del alcohol y las drogas. Él no tomaba drogas, dijo, eran para los idiotas. La llevó hasta una pequeña habitación al final del pasillo y atrancó la puerta con una silla para que nadie les molestara. Era agradable poder sentarse y sacarse aquellos estúpidos zapatos de tacón que se había puesto, porque los pies la estaban matando. Además, se había sentido como una abuela, llevando aquel vestido, que contrastaba con aquellos minúsculos tops con forma de sujetador y las minifaldas de las demás. Le había traído una copa, aunque notó que se había pasado un poco con el vodka.

Habían estado hablando, después empezaron a flirtear hasta que él se había inclinado sobre ella y la había besado. Lo había hecho con mucha dulzura y ella había sido una estúpida y se lo había permitido, sin querer ofenderle diciéndole que se apartara. Entonces la tumbó en la cama y empezó a tocarla, y para entonces él había interpretado su educada resistencia como un signo de que le daba luz verde. Entonces fue cuando ella trató de quitárselo de encima. Aquello no estaba bien, además de que era un estudiante que no tenía ni la mitad de años que ella, por el amor de Dios. Pero él estaba excitado, y sabía que ella no le decía que no en serio porque no le estaba pegando con un palo precisamente. Su proceso de raciocinio, impregnado de alcohol, le decía que probablemente se sentía culpable por decirle que sí y que por eso prefería que la obligaran un poco. Algunas de las mujeres mayores decían «no» cuando querían decir «sí», para superar la vergüenza que les producía estar con un chico más joven y capaz.

Era fuerte y la inmovilizó con sus largas extremidades, así que ella no se podía mover, apenas podía respirar y jadeó cuando él se desabrochó los pantalones y la penetró. Estaba bien dotado y la tenía dura como una roca, y sabía que aquella era la fantasía de toda mujer y la embistió más y más fuerte, palpitando en su interior, animado por sus gritos. Entonces vio su asustado rostro a la tenue luz de una farola que entraba a través de las cortinas y supo de inmediato que se había equivocado de forma terrible. Se apartó de ella bruscamente.

—*Lo siento* —*dijo, recuperando la sobriedad en un instante*—. *Dios, lo siento, creía que tú lo querías.*

—*Bueno, pues no era así* —*dijo Elizabeth. Estaba totalmente dolorida.*

Él caminaba de un lado a otro, y la voz le temblaba tanto como el cuerpo, y empezó a llorar.

—*Por favor, no vayas a la policía. De verdad que no quería hacerte daño... De verdad, creía que me deseabas. Estoy limpio, no tengo ninguna enfermedad ni nada... Oh, Dios, lo siento tanto.*

Intentó ayudarla a colocarse la ropa, pero ella se puso a la defensiva, con las manos como garras, sacando las uñas como una gata salvaje, y él se apartó para demostrarle que no quería hacerle daño.

—*Por favor... yo... lo siento... Me equivoqué. No soy un...*
—*Aquella palabra no pronunciada le asustaba y quitó la silla de la puerta y salió corriendo presa del pánico.*

Se quedó allí sentada hasta que sonó el teléfono. Era Dean, diciéndole que llegaría en media hora, aunque su tono de alegría indicaba que era mentira. Le habían pagado una ronda, explicó. Ella le colgó el teléfono en mitad de la conversación, se limpió la cara y se colocó bien la ropa. Entonces se puso recta, bajó la escalera y salió por la puerta principal con los zapatos en la mano. Elizabeth caminó los más de cuatro kilómetros que había hasta su casa.

Capítulo 52

John la miraba sin pestañear, y ella no sabía cómo interpretar la expresión de sus ojos: ¿asco? ¿pena? No podía saberlo, ya que la parte de su ser que descifraba el lenguaje corporal se había bloqueado por el pánico para protegerla.

—Deberías haber ido a la policía —dijo en voz baja, con voz quebrada.

—Sí que fui, al día siguiente —dijo—, pero ¿qué podía decir? ¿Me emborraché con un extraño y me metí en una habitación con él por propia voluntad? ¿Yo con treinta y ocho años y él con diecinueve o algo así?

Había entrado en la comisaría y había esperado en la cola. Había dos recepcionistas, una muy agradable que hablaba con una mujer mayor y otra muy engreída que tenía el Síndrome de la Recepcionista y que causaba en la gente que trabajaba detrás de un mostrador la ilusión de que dominaban el mundo y de que todos lo demás eran escoria que no les llegaban a la suela de los zapatos. Quizá si la otra recepcionista hubiera estado libre, las cosas habrían sido diferentes, pero le tocó la del enjuto rostro, que miraba a Elizabeth de manera que sugería que si estaba allí para denunciar algo que le había pasado, probablemente era culpa suya.

—¿Puedo ayudarla? —dijo.

Sus ojos eran duros, implacables, y justo cuando Elizabeth empezaba a abrir la boca, vio al Sargento Wayne Sheffield salir de su oficina que estaba detrás del muro de cristal en busca de algo. Había engordado y perdido la mitad de su cabello, pero sus labios seguían siendo tan finos, sus ojos tan pequeños como los de un cerdo y tan juntos como recordaba. Ella dio un paso hacia atrás, tambaleándose, antes de que él pudiera verla y salió a la calle.

La recepcionista exhaló un suspiro de desprecio y llamó al siguiente.

Fuera, Elizabeth se tranquilizó y pensó en volver a entrar. Entonces se imaginó a Wayne Sheffield escuchando los detalles, conociendo su historial, recordando su sórdido encuentro tantos años atrás. Recordaría las palabras «genio y figura» y «sepultura», porque para él siempre sería la misma fulana. Y si su caso llegara a los tribunales, todos aquellos errores que había cometido en el pasado se alzarían de sus tumbas poco profundas y se presentarían ante el abogado de la defensa para ilustrar qué tipo de persona era ella exactamente, queriendo arruinar la vida de un hombre joven. No podía dejar que su pasado volviera. No quería que su bebé se viera afectado por él.

—No he dicho nada porque no quería que nadie supiese cómo concebí al bebé. No quería que creciera y descubriera cómo empezó su pequeña vida —dijo—. Y lo que soy.

—¿Y tú crees que yo no querría al bebé por eso? —dijo John, su rostro una máscara de ira y pesar.

—¡Ni siquiera puedo estar segura de que *yo* pueda quererle! —gritó Elizabeth, bajando el rostro, avergonzada. Acababa de expresar en voz alta su miedo más profundo y se quedó allí suspendido como gas venenoso.

Dejó escapar un gemido de preocupación y desesperación y alargó los brazos hacia John. Él se acercó y la apretó contra su pecho, cerró sus grandes y largos brazos a su alrededor y exhaló un suspiro desde lo más profundo de sus ser al sentirla junto a él. ¿Que no amaba a su bebé?, pensó, y sonrió con gran ternura. No se conocía a sí misma en absoluto y era una pena, porque era una persona fantástica. Loca, herida, confusa, pero él había recorrido un duro camino para averiguar que su corazón solo estaba hecho para ella.

—Elizabeth Collier, si tan solo pudieras ver lo que yo estoy viendo ahora. No me digas que no puedes querer a tu hijo, y no me digas que tampoco yo puedo quererle.

Se acurrucó contra él, disfrutando de las gloriosas sensaciones que su tacto y su olor le producían. La esencia de John Silkstone llegó a su interior y derribó la resistencia que le había ofrecido durante tanto tiempo. Quería librarse de todo menos de él, quería permanecer apoyada contra su pecho para siempre. Levantó el rostro hacia él y lo que sentía quedaba claramente reflejado en sus grandes ojos grises de largas pestañas. Él no esperaba oír las palabras exactas, pero las dijo en voz alta, no para sí misma, no en una carta, sino en voz alta, al fin.

—Te quiero, John Silkstone.

Y él respondió:

—Te quiero, Elizabeth Collier. Siempre te he querido y siempre te querré.

Inclinó la cabeza con mucha lentitud, temiendo que aquello fuera alguna terrible ilusión que se evaporara cuando sus labios tocaran los de ella. Y, cuando se tocaron finalmente, su beso fue delicado y dulce, aunque tuvo que hacer esfuerzos para no estrujarla entre sus brazos. Sujetaba su rostro entre sus grandes manos de constructor, contempló aquellas facciones que le eran tan queridas y sonrió. A pesar de lo que le costara que ella le permitiera amarla como era debido, él esperaría. Finalmente, era suya y no volvería a perderla.

Elizabeth no hizo caso de su móvil las primeras cuatro veces, pero cuando sonó una quinta vez, parecía que lo hacía más fuerte, con más insistencia, queriendo atraer su atención. Elizabeth lo sacó de la bolsa y vio que era Helen quien llamaba.

—John, lo siento, déjame contestar. Es Hels —dijo.

—Contesta entonces —dijo John. Podía contestar a un millón de llamadas ahora que le había oído decir las palabras que había estado esperando durante quince años.

—¡Elizabeth, por favor, ven al hospital, estoy de parto!

—¡Pero es demasiado pronto!

—Intenta decírselo a mi hiiiiiiiiija. Aaaaaaarghhhhhhhhh.

—¿En el Hospital de Barnsley? ¿O estás en tu clínica privada pija de Wakey?

—No había tiempo… Estoy en el Hospital de Barnsley… He llamado a Janey. Por favor, daros prisa, os necesito.
—¡Voy para allá!

Capítulo 53

Janey ya estaba en el hospital cuando llegaron.

—¿Dónde has estado? Hace un montón de rato que te estoy llamando —dijo, y entonces reparó en John, que estaba detrás. Los dos tenían el aspecto de haber pasado por una tormenta emocional—. ¿Y? ¿Qué diablos pasa con vosotros dos?

—Te lo contaré más tarde —dijo Elizabeth, diciéndole adiós a John con la mano, quien le devolvió el saludo y le mandó un beso.

—¡Solo un amigo! ¡Y un cuerno!

—Ya no.

—¡No puedo esperar a que me lo cuentes!

—Después. Bien, ¿adónde vamos?

Siguieron una serie de indicaciones y encontraron a Helen vestida con una enorme camiseta de diseño con un osito de peluche estampado, sentada en una cama con la mascarilla de gas y aire sobre la boca.

—¿Qué ha pasado? —dijo Elizabeth, dándole un abrazo.

—Rompí aguas. Entonces aparecieron esos dolores.

—Si hubieras estado en *Asda* cuando rompiste aguas toda tu compra te habría salido gratis —dijo Janey.

—Entonces llevadme hasta allí —dijo Helen—. Intentaré aguantar mientras llenáis el carro de alcohol.

—Y de bombones, ¡no te olvides! —dijo Janey—. Ah, y de salsa *Marmite*. Se nos ha acabado.

—Y mis aceitunas.
—¡Oh, diablos!
—¿Dónde está tu máquina TENS? —preguntó Elizabeth, cortando el cachondeo.
—Allí —dijo Helen, señalando unos cables enredados en el suelo que había en un rincón, donde los había tirado—. ¡Trasto inútil! —Entonces se dobló por la mitad.
—Bueno, ¿qué se siente al estar de parto? —preguntó Elizabeth, cuando Helen volvió a ponerse recta.
—Piensa en el dolor menstrual y multiplícalo por un millón de.... AAAAAAAAAAAAAAAYYYYYYYYYYYY.
—Jesús, ¿no puedes tomar algo más fuerte si duele tanto? —dijo Elizabeth, súbitamente preocupada.
—Sí que duele *tanto*. ¿Crees que estoy actuando?
—¡Sí, lo creo, con lo que a ti te gusta hacer teatro!
—¡Espera a que te toque a ti, Janey Hobson! Estoy esperando a la comadrona. Acaba de salir con el anestesista y otra señora.
Elizabeth sacó la cabeza por la puerta con la esperanza de que pudiera hacer que se diera prisa, y vio que Marc con una «c» iba en una silla de ruedas por el pasillo, empujado por un celador. Aparentemente, se tapaba el ojo. Entró en la habitación, riendo.
—¿Sabéis qué? Creo que la mujer de la habitación de al lado podría ser Pam y también creo que acaba de dejar a Marc con una «c» fuera de combate con una «g» y una «d».
—¿Eh?
—Gancho de derecha.
Helen medio reía, medio lloraba.
—¡Maldita, maldita sea! —dijo, volviéndose a inclinar.
—¿Sabes? Creo que nunca has dicho tantas palabrotas —dijo Janey. Que ahora tengas tetas no significa que tengas que convertirte en Elizabeth.
—¿Podemos hacer algo? —dijo Elizabeth, más comprensiva.
—¡Sí, que deje de estar embarazada! ¡Creía que las contracciones aumentaban de forma gradual!
—No siempre —dijo la comadrona, apareciendo súbitamente en la puerta—. Debes de ser una de las afortunadas. Soy Sandra. Echemos un vistazo, cariño.
Sin más indicaciones, Helen juntó los tobillos y abrió las pier-

nas para la comadrona. A esas alturas, las abría abierto ante cualquiera que tuviera el menor aspecto de trabajar en un hospital, ya que toda idea de mantener la dignidad había desparecido con la primera contracción. No le importaba si se cagaba por todo el suelo durante el proceso. Solo quería que el bebé saliera.

—Ya has dilatado unos cinco centímetros —dijo Sandra—. Vas muy bien.

—¿Puedo tomar algo más para el dolor, por favor? —dijo Helen, como un niño desesperado y sin aliento, esperando que Santa Mandy no estuviera por allí y la condenara por toda la eternidad.

—El anestesista está bastante ocupado en estos momentos con una cola de mujeres que piden la epidural. ¿Qué le parece un poco de *pethidina* para calmarla un poco?

—¡Oh, sí, por favor!

—¿Le gustaría media dosis para empezar?

—¡No, quiero una bien generosa! —dijo Helen, tan complacida como si acabaran de ofrecerle un pastel de nueces gigante—. ¡Por favor, que sea ahora!

Elizabeth se sentó en la silla. Se sentía un tanto débil a causa del hambre.

—¿Por qué no vais a por una taza de café y un bocadillo mientras sigo con ella y le doy la medicación? —dijo la comadrona—. Puede que sea la última oportunidad que tengáis.

Ni se inmuta, pensó Elizabeth. Hace esto un día tras otro. Sandra se las arreglaba para combinar autoridad con amabilidad y consideración, a diferencia de Mandy, quien probablemente habría desparecido en una combustión espontánea cuando Helen hubiera pedido drogas.

—Vamos —dijo Janey, con decisión, y cogió a su amiga por el brazo—. Ahora te vemos, vamos a por un bollo de beicon —le dijo a Helen.

—Os odiiiiiiiiiioooooooooooooooooooooo —dijo Helen—. Ayyyyyyyyyyyyyyyyyyyyyy.

—Dios, es Kate Bush —dijo Janey—. Por favor, canta «Cumbres Borrascosas». Es mi favorita.

—No me hagas reír. ¡Duele!

Era demasiado surrealista. Helen se moría de dolor y ellas

hacían chistes y se reían. No era en absoluto como Elizabeth había imaginado que sería. ¿Dónde estaba el pánico y el miedo? ¿Dónde estaba la sensación de que la muerte las acechaba? Janey la condujo por el pasillo hacia la cafetería del hospital.

—¿Crees que estará bien si la dejamos sola? —dijo Elizabeth, sintiéndose terriblemente culpable.

—Podría ser una larga y agotadora noche para todas —dijo Janey—. Es como dijo la comadrona, no nos hará daño tomar algo antes de que empiece lo mejor. Yo cenaría algo. Solo había comido un poco de zanahoria cuando sonó el teléfono. Después te llamé como doce millones de veces solo para oír tu contestador porque estabas con Bob El Constructor —señaló—. Entonces, ¿vas a decirme por qué estabas demasiado ocupada como para contestar?

—John me ha construido una casa —dijo Elizabeth, cuando se sentaron a la mesa con dos crujientes bocadillos de beicon y una jarra de té de arándanos.

—¿Una casa?

—Una casa.

—¿Qué?

—Me llevó a ver una casa que había construido. Era igual a una que había dibujado yo hace muchos años para entretenernos.

—¡Venga ya!

—Me quiere y quiere ser el padre del bebé.

—Y tú, claro está, dijiste «No, John», y saliste corriendo.

—Sí.

—Podría darte un tortazo, estúpida, estúpida...

—Después volví y le dije que sí.

Un coro de ángeles apareció tras Janey y empezó a cantarle «¡Aleluya!» al oído.

—¡Bueno, gracias, Señor! —dijo Janey con el suspiro de alivio más intenso que había exhalado nunca—. Solo han pasado quince años. Al menos eso demuestra que tienes cerebro. Empezaba a dudarlo.

—Quizá no hubiera funcionado antes. Quizá ahora es nuestra oportunidad.

—Esas son tonterías de las novelas románticas, Elizabeth,

pero te perdono dadas las circunstancias sentimentales —dijo Janey, alzando una taza de té en dirección a su amiga para felicitarla. Entonces dejó la taza, casi saltó sobre la mesa y le dio a Elizabeth un abrazo que estuvo a punto de hacer salir al bebé en ese momento y lugar.

Cuando Janey fue al lavabo, Elizabeth contestó al mensaje de John que preguntaba cómo iba todo. Se había acercado a Rhymer Street para dar de comer a Cleef. El gran John Silkstone. *Su John Silkstone*. Sintió un agradable calor al pensar en él de aquella forma. No sabía lo que le hacía especial para él, pero no iba a volver a rechazar su amor. Nunca.

Cuando regresaron junto a Helen, estaba de pie, dando vueltas a un imaginario hula-hoop que hiciera girar sobre sus caderas mientras escuchaba la música de *Beautiful South*. Parecía estar contenta.

—Ha reaccionado muy bien a la *pethidina* —dijo Sandra con una orgullosa sonrisa.

—¡Está colocada! —dijo Elizabeth.

—*No te cases conmigo, tómame...* Saludos, amigas, ¡habéis vuelto! —gritó Helen, al estilo romano. No había vuelto a tener aquel aspecto desde 1973, en Whitby, cuando los cócteles *Black Russian* que bebía le hicieron reacción con las pastillas para la fiebre del heno. Estaba teniendo una contracción pero parecía que le estuviera pasando a otra persona a kilómetros de distancia, a una hermana gemela en Australia, quizás. Estaba teniendo a su bebé de verdad, a su preciosa niñita. Pronto podría acunarla. *Oooooh, aquello dolía bastante*. Iba a llamarla Margarita Ranúnculo Campanilla Dalia Tulipán Caléndula Diente de León. Después se iba a casar con Terry Sanderson. *¿Cuándo se suponía que tenía que hacer los ejercicios de respiración?*

¡*Aaaaayyyyyyyyyyyyyyyyy!*

—¡Vamos, Shirley Bassey! —dijo la comadrona al cabo de un rato y la arrastró a la cama. Después volvió a reconocerla.

—Estás dilatando bien y rápido —dijo la comadrona—, pero aún es un poco pronto para ti así que traeré al médico cuando hayas dilatado un poco más.

—¿Cómo te sientes ahora? —preguntó Elizabeth—. ¿Asustada?

—Sí —dijo Helen, con una amplia sonrisa—. Ya está aquí, chicas.

No parecía asustada. Parecía sudorosa, mojada, cansada y hermosa, pero no cansada, pensó Elizabeth.

—¿Qué tal te va la *pethidina*? —dijo Janey.

—¡Es agradable saber que me usáis como conejilla de Indias! —dijo Helen, pensando, Janey tiene la cara lila—. Oh, es algo muy fuerte.

—Elizabeth lo ha arreglado todo con John por fin —dijo Janey.

—Diablos, sí que es fuerte lo que me han dado —dijo Helen, arrastrando las palabras.

—¡No! ¡Despierta! —dijo Jenny.

—¿No he soñado la última parte? —preguntó Helen.

—¿El qué? ¿Lo mío con John? —dijo Elizabeth—. No, no estás soñando.

—¡Doy gracias a Dios por eso! —dijo Helen—. Creímos que serías una completa idiota toda tu vida.

—¡Salud!

Se sentaron un rato, mientras Helen seguía resoplando y respirando.

—¿Quién iba a imaginar dónde nos íbamos a meter después de sentarnos sobre los atributos del Hombre de Tiza? —dijo Janey finalmente.

—Lo siento, chicas —dijo Helen, justo antes de tener otra contracción.

—Sí, espero que esa te haya dolido de verdad —dijo Janey—. Todo es *culpa tuya*. En realidad, podríamos demandarte. ¿Conoces a algún buen abogado?

Todas rieron. Entonces, cuando llegó la siguiente contracción, la cosa se puso seria. Todas se sentían en paz y tranquilidad, sujetando las manos de su amiga, secando su frente con un trapo, acercándole un vaso de agua para que tomara un sorbo antes de que se deshidratara. Se tomaría una taza de té, dijo, y un buen trozo de la chocolatina de frutos secos que tenía en la bolsa del hospital. Cuando llegara a casa, escribiría al Papa y pediría que Carol fuese canonizada solo por sugerirlo.

—Creo que la *pethidina* está perdiendo sus efectos porque mis contracciones son como enormes olas, si queréis que os ponga al día —dijo Helen al cabo de un rato, aunque no sabía cuánto porque la noción del tiempo parecía distorsionada. Empezaba a relacionar el dolor con su propio cuerpo. No estaba donde creía que debería estar ya que principalmente se concentraba en su espalda. Sentía como si quisiera ir al lavabo a echar una gran cagada.

Sandra volvió a examinarla.

—Está lista —dijo—. Bien, Helen, el médico está de camino pero todo parece estar bien así que no te preocupes. Te pediré que empieces a empujar en un minuto.

—Más *pethidina*, por favor —dijo Helen, quien empezaba a parecer agotada.

—Ahora no, querida —dijo Sandra—. Vamos, chicas, cogedle las manos y cuidado con las uñas.

—¡Ay, eres como una maldita águila! —dijo Janey, cuando Helen le hizo sangre en una de las contracciones.

Elizabeth sonrió. Daba miedo pero también era bonito. Era lo que las mujeres hacían por todo el mundo y cada una con una historia diferente que contar. No esperaba que la suya estuviera relacionada con un picnic, pero súbitamente se dio cuenta sin sombra de duda de que *no* iba a morir en el parto, sino que podría relatar su historia durante años mientras comía con las otras, poniéndose moradas de pasteles de crema y bebiendo grandes tazas de té. Aquello era la vida con toda su maravillosa, básica, sangrienta crudeza, y de entre toda aquella sangre y blasfemias causadas por el dolor, surgiría un nuevo bebé, valioso, precioso y puro. Un nuevo comienzo.

—¡Maldiciiiiiiiiiiiiiiiiiiiiiióóóóóóóóóóóóóóónnnnnnnn!

—Nunca creí que pudiera haber alguien que hablara peor que tú —le dijo Janey a Elizabeth, quien le hizo el signo de «Jódete».

El médico entró, un hombre alto y delgado de raza negra que llevaba una camisa rosa muy bonita. Las pupilas de Janey se dilataron por el placer.

—Ya me gustaría que fuera él el que me tocara a mí —le susurró a las otras.

—¡Cállate, zorra obsesa! —dijo Elizabeth.

—¿Puedo empujar ahora? —rogó Helen.
—Sí, puedes empujar, cariño —dijo la comadrona.
Helen dejó que su cuerpo hiciera lo que quería hacer: empujar. Sintió que iba a partirse en dos.
—¡Aaaaaaaaaaaaaarrrrrrrrrggggggggggghhhhhhhhhh!
—Ya asoma la cabeza —le dijo Sandra al médico.
—Buena chica —dijo el médico—. Otro empujón, Helen.
Helen soltó las manos de sus amigas y se agarró al cabecero de la cama. Elizabeth se apartó para ver el nacimiento. Janey hizo lo mismo. La cabeza del bebé estaba saliendo y tenía mucho pelo rubio, oscurecido y apelmazado en su cabeza con grasiento vérnix. Podían ver su pequeña y arrugada carita de Winston Churchill.
—Ahora los hombros, cariño, esta es la parte más difícil. ¡Empuja ahora!
Helen empujó débilmente. Ya no podía más.
—No puedo —dijo, con un grito.
—Sí, sí puedes —dijo Elizabeth.
—No puedo —dijo Helen, empezando a llorar.
—Bueno, si a ti no te importa, no veo por qué debería importarme a mí —dijo Sandra, guiñando un ojo de complicidad con Elizabeth.
—Venga, perezosa —dijo Janey, uniéndose al juego, tratando de hacer que la adrenalina corriera por su amiga para reunir las fuerzas para sacar al bebé.
—¡AAAARRRRGGGGHHHHHHH! —dijo Helen, empujando tan fuerte como podía para demostrárselo a todas, pero no fue suficiente.
—¡Otra vez! —dijo Janey.
Vamos, mi querida niña, ¡empuja!
¿Papá?
Sabía que era por culpa de la *pethidina*, pero allí estaba, enorme, con su traje gris, sus gafas de media luna, su pañuelo blanco saliendo del bolsillo y su corbata amarilla con un nudo Windsor. Y estaba sonriéndole. Incluso podía oler su colonia. Entonces parpadeó y ya no estaba.
—¡AAAAAAARRRRRRRRRGGGGGGGGGHHHHHHH!
—¡Así, así, aquí está, o maldita sea, ya ha salido, Helen!

Elizabeth observó cómo un bebé se deslizaba hasta las manos de la comadrona, berreando un poco, protestando. Aún con el cordón umbilical sin cortar, Sandra lo depositó en los extendidos brazos de Helen y la nueva mamá soltó un gran sollozo de júbilo y dijo:

—Es mi bebé, mirad a mi hija. Hola, pequeña. Soy tu mamá y estas son tu tía Janey y tu tía Elizabeth... —Helen levantó la cabeza en dirección al cielo y movió los labios para decirle a su padre, *Mírala, papá, mira a tu hermosa nieta.*

—¿Estás bien? —preguntó Elizabeth, creyendo que sí que estaba bien, riendo como una loca, con una sonrisa que le cruzaba el exhausto y sudoroso rostro.

—Oh, es verdad lo que dijo Teddy. Merece la pena. Merece la pena pasar por todo esto. Miradla, mirad a mi bebé...

Janey la miró y también lo hizo Elizabeth quien veía aquella cosita sangrienta, fea, mocosa, arrugada y maravillosa y pensaba, si ya me siento tan unida al bebé de mi amiga, ¿cómo me sentiré con el mío?

Helen estaba llorando, Janey estaba llorando y entonces las lágrimas empezaron a caer por las mejillas de Elizabeth como si surgieran de un pozo sin fondo que había en su interior. Era como si el Muro de Berlín se hubiera derrumbado en algún lugar del último bastión de su corazón y supo, *supo*, que incluso ese momento perfecto no tendría comparación cuando tuviera a su propio bebé en brazos.

Se frotó la barriga y le dijo en voz baja a su hijo:

—*Te quiero.*

Epílogo

𝒜𝑙𝑒𝑥𝑎𝑛𝑑𝑟𝑎 𝒫𝑒𝑛𝑒𝑙𝑜𝑝𝑒 𝐸𝑙𝑖𝑧𝑎𝑏𝑒𝑡ℎ 𝒥𝑎𝑛𝑒 𝐿𝑢𝑥𝑚𝑜𝑟𝑒 nació el 23 de agosto, con un peso de dos kilos trescientos veinte gramos. Su madre no se hizo caca durante el parto. No tiene contacto con su padre aunque un tal Edward Sanderson las visita cada vez con mayor frecuencia, llevando siempre consigo flores y juguetes. Él y su madre pasan mucho rato hablando en el viejo columpio del jardín.

Alexandra vive en la encantadora Vieja Rectoría con su madre y su abuela, que se ha volcado mucho en ella. De hecho, incluso le ha tejido una chaqueta de cachemir.

Su madre ha empezado a leer un montón de libros sobre Derecho y se los lleva al estudio de su padre para trabajar. Su interés por la fotografía ha resurgido de manera total. Y finalmente ha tirado todos sus *Wonderbrás*.

Existen rumores que Teddy Sanderson ha dado instrucciones a los decoradores para que pinten una de sus siete habitaciones del color rosa de las zapatillas de ballet con conejitos blancos.

𝑅𝑜𝑏𝑒𝑟𝑡 𝒢𝑒𝑜𝑟𝑔𝑒 𝒞𝑦𝑟𝑖𝑙 𝐻𝑜𝑏𝑠𝑜𝑛 nació el 30 de septiembre, pesando, según las llamadas que realizó su padre a familiares y amigos entre lágrimas y alegría, más de sesenta kilos. Fue un parto de una hora y cuarenta y cinco minutos, y solo hizo falta usar gas y aire.

El joven Robert tiene el pelo rojo de su madre y los ojos brillantes y risueños de su padre. Su madre volvió al trabajo y su padre es un amo de casa y canguro a tiempo completo, cuando los abuelos dejan que se acerque al niño. Es un acuerdo que le va bien a todo el mundo.

Su madre se quedó en la talla 100C

Sus padres van a comprar una lámpara para el techo.

Ellis John Silkstone fue un bebé que nació de culo el 2 de octubre por cesárea, a la que no tuvo que aplicarse ninguna grapa. Pesó tres kilos quinientos sesenta y siete gramos y tenía la cabeza cubierta de un rebelde pelo oscuro, al igual que el de su padre, y unas pestañas tan largas como las de su madre y, cuando le dejaron en sus brazos por primera vez, sus corazones casi estallan de alegría.

Su madre trabaja a media jornada como secretaria personal del infame gigante del mundo del bricolaje Terry Lennox, quien es también su padrino. Su padre es famoso por construir grandes y bonitas casas para que las familias sean felices en ellas. El pequeño puede oír el arroyo de Oxworth desde la ventana de su habitación, y a veces está seguro de que hay un perro en la habitación, tumbándose junto a su cuna en mitad de la noche. Le gusta la sensación de tenerlo cerca. También tiene un gato que se llama Cleef que a veces se mueve.

Su mamá y su papá le quieren a él y al gato con locura.

Se van a casar en mayo.

Agradecimientos

Gracias a los amigos que hicieron posible esta historia, cada uno de una forma muy especial.

A Lucie Whitehouse, que abrió la puerta y me dejó pasar para resguardarme del frío y a Suzanne Baboneau, mi Hada Madrina. ¿Necesito decir algo más? A Nigel Smith, que destripó mi historia y me obligó a volverla a elaborar adecuadamente. A Tara Wigey, con quien me encanta trabajar y que ha hecho tanto para que yo consiguiera llegar hasta aquí. A Joan Deitch, por hacer que pareciera que sé lo que estoy haciendo. A mi «amiga novelista» Sue Welfare, por nuestras inestimables charlas sin barreras. A Chris Douglas-Morris, Tony Spooner y David Greaves, que me dieron una oportuznidad y cambiaron mi vida. A la señora Gunsen, que me obligó a sentarme al lado de Cath Marklew en Latín y me proporcionó así una amiga y una hermana. A Rachel Hobson, por los bocadillos de pavo «sobre la mesa» en la cocina de su madre. A Maggie «Penelope» Irwin, por estar siempre ahí. A Caroline Durham, por mantenerme en el lado correcto de la cordura. A Paul Sear, Alec Sillifant, Ged y Kaely Backland, por mantenerme en el lado correcto de la locura. A Sara Atkinson, por su enorme corazón. A Karen Towers, por su cariño. A mis hermanas S.U.N., Helen Clapham, Pam Oliver y Karen Baker, por todos nuestros dramas. A Sue Mahomet, por ser directa y compartir secretos conmigo. A Debra Mitchell, ¡que me conoce tan bien y *aún* sigue siendo mi amiga!